权与利

邵玉清
邵庆峰 著

上

权与利

人民文学出版社

图书在版编目（CIP）数据

权与利：上下／邵玉清，邵庆峰著．—北京：人民文学出版社，2021
ISBN 978-7-02-016698-5

Ⅰ．①权… Ⅱ．①邵…②邵… Ⅲ．①长篇小说—中国—当代 Ⅳ．① I247.5

中国版本图书馆 CIP 数据核字（2020）第 210483 号

策划编辑	胡玉萍
责任编辑	涂俊杰
装帧设计	刘　静
责任印制	任　祎

出版发行	人民文学出版社
社　　址	北京市朝内大街 166 号
邮政编码	100705
网　　址	http://www.rw-cn.com
印　　刷	三河市中晟雅豪印务有限公司
经　　销	全国新华书店等
字　　数	604 千字
开　　本	890 毫米 ×1290 毫米　1/32
印　　张	19.25　插页 6
版　　次	2021 年 2 月北京第 1 版
印　　次	2021 年 2 月第 1 次印刷
书　　号	978-7-02-016698-5
定　　价	66.00 元（上下册）

如有印装质量问题，请与本社图书销售中心调换。电话：010-65233595

目录

一　水清水浑谁有鱼？………… *001*

二　"事出有因，查无实据"………… *021*

三　不仅要做好人，还要做"恶人"………… *034*

四　游刃有余是权力平衡的艺术………… *055*

五　峰回路转………… *073*

六　前有见死不救，后有暗度陈仓………… *083*

七　关键时刻她踩了急刹车………… *095*

八　君子开口坦荡荡………… *102*

九　"石头开口"才能查明真相………… *114*

一〇　多栽花少栽刺者无法前行………… *123*

一一　要牵牛鼻子，不拽牛尾巴………… *136*

一二　最后一击吐真情………… *145*

一三　"空降兵"差点卷铺盖走人………… *160*

一四　入眠为啥这么难？………… *174*

一五　剪不断理还乱………… *184*

一六　抱团取暖，要保持适当距离………… *199*

一七　踩了雷，不知是谁挂的弦 ………… *208*

一八　权与利用于谁 ………… *216*

一九　步步惊心四道坎 ………… *226*

二〇　莫要鱼目混珠 ………… *244*

二一　乱泼脏水为哪般 ………… *253*

二二　不是黄雀，也不是备胎 ………… *267*

二三　打擦边球要有高超的技巧 ………… *280*

二四　抓人行动戛然而止 ………… *291*

二五　声东击西赴京城 ………… *297*

二六　撤退是个死命令 ………… *307*

一　水清水浑谁有鱼？

一道霞光射进黑乎乎的监房，铁门打开，两名狱警押着一个男囚走出监房。他叫余光，是原江东省东山市市长。尽管才年过半百，但因精神上的痛苦，脸上的抬头纹、鱼尾纹堆积，看上去比实际年龄老得多。他在睡梦中被狱警叫醒，睡眼惺忪、神态颓丧地走在去往审讯室的长廊里。

审讯室的墙上有只挂钟，指针指向上午六时整。审讯席上，坐着一位女干部，年约四十开外，剪着短发，五官端庄且眉清目秀。她便是中组部干部监督局二处处长秦慧楠。

在秦慧楠的身旁，坐着一位三十多岁的男子，他是江东省委组织部干部一处的副处长邓亦先，因人高马大，长得帅气，讲话富有弹力，又经常主持机关的文艺晚会，因此被周围人称为"组织部的男神和网红"。

在狱警的押解下，余光步履蹒跚地走进审讯室，铁链拖在地上，发出嗒嗒的响声。他被狱警稳稳地按在审讯椅上，铐住的双手，摆在胸前。他开始打量审讯席上坐着的秦慧楠和邓亦先，目光诧异。秦慧楠看着面前坐着的余光，表情相当严肃，很有震慑力。余光心里嘀咕开了，审讯席上坐着的是什么人？一个是风韵十足的女人，一个是人高马大的帅男，还穿着便衣。入狱以来，他第一次看到这种阵势。

"你们……"不等秦慧楠和邓亦先发问，余光先开口说话了，"你们好像不是公安、检察院的？"

邓亦先说："不愧是当过市长的，算你有眼力，我们是中央和省级组织部门的。"

"哈哈哈！"想不到余光大笑起来，"二位走错了门、找错了人吧？我是个囚犯，这辈子再也没有被提拔和考察的机会了。哈哈哈……"

"余光，严肃点！"秦慧楠发话了，"这里不是茶楼、咖啡厅，是审讯室！"

"报告政府，"余光这才正襟危坐起来，直了直腰，"该交代的都已经交代了，还要我说什么？如果还有什么藏着掖着的，你们就判我无期，砍我脑袋！"

望着余光信誓旦旦的样子，秦慧楠故意沉默着，双方进入短暂的对峙……

昨天，秦慧楠还在北京自己的办公室里，窗外天阴未雨，空气有点闷，时有雷电闪过窗外，瞬间将世间的万物都曝光了。窗内，秦慧楠端详着手中的举报信，神色凝重，若有所思。明天上午九点，江东省东山市市委书记林强盛将被宣布任命为江东省副省长，在这个节骨眼上，她突然洞察到即将提升为副部级的林强盛隐藏着大问题！

事情相当奇妙和凑巧，当江东省委组织部干部邓亦先来京取回林强盛过审材料和任职批复文件时，一封举报信同时送到秦慧楠的手中。她马上联想起那封举报信的内容："林强盛有十二个情人，并有八个私生子女。"更让她不能忘记的是林强盛的老搭档——原江东省东山市市长余光，其案件已尘埃落定，其中他包养的情妇、非婚子女和多处住房的罪名让举国震惊。一个是市委书记，一个是市长，俩人同事了十几年，市长、市委书记搭档了八年，结果一个成了阶下囚的"大老虎"，一个成了全国表彰的优秀干部、即将提拔的副省长。多么巨大的落差，难道林强盛果真是坐怀不乱的柳下惠再世？是出污泥而不染的廉政标兵？既然如此，那么这封举报信又该如何解释？是空穴来风，有人把水搅浑？事情绝非这么简单。

秦慧楠把举报信递给邓亦先，邓亦先并没有在意，他说："这样的匿名信我那里有成袋成箱。问题是这举报不仅没有具体证据，也没有提供调查的线索。无非是对林强盛有意见不快活的人搅搅局、出出气罢了。"

"真是这样吗？"秦慧楠在拷问自己，她心里盘算着，有没有这么一种可能：多个情妇、多个非婚子女不全是余光所为，他替别人包括林强盛背了黑锅。从全国反腐败案例来看，同案犯中，"丢卒保车，东山再起"的现象屡屡发生。余光和林强盛是不是这样呢？责任重大，秦慧楠在坚守着最后一道防线。

监狱墙上挂钟的指针指向了上午七时整，省人大八点半开会，九点宣布林强盛的任命，还有两个小时，难道就这么不了了之？不，不到最后绝不放弃，她必须撬开余光的嘴巴，因为他是林强盛的第一个知情人。直觉告诉她，此时余光在演戏。

秦慧楠说："余光，曾任江东省东山市市长。从常务副市长提拔为市长，只经历了八个月的时间，我说的不错吧？"

余光低着头，沉默着。

秦慧楠向余光亮了一下工牌："自我介绍一下，我是中央组织部干部监督局二处处长秦慧楠。"

余光依然低头沉默，看着锃锃发亮的手铐。

秦慧楠说："你的沉默向我表示着什么，抵触还是不屑一顾？也许在你这个曾经的市长眼里，一个小小的处长，位卑言轻，微不足道。"

"错了！"余光开口了，"中国的经济，是处长经济；中国权力的关系，是处长的关系。在中国，不搞掂处长，一事无成。这个，我深有体会。"

秦慧楠说："名不虚传，果然是官场高手。"

"过奖。高手谈不上，"余光玩世不恭地说，"充其量是一根官场老油条罢了。"

秦慧楠从包里掏出一张照片，是林强盛的相片，余光看了一眼继续沉默。

秦慧楠问："余光，认识他吗？"

余光心里先是一惊，后是一声不吭，又玩起了"只要不开口，神仙难下手"的套路。他不知道秦慧楠为什么突然拿出林强盛的照片，不知这葫芦里卖的什么药。

秦慧楠说:"一个是市长,一个是市委书记。余市长,你们两人搭档八年,你不会说不认识吧?"

余光说:"别,请别这么称呼我,余光市长已经死翘翘了,现在只有罪犯余光。我知道,我的案子震惊了全国,因为我有二百多套房子,一百多个情妇,二十多个私生子女……我,无地自容;我,忘记初心,不得始终;我私欲膨胀,给党抹黑,罪该万死!"说着,他不自然地抹了抹眼角。

秦慧楠步步紧逼:"余光,你有博士生的头衔,想不到这么俗,俗不可耐!"

余光说:"请秦处长赐教。"

"想当官拍不尽马屁,有了权忘乎所以,进了班房后悔不已。一个高级知识分子,居然和其他文化层次较低的贪官一样,走的是一个套路,一点新意都没有。"

"不好意思,"余光老脸皮厚,但欲言又止,"我的博士生文凭是——"

邓亦先脱口而出:"假冒伪劣?"

余光低头而答:"差不多吧——"

邓亦先长叹一声:"难怪啊!"

"秦处长,"余光试探着口气问,"问题我也交代了。您还有什么指示?"

"指示谈不上,例行公务。"秦慧楠突然话锋一转,"组织上要提拔任用你曾经的搭档林强盛,想听听你的意见。"

"什么,听听我的意见?"余光震惊,"这太阳从西边出来了?我可是重大罪犯哪!我现在有什么权利给党的组织工作评头论足?"

秦慧楠说:"你和林强盛同志曾经搭档了八年,配合默契,相互了解,相得益彰。你的意见有一定的参考价值。"

"好吧,恭敬不如从命。"余光终于改变了口气,"党和政府既然看得起我,给我一次发声的机会,我就得珍惜。秦处长,对林强盛同志……不，我现在不配做他的同志，是林强盛书记，我对他的评价是八个字——党和人民的好干部。"

秦慧楠问："是真心话？"

"秦处长，"余光一副可怜兮兮的样子，"我已铸成大错，身陷囹圄，还能错上加错？我说的可是掏心窝子的话。"

"不要信誓旦旦。"秦慧楠一针见血地指出，"你的目光游离，顾左右而言他。看得出，你心里有话，有委屈，也许是天大的委屈！"

"不——"余光矢口否认。

"我和邓处长可以等你到八点，"秦慧楠的语气不紧不慢，"等你说出真心话。"

"秦处长，你可不能逼我啊……"余光十分委屈的样子。

"这不是逼你，"秦慧楠掷地有声地说道，"是等待你的良心发现！"

"余光，"邓亦先加了一把火，"还有十分钟就是八点，这对你是一次立功的机会，你要把握好。"

"我……"

余光暗淡浑浊的目光突然闪亮了一下，这种闪亮夹带着渴求和贪婪，尽管是瞬间，还是被秦慧楠捕捉到了。

上午八点，江东省省委书记郁浩民提前半小时来到了办公室。今天是省人大的一次重要会议，要通过几项地方法规，还要宣布几个重要的人事任免，其中林强盛就任江东省人民政府分管工业的副省长，就由他亲自宣布。因为他不仅是省委书记，还兼职省人大常委会主任的职务。

郁浩民是江东省人，今年五十五岁，凡认识的人对他的评价是优缺点各半，还送他三个字"稳、准、狠"。所谓稳，就是做事待人求稳求重，稳如泰山，宁静致远，不草率，不感情用事；所谓准，做任何决策，下任何决心一定要准，看准了的事他下手，看不准的，天王老子说情都无济于事；所谓狠，对小人下手狠。他还把小人列为三种：违背诺言者，挑拨离间者，溜须拍马者。

郁浩民坐在案头，趁开会前的时间，抓紧批阅急办的文件。这时，秘书李冬走进来，将一份文件摆放在案头。

李冬说："郁书记，这是林强盛副省长的任命文件，请您在省人大会上宣布。"

郁浩民问："会议是几点开始？"

李冬说："上午八点半，宣读任命的时间是九点整。"

郁浩民拿起文件，"关于林强盛同志任命的通知"的大字映入眼帘，犹如划动了船桨，拨动了他思绪的涟漪。在他任职江东省省委书记前，林强盛提拔的事已成定局，这是前任省委书记提议省委常委会拍板定夺的。郁浩民到任后，只是象征性地走一下程序。

在江东省第一监狱的审讯室里，时间在一分一秒地流逝。余光一扫刚才的轻松，面前的烟灰缸里满是烟蒂。秦慧楠依然目光柔和地看着他，旁边的邓亦先悄悄地瞄了一眼挂钟，已是七点五十五分，距离宣布结果还有一小时零五分钟，余光仍然一口咬定林强盛是"党和人民的好干部"。看着秦慧楠面带微笑，不急不忙的样子，邓亦先只能暗暗着急。余光则悠悠地吐出一口烟圈，那架势是死猪不怕开水烫，坚决对抗到底。在这时刻，对峙的智慧就是耐心和毅力，看准对方的软肋，猛然一击。

邓亦先拍案而起："余光，还有五分钟，你不要和立功的机会擦肩而过！"

余光急了："要我说什么？林强盛是'大老虎'，事实呢？证据呢？我不能睁着眼睛说瞎话呀！"

室内的座钟敲响了八下，郁浩民整理着公文包，将林强盛任命文件装进包里，揿响了电铃，秘书李冬走进室内。"早点去会场吧，防止堵车。"郁浩民说。

"郁书记,我去通知交警大队,道路管制。"

"说过多少次了,不要动不动就道路管制。"郁浩民火了,"这个毛病一定要改一改!一条繁华大道,让所有人停下来,让我一个人通行,凭什么?我没有这个权力!我是省委书记,我的时间值钱,老百姓的时间就一文不值?这,也是腐败!"说完,郁浩民疾步向办公室外走去。

审讯室里,秦慧楠和邓亦先交换了一下目光,两人同时起身准备离开,余光一脸讨好地看着秦慧楠和邓亦先,以得意的目光目送他们离开。

正当余光紧绷的神经稍有放松时,秦慧楠已经迈出门的身影又转过来,她略带歉意地对余光说:"我差点儿忘了一件事,余光,有人托我带一样东西给你。"秦慧楠从包里掏出一张纸递给余光,余光的眼神随着这张纸从包里到自己手里转动着,想看看秦慧楠有什么花样。他仔细一看是一张小学一年级的成绩报告单,语文、算术两个一百分。不错的成绩,但这与我余光有什么关系呢?余光心里纳闷,但又不想问。

秦慧楠说:"这是你女儿的,她考了两个一百分,向你报喜。"

女儿?报喜?余光有点糊涂了,自己根本没有女儿,怎么会有考一百分的女儿报喜呢?看余光一脸的狐疑,秦慧楠轻声说:"这是你非婚子女中的一个。这孩子八岁,长得很可爱,叫小曼。你出事后,她的母亲、你的情妇,狠心地将她抛弃,远走他国了。她给孩子留下一封信,信上只有一句话:孩子,你的亲生父亲是东山市市长、贪官余光!"

余光瞬间愣住了,嗡嗡作响的脑子里,飞速盘算着曾经的情妇中,哪个会给他生了女儿,又怎么敢如此称呼自己呢?余光浏览了一下成绩单。在成绩单最下方,写着方方正正的一行字:"爸爸,妈妈找到你了吗?我是好孩子,我很好,很想你!"余光心里有一根弦似乎被拨动了一下,突然神情不安地躁动起来。

秦慧楠看着余光,继续说:"孩子被一位捡垃圾的老人收养了,老人担心孩子接受不了现实,这封信并没有给她看。他还告诉小曼,她爸爸为了让小曼能更好地生活,正在国外奔波,而妈妈则是找爸爸去了。"

秦慧楠又从公文包里掏出一张照片递给余光："这就是你的女儿小曼。"

余光接过照片，仔细端详起来。照片中的小曼腼腆地笑着，眉眼和余光有些相似。这些年来，余光对情妇的相处原则从来都是权色交易，不谈感情。万不得已生了孩子，也只额外支付一些钱财，从不过问。但他从不曾想过这些孩子，有一天会如此突兀地出现在面前。此刻他吃惊地发现自己竟然泪目了，连忙用手胡乱抹去将要掉落的泪水，自我解嘲着说："老眼昏花了，有点看不清楚。她……过得好吗？"

秦慧楠反问一句："收养她的老人捡垃圾，你觉得呢？"

余光张了张嘴，但还是闭上了。他抿紧了嘴唇，目光在成绩单和照片之间转换不停，心里却在说着："天哪，我造孽了，我该死，罪该万死……"

余光的内心活动，秦慧楠一眼看穿，她决定"痛打落水狗"，最后一击："余光，按血统和基因，你是那二十多个非婚子女的亲生父亲。问问你的良心，这些孩子怎么生存？他们怎么面对社会和人生？怎么面对现在和未来？你可曾考虑过，你尽到了一个做父亲的责任吗？你造的孽，犯的罪，党纪国法不容，天理不容！"

余光痛心疾首地说："秦处长，我不是人，我有罪……"

邓亦先说："孩子被我们接过来了，你想见见她吗？"

"想……"余光脱口而出，突然又改口，"不，还是不见吧……"

秦慧楠说："不管怎么说，这孩子是你的亲骨肉。她来到这个世界已经八年了。"

余光耷拉着脑袋，连大气都不敢出。看得出来他的精神开始崩溃。这时，审讯室的门开了，两位年轻的女警察带着一个小女孩走进来。这女孩就是小曼。

小曼见到秦慧楠，马上扑过来喊了一声"秦阿姨好"。秦慧楠指指审讯席椅上的余光说："小曼，仔细看看，他是谁？"

小曼一下子认出来了，令人揪心地喊了一声："爸——"

余光慌了手脚，面对向他走来的小曼，一个劲地说着："不，不不——"

小曼说："你就是我爸，我口袋里有你的照片，我每天都要看几回。爸，你为什么被关在这里？爸，我好想你……"

余光再也忍不住，强大的动力似一股洪流，终于冲破了感情的闸门奔涌而出。他一把搂住小曼，泣不成声。

秦慧楠看了看腕表，时钟八点十分，她对邓亦先使了个眼色，两人不声不响地走出审讯室。

监房过道的感应灯随着秦慧楠和邓亦先的脚步一盏盏明亮起来。邓亦先低声问秦慧楠现在怎么办？秦慧楠只说出一个字：等！邓亦先看了看手表，神色焦急，还能等到什么？对余光还有等的必要吗？话音未落，狱警从后面匆匆地跑来，快步追赶上他们说，余光请你们回去，他有话要说！秦慧楠与邓亦先相视一笑，迅速折回审讯室。

余光再次见到秦慧楠和邓亦先的第一句话是"请帮我转告小曼，她是个好孩子，我不是个好爸爸，不要恨我。还请替我谢谢那位垃圾站的老人，他帮我担负了责任"，第二句话是"林强盛是个伪君子，我要举报他……"话没说完，泪洒衣襟，泣不成声，双膝跪地……

一辆帕萨特在东山市的街头疾驰而过，驾车人是秦慧楠。邓亦先坐在副驾驶座上，正给部里打电话请示。余光提供的证词、证据事关重大，他们已经拿到林强盛有十二个情妇、八个非婚子女、二十套非法获取住房的确凿证据。情况紧急，中组部领导指示，直接向江东省委书记郁浩民同志报告。

会场门口，郁浩民已经下车，与代表们陆续走进会场。街上，秦慧楠开着帕萨特呼啸而过，她已经超速，被交警发现，交警骑上摩托随即追赶。望着后视镜里的交警，秦慧楠并没有收住油门，继续超速行驶。郁书记的电话一直是忙音，此时距离宣布结果还有十五分钟，秦慧楠急在心里，脚下的油门一直就没松过。

"小心，前面是红灯！"随着邓亦先的惊呼，秦慧楠加大了脚下的油门，帕萨特轰鸣着闯过红灯。眼看就要到会场了，导航提示前方严重拥堵，秦慧楠看着导航，眉头一皱，心里一横，方向盘转起来，冲上左车道，居然逆向行驶，吓得迎面而来的车辆纷纷避让，有些车辆避让不及，出现了剐蹭、碰撞。

一辆停在路边的警车拉响了警笛，并紧急发动警车追着帕萨特，命令靠边停车，秦慧楠无暇顾及，全神贯注地继续向会场行驶。邓亦先双手紧紧抓住头上方的把手，神情紧张，屏住呼吸。咣当一声，帕萨特撞坏了会场门口的挡杆，冲进大门。门口警卫一片慌乱，交警开着警车、骑着摩托紧随其后。停车后，秦慧楠和邓亦先向会场跑去，速度像是百米冲刺！

会场内，"江东省第九届人民代表大会第十次全体委员会"已经开会，郁浩民和其他领导干部早已在主席台落座。主席台下也是座无虚席，代表们表情肃穆，整个会场格外庄严。

就在主持人宣布江东省委书记、省人大主任郁浩民同志宣读一项任命通知时，秘书李冬疾步走来，与郁浩民低头耳语。郁浩民表情震惊，把刚刚拿出的任命文件又收回公文包，与主持人交代一番走出会场。

主持人尴尬地说："同志们，因情况的变化，大会程序作临时修改，现在请省财政厅的主要负责同志向大会报告工作……"

顿时，台下一阵骚动，代表们交头接耳，窃窃私语。

在省委的小会议室里，郁浩民和几位省委领导在听取秦慧楠的汇报："余光交代并揭发，在定他罪的一百零四个情妇、二十二个非婚子女和二百一十二套住房中，有十二个情妇、八个非婚子女、二十套住房是林强盛的。"

秦慧楠将卷宗放在案头，有一位领导抽出材料，是几份DNA检测报告和十几套房本。整个会议室顿时像煮沸的一锅粥，有的对林强盛恨铁不成钢，摇头叹息；有的被林强盛伪君子的恶行气得拍案骂娘；还有支持过林强盛的人大呼上当受骗，委屈得像个受害者。他们说，这些证据材料如果再晚送来一分钟,林强盛的任命一经宣布,其政治影响之大之恶劣更是难以想象! 有人把茶杯重重一放,表示自己的愤怒,也有人脱口而出:"什么带病提拔,分明是重病提拔! 这是怎么考察的? 要追责! "

省委领导们的愤怒在情理之内,秦慧楠也很理解组织部工作的为难之处。她说林强盛太会演戏了,是政治舞台上一个出色的演员。余光又太哥们儿义气了。他们俩早就商量好,出了事,不能两个全死,只要死保一个,另一个就能起死回生,绝路逢生,东山再起。

郁浩民看看秦慧楠,然后又环视在场的各位一圈,语气沉重地说道:"留得青山在,不怕没柴烧,这是腐败的新动向。腐败分子舍卒保车,舍车保帅,等待时机,然后东山再起。慧楠同志,感谢你帮助我们阻止了一个严重带病提拔的恶性事件,挽回了一场巨大的政治损失,请你向中组部的领导转达江东省委的谢意! "

这时敲门声响起,秘书李冬走进,后面跟着两位交警。秦慧楠歉意地看着交警,对郁浩民说,他们是找我的。在省委书记及省领导面前,两位交警有些踟蹰,说这位女士交通肇事,很严重。

郁浩民说:"交警同志,这位是北京的客人,交通肇事另有原因,我讲个情。"

听了郁浩民的话,李冬面露惊讶,郁书记可是铁面无私啊,今天突然要当着众人的面讲情,真是大年初一吃饺子——头一回啊。

"不,我跟他们走,接受处罚。如果关几天,您派人给我送盒饭就行了。"秦慧楠的话语,引得众人哄堂大笑。

郁浩民说:"一定,几荤几素? "

秦慧楠说:"全荤。"

郁浩民问:"你不吃素? "

秦慧楠反问:"不吃素不好吗? "

"好,我喜欢。"郁浩民一语双关,"不过你要当心我去北京挖墙脚,把你挖过来。"

秦慧楠高兴地说:"我愿意!"

郁浩民看着眼前这位气度不凡的女子,默默地记住了这位"不吃素"的中组部女处长。

秦慧楠挽回了江东省委的一场政治损失,成了英雄,丈夫田振鹏得到这个消息有点意外。他是江东省公安大学的教授,在痕迹研究上颇有成果,被人称为"田大痕"。秦慧楠研究生毕业后,分配到中组部工作,从结识田振鹏到相爱结婚、生女,一家人一直是两地分居。因为小家庭建在东山市,十年来秦慧楠和田振鹏省城、北京两头跑,路费不知花了多少。

林强盛的事情办完了,秦慧楠无比轻松。走出省委大门,她才给田振鹏打了电话,说晚上一起吃顿团圆饭。明天一早秦慧楠又要飞走了,夫妻俩在一起的时间以分秒计算。说不尽的悄悄话,不知从哪说起。对,就从林强盛任命一分钟前被拉下马的事说起。秦慧楠问这事在省级机关的反应。田振鹏说:"那还用说,大快人心事。好像是地震,省城皆沸腾!"他问秦慧楠,为什么上一届省委领导拍板定夺的事,下一届省委领导不能及时发现问题和修正,这是不是我们体制的漏洞?

田振鹏的问题把秦慧楠给问住了,一时间不知如何回答是好。她觉得这个问题是沉重的,是难以回答的,只好说了句模棱两可的话:"马首是瞻,唯上是尊,这是中国官场数千年的恶习。即使到了今天,这个恶习还有市场。"

田振鹏说:"不错,你说到了点子上。林强盛差一点被重病提拔,上一届省委固然要负主要责任,可是新一届省委能袖手旁观吗?"

田振鹏的矛头直指省委新书记郁浩民同志,秦慧楠不同意。

田振鹏问她为什么?秦慧楠只是说无可奉告。

江东省是经济大省,在全国举足轻重。郁浩民在开发区考察时发现,有些办公楼或厂房人去楼空,外资撤出江东市之后情况比预计的严重。

坊间甚至开始有人传播谣言，说开发区将成为鬼城，经济下滑是反腐导致的结果。只有大家闷声发大财，允许适度腐败，才能带来经济的繁荣。江东省经济决不能下滑、GDP决不能往下掉，由此他想到了秦慧楠，用组织工作为经济发展保驾护航。

"郁书记好！"只见秦慧楠站在面前，手里拎着一只拉杆箱。

"慧楠同志，"郁浩民哈哈一笑，"刚想到你，你就出现了。"

"一下飞机就赶来报到！"秦慧楠说，"接到调令，闻风而动，岂敢怠慢？"

"好啊，"郁浩民感慨秦慧楠的行动力，"名副其实的空降啊！哈哈哈……来，我给大伙介绍一下。这是秦慧楠同志，是我从中央组织部挖过来的。"随即，郁浩民让秦慧楠在工业园区内转转。是游览这里秀丽的风景？当然不是。秦慧楠心里琢磨着，郁书记有话要说。俩人向园区走去，看着一脸笑意很亲切的郁浩民，秦慧楠不太了解今天郁书记选择在这里接见自己的理由。她知道郁浩民书记是位雷厉风行的实干派，猜想他是让自己尽快熟悉工作环境，了解江东省面临着严峻的经济和反腐斗争的形势。

来到园区湖边，美丽的风景无法安抚郁浩民沉重的心情。郁浩民把全省经济严峻的形势介绍之后说："我现在的日子不好过啊，慧楠同志。"

秦慧楠十分理解郁浩民的心情，可是她不知道自己该如何帮他解忧。自己是组织干部，不懂经济，如何帮助江东省经济腾飞呢？面对一脸疑惑的秦慧楠，郁浩民微微一笑，指着湖面。

"'水清则无鱼'，这句话你一定听得多了。"郁浩民说，"今天，有人用这个成语为腐败治国、贪官治国辩解，提供理论依据。"

秦慧楠明白了："您是不是想证明'水清鱼更多'？"

郁浩民向秦慧楠竖起大拇指，说他正在组织人员研究这一课题，而秦慧楠正是他心中的课题长。他说东山市是经济大市，全国十强县就占了三个，去年更是经济总量超过瑞士、意大利等国，但是这里腐败丛生。他告诉秦慧楠，省委准备让她去东山市，任市委常委、市委组织部部长。

原市长余光和那个被秦慧楠在关键时刻拉下马的市委书记林强盛,还有一批干部都先后倒下了。这个腐败是"塌方"式的。他要求秦慧楠去了东山,严把用人关,用好官,用清官。用实际行动,让人民从反腐败中看到希望,颠覆一个传统的理念:不是水清则无鱼,而是水清鱼更多!用铁的事实证明,无论是战争年代,还是新中国成立后的经济建设时期;无论是四十年来的改革开放,还是今天的反腐败斗争,共产党人依然是历史大潮中的中流砥柱,依然是人民权利的代表者和维护者。

秦慧楠沉默了,面露忧虑。

郁浩民问:"没有信心?"

秦慧楠说:"信心是有的,但是我缺少基层工作经验,心里老是打鼓。"

郁浩民说:"别这么说。东山市干部队伍的这池水是清是浑,我把宝全押在你身上了。"

"您放心,只要我看准的目标,我会奋不顾身地扑上去的!"秦慧楠右手握拳,铿锵有力地说。

"好,要的就是你这句话!"郁浩民挥手,附近一辆轿车开过来,车上走出秘书李冬,手上拿着档案袋,他示意李冬将材料袋转交给秦慧楠。只见材料袋上写着"玉泉县县委副书记、常务副县长崔思康"。

崔思康?秦慧楠有些惊讶,心里暗想,怎么会是他?她从材料袋里抽出一个中年男子的大头照片,心里一惊:啊,没错,就是他,确实是那个十五年前相识的崔思康!

轿车在省城大街上行驶,车后座坐着秦慧楠和郁浩民。秦慧楠翻看资料,久久地凝视着崔思康的照片。原来,崔思康和她是校友,是她的学长,一眨眼十五年过去了……

十五年前,秋季开学后不久,国家行政大学社会学系举行了一次"官德与官运辩论会"。台上左右,坐着正反双方辩手。

掌声中,主持人秦慧楠走上台,她年轻、端庄,楚楚动人,浑身散发着青春的靓丽与活力。她用带着江南口音的普通话说道:"各位老师,各位同学，各位来宾，大家上午好！我宣布'官德与官运辩论会'现在开始！让我们欢迎正方主辩手闪亮登场。有请崔思康同学！"

音乐声中，崔思康走上台，挥手致意。他有点土气，但充满着阳刚。他高高的个头，瘦削的身材，胳膊上的大块肌肉和鼓鼓的胸肌，像个运动健将。

音乐声再次响起，女生沙莎手持话筒，款款地走上台。这是一个典型江南水乡的小家碧玉，娇柔、妩媚。

崔思康上前一步，鞠躬，自报家门："本人崔思康，农民的儿子，纯正草根，是社会学系研究生班三年级学生。我辩论的命题是'官德与官运，有德才有运'。"

沙莎上前一步，鞠了一躬，自我介绍："小女子沙莎，父亲是江南水乡一个小承包商。打肿脸充胖子，勉强跻身'白富美'的行列。本人是行政管理系本科一年级学生。今天，我辩论的主题是'官德与官运，谁先谁后不可分'。"

秦慧楠说："崔思康、沙莎同学，你们一个是研究生三年级，一个刚步入大学校门，简直是'巨无霸'与'小舢板'的对决。沙莎同学，有信心吗？"

沙莎回答："有理走遍天下，年龄不是距离，学历不是问题！"

秦慧楠问："崔思康同学，面对小学妹，你成竹在胸，志在必得？"

"不，我很担心。"崔思康说，"我担心别人戳我的脊梁骨，说我欺负妇女儿童！"一句话，引得全场千名师生捧腹大笑。

……

"哈哈哈，这么说，你这个学长还很幽默嘛。"郁浩民的话将秦慧楠从十五年前的回忆中拉回到今天。

秦慧楠说崔思康不仅幽默，还是个道德完美主义者。这种印象定格在她的脑海里。于是，秦慧楠继续向郁浩民讲述十五年前的那场"官德与官运的辩论会"——

在千人会场的舞台上，秦慧楠宣布："辩论正式开场！正方有请——"

"老师们，同学们，"崔思康说，"这里是什么地方？行政大学，是培养干部的摇篮。毫不讳言，跨入这个大门的人，都怀揣着今后能在仕途发展顺畅的美梦。可是理想很美好，现实很骨感，许多步入仕途的人，美梦破灭，或中箭落马，或碰得头破血流。为什么？因为这些人，为官之前道德缺失。由此我大声疾呼：在仕途的入口处，设立'道德安检门'，对所有进入者进行'道德安检'。只有这样，才能把那些上蹿下跳，削尖脑袋往仕途钻的道德缺陷者们打回原形。他们会遭到大声呵斥：没门儿！"

会场内，众人大笑，一片喝彩。

沙莎不甘示弱，强势回辩："正方主辩手崔思康同学请注意，你倡导的'道德安检'，简直是个无情杀手，将有仕途梦想的人才拒之门外，扼杀在摇篮之中。你想过没有，你要扼杀的很有可能是一批人才。这些人才，很有可能今后就是乡长、县长，甚至是市长、省长及国家的栋梁。金无足赤，人无完人。同样，步入仕途的人当然不一定是完美之人。官德官运，谁先谁后，就像'先有鸡还是先有蛋'的争论一样，毫无意义。汉高祖刘邦，在世人眼里是个道德严重缺失的小混混，可他以布衣之身，提三尺剑而取得天下，建立大汉基业。"

崔思康毫不退却，言高一筹："正是刘邦的道德缺失，导致了他的荒淫无度，贪色贪杯。他登上皇帝宝座后更是夜夜欢歌，纵欲成疾，导致无法排尿，最终憋尿而死。他的死相特别难看，让世人目不忍睹。"

"这……"沙莎有点语塞，"请问崔思康同学，当你跨进这所大学的校门，你经过'道德安检门'了吗？"

"很遗憾，我们这所学校，还没有装上'道德安检门'。"

"用什么证明你的道德完美？"

"我做梦都盼望早日装上'道德安检门'，一旦有了这扇门，我会以百米冲刺的速度冲进去！"台下的掌声、叫声、笑声响成了一片，热浪几乎要掀翻屋顶。

……

奥迪轿车停在省委大院内，郁浩民和秦慧楠下车，朝一座办公楼走去。

郁浩民问："那场辩论有意思。后来谁赢了？"

秦慧楠话中有话："这类命题的辩论，永远是分不出输赢的。"

郁浩民弦外有音："是啊，官德与官运，谁先谁后，谁大谁小，谁因谁果，这个争论，没完没了，在现实中，一直在进行着。"

正在东山市玉泉县政府处理公务的崔思康，没有想到自己已经被即将上任的东山市委组织部部长秦慧楠盯上了，准确地说是被省委郁浩民书记、被当前反腐的大形势盯上了。这个从村长一步一个脚印走过来的常务副县长，根本料想不到大麻烦来了。

玉泉县公安局局长章法成推门的时候，崔思康正一脸愁容地看着手中的文件。章法成把玉泉集团总经理吕佳龙涉黑案件的卷宗和拘捕令递给他签字时，崔思康把材料一推，大声嚷道："章法成，这球不要踢给我。县公安局平时抓人、关人，要我这个常务副县长签过字吗？为什么单单这个吕佳龙就要让我签字画押？"

章法成也是没办法。玉泉集团是上市公司，吕佳龙又是该集团的总经理，这个集团每年上交县财政税收二十多个亿，是县里的纳税大户。都说群龙不能无首，抓了吕佳龙，万一影响了玉泉县的经济，这个责任他可承担不起。

让崔思康生气的是，抓一个上市公司的总经理，就让章法成来找他批示，让他碰硬茬儿，做恶人。难道王子犯法与庶民同罪，法律面前人人平等，这些话都白说了吗？他这个玉泉县公安局局长是怎么当的？章法成说："抓了一个人，毁了一个县的经济，你愿意？"崔思康警告章法成："放过一个人，毁了国家一个法，你敢吗？"

除了玉泉集团是全县的纳税大户，还有一件事让章法成不敢轻举妄动吕佳龙。八年前吕佳龙和崔思康共过事，那时崔思康是乡长，吕佳龙是副乡长，外界传言两个人因为志不同道不合，吕佳龙一气之下辞职下海经商，此后做得风生水起。当时具体发生了什么，只有两位当事人知道，别人都不清楚。有一些机关干部背后说，崔思康借扫黑除恶之名，行打击报复之实。崔思康这是第三次列为玉泉县新县委书记候选人的非常时期，当然这也是最后一次了。章法成觉得不能节外生枝，此时正是抓捕吕佳龙的最好时机，他担心崔思康过了这个村就没那个店儿了。

　　此时的崔思康并非不愿顾及个人前途，他不是傻子，不想放弃玉泉县县委书记这个选择，但他更不想放过涉黑的吕佳龙。

　　"只要是我的权力，就绝不会放过。"崔思康忧心忡忡地说，"我担心你侦查的材料是不是货真价实？"

　　章法成保证："放心，证据确凿，都是干货，没有水分！"

　　崔思康支持章法成依法办案，该抓的抓，该判的判，他崔思康永远站在身后，如果天塌下来，也会帮章法成顶。章法成要的就是崔思康坚定支持的表态，马上打开对讲机，下令东关派出所所长丁海及特警队集合待命，准备晚上行动。

　　崔思康说，待什么命？立即行动！章法成做事喜欢留有余地。他说，这大白天的，那么多员工在班上，给吕佳龙留点面子吧。

　　崔思康说，留什么面子？他违法犯罪，给谁留面子了？扫黑除恶，必须造成高压态势，必须形成强大的震慑力！于是，章法成下达了立即行动的命令。

　　秦慧楠接到崔思康的材料后一直在翻看，郁浩民书记的话犹在耳畔：崔思康曾经一天引进外资二十家，能力非凡，却在副县长的位置上止步不前，一干就是八年。其中两次提拔县委书记都没通过，这次东山市委又将他列为玉泉县县委书记的候选人。此人的是非功过，众说纷纭，莫衷一是。有的说他作风霸道，以权谋私；有的说他违纪违规，搞权色交易……最近又添了一个罪名：公权私用，借扫黑除恶打击报复，损害守法商人的权利。

崔思康的问题，省、市纪检部门查来查去，结论始终是"事出有因，查无实据"。最近还有一份民调显示，崔思康的支持率居然名列前茅。秦慧楠对郁浩民说，"水清有鱼还是无鱼"的问题，就从崔思康的扫黑除恶作为切入点。郁浩民不假思索地表态同意。

玉泉大厦是玉泉县标志性建筑，高耸入云。丁海率众警驱车向玉泉大厦驶去。几辆警车警灯闪烁，警笛鸣叫，驶到大厦楼下，公安干警和特警冲进大楼内，直奔总经理办公室。只见老板桌前一个中年男子正在用电脑，他还没来得及起身，就被特警控制住了。

此男子就是赫赫有名的上市公司、玉泉集团的CEO吕佳龙。他文质彬彬，优雅斯文，如果套上一件长衫，围上一条加长围巾，扮演"五四青年"不用化装。

丁海的出现，犹如神兵天降，让吕佳龙措手不及，还来不及反应，就束手就擒。在警察给吕佳龙戴上手铐时，吕佳龙显得十分镇静，不急不躁地说："我不是黑社会，我是守法的商人，你们凭什么抓我？谁批准你们这么干的？"章法成走进办公室，沉着地回道："是我。"

吕佳龙轻蔑地看着章法成，毫无顾忌地说："章法成，你没有这个胆，是崔思康在给你撑腰。他借扫黑除恶，打击报复，排斥异己，你跟着起哄，会吃不了兜着走的！你应该知道，崔思康就是个腐败分子，是个伪君子，你为他站台，没有好下场！"

吕佳龙说的这些话，章法成已有思想准备，却没想到他的态度会如此嚣张，语言如此歹毒。不能让他再说下去了，他大喝一声："带走！"

大门口聚集着玉泉集团的员工，他们组成人墙挡住去路，人群里"吕总、吕总，不能让他们把你带走"的呼喊声此起彼伏。不等章法成说话，吕佳龙朝众员工高喊："大家请放心，我没有事的，会回来的……"

员工们群情激昂，拦住警车，吵吵嚷嚷。一名员工责问："吕总是个好人，凭什么抓他？"众员工齐声大叫："凭什么？凭什么？"另一名员工对章法成说："警官同志，你们知道吕总帮过多少穷人吗？做过多少慈善吗？为我们玉泉集团创造过多少效益吗？不给个令人信服的理由，是不会让你们抓走我们吕总的！大伙说对不对？"众员工高喊："依法治国，构建和谐，随便抓人，破坏稳定！"

　　警车强行开出，一群员工冲上去，挡住车头。众员工怒吼着："来吧，朝我们身上轧过去！"

二 "事出有因，查无实据"

玉泉大厦门口越闹越凶，这嘈杂的叫喊声、汹涌的人群被一个男人尽收眼底。他西装笔挺地站在落地窗前，面无表情地看着楼下的一切，他就是玉泉集团总裁、玉泉县工商联主席卢晓明。这是一个身材瘦削但气度非凡的中年男子。他的站姿像一名军人，目光像鹰一样犀利，对公安拘捕他的助手吕佳龙却显得异常冷静，引起了公司董事和员工们议论纷纷。

总裁办的安静被闯入的几个人打破。一个窈窕淑女的背影企图挡住几个中年男人闯进房间。那背影是吴雪姣——卢晓明的秘书，后面几位男子是玉泉集团的董事。卢晓明没有回头，只是抬起右手伸出中指和食指，示意吴雪姣不用再阻拦这些人。董事们得到卢晓明的允许，迅速挤到老板桌前，你一言我一语，慷慨激昂："崔思康打击报复，卢总不能不管！""抓总经理，总裁还稳坐钓鱼台？""总经理抓了，公司还要不要经营了……"

面对董事们的责问，卢晓明依然沉默不语，稳如泰山，转身坐在意大利真皮老板椅上。这时吕佳龙的妻子胡萌萌呼天抢地地闯进来。三年前吕佳龙与结发妻分了手，比吕佳龙年轻十五岁、长相十分俊俏的公司财务总监，毫不犹豫地将自己献给了吕佳龙的二婚。

胡萌萌一进来就哭就喊就控诉，从吕佳龙为公司多年辛苦的付出，一直讲到他和崔思康之间曾经的矛盾和争斗，讲得伤心落泪，有根有据，让总裁秘书吴雪姣也偷偷跟着掉眼泪。吴雪姣一边扶着胡萌萌，一边低声安慰着，可是此时的安慰在胡萌萌的耳朵里却有些刺耳，她说："刀不砍在你们身上不知疼,你让我怎么冷静?"众董事也附和着,眼下这态势就是逼着卢晓明表态。

卢晓明将陷入老板椅的身体挺了挺,声音低沉道:"你们让我怎么管? 这是扫黑除恶,中央的战略部署,是专项行动。这时谁敢往枪口上撞? 你们谁敢去试试? 我可没有这个胆。"他的声音里没有一丝温度,让胡萌萌和众董事颇感意外。说完这些话,他站起身向外走去,几个董事尾随而去。

"出了这种事,我心痛!"在走出门口时,卢晓明转身对众董事说,"佳龙是我的好助手、好搭档,我相信他是清白的。现在我们唯一能做的是相信政府,问题会水落石出的!"他指指众董事,"你们都散了,该干吗干吗去!"胡萌萌想去追赶卢晓明,被吴雪姣拽住。

卢晓明在玉泉大厦的过道里疾步走着,身后簇拥着几个为吕佳龙鸣不平的公司员工。此时崔思康恰好从电梯里走出来,他身后是几位政府工作人员,两股人群刚好相遇。卢晓明热情地与崔思康打招呼,特意叫他崔县长。崔思康更正说,他只是副县长,而且还带括号"常务"。卢晓明一边恭维崔思康,一边请他到公司的贵宾室。

崔思康谢绝了卢晓明的邀请,提出借间会议室开座谈会,并表示一定会付场租费。他指了指楼下的人群说:"我请他们开个座谈会。"卢晓明尴尬地说:"崔县长,这个会应该是我来开。我的工作没有做好,给政府添麻烦了。"

楼下,面对众多员工的围堵,警车里的丁海有些坐不住了,开始向章法成发牢骚。章法成二话不说拉开车门准备下车,丁海马上下车拽住他。

"您干吗?"

"我去,让他们让个道!"

"挡子弹、堵枪眼还轮不到您,我去!"

当丁海走向围堵警车的员工时,堵在大门口的员工突然解散,纷纷向大楼内走去。丁海有些纳闷,章法成走下车来。面对空空荡荡的大门口,他觉得这人群散得太突然了,不可思议。丁海认为是卢晓明发话让大家散的,但又没见他现身,让章法成心里画上了一个大大的问号。眼下的当务之急是把吕佳龙收押、预审,于是警灯闪烁,警笛鸣叫,丁海押着吕佳龙向县公安局的方向疾驶而去。

　　玉泉大厦的会议室里,被刚才楼下围堵警车的玉泉集团员工们挤满。会议室前排坐着崔思康和卢晓明,后排是吴雪姣、胡萌萌及几位董事,员工们都在窃窃私语。卢晓明环视全场后,站起来发言:"员工同志们,县委、县政府对我们玉泉集团十分关心。今天,崔县长深入基层,光临我公司视察和指导工作,我们表示衷心的感谢!"

　　卢晓明带头鼓掌,室内的掌声却稀稀落落,场面十分难堪。崔思康站起来,略显尴尬又不失风度地笑了笑:"员工同志们,大家的心情我很理解。不鼓掌、不捧场,说明了我是不受欢迎的人。公安抓走了你们的总经理吕佳龙,大伙不是要给个理由吗,现在我把理由带来了。请丁奶奶——"

　　两名年轻的女警官,搀扶着一位白发苍苍的老太太走进来。只见瘦弱的老太太手里捧着一个镶着少女照片的黑色相框,缓步走向会议室前排。众人看着老太太和相框不明所以,会场气氛一下子凝固了。

　　崔思康走过来扶着老太太,指着卢晓明说:"丁奶奶,这位是玉泉集团的卢总裁,台下坐着的是玉泉集团的员工。公安局抓了吕佳龙,大家要给个理由。您有什么话,尽管说。"

　　丁老太颤颤巍巍扬起手想打卢晓明,手在空中摇摆了几下,又颓然地放下,满是沟壑的脸上蓄满眼水,哽咽着开始讲述。

　　丁奶奶的孙女叫茜茜,两人相依为命。为了给奶奶治病,茜茜掉入"裸贷"的陷阱,用自己的裸体照片和录像在校园贷借一万块钱,谁知道一年时间一万变十万。茜茜只是一名大学生,她没有偿还能力,四处借也不可能借到十万块钱,最后校园贷负责人虞亚玫让茜茜去"肉偿",卖淫还清债务。茜茜走投无路,纵身从三十八层的楼顶跳下丧命。丁奶奶心如刀割,泣不成声,要向校园贷提供资金的吕佳龙讨还血债。

胡萌萌站起来，指着丁奶奶直嚷嚷，还骂骂咧咧地说这事与吕佳龙无关，找人偿命也该去找校园贷的头头虞亚玫。丁奶奶说她找到了虞亚玫，她不认账，供出校园贷的幕后大老板是吕佳龙。两个人你一句我一句地争吵着，丁奶奶被胡萌萌气得浑身哆嗦，差点晕倒，崔思康赶紧让两位女警官将她扶出会场。

丁奶奶离开后，胡萌萌又将枪口对准了崔思康，说他卑鄙无耻，表里不一，公报私仇。卢晓明大喝一声，让胡萌萌闭嘴。崔思康却摆摆手，让胡萌萌继续说下去。胡萌萌情绪激动，有恃无恐地指着崔思康说要去市委、省委、党中央、国务院上告！

"胡萌萌，"崔思康站起身来冷冷地说，"玉泉集团的总经理吕佳龙挪用巨额资金，伙同虞亚玫参与黑社会性质的校园贷犯罪，逼良为娼，逼死人命，性质十分严重。这事虽然过去了一个多月，但社会舆论还在发酵，影响十分恶劣。你有什么冤屈，可以申诉上告，我等着。"

听了崔思康一番话，卢晓明震惊了。他相信崔思康作为玉泉县一位主持工作的县委副书记、常务副县长，讲话是负责任的，庆幸刚才没有被胡萌萌的泪水所打动。

在江东省省纪委会议室里，秦慧楠、邓亦先和省纪委处长老于也在认真研讨校园贷的内部调查报告和音像证据。在听到茜茜跳楼的惨叫声后，三人面色凝重，心情沉痛。邓亦先最先坐不住了，指责吕佳龙心太坏，根据中央扫黑除恶的文件精神，这种人是典型的黑社会性质犯罪。秦慧楠有些不明白，崔思康打击吕佳龙会有什么错？

于处长最了解玉泉县的情况，他说关键是吕佳龙、崔思康八年前是同事，俩人之间存在过尖锐的矛盾。瓜田李下，这件事崔思康应该回避，可他却偏偏逆流而上，亲自下令逮捕吕佳龙，这个举动很愚蠢。现在吕佳龙黑社会犯罪的嫌疑在下降，而崔思康借扫黑除恶打击报复的嫌疑在上升，这就是崔思康惹上大麻烦的原因所在。

离开会议室，秦慧楠沿着省城老街慢跑，边跑边回想和崔思康往昔相处的情景。大二那年秋天开学,当她获悉崔思康因父亲患病急需手术费决定退学时,秦慧楠的闺蜜沙莎伸出了援手,借给他三千块。她知道沙莎爱上了崔思康。往事如烟,往事又那么真实,谁也没料到十五年后,秦慧楠和崔思康在东山市相遇了。

秦慧楠再也跑不动了,弯着腰,喘着粗气。到家还有一段距离,前面就是地铁站,她向地铁站走去。

此时田家厨房正演奏着锅碗瓢盆交响曲,田振鹏炒菜做饭,忙得不亦乐乎。女儿田晓君欢快地奔走在厨房和餐厅之间,将田振鹏做好的菜肴端到餐厅,餐桌上摆放着几种像模像样的菜肴。

马上十二点了,秦慧楠没有电话,没发信息,田振鹏急了,让晓君给妈妈打电话,赶快回来吃饭。田晓君打开视频通话,很快就看到妈妈正站在回家的地铁车厢里。这时,李冬发来一条信息,郁书记让秦慧楠立即赶回省委。秦慧楠赶紧下车,转身乘上去省委方向的地铁。

事情突然逆转,东山市委决定撤销崔思康玉泉县县委书记候选人资格。东山市委书记朱明远专程跑到省委,向郁浩民书记汇报情况,郁书记要求秦慧楠一并听取汇报。

秦慧楠到达省委时,郁浩民和省委组织部的领导及市委书记朱明远、市委组织部副部长任大年等人都坐在会议室。朱明远向与会领导提出,市委常委会经过慎重考虑,决定撤销崔思康玉泉县县委书记候选人的资格,报省委组织部审核批准。详细情况,由副部长任大年汇报。

任大年首先提出撤销崔思康玉泉县县委书记候选人资格的理由有两条:第一条是崔思康不仅亲自上阵,抓了昔日与他有很深矛盾的吕佳龙,而且大张旗鼓,欲置吕佳龙于死地而后快,给社会带来较大的负面影响。第二条是这些年崔思康存在诸多的非议,比如作风霸道,独断独行;以权谋私,为亲戚谋利、转手工程;生活作风不检点,权色交易等等。

还有权色交易?这是秦慧楠没想到的。任大年指出,崔思康的老婆范琳琳比崔思康小十来岁,年轻貌美,社会上传闻她原来是崔思康的"小三",两人是未婚先孕。范琳琳只有中专毕业文凭,却当上了县人民医院的副院长。

听完任大年的详细介绍,郁浩民拍案而起:"你们说崔思康作风霸道,打击报复,以权谋私,权色交易,此人有这么多问题,为什么还在台上?市委的职责呢?应负有什么责任?"

见郁浩民大怒,朱明远赶紧解释:"郁书记,我到东山市才半年,对过去的情况缺乏了解。这次提名崔思康同志为县委书记候选人,对他的问题,成立了市委组织部、纪委参加的联合调查组,进行了几次调查和考察,结果依然是'事出有因,查无实据'。有些证人、证言无法确认真伪,我们也无法拍板定夺。"

"又是'事出有因,查无实据',这个幽灵害人、误事!难道就没根治的药方?慧楠同志,你说呢?"郁浩民的目光转向秦慧楠,朱明远、任大年等人也将目光聚焦于秦慧楠。

"郁书记,"秦慧楠扫视了一下众人,不紧不慢地说,"您将'事出有因,查无实据'比喻为幽灵,十分形象。这个幽灵,对我们知人善任存在着两大危害。首先放过了'病人',带病提拔,这种情况往往是群众举报揭发,官员掩盖,摆平关系,洗白自己,最后是'事出有因,查无实据',蒙混过关。"说到此,她稍作停顿,接着又加重语气说,"其次,这个幽灵会误解和诬陷好人,将思想健康、有能力、组织上要提拔重用的干部扼杀在调查和考察的摇篮里。这种情况,往往是少数别有用心的人制造谣言和绯闻,甚至煽动不明真相的群众制造事端,达到把水搅浑的目的。至于崔思康属于哪一种危害,我暂时不能妄加推断。"

秦慧楠刚说完,邓亦先接过话来:"虽说是'事出有因,查无实据',但恶劣的影响已存在,不能肯定,也不能否定。这种现象,足以影响组织上对一个人的选择和任用,甚至影响一个人的一生。"

秦慧楠和邓亦先的话令会议室里一片安静,大家深知此次事情的重要性,一个个面色凝重,又不敢多说一句话。郁浩民见大家都不说话,便放松了情绪说:"你们说的这种现象,算不算中国特色?"众人闻之哈哈大笑,会场气氛趋向缓和。

任大年继续汇报，在这次扫黑除恶专项行动中，崔思康对玉泉集团总经理吕佳龙所谓涉黑案件的处置，社会的反响很大。昨天下午，他和朱明远一起路过某住宅小区，见吕佳龙的母亲正想跳楼。她拎着两条白布黑字的横幅，左手的横幅上写着：我儿冤，母为儿舍命申冤；右手的横幅上写着：玉泉黑，崔思康一手遮天！老太太是拼老命的架势啊。

任大年汇报完，朱明远接过任大年的话补充汇报。玉泉集团吕佳龙的涉黑案件，让市委、市政府面临着很大的政治、经济和舆论的压力，市委已经紧急派出调查组。初步调查结论是：吕佳龙打给校园贷的两千万，不是个人资金，而是玉泉集团的公款。不是向校园贷投资，而是还款。如果经调查最后确认，案件的性质就有了大反转。这是企业之间正常的资金借贷，不是吕佳龙投资校园贷，他更不是校园贷的幕后老板。

几位发言后，郁浩民严肃地指出："证据不确凿就批准抓人，而且抓的是上市公司的老总，崔思康是不是抓人抓昏了头？明知被抓的对象是自己的冤家对头，不回避，还赤膊上阵，真愚蠢！如果真的是这样，我同意撤销崔思康县委书记候选人的资格！"

朱明远马上接着说："郁书记，我们坚决执行省委的意见！"

"别急，"哪知郁浩民话锋一转，微笑地对朱明远摆摆手，"明远同志，我还有一个'但是'呢。"朱明远尴尬地笑了笑，紧张地看着郁浩民。

"我说的但是，就是崔思康曾经以一天引进二十多家外资企业的工作效率，获得省政府表彰，是不是弄虚作假？崔思康的民意测验一直名列前茅，是不是货真价实？对这两个问题东山市委和玉泉县委，必须向省委做出解释。"

郁浩民掷地有声，众人面面相觑。

崔思康要被撤销县委书记候选人资格的内部消息，第一时间传到了关押在玉泉县看守所里的吕佳龙耳朵里，这让他高兴得手舞足蹈，还哼起了小曲。他告诉胡萌萌，根本不要为他担心，他很快就能出来。

玉泉大酒店的一个豪华包间里，丰盛的酒席座无虚席，客人们衣着光鲜，只见胡萌萌坐在主宾座位，吴雪姣、吕老太太和玉泉集团的几个董事分列左右，大家的脸上都满是开心，胡萌萌更是满脸兴奋。他们频频举杯，庆祝崔思康就任县委书记的梦想破灭。

酒店的碰杯声很快传到崔思康的耳朵里，他愤怒地向章法成咆哮着："拘捕吕佳龙，我是怎么交代你的？"

"要证据确凿，办成铁案。"

"铁案？豆腐渣！"崔思康说，"你到玉泉大酒店去看看，人家在喝庆功酒，准备敲锣打鼓、鸣放鞭炮，迎接吕佳龙无罪释放！"

崔思康显得十分沮丧，现在的情况对他十分不利。吕佳龙涉黑案主要涉案人员都翻了供，还有的证人改变了证词，包括那个丁老太也推翻了自己的证词，居然不承认孙女茜茜是被校园贷逼死的。

青筋在章法成的脸上一跳一跳的，他曾经认为这些证据都是铁板钉钉的，谁都别想抵赖，现在怎么变成这样？崔思康觉得章法成还是太书生气了，他们现在面对的是"把黑的说成白的，好事变成坏事，丧事当作喜事"的专家、高手。

章法成辩解着自己当时提醒过他，抓吕佳龙是捅马蜂窝，崔思康就是听不进去。当时他太相信手头的证据，以为铁证如山，谁知道现在出现这种反转，案子办得如此不专业。章法成想补充侦查，崔思康认为牛过了河拽尾巴——迟了！崔思康提出目前唯一的办法只有道歉，章法成不知道该向谁道歉，崔思康一字一顿地说："吕——佳——龙。"

话音刚落，一道闪电、一声惊雷，大雨哗哗地下起来。

崔思康有自己的心结，县委书记这一关，他已经历了两次，如果这次再过不去，就没有机会了。

章法成想帮崔思康，却不知道该如何下手。崔思康说："必须集中精力和警力，把吕佳龙办成铁案，我们输不起！"

中午，省委机关食堂人声鼎沸，就餐者甚多。面对陌生的省委食堂，邓亦先只能端着餐盘根据卖相选餐，想着秦慧楠说的自己不吃素，他选了几盘荤菜后，快步走到秦慧楠面前。两人刚坐下，一抬头正好看到郁书记端着餐盘走到了旁边。

看看点的菜，郁浩民话里有话地说："哟，还真全是荤菜，慧楠同志果然是不吃素的？"

"其实有点夸张，"秦慧楠说，"我还是注意荤素搭配的，而且口味无所谓，填饱肚子是硬道理。"

郁浩民说："现在不少女性，见了荤腥，就像见了敌人似的，其实大可不必。"

"作为女性，对大鱼大肉来者不拒。我是不是不知好歹，逆潮流而动？"

"不，这是'明知山有虎，偏向虎山行'！"

郁浩民话音刚落，三个人哈哈大笑起来，这笑声里有郁书记对秦慧楠的鼓励，也有邓亦先对秦慧楠的支持。午饭后，郁浩民与秦慧楠在省委大院散步。秦慧楠向郁浩民汇报了崔思康是自己的学长之后，郁书记并不觉得有什么影响，但秦慧楠担心惹人非议。

秦慧楠有思想包袱，郁浩民早就看出来了，于是他问秦慧楠是否知道唐代文人刘禹锡？秦慧楠马上说出他的名句：沉舟侧畔千帆过，病树前头万木春。她疑虑地看着郁浩民，难道他要放弃崔思康？

"崔思康是不是'沉舟'，是不是'病树'，就看你这个即将上任的市委组织部部长了。"郁浩民明白秦慧楠的心思。

"看我，"秦慧楠反问，"这压力也太大了吧？"

郁浩民信任地看着秦慧楠："放心，省委永远站在你的身后。"

这句话让秦慧楠的心里顿时温暖了许多，她暗下决心，一定要查个水落石出。于是，她提出想去省信访办接待站看看，因为信访办历来都是地方政府工作状况的晴雨表。郁浩民支持了她的想法。

红旗轿车朝着省城郊外行驶。乌云压顶，天越来越黑，渐渐下起雨来，后来雨越下越大。秦慧楠让驾驶员把车提前停下来，自己穿着雨衣走进江东省信访接待站,她要来个微服私访。

信访接待站是由几排大平房和一个大院子组成,天正下雨,院子里访民们排着长队,手里拿着餐盒,在一个窗口等待打饭。他们有的打着伞,有的披着塑料布,有的没有雨具站在雨天里。

秦慧楠穿着雨衣,手中拿着饭盒,排在打饭的队伍中。胡萌萌走过来,穿着塑料雨衣,胸前胸后缝着两块白布,前面写着"申冤吾夫吕佳龙",后面写着"严惩贪官崔思康"。她拿着一沓上访信,推销小广告似的给排队的访民们一边分发一边诉苦,说崔思康是怎么借扫黑除恶打击报复,制造冤假错案。

胡萌萌走到秦慧楠身边,把上访信硬塞到她手里,并搭话问她为什么来这里,在这里没见过她,肯定是新访民。然后又追问秦慧楠为什么上访,是强拆,还是冤假错案? 秦慧楠微笑着没有多说话,只是提醒她,如果控告崔思康,一定要有真凭实据。胡萌萌理直气壮地表示,自己的上访信上都写着呢。

就在两人聊天时,队伍前面发生骚动,争吵起来。一位访民端着打好的饭菜和食堂的师傅在争吵。这位访民觉得十块钱一份饭菜太少,根本吃不饱,食堂师傅无意中说出一个秘密:这接待站的食堂是个人承包的,他也是打工者,得听承包老板的。这时,又有一位访民没钱买饭菜,求食堂师傅免费给碗汤喝。食堂师傅不给,要汤喝的访民趴在窗口不走,后面站在雨天里排队的访民等不及了,一时间群情激昂,吵吵嚷嚷,一阵骚动。这时,趾高气扬的保安冲过来,将要汤喝的那位访民抓住,让他赶紧滚,说没钱就别在这丢人现眼。

这时一只手突然伸过来,拦住了保安的手,接过没钱访民的碗伸进窗口,让食堂师傅给打一份饭,并把十元钱递向窗口。秦慧楠接过盛着饭菜的碗,看着里面分量那么少,放到鼻下一闻,居然还有一股异味,就与打菜的师傅理论起来。

师傅理都不理秦慧楠,直接喊下一个,保安这时过来推搡秦慧楠,催她赶紧走。秦慧楠恼怒地对保安说:"你什么态度? 怎么动手动脚的？"这时又有一个保安过来帮忙，嘴里哼哼着："推你一下又怎么啦，你以为自己是谁？"

秦慧楠义正词严地向保安提出抗议，说碗里的饭菜不仅少，而且有异味，不能吃。这有理有节的行为在这两个保安眼里成了故意找碴儿、寻衅滋事。其中一个保安猛地把秦慧楠向外推，秦慧楠差点跌倒。

站在访民队伍中的邓亦先冲上去扶住秦慧楠，上前与保安理论，保安挥起一拳打在邓亦先的胸口，疼得他直往后退。秦慧楠见状赶紧扶住邓亦先，保安又飞一脚，将秦慧楠踢倒在满是雨水的地上。秦慧楠从雨水里站起来，指指自己的胸口："来，往这里打！"

两个保安被秦慧楠的架势镇住，但是这些对访民动粗已成习惯的保安，一下子拥来七八个，步步向秦慧楠和邓亦先围过来，拳打脚踢。秦慧楠闪躲不及，被迫还击，只见她拳脚相加，将一个保安打翻在地。在一旁的邓亦先看傻了眼，他真不知道秦慧楠曾习过武，练过拳脚功夫。

省信访接待站的暴力事件惊动了省委。李冬轻轻地走到郁浩民身边，低声说秦慧楠和邓亦先在省信访接待站被保安打了。郁浩民惊讶地抬起头，向李冬投来震惊的目光。他气愤地手握拳头，击打桌面："岂有此理，无法无天！"

雨小了，但省信访接待站食堂的窗口前，人群依然骚动，双方在争吵之际，省信访接待站站长于大可疾步而来，指着保安一顿训斥，满脸堆笑地问秦慧楠："是秦部长吗？没想到去开个会，一时没照顾到就出了这么大的误会。"

"误会？"秦慧楠冷冷地说道，"站长大人，这个误会也大了吧？"

看秦慧楠不为所动，于大可赶紧换个策略，把惹事的两个保安叫过来，问他俩知道这位是谁吗？两个保安摇摇头，于大可大声地说："这就是咱江东省的大英雄啊，就是她把'大老虎'林强盛拉下马的。你们两个混账，胡闹，有眼不识泰山！"

此言一出，众人惊讶不已，众访民拥向秦慧楠，要握手，有的还求抱。邓亦先挡驾，护住秦慧楠。两个保安更是手足无措，拘谨地走到秦慧楠和邓亦先面前说："秦部长，您大人不计小人过，我们愿意接受处分……"然后深鞠一躬，又你一言我一语地道歉。见秦慧楠和邓亦先不理他们，两个保安吓得欲跪下，被秦慧楠拦住了。

于大可见秦慧楠表情依然十分严肃，斥责着两个保安，说你们两个临时工，影响我信访办的声誉，下岗！他转头堆着笑脸问秦慧楠这样可不可以。秦慧楠说不要出了事就让临时工倒霉，然后她加重语气说："于站长，怎么处理是你的权力，但是我要说的是，信访办是国家的信访办，是人民的信访办，是为老百姓服务的信访办。"话音刚落，众访民就开始热烈鼓掌，胡萌萌更是挤到秦慧楠面前搭讪拉关系。

胡萌萌说："秦部长，我就知道您不是一般的人。第一眼看到您就是贵人贵相，非同一般，您原来是微服私访啊。"

秦慧楠说："不，你过奖了。我只是体验一下生活，做点调查研究。"

胡萌萌央求说："秦部长，我老公的事，拜托了！"

秦慧楠说："放心吧，你的上访信我装在兜里呢。查明真相，依法处理，这是我对你的承诺。"

于大可陪同秦慧楠走进信访站贵宾室，只见墙上挂满了写着"访民之家""访民知心人"等全国和省先进的锦旗、奖状。秦慧楠环顾墙上，陷入沉思。于大可十分尴尬，如坐针毡。

秦慧楠想了解今年上半年全省各县的上访人数最少的县。今年上半年最少的是玉泉县，上访只有三人次。

玉泉县半年只有三人次上访，这个数字大大超过了秦慧楠的想象，一旁的邓亦先也露出震惊的表情。省委决定召开全省信访工作现场会，这也许是秦慧楠和邓亦先的挨打起了推波助澜的作用。在秦慧楠的心里，这次会议简直就是为了她而开。郁书记言传身教，用心良苦，只有她体会深切。

雨过天晴，阳光明媚。信访接待站大院里高朋满座，一条横幅上书写着"江东省信访工作现场会"。大院子变成了露天会场，左边坐着几百名上访人员，右边坐着省级机关和市县的一把手。秦慧楠、朱明远、崔思康也坐在会场里。郁浩民走上台，手里捧着一饭盒，与会者热烈鼓掌，访民们的掌声最热烈。

郁浩民环视全场，一边是访民，一边是官员。场内一片安静，两边的人都在等着他开场。郁浩民环顾四周，停顿了几秒钟后向台下提问："一边是'原告'，一边是'被告'，大家担不担心会骂娘、会吵架，会不会拳脚相加呢？"

幽默的开场，众访民、众官员被逗得哈哈大笑，郁浩民的表情却更加严肃。他讲述了昨天秦慧楠在省信访接待站被拳脚"接待"的事，不无担心地说："同志们，一位即将走马上任的市委常委、组织部部长，因为说真话就被打，这是什么道理呢？动不动就打人，谁给的信访接待站这个权力？稳定不是打出来，是揉出来的。人民的伤痛需要揉，不能在伤口上再撒一把盐！"

话音刚落，暴风雨般的掌声从访民方向传来，有些人手掌已经拍得发疼却浑然不觉，有些访民更是激动得站起来，高喊着："郁书记，说得好，为你点赞！"

郁浩民走向自己的位置，主持人上来，邀请秦慧楠上台发言。

掌声中，秦慧楠捧着一盒盒饭走上台。在市、县领导座位上的崔思康惊奇地看着台上的秦慧楠，秦慧楠也看到了崔思康。

十五年前的往事，恍如昨日，涌现在两人的眼前。

三　不仅要做好人，还要做"恶人"

崔思康清楚地记得，大学时，秦慧楠曾邀请崔思康一起去河边散步。时值隆冬季节，数九寒天，河水封冻，有一群人在上面溜冰。

秦慧楠说："崔思康，我正式告诉你，我的闺蜜沙莎看上了你，你怎么回应？"

崔思康问："是反方向正方投降吗？"

秦慧楠说："是道德虚无主义向道德完美主义靠拢。"

就在崔思康沉浸在甜美之中时，沙莎跑过来了，问两人在聊什么？秦慧楠马上说，我给你们恋情的窗户纸捅破了，已光荣完成了任务。沙莎脸泛红云，娇羞地拍着秦慧楠的手臂。当崔思康与沙莎四目相对时，秦慧楠都能感觉到周围气氛中四溢的爱慕。

秦慧楠见两人一脸幸福、甜蜜的样子，并没有就此走开，而是很严肃地要求崔思康回答几个关于爱情的命题。"假如沙莎在河面上溜冰，突然掉进冰窟窿里，你怎么办？"崔思康觉得这是一个道德命题，也没有绕弯子，直接回答："那还用说，跳下去啊！"

秦慧楠没有放松，进一步问道："如果掉下去的不是沙莎呢？"

当时崔思康觉得秦慧楠的假如有些多，一会儿是沙莎落水，一会儿又是别人落水，自己生性是只"旱鸭子"，不会游泳，不知道秦慧楠这是唱哪出，便义正词严地说："这是挑战道德底线的命题，不论是谁，我都会跳。做人的道德底线，必须严防死守！"

秦慧楠笑容可掬地站在台中央，言语中带着女性的温柔，委婉地说道:"我想更正一下郁书记刚才说的一句话。事实上,挨打的并不是我一个人。人不犯我,我不犯人,我可不是那种骂不还口、打不还手的人。因为我进行了绝地反击,将两个保安兄弟摔了个嘴啃泥。"

秦慧楠的话里传播的信息量很大。首先她是个爱憎分明、眼睛里容不下半粒沙子的人。她说话的内容与她的绵绵细语形成鲜明对比,众人想压低声音,但又忍不住笑声朗朗。

"这是我第一次在咱们政府部门碰见这种情况。"秦慧楠突然笑容全无,面容严肃地说,"政府所属的工作人员利用权力动手打人,教训深刻,终生难忘。为什么?"她举起盒饭,"这是访民的一盒饭、一碗汤。这盒饭值十块钱吗? 看看这里面有什么?"秦慧楠打开盒饭,只见里面有二两米饭,几片青菜和几片肉,"我觉得其成本绝不会超过五块钱。可以说,多数访民举步维艰,为了讨回公道,他们不惜倾家荡产……"秦慧楠激动得眼圈泛红,哽咽起来。

这时,郁浩民大声问道:"省信访局长在哪?"会场中,年近六十的信访局杜局长哆哆嗦嗦地站起来,他向郁浩民举手示意自己的存在。

就信访接待站的食堂让个人承包一事,郁浩民质问信访局杜局长:"古往今来,普天下慈善者比比皆是。千里搭粥棚,施舍天下穷苦人。而如今这位信访局长管理的接待站,食堂转让个人承包,无非是从中渔利。访民饥饿难忍,要碗清汤都被推之门外,你到底是人民的信访局长,还是私营企业的老板? 即使是私营企业的老板,现在都不会这么冷漠无情!"

一席话说得杜局长额头直冒冷汗,他站起来,可怜巴巴地喊了一声"郁书记——"本想辩解一番,却被郁浩民无情地顶了回去。

郁浩民说:"局长同志别着急,让我把话讲完,有你讲话的机会。如今有人敢说真话,信访站的人就敢动拳脚,我郁浩民不想追究保安的责任,他们是临时工,不能让临时工成为背锅侠,这账要记在你信访局杜局长的头上,要做严肃处理!"

郁浩民话里的意思很清楚,杜局长频频点头,说着"一定按照省委的要求进行整改,一定接受教训,认真反省,深刻检讨"。访民们再次响起热烈的掌声,杜局长的头低得更深了,似乎想找个地缝钻进去。

现场会议终于进入下一个议程,信访接待站站长于大可宣读上半年各地上访人次。他说:"东山市的清河县,上半年上访一百五十八人次,海明县八十二人次,龙山县二十五人次,玉泉县三人次。"会场内再次爆发热烈的掌声,秦慧楠的掌声更加热烈。

郁浩民听完这组数据,面带微笑地表示:"玉泉县是经济大县,有百万人口,半年上访的人数是百万分之三。他们是怎么做到的? 是地方政府压制民众的权利,不让讲话,还是地方政府有效地化解了矛盾?这个问题只有玉泉县的领导来回答。"

崔思康在主持人的邀请下、在全体与会人员的一片掌声中走上台。他向台下和郁浩民鞠躬致意,然后开始自报家门:"我叫崔思康,是玉泉县县委副书记、常务副县长。"

与会者有些奇怪,这次会议不准迟到,不准请假,不准替代。玉泉县的县委书记呢? 不等他们发问,崔思康继续介绍说:"我们县委书记窦复兴同志肝癌晚期,近来躺在医院的重症病房里治疗,市委让我临时主持玉泉县的日常工作,是看守内阁。"

众人被这句"看守内阁"的幽默逗得哄堂大笑。秦慧楠没有笑,表情严肃地看着崔思康,她想象过很多次跟他再次见面的样子,可怎么也没想到两人再次相见,是在十五年后的这个场合。崔思康明显地见老了,瘦削、潇洒的身材有点弯曲。秦慧楠也奇怪自己怎么变得这么理智冷静,竟毫无激情地面对多年后的崔思康。难道这是人们常说的"组织干部必须冷静、冷漠就是理智"? 当年他对沙莎的不辞而别,成了她一直以来的心痛和不解。

秦慧楠还记得,那天下着雨,沙莎和她打着伞站在男生宿舍楼下。一个男生从楼上下来,手里拿着一个大信封,确认是沙莎之后,将大信封递给她说,是崔思康托他转交给沙莎的。沙莎想知道他是否还在宿舍,对方回答不知道。沙莎马上冲向男生宿舍,却被宿管阿姨拦住,说是不让女生进去。

沙莎焦急地跟宿管阿姨解释自己进去是找人，有急事。宿管阿姨用见多识广的眼神看了一眼沙莎，告诉她想找的那个人已经走了，去火车站了。沙莎推开宿管阿姨冲向楼梯，飞奔上楼，整个动作一气呵成，把宿管阿姨远远地甩在后面。

沙莎跑进崔思康的房间，里面已经空无一人。沙莎伤心地哭了，跑出房间，秦慧楠出现在她的面前。沙莎一把鼻涕一把眼泪地向秦慧楠诉说着崔思康的不辞而别，此时的她就像泄了气的气球，空洞的眼睛里只有眼泪不停地流淌。

秦慧楠接过沙莎的信，只见上面写着："沙莎，我不知该如何面对你，甚至不敢直视镜中的自己——那个曾发誓永远爱你的人。原谅我的不辞而别。白驹过隙，万物变化。生活曾嘉奖过我，让我遇见你。但生活终于抛弃了我，让我离开你。我们曾共同拥有快乐充实的过往，但很遗憾无法共同拥有彼此承诺的未来。谢谢你陪我走过这一程，沙莎。我不知道该如何表达心中的痛楚与无奈，也不知道你会用怎样的坚强熬过孤单的下一程，但我有不得已的理由必须远离。我已经失去了继续爱你的资格，当你独行时，请继续信仰爱情，照顾好自己，当你忘记我之后，终将幸福。珍重！"

沙莎追到火车站，列车正在渐渐离站远去，月台上沙莎手里拿着信封，呆呆地凝望向火车驶离的方向。秦慧楠发现里面有一张年轻女人的照片，询问沙莎这是谁。沙莎一把将照片丢在地上，她也不知道这照片上是谁，只是不停地咒骂着崔思康这个骗子……

可是往日的骗子，今日却站在台上为众人瞩目，因为他创造了"百万人经济大县半年上访只三人次"的奇迹！

崔思康在台上发言，秦慧楠一直盯着他，思绪从记忆里游走回来，已经可以听到崔思康那熟悉又陌生的声音了："各位，现在我回答郁书记提出的问题。为什么我县上访人数很少？其实做法很容易，也很简单。说穿了群众上访是官与民的矛盾，我的办法是让矛盾双方面对面，开门见山，现场办公，解决问题。"

崔思康的讲话，又一次博得众人的眼球，引起更加热烈的掌声。

郁浩民非常同意崔思康关于访民的问题就是官民矛盾这个观点，他说："一针见血！有问题有矛盾很正常，双方坐下来，心平气和，摆事实讲道理，有什么不能谈的？干部群众，低头不见抬头见，不是不共戴天。我们一些干部，制造了矛盾，又不敢面对。因为心中有鬼，就拖延、推诿，推到县、市、省，一直推到中央，这是极不负责任的！今天，召集各市县主要领导过来，就是让你们见见你们的访民。他们就在你们的对面，你们见过没有？见过面的请举手。"

台下，访民们鸦雀无声；台上市县领导席上，稀稀落落举起了几只手，崔思康就是其中一位。郁浩民饶有兴味地问崔思康，真的见过玉泉县的访民吗？有一个访民就在台下。崔思康回道："不仅见过，且他们夫妇和我曾经还是很好的朋友。她叫胡萌萌，到省里上访了三次，是玉泉县半年上访人次的总和。她应该坐在台下，刚才还看到了。"

主持人拿着话筒询问胡萌萌在不在，台下众访民四处张望，在人群中寻找胡萌萌，可惜没能找到。有访民高声说，刚才还在，这会儿不在，不知道去哪儿了。

郁浩民站起身来，走到台前，拿起话筒，对大家说："我向大家透露个秘密，这次省信访工作现场会的开法，就是学习玉泉县的做法，我把这定名为'玉泉县信访工作法'，准备在全省推广。"说到此他故意顿了顿，然后又说，"此处应该有掌声啊！"

幽默的话语，犹如烈火燃到水的沸点，全场顿时沸腾了，笑声、欢呼声响成一片。

主持人再次邀请崔思康上前接受大家的提问。一位访民站起来接过话筒问："如果访民有理，制造访民的官员不讲理该怎么办？"崔思康当即给他支招："让他去一个说理的地方——法院。"

有访民再问："如果法院不受理呢？"崔思康说："基层法院不受理，就去中级人民法院。中院不行，还有高院、最高院。我不信那个制造访民的官员能一手遮天，让全中国的法院都为他关上大门。"

众人又是一阵欢呼。

秦慧楠拿着话筒问："崔县长，玉泉县面对面的信访工作法很新鲜，很阳光，也很有创意。请问的是，对访民中极少数的泼妇、刁民，你们是怎么处理的？"

面对秦慧楠突如其来的问题，崔思康愣住了，一时找不到准确的回答。

秦慧楠继续问："怎么，不好回答吗？"

崔思康稍加思索，认真作答："可以回答。怎么认定谁是泼妇、刁民呢？你我说了都不算。谁说了算？当地的人民群众。群众就好比阳光，任何人和事，只有放在阳光下，才能看清真相。对群众公认的泼妇、刁民和无理取闹、寻衅滋事者，政府绝不手软，必须采取高压态势。共产党的官，不仅要做好人，还要做'恶人'！"

台下，掌声雷动。胡萌萌幽灵般地出现在台下访民的人群中，她惊讶地看着台上的秦慧楠，再看看崔思康，好像明白了什么，喃喃自语道："原来是这样！"

散会了，秦慧楠和朱明远随着人群走出大门。秦慧楠问："朱书记，这次会议您的感受如何？"朱明远打着官腔说："振聋发聩，耳目一新。"秦慧楠提醒他，玉泉县就在我们的眼皮底下，却不知"半年上访百万分之三人次"的奇迹。朱明远恭维郁书记有慧眼，自己望其项背自愧不如。两人正说着，一辆奥迪轿车开过来。车窗摇下，郁浩民让他们上车。

奥迪轿车一路行驶，郁浩民首先开口问道："明远，就冲着玉泉县半年上访人次百万分之三，崔思康的县委书记候选人资格拉不拉下？"朱明远低声回一句："我听省委的。"郁浩民略带讽刺地说："你真是老运动员啊，又把球踢回省委，哈哈哈！"

朱明远带着为难的情绪表示："这个问题很特殊，市委不好把握，而且自己刚来半年，又不了解情况，不好武断下结论。"郁浩民不置可否，又问秦慧楠的意见。秦慧楠认为，玉泉县的上访人次百万分之三，是个奇迹。但功是功，过是过，功过分明，功不能盖过。扫黑除恶，崔思康到底有没有借机打击报复，制造冤狱，这才是重点。

轿车行驶在繁华的大街上，秦慧楠望着窗外的街景，有些忧虑地说："吕佳龙一案，检察院责令公安继续补充侦查。吕佳龙的人也没有闲着，找律师，要做无罪辩护。现在公说公有理，婆说婆有理，弄不好又是一次'事出有因，查无实据'的重复。"

郁浩民为她鼓劲儿说："给你三天时间，把这个问题找出来。"

秦慧楠表态说："郁书记，我一定竭尽全力。"

朱明远向郁浩民请示："郁书记，慧楠同志什么时候可以到位？她到岗了，我的工作压力也能小一些。"

郁浩民让他再等三天，三天之后就让秦慧楠正式走马上任。

晚上华灯初上时，秦慧楠回家吃了一顿团圆的晚饭之后，就精心打扮一番，换了一套天蓝色套裙，准备出门。

"哟，妈，你这么打扮，这是去见谁呀？不会是见'小白脸''高富帅'吧？"女儿田晓君夸张地说。

田振鹏说："你妈妈走到天涯海角，我一百个放心。"

下楼后，走上大街，秦慧楠乘一辆出租车在一家茶楼门前停下。外表的端庄美丽，并没有压制住内心的忐忑。不知怎的，冷静和冷漠突然消失，秦慧楠的内心有一种尽快与崔思康见面的冲动，她确信这种冲动来自玉泉县今年上半年上访人次只有百万分之三。崔思康是怎么做到的？这其中有没有隐藏着什么？有没有水分？这恰当的理由给了秦慧楠底气，她昂首踏上台阶，心想冲着这"百万分之三"就得好好地研究研究他。

秦慧楠在服务生的引领下，推开了一个包间的门，早就坐在里面的崔思康一下子站起来，有些局促不安地拉出一把椅子说："秦部长，久违了，快请坐。"

秦慧楠抑制住刚才进门前的冲动，恢复了组织干部遇事的冷静，默默地盯着崔思康，这目光让崔思康局促不安。

"开门见山吧。"秦慧楠说，"崔思康，尊敬的道德完美主义者，对当年的不辞而别，你不想做点解释？"

"不知道该怎么解释。"崔思康说，"这个话题有点沉重，一言难尽……"

"你不想解释，更无歉意，我不勉强。"秦慧楠话锋一转，来了个先发制人，"今天下午我们用特殊的方式重逢了。你的'百万分之三'我在台下为你多次鼓掌，约你见面不是即将上任的东山市委组织部部长，是十五年前的学妹秦慧楠。我们叙叙旧，重温一下同学之情。"

崔思康说："还是谈工作吧，不想浪费你的时间。"

秦慧楠说："那就说说你的'百万分之三'。玉泉集团总经理吕佳龙的老婆胡萌萌三次上访，打破了你零的纪录。"

崔思康说："我不想提到她。"

秦慧楠说："这个人你是绕不过去的，必须面对。"

这一席对话，让崔思康刮目相看，也让他直冒冷汗。现在的秦慧楠绝不是当年纯真、率直的小学妹，已是一个目光犀利、语言敏锐、胸有城府的领导者。

"你和胡萌萌的矛盾，"秦慧楠继续说道，"只有用你发明创造的'玉泉信访工作法'，面对面，开门见山，刺刀见红。"

"恕我直言，在我的眼里，她就是一个泼妇、刁民！"

"泼妇、刁民谁认定的？是她周围群众的评价？"

"这个程序还没有走。"

"崔思康同志，"秦慧楠突然板起面孔，"你在大会上说，谁是泼妇、刁民，你我说了不算，应该由当地群众说了算。你怎么台上说一套台下做一套？"

"你对这个女人还不太了解。"

"我现在正在了解，就采用你的信访工作法。"

秦慧楠知道，吕佳龙案件已经牵动了省委郁浩民书记的关注，而这个案件与崔思康的利害关系不言而喻，事关重大，不得不谨慎处理。她沉吟良久之后，拨通了邓亦先的手机号，让他们进来。不一会儿门开了，邓亦先、胡萌萌出现在门口。

　　"秦部长，"胡萌萌和风细雨地说，"我胡萌萌是个讲道理、顾大局的女人。崔县长，上午在大会上你那么风光，那么春风得意。尽管你说的是违心的、虚假的，但我没有点破你，没让你当场难堪。对你，我老公吕佳龙太了解了。你们共事好几年，就因为我老公经常向你提意见，你就容不得他。他惹不起躲得起，下海经商，可你还不放过他！我老公走到今天不容易，上有八十岁老母，下有未上小学的儿子……崔县长，看在你们过去共过事的分上，求你放过他吧！崔县长，我求你了，给你跪下了……"

　　"胡萌萌，"崔思康正色道，"你起来，别再表演了，鳄鱼的眼泪是不会让人同情的！"

　　"崔县长，"胡萌萌以泪洗面，还跪在崔思康面前，"我和我老公都被你折磨成这样了，你还说我是表演，是鳄鱼。你的信访工作法的阳光为什么不洒在我身上一点点呢？秦部长，您都看到了，当官的怎能说一套做一套呢？"

　　胡萌萌的跪诉、泪水打动了秦慧楠，她感到这个年轻貌美的少妇也许是有冤情的，于是改变了语气，缓缓地说："胡萌萌，站起来说话。"

　　"秦部长，崔县长不答应，我就跪着！"

　　"你让他答应什么？"

　　"道歉。"

　　崔思康冷冷地说："你想跪就跪吧！"

　　"秦部长你看，"胡萌萌抓住了把柄，"什么人民的县长，冷血！"

　　秦慧楠沉默，在观察双方。

　　"吕佳龙是冤案！"胡萌萌突然站起来，"你不纠正，我就继续告状，告到中央！泱泱大国，总有说理的地方。"

"你告到联合国,我也没意见。"崔思康毫不退却,"省市县法院的大门敞开着,你为什么不进去?"

"我当然要去。民告官,这是我的权利!"

"我也要去法院,告你胡萌萌诽谤罪,外加寻衅滋事罪!"崔思康拿出一份打印材料,"明人不做暗事,这是我的起诉书,也算送达你一份,不用签字。官告民,这也是我的权利!"

"谁怕谁呀!"胡萌萌转身,不屑一顾地看了崔思康一眼,"秦部长,谢谢你的关心,我走了。"

秦慧楠拦下胡萌萌,通知胡萌萌和崔思康:"明天下午三点,在省信访局召开专项工作会议,讨论研究这个问题。省纪委、组织部、公安、信访等部门派人参加。到时你们各自陈述自己的观点,摆事实讲道理,是非曲直,自有公断。"

崔思康一百个支持,胡萌萌有些胆怯地问,这么兴师动众啊?秦慧楠一脸认真地说,省委郁书记已下了决心,这次要彻底解决问题,不留尾巴。胡萌萌看了看秦慧楠又看了看邓亦先,答应明天下午三点见。

就在秦慧楠和崔思康、胡萌萌于茶社谈话之际,秦慧楠的家里发生了一件怪事。吃过晚饭,秦慧楠出门后,田晓君在自己的小卧室里做作业。不一会儿,门铃响了,田晓君打开视频对讲,无应答,但有脚步声。田晓君开门,门外无人,门毯上留下一封信,信封上写着"秦慧楠部长亲启"。

田晓君很奇怪,拿着那封信又不敢拆,只好去敲爸爸书房的门,只见门把手上挂着一纸牌,上面写着"正在工作,请勿打扰"。田晓君知道,爸爸有一些重要工作,为了保密,是在书房里进行的。这块牌子很少挂,但只要挂上了,她和妈妈都不会打搅,这是约定俗成的家规。

书房里,摊着一大堆文字、报刊、光盘、显微镜之类的东西。田振鹏接受了秦慧楠交给的一个重要的任务,尽快研究吕佳龙涉黑案件,确认吕佳龙涉黑罪名是否成立,关键是两个要素:第一,吕佳龙打给校园贷的两千万是还款还是投资款？第二，章法成提供的茜茜因校园贷逼债跳楼的视频、音频证据是否真实？

田振鹏是全省知名的痕迹专家、公安大学教授，也是省公安厅刑侦顾问，一些重大案件的侦查、侦破，少不了他的参与，所以很多人不叫田振鹏为田教授，而是亲切地称之为"田大痕"。

电脑屏幕上，正播放校园贷画面。田振鹏在仔细认真地看着，有时停下来，将画面一帧一帧地搜查。视频画面里，丁奶奶的孙女茜茜站在高楼的平台上，眼含热泪，对着镜头在抽泣："你以为我借你们的钱干啥啦？买高档手机、高级服装、装饰品、化妆品，追求享乐？不，是为我奶奶看病！她卧床一年多了……一年前我借你们一万，现在变成了八万，以为我们这些穷学生是印钞机吗？告诉你们，要钱没有，要命一条！你们看看，我脚下是什么？三十八层高楼的楼顶！"

"茜茜同学，"校园贷的女操作员让茜茜用视频通话，"我们老总来了，你的债务她来决定。"

校园贷的老板虞亚玫是一个浑身散发着商人气息的女人，名牌表、名牌包、名牌手链、名牌衣服，头顶上还别着一枚铂金发卡，金钱的底气让她走起路来大摇大摆。她拿起话筒，开导茜茜："茜茜同学，不要想不开，你的路还很长，还有选择，还有未来。"

茜茜问："什么未来，什么选择？当婊子，做小三？"

虞亚玫说："不要说得这么难听嘛。人生五彩缤纷，有多种活法，我们为你找了一个有钱的主，他会帮你还清债务的。你往楼下看，停着一辆黑色大奔，那是接你的专车。"

"你们这是在逼我！"茜茜不买账，指着镜头叫骂，"逼我卖淫，休想！你们下地狱去吧！"随即，茜茜翻过楼顶护栏，往楼下纵身一跳……

门外，田晓君敲门了，田振鹏关掉视频，开门出来。

"爸，"田晓君举起信，"不知谁送来的信，给妈妈的，只听脚步声没见人影。你看，里面就有一个位置图，不知什么意思。"

田振鹏看导航位置截图，上面标明"清河县城五里庄花园小区……"

外面传说吕佳龙将要恢复自由，可他此时依然被关在玉泉县看守所内，没有任何要释放他的风声。

下午五点，正值放风时间，囚犯们拥向操场。吕佳龙独自一人走着，偷偷抽出一支烟，点燃。有个犯人发现了，香烟在监狱可是紧俏货，这家伙肯定有来头。于是他赶紧招呼其他犯人："快点过来看看，这家伙兜里有香烟！"

犯人们围拢过来，开始向吕佳龙要香烟，吕佳龙自认是有身份的人，不但不给，反而态度强硬。众犯人见软的不行，就来硬的，一哄而上，开始抢夺。在哄抢过程中，吕佳龙被打倒在地。他站起来反击，又一次被打倒，被打得鼻青脸肿。

吕佳龙一边喊"救命"，一边骂骂咧咧地说："你们这帮穷鬼，这是仇富心理！"众犯人一听这话，更是将他往死里打，打得头破血流。

这时，有个年轻犯人冲过来，他一边护住吕佳龙，一边三拳两脚将带头动手的犯人撂倒击退，但他自己身上也被众犯人击打得鲜血直流，疼得龇牙咧嘴。吕佳龙做梦也没想到，这年轻犯人就是刚调来不久的县公安局刑警大队长尤喜军。

一个钟头后，狱警回来带走了吕佳龙，说是给他换个地方。吕佳龙被带到一个较小的双人间。一会儿，吕佳龙惊喜地发现，刚才仗义救他的年轻犯人也被带到了这里。狱警打开铁门，将尤喜军推进监房。崔思康限令章法成三天内拿到吕佳龙涉黑新的铁证，他迫于无奈，只好使出"尤喜军化装入狱"的苦肉计。

吕佳龙震惊地爬起来，抚摸着尤喜军的伤口："兄弟，你受苦了！"

"没关系，"尤喜军满不在乎地说，"我这个人狗拿耗子，好管闲事，毛病。"此时他突然喊了一声，"吕总——"

"你认识我？"

"谁不知道您呀！"尤喜军恭维地说，"玉泉集团总经理吕佳龙，大名鼎鼎，如雷贯耳。"说到这儿，他悄声地与吕佳龙耳语，"我是校园贷虞总的亲表弟。为了你，我故意犯事进来的。"

尤喜军还告诉吕佳龙，他进来的任务就是要减轻他的罪责，争取无罪释放，起码来个保外就医，并把计划如此这般地述说一番。吕佳龙信以为真，心里乐开了花。

晚上十一点，崔思康轻轻地跨进家门，刚拿出手机想拨电话，一转身，妻子范琳琳悄无声息地正站在他的身旁。

"你什么时候回来的？幽灵似的，吓着我了。"妻子范琳琳说。尽管她从床上刚起来，身着睡衣，头发凌乱，可是浑身依然散发着少妇般的青春活力。

崔思康说："半夜敲门心不惊，你心里有鬼啊？"

范琳琳接过崔思康脱下的外衣问："刚才想跟谁通电话？"

"章法成。"

"他把事情搞砸了，你还相信他，你真傻啊。这章法成还能信得过吗？你到大街上听听，都说吕佳龙抓错了，崔思康要反坐了。"

"尊敬的夫人，这些我都知道。我现在最重要的是洗个澡，搂着你睡觉。"

"你抓了吕佳龙，怎么收场？"

"这事你别掺和。"崔思康正色道，"夫人不干政，这是我们的约法三章。"

范琳琳拿起崔思康刚刚脱下的衣服，在鼻子处闻了闻，顿时叫了起来，对着卫生间大喊道："崔思康，你给我出来！"

崔思康用浴巾裹着湿漉漉的身子走出来问："什么情况？"

范琳琳拎着崔思康的上衣，质问道："说，你今天到底见哪个狐狸精去了？怎么衣服上还有CHANEL香水味？这么高级的香水，可不是一般的女人，给我老实交代。"

范琳琳死咬不放，崔思康最后就把秦慧楠找他和胡萌萌谈话、解决矛盾的事说了，并告诉范琳琳，秦慧楠就是即将上任的东山市委常委、市委组织部部长。

范琳琳说："新来的组织部部长啊？平时工作都喷这么重的香水，一定不是什么好人，指不定怎么上位的呢。"

"胡说什么？"崔思康说，"这香水味是胡萌萌的，这女人像狗皮膏药……"

"她抱你了……"范琳琳话没说完，崔思康已鼾声如雷。

秦慧楠到家时已经很晚了，倒在床上辗转反侧，难以入眠。她在床上翻来翻去，弄得身旁的田振鹏也从梦中醒来，她问田振鹏："有关吕佳龙的定罪证据，你有没有发现问题？"

"你才交给我几小时？"田振鹏说，"财务上的事我不懂，这要金融专家鉴定。那校园贷跳楼视频，我看出了问题，有剪辑过的痕迹。"

秦慧楠一下子坐起来："现在被告就提出，这视频是PS的，是假证。"

"剪辑过的视频不一定完全不真实，"田振鹏话锋一转，"茜茜跳楼而亡不可能PS！"

"你跟我大喘气呀？"秦慧楠说，"茜茜的奶奶改口了，说孙女之死与校园贷无关。反正人已不在，死无对证。崔思康下面的戏可怎么唱？"

田振鹏心疼地看着老婆，还没有正式任命就开始睡不着觉了，以后可怎么办？他感叹地说："总以为升官是人生一大乐事，其实做官也是'双刃剑'，在一呼百应，众人簇拥的背后，也有不宜启齿的难言之隐啊。"田振鹏想起了今晚有人送来的一张导航位置图，本想告诉秦慧楠，转而又一想不行，告诉她更睡不着了。为了放松心情，他给秦慧楠看今天自己收藏的"心灵鸡汤"："复杂的社会，看不透的人心，放不下的牵挂，经历不完的酸甜苦辣，走不完的坎坷，越不过的无奈，躲不过的明枪，防不了的暗箭。忘不了的昨天，忙不完的今天，想不到的明天，最后不知消失在哪一天，这就是人生……"

心灵鸡汤果然有效，秦慧楠进入了梦乡。

　　当秦慧楠进入梦乡之际，有两个人开始了行动，他们就是吕佳龙和胡萌萌。凌晨三点时，监房里的吕佳龙起来吃东西。那是一块大面包，吕佳龙变戏法似的从面包里抠出一台微型手机，躲在被窝里轻声轻语和胡萌萌通电话。这一切，没瞒过尤喜军的眼睛和耳朵。

　　胡萌萌离开秦慧楠后，又去找朋友，又去找名律师，当然免不了"大撒币"。花人钱财，替人消灾，这些朋友律师策划下一步以否定证据为突破口，帮助吕佳龙出狱，一直搞到凌晨，胡萌萌才从去东山的城际列车上走下来。她脚步匆匆，一手拖着行李箱，一手打着手机。她对吕佳龙说："半夜三更跑东跑西的，不就是为了你的名誉和利益吗。这事闹大了，省委、市委书记都掺和进来了。明天下午三点开会，省委好几个部门参加，面对面，三堂会审，现场办公，解决问题。我怎么办？我好紧张，如果把我逼急了，我会控制不住自己的……"

　　胡萌萌走上扶梯，继续电话："崔思康向我下战书了，他反过来要告我，告我诽谤罪，外加寻衅滋事罪……起诉书文稿都交给我了……不是吓唬。这个人我太了解了，做得出来……"

　　走出车站，已近凌晨四点，街上不见行人，车辆十分稀少，胡萌萌一个人孤零零匆匆忙忙地走着，继续打着电话，言语中除了焦急就是气愤："说好的派人来接我，现在都半个多小时了，人毛都没见着一根，而且这大半夜根本打不到车……"这时一辆越野车突然从胡萌萌的背后呼啸而来，直接撞到她身上。胡萌萌的身体在空中划了一道弧线，啪地掉在地上，她手中的拉杆箱被抛向空中，坠落后衣物散落一地……

　　都说亲人之间有感应，当胡萌萌被撞飞的那一瞬间，在玉泉县看守所的吕佳龙啊地大叫一声，尤喜军下床过来，喊道："吕总，吕总——"

　　吕佳龙假装梦中惊醒："啊，什么事？"

　　尤喜军问："你喊叫什么？"

　　吕佳龙说："是我做噩梦了……"

　　尤喜军没再说什么，上床，从枕头下也摸出一部手机。

凌晨，手机振动的声音把秦慧楠从睡梦中惊醒。一看来电是朱明远，肯定是紧急的事。朱明远告诉秦慧楠胡萌萌出了车祸，已经送省人民医院。这消息让秦慧楠心惊肉跳。如果胡萌萌死了，吕佳龙一案就成了一笔糊涂账，有人会浑水摸鱼，蒙混过关。朱明远说，我们的看法完全一致，要不惜一切，抢救胡萌萌的生命。

胡萌萌被撞之后，更着急的是崔思康。接到消息后，他马上赶往玉泉县交警大队，章法成和几名交警已经到了。崔思康的脸色很难看，因为胡萌萌对他太重要了！

章法成向崔思康汇报，因为脑颅手术，县和市医院都做不了，只能送省人民医院，而送省人民医院路上就要耽搁两个小时，这可是抢救生命的黄金时间啊。

崔思康将拳头握起，紧咬牙关。今天下午的"三堂会审"他等得太久，事情终于出现转机，恰恰又出了这档子事。吕佳龙涉黑，胡萌萌有本账，她死了，他崔思康就是跳进黄河也洗不清啊。

章法成看崔思康铁青着脸，知道他心里难受，便安慰他，院脑外科主任是我同学，已经拜托全力抢救。崔思康颓然地看着章法成，然后转向天空，心里想着，这个世界真的喜欢给自己出难题。他首先问肇事车主是谁，章法成说是一辆黑色无牌照越野，正在全力追查。这车祸早不来晚不来，为什么偏偏赶在今天下午三点省里"三堂会审"就来了呢？这绝不是偶然！

天蒙蒙亮的时候，吕佳龙真的坐不住了，他坚信自己老婆胡萌萌出事了，拍打摇晃着铁门哭喊："来人啊，我要见胡萌萌，她肯定是出事了——"

尤喜军身穿公安制服，带着两位刑警，走进监房。吕佳龙见尤喜军这身打扮倒抽了一口冷气说："你……不是虞总的表弟，是卧底？"

"我是县公安局刑警队长尤喜军！"不容吕佳龙多言，刑警搜查监房，在他床的墙壁里搜出一部手机。

尤喜军对吕佳龙突击审讯，他举着那部手机，正告吕佳龙："吕佳龙我提醒你，你就是永远保持沉默，零口供，我也能治你的罪！因为这部手机会告诉我们一切。现在让你开口说话，就是看你的态度，给你一个立功赎罪的机会，明白我说的意思吗？"

"明白。"吕佳龙口头上说明白，心里仍存侥幸，他关心的是胡萌萌的生死。两人尽管结婚不到三年，但吕佳龙知道这女人不是省油的灯，处处耍强要面子。那个校园贷的虞亚玫就是她勾搭上的，在她死磨软缠的情况下，他分几次向校园贷投了两千万，算是个大股东。吕佳龙知道，这种赚钱的办法像贩毒一样来得快，但是血淋淋的。更让他万万没想到的是那个见到他一口一声"吕哥哥"，甜言蜜语的虞亚玫竟然是黑道上的，还是个重量级的人物。

中央扫黑除恶态势高压，风声越来越紧，吕佳龙撞到了枪口上，让崔思康抓到了把柄。开始，他曾想到向崔思康求情，哪怕送上几百万，再搭上漂亮貌美的妻子陪睡几晚，戴顶"绿帽子"他都不在乎，可是崔思康根本不吃这一套。

面对尤喜军紧逼的目光，吕佳龙唯一的办法是把一切责任推向胡萌萌，他一问三不知。凌晨三点多，胡萌萌与他通话，突然一声惨叫，后来音信全无，肯定是遇到了突发事件。有人追她、杀她？不像。是车祸，是有人制造车祸？这倒有可能，因为胡萌萌知道校园贷的事太多。虞亚玫背后的人想置她于死地是有可能的。这时候，他倒想胡萌萌死了好，死无对证，死了她一个，保护一大片，值！

尤喜军问："你不想说点什么？"

"大队长，"吕佳龙狡猾地回答，"告诉我，我老婆怎么了？她现在在哪里？是生还是死？只要你告诉我，我什么都说，还要检举立功！快告诉我，求你了……"

在省人民医院，当手术室的门缓缓打开时，护士示意秦慧楠、邓亦先走去。担架车上摆放着胡萌萌的遗体，上面覆盖着白色床单。

医生对秦慧楠说："她在送来的路上，耽搁了最佳的抢救时间，我们尽力了。"

崔思康、章法成走去。吴雪姣搀着吕母走进来，吕母扑向担架车，号啕大哭。当吕母看到崔思康的时候，顿时怒火燃烧，猛地扑向崔思康，嘴里咒骂着："好你个崔思康，抓了我儿子，害死了我儿媳，你这个恶魔，我这条老命就跟你拼了！"

吕母抓起装满血纱布的垃圾桶，砸向崔思康。崔思康躲闪不及满身血污和纱布，十分狼狈。章法成和邓亦先拉住吕母，护住了崔思康。

这一幕，秦慧楠看在眼里，想在心里。胡萌萌没能在手术台上挺过来，走得那么匆忙，让人始料不及。这车祸早不来晚不来，为什么赶在今天下午三点省里开会之前来了，难道是有人想要胡萌萌的命？这一个又一个问号，在她脑海里翻腾着。

她想到的是，胡萌萌的车祸非同寻常，要章法成尽快进入侦查，是偶然的还是人为的？如果是后者，无论涉及谁都要一查到底。说到这里，她故意看了崔思康一眼："思康同志，你说呢？"

崔思康从秦慧楠的眼神里看到，那目光似乎在怀疑他是这场车祸的幕后黑手。心里的想法他没有丝毫表露，斩钉截铁地回答："秦部长，我们一定按照你的意见办！"

原定下午三点"三堂会审"崔思康与胡萌萌的"官民矛盾"，现在一方当事人没了，会议也就取消了。秦慧楠、朱明远、任大年三人来到郁浩民书记的办公室。郁浩民关切地询问事情的进展，任大年把一份报告放在郁书记面前："郁书记，这是有关'吕佳龙涉黑案'市委的调查报告和处理意见。"

"这个报告是慧楠同志亲自起草的。"朱明远特别提示。

"郁书记，"秦慧楠说，"据吕佳龙的供述，他和校园贷的虞亚玫是合作关系，投入的两千万，是用来放高利贷的，但他没想到虞亚玫是黑社会里的。"

"这是谎言！"郁浩民将茶杯重重一放，"他是揣着明白装糊涂。校园贷这种缺德事，能离开黑社会这片土壤？慧楠，你继续说。"

"吕佳龙交代他投入的二千万不是他一个人的，还有其他人。其他还有什么人，吕佳龙说他不知道，是他老婆胡萌萌在操作，现在死无对证。"

郁浩民说："明远同志，这事不能放过，如果涉及机关干部，严惩不贷！"

朱明远坚定地回答："是！"

秦慧楠说："初步判断，胡萌萌的死可能跟虞亚玫的黑社会势力有关，这要待公安侦查结果确认。可是我觉得没这么简单。我没有完成任务，没有抓到那个'幽灵'。"

"哈哈哈，"郁浩民爽朗地笑了，"你没抓到'幽灵'，但是赶走了'幽灵'。"

秦慧楠问："郁书记，我不明白。"

郁浩民意味深长地说："你以后会明白的。明远同志，慧楠同志下星期一正式去东山市走马上任。"

朱明远起身，伸出手，热情地说："慧楠同志，热烈欢迎加入我们的东山团队！"

任大年问："郁书记，那玉泉县新县委书记人选——"

郁浩民说："省委经过慎重研究，崔思康同志县委书记候选人的资格不取消，正式进入市委常委会表决程序。"

秦慧楠、朱明远、任大年先是惊讶，然后又陷入沉默。

郁浩民问："怎么，想不通？"

朱明远当即表示："我们坚决执行省委的意见。"

"同志们，"郁浩民语重心长地说，"一个县委书记的选拔和任命，足以牵动着万人的神经，关系到方方面面的权和利，更何况是拥有上百万人口、有着两千多家外资外商企业的经济大县的县委书记。在有些人的心目中，这就是一块唐僧肉，恨不得赶紧咬一口。我说得不对吗？"

众人点头称是。朱明远说："非常深刻，非常到位。"他已把这段话录下来了，回去认真传达、学习。

明天就要走马上任，秦慧楠还有大半天的时间履行一下妻子和母亲的责任。她首先给家里来了个大扫除，该洗的洗，该擦的擦，该扔的扔，使整个家显得整洁美观，焕然一新。然后她又去农贸市场买菜，做了一顿淮扬风味的晚餐。田振鹏是扬州人，吃到了藕粉圆子、大煮干丝和醉虾，激动得简直要流泪。

田晓君见状说："爸，你也太小家子气了。妈妈官再大，那是对外的。对内她是你老婆是我妈。这叫内外有别！"

一席话，逗得三人哈哈大笑。晓君转身走到电视机旁，打开电视，电视新闻里正播放着全省新闻，主持人正对吕佳龙涉黑案进行最新报道，公安部门查获新的证据，进一步佐证了玉泉集团总经理吕佳龙涉黑的真实性。

主持人告诉观众吕佳龙涉黑案的案情侦破进展，玉泉警方根据新的线索顺藤摸瓜，接连捣毁了数个涉黑窝点，全县扫黑除恶专项斗争打开了局面。校园贷的主犯及实际控股人虞亚玫下落不明，目前警方正在全力追捕。

接着的一组画面更是让人振奋，面对整装待发的特警、刑警，崔思康做战斗动员，吹响了全县"扫黑除恶"的号角。警车鸣笛，十几辆警车行进在大街上；特警、刑警逮捕涉黑团伙，涉黑团伙戴着黑头套，被押上了警车！

秦慧楠看完这段新闻后，默默走进卧室。卧室里有一个打开箱盖的拉杆箱，这是她从北京回来一直没来得及整理的衣物，她开始一件件地整理。

田晓君见妈妈默默地走进卧室，紧随其后也跟了进来，她是来告密的，说昨天有人送来的那封神秘信，被田振鹏"扣压不报"。

秦慧楠听后立刻大喊一声："田振鹏，你过来！"

　　田振鹏不明所以地走进卧室，只见田晓君向他吐吐舌头，秦慧楠质问为什么不把匿名信拿出来。田振鹏对着晓君说了句"你这个叛徒"。

　　田振鹏认为这封所谓的信，并不是真正的信，有可能是恶作剧，自己本想分析分析，有了结果再告诉秦慧楠。田振鹏还未解释完，田晓君立功心切，想拉妈妈进入自己的阵营，继续告密说这是一张手机导航位置打印图。

　　秦慧楠好奇地拿起这张位置图，仔细地看上面的位置，她心里想，为什么送这图？这是谁给的？去这里找谁？这与吕佳龙涉黑案有关吗？……

四　游刃有余是权力平衡的艺术

　　田振鹏帮着秦慧楠一起收拾去东山市所带的衣物，发现她拉杆箱里有崔思康的资料袋。这袋子里有关于崔思康的举报信复印件，还有关于崔思康问题的调查报告。他问秦慧楠带这些干什么，秦慧楠直言，自己对这位崔思康还是不放心。

　　"我的姑奶奶，"田振鹏急了，"你别添乱了。崔思康打黑问题已水落石出，省委正式表态他进入玉泉县县委书记候选人名单，你对他还不信任，这不是与省委对着干吗？"

　　秦慧楠说："你什么意思，我只带点资料，有这么严重吗？别小题大做。"

　　田振鹏说："你是从北京'空降'的，太不了解地方。特别是玉泉这个经济大县，藏龙卧虎，水特别深。万一有人看到你这个新上任的市委组织部部长带着这些材料，传了出去，不仅影响你和崔思康的关系，还影响你在郁浩民书记心中的评价，认为你对他是阳奉阴违。"他还特别叮嘱，"你是新官上任，多看少说，静观其变，别贸然行事。你是一张白纸，在东山好画最新最美的画图。因为你所处的位置和人物关系，东山市的各方力量都会靠拢你、利用你。你可以站在'不结盟'角度，游刃有余地游动在各种力量之间，从而处于不败之地。"

　　田振鹏越说越带劲，秦慧楠不禁愣住了。士别三日，当刮目相看。田振鹏不是官，哪来这么多乱七八糟的"官场经"？在她眼里，田振鹏只能是个学者而不能为官，这是他们在谈恋爱时秦慧楠下的结论。可是年轻气盛的田振鹏不信，不安分省公安大学讲师的工作，通过一番活动，去省公安厅的刑侦处当了一名科员。他的计划是，从科员干起，一步一个脚印从副科长到科长，再从副处长到处长再到副厅长。他的野心不大，此生最大的目标是当上省公安厅的副厅长。

可是事与愿违，在田振鹏刚提拔为副科长时，仕途就终结了。事情源于一个轰动全国的连环杀人碎尸案。案发多日，刑侦毫无进展，罪犯逍遥法外，公安部挂牌督办，限期破案。这让时任省公安厅厅长兼副省长的一个叫管仁智的管大人泰山压顶，位置不保。

当这位省厅管大人一筹莫展之际，痕迹功夫扎实的田振鹏在尸体多块碎片上，只有百分之一把握的前提下，居然发现与被害者不同的DNA痕迹，终于让罪犯——省人民医院一个外科医生原形毕露，落入法网，由此田振鹏名声大振。这时有关领导提议，将田振鹏直接提拔为科长。

天有不测风云，人有旦夕祸福。在一次有关此案侦破接受电视台采访时，田振鹏的谈话是纯业务，没有政治含量，特别是没有说"在省厅管厅长直接领导和具体指导下破了此案"，这是官场大忌，所以田振鹏的提拔黄了，理由是缺少"政治的高度"和"政治的敏感度"。田振鹏火了，一气之下又回到课堂，重操旧业。经过八年从"媳妇熬成了婆"，成了公安系统颇有名气的"田大痕"。

夜已深，田振鹏也挨着秦慧楠睡着了，他蜷曲着身子，像个挤在女人子宫里的孩子，睡着的样子有点萌人。秦慧楠轻轻地抚摸着他的脊背，眼圈热了。这些年一路走来，田振鹏太不容易了，她没有指责他刚才说的话，因为他的本意毕竟是为她好。

秦慧楠躺在田振鹏的身边，又一次失眠了，感觉胡萌萌向她走来，那种喜怒哀乐的样子挥之不去。她后悔不应该主张召开"崔思康和胡萌萌"的"三堂会审"会，是这个会要了胡萌萌的命。可是她又有什么错呢？正因为这个"三堂会审"，让躲在胡萌萌背后的人慌了阵脚，加快了案情的侦破，在崔思康与吕佳龙的较量中，崔思康大获全胜，可这是真正的胜利吗？会不会掩盖什么不可告人的秘密？可以看出，省委书记郁浩民是偏向崔思康的,既然这样为什么又给了自己崔思康一大袋子的问题材料呢? 这葫芦里卖的什么药,她始终理不出头绪。

早上九点,正是上班的高峰,玉泉集团这座高耸入云的建筑已从沉睡中被唤醒,散发着清晨的活力。豪华的会议室里灯火辉煌,座无虚席。有人高呼一声"卢总裁到——"于是,全场起立、鼓掌,卢晓明在一片掌声中被众星捧月般请进会场。

这是玉泉集团晨会的规定动作,其目的是让每天的开始,每个员工保持旺盛的活力投入工作,还有就是接受总裁的训话,总结经验,找出问题,拨正航向。所以卢晓明只要不外出,每天都准时到班。他当过兵,知道军事化的要求对企业员工素质的训练百利而无一害。

卢晓明说,玉泉县委要换当家人了。刚刚获得的消息,人选有两个,一个是常务副县长崔思康,另一个是县委副书记戴国权。这两个人,你们喜欢哪一个? 董事甲说,卢总,这两人我们都捉摸不定。董事乙说,再说了,选哪一个,也轮不到我们发言投票啊。董事丙说,我认为,这不是我们操心的事。

卢晓明说树高千丈,叶落归根。玉泉集团再大再强,根还在玉泉,政治和经济的生态环境决定着企业的发展。在玉泉县城每家每户住房面积的每一百平方米中,就有我卢晓明贡献的三十平方米。还有电信、证券、道路……懂不懂我的意思?

看着这十几个脖子上几乎都挂着纯金粗项链,戴着金光闪闪名表,穿着名牌T恤的董事们,卢晓明啼笑皆非。这些人名为董事,实为土豪,俗不可耐! 当初让他们入股,还不是因为他们兜里有几个臭钱。大前年,经过一番艰难的周折,玉泉集团在深交所成功上市,这些土豪们的股份翻了几十个筋斗,一个个脑满肠肥。腰杆粗了,说话底气也足了,但就是不长见识,毫无政治敏感和大局意识,只想到赚钱。

卢晓明说现在搞个民意测验,结果喜欢崔思康的有八票,喜欢戴国权的也是八票。卢晓明哈哈大笑,八票对八票,半斤八两,势均力敌,平分秋色啊！他再三叮嘱诸位，刚才的投票，权当玩游戏，不必当真，也不许外传。

晨会就在真真假假、嘻嘻哈哈、莫名其妙的游戏中结束了。卢晓明走进总裁办，他心里惦记着一件事——玉泉中学图书馆。他问吴雪姣，集团捐助建设的玉泉县实验中学图书馆落成典礼什么时候进行？吴雪姣说要五天后。他说不行，要提前到明天下午举行，并以他的名义邀请崔思康县长和戴国权副书记参加落成典礼。

卢晓明这个举措是深谋远虑的。他是土生土长的玉泉县人，二十多年前入伍参军，退伍后到深圳打工。从一个包工头起家，成了腰缠万贯的大老板，然后衣锦还乡，荣归故里，举迁老家玉泉求发展。这其中的拼搏和成功，让他悟出一个道理：官商、官商，无官无商。商离不开官，官也离不开商。其中最重要的是企业离不开地方领导，与地方领导搞好关系就像"鱼水情"。

卢晓明的官商关系，绝不是请客送礼、拉关系、送美女那种庸俗低级的一套，这些年他修完了研究生学历，还练成一手好书法。他最擅长的就是做慈善，他认为"财不能一个人发"。每年他都搞捐赠活动，捐助建设的玉泉县实验中学图书馆就是一个大项目，影响很大，得到了党政领导和社会舆论的一致好评。玉泉县实验中学图书馆的落成仪式请玉泉县新的书记剪彩，这是个很大的见面礼。新县委书记人选确定一波三折，这次终于定了崔思康和戴国权两个候选人，请他们没错，二者必居其一嘛。无论他们谁当选，玉泉集团与地方领导的"鱼水情"都会更深更浓。

按照卢晓明的吩咐，吴雪姣送来了秦慧楠的有关资料，对这位从北京"空降"而来的市委常委、市委组织部女部长，特别是在关键时刻她将马上就任副省长的林强盛拉下马，仅此，他就要好好地将其认真研究一番。

卢晓明拿着秦慧楠的照片问吴雪姣："你看，这位秦部长像谁？"

"不知道，"吴雪姣摇摇头说，"反正是风韵犹存，年轻时一定是个靓妹。"

"她像一个人,"卢晓明说,"江姐!"

吴雪姣诧异地问:"哪个江姐?"

"舞台上的。"卢晓明说着哼唱起来,"红岩上红梅开,千里冰霜脚下踩……"他告诉吴雪姣,这个角色、这个唱段,几乎伴随他整个青少年时代,让他热血沸腾。

吴雪姣问卢晓明:"这位秦部长会让你热血沸腾吗?"

卢晓明自信地说:"我们会相处得很融洽。"

开山的爆炸声隆隆作响,工地上硝烟弥漫。几个戴着安全帽的男人正围着一张摊在石头上的施工图,崔思康也在其中。这时,一辆中巴车开进工地,一位中年男子匆匆下车,此人正是县委办公室主赵恒儒。只见他三步并作两步地走上前,向崔思康汇报,原来是七八位离退休的老领导叫着闹着要见崔思康。因崔思康很少坐在办公室,赵恒儒实在没法子,就用车将老领导们都拉过来了。

崔思康一边责怪赵恒儒"胡闹",一边向中巴车走去。车内坐着七八位垂暮老人,个个怒气冲冲,牢骚满腹:什么"你怎么撒手机关工作不管,一屁股坐在这工地上",什么"我生了一场大病,几万块医药费等你签字,可好几天不见你人影"。还有人说的话更难听,"工程浩大,油水多多,你乐不思蜀了"。

崔思康大声地命令说:"开车,将老领导们安全送回家!"

车上有的老同志摇下车窗,骂骂咧咧:"崔思康,你赶我们走……你算个什么东西,你等着……"

赵恒儒站着没上车,他愣在那里束手无策。崔思康对老干部这种态度,他还是第一次看见,这一定会把这些老人得罪了。别看他们年事已高,可每个人的背景和关系不可小觑,有的人手可以伸到省市直至中央。

"赵恒儒,"崔思康胸中的火气一下子迸发出来,"告诉你,以后别这样逼我,当心我撸了你!"

"是这帮老家伙……"赵恒儒急了,"不,是老同志们逼我。"

"你挡不住,就把球踢给我是不是?"崔思康责问。

"我真的挡不住了。"赵恒儒认怂了。

"为什么挡不住? 他们把刀架在你脖子上了?"崔思康缓和了口气,"我不是怕他们来骂我,是怕路上万一出了什么事会后悔莫及! 以后遇到这种事,你多动动脑子,要为领导冲锋陷阵,守住你的防线。"

"是。"赵恒儒说,"玉泉中学图书馆今天下午开业典礼,总裁卢晓明邀请您出席。"赵恒儒将大红请柬递给崔思康。

秦慧楠乘坐一辆黑色红旗轿车,行驶在去往东山市的高速公路上。今天是她走马上任的第一天,专程来迎接的是市委组织部副部长任大年。车外,车轮沙沙作响;车内,秦慧楠在翻看崔思康的材料。她焦急地抬起手腕看手表,指针指向下午一点,三点开市委常委会,可不能迟到。

手机响了,是市委书记朱明远的来电,他说,县委老书记窦复兴因患癌症住院两个多月了,今天状态很不好,担心老书记快不行了。会前还有两小时,他和市委副书记周源和两位常委正在东山市人民医院重症病房内看望。秦慧楠早就耳闻市委常委、玉泉县委老书记窦复兴德高望重。她说一到东山,直接去医院看望。朱明远说,今天的市委常委会专项议题就是决定新的玉泉县委书记人选,慧楠你是新上任的组织部长,是主角,可不能迟到。我们代表你看望老书记。

一直关闭的重症病房门开了,护士长告诉朱明远,病人醒了。朱明远走进室内,周源等人要跟进,被护士长拦住了,说病人已经十分虚弱,需要安静,只能进去一个人,市委副书记周源等人被挡在了门外。

周源年近六十岁,一脸的福相,像个弥勒佛,笑呵呵的,开朗又爽快。他再三向护士长保证,自己轻手轻脚,不大声喧哗。护士长还是没有同意,他也只好作罢,幽默地说:"县官不如现管啊,听从护士长的安排。"

病房内，老书记窦复兴躺在床上，戴着氧气面罩，身上连着各种仪器。他是从村长到乡长，再到县长，一步一个脚印地干上来的，在玉泉县干了几十年。八年前他任玉泉县县委书记，后来选上了东山市委常委。在全国几千个县、市中，县委书记进入地级市委常委算是凤毛麟角了。

两个月前，窦复兴查出了肝癌晚期，生命之日屈指可数。他向市委请求，让崔思康代替他临时主持玉泉县的党、政日常工作，市委同意了。

朱明远轻轻走到病床边，紧紧握住窦复兴的手，护士长摘掉氧气面罩。窦复兴喘着粗气，看出是朱明远，使出全身力气对他说："朱书记，我，我⋯⋯"朱明远告诉老书记，自己和周源等几位同志来看他，但为了避免打扰，只有他一个人进来，其他人站在门外。窦复兴继续吃力地说着刚才未讲完的话："朱书记，我⋯⋯"

朱明远静静地等待着窦复兴要讲的话，并表示："老书记，您有什么话尽管说，只要组织上能办到的。"

窦复兴异常吃力地说："朱书记⋯⋯我⋯⋯有一个请求⋯⋯"话未说完，就听报警声突然响起，他昏过去了。医务人员立即冲进来，实施抢救。

此时，在东山市人民医院门口，一辆黑色红旗轿车开过来，车内走出的是崔思康。门口有个小报亭，报亭内站着畏畏缩缩的赵恒儒，他一手拎着水果，一手小心谨慎地向崔思康频频招手。

崔思康一脸疑问地看着赵恒儒问："你怎么站在这里？跟地下党接头似的。"

赵恒儒说："这儿没有摄像头。崔县长，想来想去，还是我代表你去看看窦书记吧。"

"看你这胆子小的！"崔思康一脸正气地说，"我是来看病人的，没有什么见不得人的。"

"别说，你现在还真见不得人。"赵恒儒苦口婆心地说，"吕佳龙涉黑案，尽管你占了上风，但还是谨慎一些好。为避免节外生枝，你先别去见窦书记了。窦书记尽管撑不了几天，可他还是县委书记、市委常委。

在今天下午的常委会上，他还有庄重的一票。千万不要给人造成口舌，你急于上位县委书记，连要死的人都不放过，到重症病房拉选票。"

赵恒儒说得口干舌燥，崔思康张大了嘴，一脸的不相信，他觉得赵恒儒想得太多，自己不在乎其他人怎么想。窦书记是自己的老上级，从村长到乡长，是老书记一手把自己拉扯上来的，是自己的好领导，更是自己仕途的良师益友，如今病成这样，怎能不看一眼呢？万一有个三长两短，人走了，一辈子都不会安宁。退一万步讲，就是有人说自己拉票，又能怎么样？天下公正，自在人心，他是一定要去见老书记的。

崔思康说得诚恳，赵恒儒对他与老书记的感情也理解，只好顺从地把手里的礼品递给了崔思康。崔思康看老书记心切，确实疏忽了小人。他此时的举动正被人严密监视。

崔思康坐在病床前，眼含泪花。窦复兴吃力地睁开眼断断续续地说："思康……吕佳龙一案……干得漂亮……"他吃力地摆手，让崔思康快走。

"您都病成这样了，"崔思康哽咽着，"我能不来吗？想和您说说话。"

窦复兴再次摆摆手，扭过头去。护士长走过来，将崔思康拉到一旁说，病人让你出去。崔思康说，我们还有话要说。护士长劝道，病人不想再说了，请你先出去吧。崔思康尴尬地走出病房，十分沮丧。

崔思康刚走出几步，护士长开门，追上崔思康，对他悄声地说，病人让我转告你一句话："引水工程，拜托你了！"

崔思康的身子微微颤抖了一下，默默地点了点头，脚步沉重地离开病区，走出医院。

已是下午两点，秦慧楠还在高速公路上。任大年告诉秦慧楠，前面就是清水镇，离东山市区只有二十公里，快的话二十分钟就到了。

前方路牌显示，距离清水镇还有五公里。秦慧楠出神地看着窗外，在激烈地思考着：崔思康因为打黑的声望，优势已超过戴国权，估计就任县委书记有胜算的可能。可是还有几个谜团在她的心中没有解开。崔思康打黑是对的,可杀害胡萌萌的凶手到底是谁? 这个案子还没有结。他是一个认真负责的好干部吗? 那么当年他对沙莎的情感怎么解释,为什么不辞而别? 一个对爱情不能兑现承诺的人,怎么兑现对人民的承诺?

在通往清水镇的公路上,一百多个农民工将秦慧楠乘坐的红旗轿车围堵在公路中央,有人举着"崔思康,还我血汗钱"等横幅标语。一个三十来岁的青年带着众人喊着"崔思康,还我血汗钱!""反对强拆,保卫家园!""反对腐败,清查贪官!"群情激奋,口号声一浪高过一浪。这上访人群的领头人叫王三毛,是玉泉县马王镇管道公司的董事长兼总经理。全公司一百多号人除了看大门的老头,几乎倾巢出动。从他的情绪与呼喊的口号来看,此人与崔思康似乎有不共戴天之仇。

突发事件,意想不到。这阵势秦慧楠还是第一次见到,一时间有点束手无策。

红旗轿车在人群中间缓慢行驶,车速比步行还慢。驾驶员生怕撞到上访者,心都提到了嗓子眼。任大年拿起手机,对着车窗外拍摄。几个访民冲到车旁,拍打着车身,吓得任大年赶紧收起手机。

农民工抗议着:"不许拍,想秋后算账? 没门儿!"

秦慧楠在车里坐不住了,要求司机停车。驾驶员看到外面一个个怒火中烧的上访者,岂敢停车,骂了一句"一群泼妇刁民!"秦慧楠听后大怒:"谁是泼妇,谁是刁民? 你怎能这么说?"她再次命令司机马上停车:"这车不能再开了,会出人命的,停下来!"

驾驶员刹车,秦慧楠要打开车门,被任大年阻止:"不能下车! 失去理智的人什么事干不出来? 我报警。"

"报什么警?"秦慧楠掷地有声地说,"共产党怕群众,哪有这个道理!"她拉开车门,毅然走下车。

车前,王三毛高举诉状,嘴里喊着:"秦部长,我给你跪下了——"说完,真的跪在路上。在他的带领下,众人也齐刷刷地跟着下跪,一百多人组成的下跪人群，场面让人震撼。

下跪的人群黑压压一片，这场面秦慧楠是第一次见到，心灵的震撼自不用说，她想到更多的是崔思康如果见到这个场面，会说什么。玉泉县信访工作法成了水中月、镜中花，半年上访人次百万分之三成了天大的笑话。秦慧楠不顾任大年和驾驶员的阻拦，向众访民走去。

秦慧楠下车走来，现场顿时变得鸦雀无声，访民们注视着这位端庄大方、十分从容的女人。王三毛跑上前介绍自己是包工头王三毛。秦慧楠劝说访民们先起来，有话好说。她说今天是自己来东山市报到的第一天，大家用这种方式欢迎她，还真是别具一格。几句话，使紧张对峙的气氛得到了缓和。

王三毛愤怒地说："大伙是被逼的，找个说话的机会，讨个公道！"

任大年警告王三毛："被逼的，谁捂住你们嘴巴了？偏要用这种过激的方式。不管因为什么，有天大的理，这种过激的方式已经属于破坏交通、寻衅滋事，这是违法的！"

王三毛没有退让，针锋相对地和任大年叫板："违法？违法你就把大家都抓起来。"

任大年说："以为我们不敢？"

王三毛说："你们什么不敢？截访、抓人、关人、打人……"

"放肆！"任大年大喝一声，"定你寻衅滋事罪，判你几年！"

众人拥上来，齐声吼叫："判吧，抓吧，老百姓是抓不完的！"

任大年掏出手机开始拨号，被秦慧楠阻止。任大年收起手机，沉默地退到秦慧楠的身后。

"王三毛，"秦慧楠说，"你们不是要讨回公道吗？那就让大伙起来，挺直腰杆，与我平等对话嘛。"访民们还是不起来。秦慧楠加大声音，十分严厉地说："难道也要让我跪下来求你们？"

"好吧，"王三毛妥协了，"既然秦部长把话说到这个份儿上，大伙都起来吧。"紧张的气氛缓解了，访民们纷纷站起来。

王三毛高举状纸："我们告的是玉泉县常务副县长崔思康，此人作风霸道，独断独行，搞权色交易。特别是玉泉湖引水工程，他纵容亲友，倒卖项目，克扣工程款，拖欠工资，使一个耗资百亿的引水工程不死不活，劳民伤财，成了烂尾工程。"

任大年欲接状纸，王三毛拒绝。秦慧楠上前接过了诉状说："好，这状子我接了。诸位，你们的声音我听到了，你们的诉求我知道了，你们的心情我也理解了，我会尽快给你们一个满意答复。"

"谢谢秦部长！"王三毛高喊着。众访民也跟着喊道："谢谢秦部长！"

"如果我说话不算数，"秦慧楠承诺着，"允许你们围堵我的办公室。我自掏腰包供应盒饭，不少于两荤两素。"人群中有人发出了笑声。

这时几辆警车鸣笛而来。玉泉县公安局局长章法成下车，走到秦慧楠面前。

任大年说："章局，你来晚了一步。介绍一下，这位是新来的秦部长。"

"秦部长，"章法成敬礼，"我是玉泉县公安局局长章法成。奉市委朱书记命令前来执行任务。"

秦慧楠说："不好意思，还是惊动了你们。这儿没什么事了，让同志们撤吧。"

章法成说："秦部长，我接到市局黄局长的命令，是来……"

秦慧楠说："当我的保镖啊？用不着。我再说一句，共产党的干部哪有怕群众的道理！"

"这个……"章法成与秦慧楠耳语，"那个带头闹事的王三毛不能放过。"

秦慧楠说："我刚上任，就让你抓人？如果他们主动散了，就别再追究。矛盾重在化解，不能激化。大年，你说呢？"

任大年立马说："对对对。章局，秦部长让你撤就撤嘛。"

章法成说："好，听领导的，我们撤。"

"诸位乡亲，"秦慧楠面对众访民，"对不起，我还要赶到市里开会，大家批准我走吗?"人群中又发出一阵笑声。

"秦部长,"王三毛拿起手机,"能和您加个微信吗?"

章法成大喝一声:"王三毛,你太过分了!领导的通信资讯,是国家机密。"

"哪有那么多的国家机密。"秦慧楠拿出手机,"来来来,你扫我还是我扫你?"王三毛受宠若惊,拿出手机凑上去,让秦慧楠扫了一下,然后又大声说道:"大家闪开,欢送秦部长走马上任!"

访民们自动闪开了一条道。秦慧楠上车,红旗轿车在人群的夹道中缓缓通过,人们频频挥手。

章法成看呆了,回到车内,警员们发起了牢骚。

一名警员问:"就这么撤了?"

章法成问:"不撤你还想干吗?"

"不就是一群访民吗,情况说得那么严重,刚才准备了好多,白忙乎了!她秦慧楠接什么状纸啊,我看是作秀!"

"你放什么屁!"章法成骂人了,"知道东山市委原书记林强盛怎么倒下的吗?在宣布他就任副省长的前几分钟,被人拉下了马。这个人就是秦慧楠!"

"啊?"刚才发牢骚的那个警员大吃一惊,"这样的领导干部多来几个,我们就要失业了。"

"失业了好啊。"章法成苦涩地一笑,"我们失业了,天下就太平了。"

秦慧楠坐的红旗轿车终于风尘仆仆地驶进市委大院,朱明远迎上来表示欢迎。秦慧楠向大家道歉,朱明远告诉任大年马上通知大家开会,在开会之前他先和秦慧楠聊几句,算是为今天的常委会热身。

秦慧楠和朱明远走出电梯间,步入过道。这里很少有人,是交谈的好地方。

朱明远说:"我正要亲自出马帮你解围呢。"

秦慧楠说:"不用你增援,突出重围的办法还是有的。"

朱明远问:"没伤着你吧?"

秦慧楠话中有话地说:"没有外伤,只有内伤。一百多个访民堵我的车,举标语、拉横幅、喊口号,那场面,我从来没经历过。"

朱明远歉意地说:"我们工作没有做好,让你见笑了。"

"别这么说,我们现在是站在一个战壕里了。"秦慧楠说,"这举动是冲着今天的市委常委会,矛头所向就是玉泉县县委书记新的人选之一崔思康。"

朱明远沉默了,未置可否。当他得知秦慧楠被上访人员堵截,就猜到十有八九与崔思康有关,果然如此。现在不少人都知道秦慧楠是反腐英雄,对她存有高期望值这并不奇怪。朱明远告诉秦慧楠,崔思康提名为新县委书记候选人,是由原来市委副书记兼市委组织部部长周源亲自考察。现在秦慧楠接周源的班,继续完成周源未尽的工作。他高深莫测地对秦慧楠说,东山市是经济大市,也是腐败的重灾区。选人用人的难度,你要有足够的思想准备。

开会了。秦慧楠走进常委会议室,她是组织部部长,今天的人事专项会议由她主持。她说:"根据考察结果和省委的要求,新的玉泉县县委书记人选,在现有县领导班子中产生。目前确定了两个人选:一个是县委副书记、常务副县长崔思康,另一个是县委专职副书记戴国权。现在关灯,请大家观看有关候选人的电视片。"

众人马上议论纷纷。市委常委罗西来讲话了:"开常委会看电视,这是大姑娘坐轿子头一回啊。"有个常委附和着:"这不是新官上任新官秀吧?"周源打断了他们的议论,连说:"看电视、看电视。"

大屏幕上出现了一行大字:玉泉县县委书记候选人崔思康。画外音对崔思康介绍说:"崔思康,湖北襄樊市人,武汉大学社会学系研究生学历,毕业后主动要求下农村基层,不远千里来到地处江南的玉泉县马王镇当上了一名村官……"

众人惊讶地发现,这画外的解说就是秦慧楠的声音,都笑了起来。

就在秦慧楠主持市委常委会议的同时,王三毛带领着他的一百多号访民回到了马王镇工地。他吆喝着大家赶紧干活,把今天损失的时间夺回来。

一辆轿车和一辆警车开到工地,车上走下马王镇党委书记贾乐福和镇派出所所长王久盛以及两名民警。

"王三毛!"派出所所长王久盛大喝一声,"你聚众上访,堵塞公路,拦截领导车辆,破坏交通,影响恶劣,这犯的是寻衅滋事罪!"

"所长同志,"王三毛毫不示弱,"给我扣这么多帽子,我戴不起啊。对待访民,你们公安还能做什么?不是追就是截,不是打就是关!还让不让人讲话,还有没有让人讲话的地方?"

王久盛把手一挥:"带走!"

两名民警走上前,王三毛急了,拿出手机。

王久盛问:"你想干什么?"

王三毛说:"给秦部长发微信。"

"给秦部长发微信?"贾乐福说,"你没有这资格。没收他的手机!"

民警夺下王三毛的手机,气得王三毛大喊大叫:"说的比唱的好听,先说化解矛盾,现在又来抓人,你们还有一点公信力吗?"另一名民警要将王三毛押上警车,众民工冲上来,排成人墙,护住王三毛。王久盛和民警拔出了枪,众民工怒吼着:"开枪,有种就开枪!"贾乐福走上前说:"王三毛,你出来,跟王所长走,否则一切后果由你负!"王三毛说:"这一切全是崔思康造成的,一切后果由他负!"贾乐福的嘴都气歪了:"你……"接着几个烂西红柿、几片烂西瓜皮砸在贾乐福、王久盛和民警的头上。有的民工操起了铁棒、钢棍。砰——一个民警突然对天开了枪。

会议室里,市常委正聚精会神地听着周源的介绍,秘书小陈推开会议室的门,疾步走进来,向朱明远汇报:"朱书记,玉泉县公安局局长章法成报告,马王镇派出所要拘捕堵截秦部长的带头人王三毛,与访民发生激烈冲突,民警开了枪。"

众人大惊:"伤人没有?"

陈秘书说:"场面混乱,民警怕现场失控,开枪示警。"

周源愤怒而起:"对天开枪也不行,谁给他们的权力?"

罗西来责问:"崔思康呢?为什么不管?"

"潘金莲的竹竿,惹祸的根苗。"有一位常委文绉绉、慢悠悠地说,"马王镇的枪声因崔思康而发,玉泉县半年上访人次百万分之三已成泡沫,吕佳龙涉黑案并未画上句号。打铁还需自身硬,你让崔思康怎么去管?"

秦慧楠说:"我再三交代章法成同志化解矛盾,不要抓人,他是答应我的。怎么一扭头就变脸了,公信力哪去了?朱书记,崔思康的专题片还需要接着看吗?"

朱明远说:"听听大家的。"

旁边的常委摇摇头说:"算了,下一个吧。"

罗西来附和道:"我同意。"

"我的意见,"周源掷地有声地马上驳道,"对一位同志负责,崔思康的专题片接着看!"

一直沉默的市纪委书记郑介铭发话了:"看到底吧。"

电视片继续,画外音响起:"崔思康同志的最大优势是有丰富的基层工作经验,他从村官干起,一个台阶一个台阶、一步一个脚印,走上了玉泉县常务副县长的位置……"

电视片放完了,朱明远说:"脾气暴躁,说话不留情面,工作中有时很不注意方法,这是崔思康同志最大的缺点。他这个坏脾气不知得罪了多少人。所以玉泉县对他的评价,上上下下褒贬不一,莫衷一是。"

罗西来说:"我看崔思康同志不仅仅是脾气问题,脾气暴躁也好,说话不留情面、工作有时不注意方法也罢,这是表象。有没有深层次的问题?"

周源马上问:"什么深层次的问题?"

罗西来说:"比如说,倒卖引水工程,权色交易。"

"这些我们都反复调查过。"周源的语气十分郑重和肯定,"结论是事出有因，查无实据。"

罗西来说："目前，有些省出现了省人大代表贿选案，今天常委会要防止有人拉选票。"

"拉选票？"众人一脸惊讶地看着罗西来。

"罗西来同志的这个醒，提得好，提得及时！"朱明远说，"关于去年发生在辽宁和湖南的人大贿选案，性质极其恶劣，有好几个省委领导都卷进去了。记得小时候，书本告诉我们是国民党反动派才热衷于搞贿选。可我们是共产党，怎么能把反动派那些肮脏的东西捡起来呢？"

秦慧楠说："人民群众对一些地方人大代表选举的问题已经很有意见了，再来个贿选，那不是雪上加霜吗？"

"我有言在先，"郑介铭书记放了狠话，"这次玉泉县县委书记人选的确定，在座的请不要违规、违纪。否则撞到枪口上，我六亲不认。不管涉及谁，一查到底，决不手软！"

崔思康是个聪明人，他知道王三毛堵秦慧楠的车告他的状、马王镇派出所民警拘留王三毛发出的枪声，在今天的市委常委会上已形成对他很不利的局面。在一道道闪电，隐隐的雷鸣声中，他来到王三毛的工地。工地上不见人影，挖土机、打夯机、发电机、充气泵、测量仪等设备散落在野外。

崔思康左右转转都没见人影，终于在一间铁皮房内找到了一个看工地的老头。老头告诉崔思康，警察开枪，把头头抓走了。本来就因为欠员工半年的薪水，干活的人少，现在是彻底歇菜了。

崔思康知道，王三毛的马王管道公司，去年从别人手里转包了玉泉湖一期引水工程中的龙门隧道的排水工程。工程总造价三千万，他承包的管道排水工程涉及一公里长的隧道安全。这个工程一个月前就该收尾，可迟迟完不了工，原因是老板王三毛欠一百多名员工半年的薪水，员工罢工不干活。如果这一期工程不收尾，二期工程就开不了工。昨天他亲自协调了半天，所有欠薪，公司打欠条、王三毛签字、镇政府担保，下个月补发工资，全员立即开工。白纸黑字，怎么可以说话不算数？可是王三毛偏说这欠员工的薪，应该崔县长批条子，乡政府拨款来还。不知道这是啥意思。接着就发生了王三毛带领一百多名员工堵车向秦慧楠告状的事。

崔思康说自己是"倒霉鬼"，县委书记这一关已经是第三次了，能否过关是大问题。刚刚对付了吕佳龙，现在又冒出个王三毛，他的仕途难道比唐僧西天取经还难？

知道民警开枪没有伤人，崔思康内心闪过一丝安慰。他刚走进工房，贾乐福就屁颠屁颠地赶来了。工房内有四个民工在打扑克，崔思康责问："就要下大雨了，这么多设备没有遮挡，你们不心疼，我心疼！"

民工们看这位说话者酸酸的样子，开始讥讽崔思康："你心疼什么，掏你的腰包啦？""进门就训人，凭什么，你是谁呀？"贾乐福将铁皮门拍得当当响："别有眼不识金镶玉，这位就是崔思康崔县长！"

众民工扔下扑克牌，马上起立："崔县长好！"

崔思康态度温和但掷地有声地说："你们不是告我的状吗？我现在就站在大家的面前。有话当面说，放到台面上说，批判、骂娘都可以。我反对的是背后捅刀子。转告你们的头儿，民告官，是你们的权利；官告民，是我的权利！我要的是证据，给不了证据，我就告你们！"

一声炸雷，民工们害怕了，赶紧跑出去干活。崔思康确认把所有设备都盖好之后，便离开工地，走出工地大门时，贾乐福紧随其后，唯唯诺诺地对崔思康说："崔县长，听说你要当县委书记，这次能过关吗？"

崔思康看着贾乐福，无言以对。

贾乐福说："我知道，你是个干事业的人，不看重官大官小。"

"谁说的？我可没有那么高的觉悟。"崔思康说，"不想当将军的士兵，不是好士兵。县委书记，我做梦都想当。"

崔思康打开车门，上车，又下车，对贾乐福说："把那个王三毛放了。"

贾乐福为难："这个⋯⋯"

崔思康问:"你还想帮倒忙,给我添乱?"

望着崔思康的背影,贾乐福默然无言。他原来是个小木匠,五年前是崔思康力排众议,让他担任了马王镇洋泾浜的村主任兼村委会书记,没过三年又当上了马王镇的副镇长直到现在的镇书记。五年中他仕途顺畅地完成了"三级跳",每一步明里暗里都少不了崔思康的鼎力相助。

贾乐福心里明白,王三毛已构成了对崔思康的严重威胁,他必须帮崔思康解除这个威胁。

五　峰回路转

　　市常委会议室的大屏幕上出现了玉泉县县委书记第二位候选人——玉泉县委副书记戴国权。秦慧楠介绍，戴国权同志很低调，自己和几位同事从网上没有找到有关他的影像资料，只能用图片来替代。

　　"戴国权，东山市人，出身于一个商人的家庭。江南大学新闻系本科学历，历任玉泉县清水镇党委文化干，县文化局的一名股长、副局长、市教育局科长等职，后担任玉泉县县委副书记。戴国权同志最大的优势是擅长文字，为人低调，稳重踏实，一步一个脚印……"

　　当戴国权进入市委常委会议讨论程序时，他正在玉泉县城参加一件很光彩也很露脸的事——玉泉实验中学图书馆落成典礼。这也是卢晓明对他的考核。因崔思康没有到场，所以戴国权占了上风。图书馆门前的广场上，彩旗飘扬，彩球升天，花篮组成了鲜花的海洋，身着校服的学生排成方阵。鼓乐队奏响乐曲，手持鲜花的学生夹道欢迎，一辆酒红色劳斯莱斯车缓缓开来，车上坐着西装革履的卢晓明。劳斯莱斯车驶进图书馆广场，刚停下，人们簇拥上来，走在前面的是县委副书记戴国权，他恭敬地为卢晓明拉开了车门。

　　"哎哟，戴书记，"卢晓明受宠若惊，"让你开车门，罪过罪过！"

　　"哪里，"戴国权谦虚地欠欠身子，"有机会给卢总提供一次服务，非常荣幸！"

　　鞭炮齐鸣，锣鼓喧天，暴风雨般的掌声中戴国权和卢晓明上台剪彩，记者簇拥而上，记录了这一难忘的时刻。典礼活动后，戴国权来到自行车棚，卢晓明惊讶地看着戴国权拖出一辆共享单车，自我解嘲地对他说：

"公车改革，在城里我坚持用两个轮子，低碳、环保！"说着跨上自行车，走了。

吴雪姣看着戴国权的背影，酸溜溜地说了两个字："怪人！"卢晓明补充一句："不是怪人能坐上这个位置？"

夹着尾巴低调做人的戴国权，与"幽灵"缠身的崔思康，依然被市委常委会议室的众常委争论着，谁上谁下现在还没有定论。

罗西来说戴国权为人谦和、低调、稳重、不张扬，协调方方面面的关系很有办法，很有成效。周源则为崔思康据理力争，他说有关崔思康的非议和传闻，都查无实据。崔思康敢想敢闯敢干，我用党籍和人格做担保，力挺他。

周源的话引来罗西来的不满，他强调，查无实据，不代表没有前因。以前的廉洁，不能代表他今天独善其身，事物在变，人也在变。朱明远见周源与罗西来又开始争执起来，建议大家听听秦慧楠的意见——一个新人，不带任何成见，肯定有独到的见解。

秦慧楠拿过任大年的手机，将手机通过蓝牙连接到大屏幕。大屏幕上立刻出现了上午清水镇王三毛等众访民上访堵车、控告崔思康的画面。她一句话没说，但此时无声胜有声，一切尽在不言之中。

播完视频，会议室内一片沉寂。朱明远宣布进入表决程序，周源心想："完了，秦慧楠的视频，是对崔思康致命的一击。"此时暗中窃喜的是罗西来，戴国权的胜出已毫无悬念。

常委们正在思考把手中珍贵的一票投给谁时，会议室的门突然开了，医护人员举着吊瓶，推着担架车，缓缓进入会场。担架车上，躺着生命垂危的县委老书记窦复兴。

众人吃惊，起身围到担架车旁。窦复兴十分吃力、断断续续地说："我是个要进火葬场的人了……为了对玉泉县一百多万老百姓负责，临死前向……向组织上请求……让常务副县长崔思康同志接替我的职务，否则我死不瞑目。否则……"没等说完，他就昏迷过去了。

医护人员赶紧将窦复兴推出会议室,送上救护车。在极其艰难和危急的时刻,这位老书记用自己的生命为崔思康投了关键和庄重的一票,使会场形势急转直下。在救护车的鸣笛声中,常委们开始举手表决。九名常委中,同意崔思康任玉泉县委新书记的有五票,同意戴国权的只有三票,秦慧楠投了弃权票。

朱明远宣布:"玉泉县委下一任书记,由崔思康同志担任。七天公示后,如无重大问题,请慧楠同志代表市委去玉泉县宣布任命。"众人鼓掌,周源的掌声最响、最长,他用胜利者的目光看了罗西来一眼。

常委会后,周源代表组织部全体同志表示热烈欢迎秦慧楠接替他的职务。

周源陪同秦慧楠走进部长室。周源说:"我在这办公室一待就是八年,市委副书记是我最后一站了。"

秦慧楠说:"能不能接好你的班,我心里真没有底。"

"哪里!你还年轻,有闯劲,脑子活,方法多,肯定比我干得好。"周源滔滔不绝地说,"这几年,网店革了实体店的命,滴滴革了出租车的命,自媒体革了纸媒的命,直播革了电视的命,微信革了移动的命,支付宝还要革银行的命。这是一个什么样的时代?这不是金星撞火星,也不是火星撞地球,而是新世界在撞击旧世界!"

这一番话,让秦慧楠眼睛一亮:"哟,周书记,可以啊,新事物、新名词,一套一套的。"

周源感叹道:"人老了,不能不识时务啊!"

秦慧楠坐到部长办公桌前,问周源的东西可都收拾完了。周源说该拿的都拿走了。秦慧楠打开抽屉,里面有一张周源和崔思康的合影照片,她敏感地问:"这张照片是留给我的?"

周源笑而不答,其笑意中释放了很大的信息量。

这时,任大年走进来,手里拿着一串钥匙说:"秦部长,市委办公室给你安排了'新家',这是你家的钥匙。"

夜幕降临，城市的万家灯火开始闪烁。秦慧楠走出市委大院，决定到自己的新家去看看。来到新家的门口，拿出钥匙刚要开门，门突然开了，女儿田晓君一把搂住妈妈说："我和爸爸跟踪追击，老爸已经在厨房做饭啦。"

田振鹏从厨房探出头来说："人家是夫唱妻随，我们家是妻唱夫随。听说你今天被拦路打劫了？"

秦慧楠轻描淡写地说："一个小插曲，不足为怪。"

田振鹏说："那个崔思康，今天在你们的常委会上肯定是名落孙山了。"

秦慧楠说："想不到大名鼎鼎的'田大痕'，也有失算的时候。"

田振鹏听后很震惊，问："崔思康当选啦？"

秦慧楠说："生命垂危的县委老书记被担架车推进了会议室，投了崔思康一票，让崔思康峰回路转，化险为夷。"

田振鹏问："这个人有这么大的分量？"

秦慧楠也在思考这个问题。要去市医院找窦复兴，她想弄清楚，他与崔思康到底是什么关系？他生命垂危，躺在担架上，在最关键的时刻投崔思康一票，是不是崔思康去医院拉票的结果？

进了病区，秦慧楠来到了窦复兴的病房门前，推开病房的门，空空荡荡的病床上，放着一束洁白的茉莉花，只有床头"病员窦复兴"的牌子还没有摘。

一个护士走进来，摘下病员的牌子。秦慧楠问护士："这房间的病人呢？"护士伤感起来，声音中带着颤抖和哽咽："半小时前走了……遗体已送进殡仪馆……"秦慧楠大吃一惊，似晴天霹雳："怎么会这样，说走就走了呢？"护士十分感慨，沮丧地说："生命本来就是脆弱的，就是一口气之争啊！"

护士告诉秦慧楠，平时探望窦复兴的人不多，就是来人，也只能空手进来，他好像是个怪人。秦慧楠说他不是怪人，是市委常委、玉泉县县委书记。这让护士惊讶得说不出话来。她告诉秦慧楠，病人很低调，有几个人带礼物来看他,都被拒之门外。只有一个人例外,他是带着礼品来看望的,没说几句话就被病人赶了出去。等这个人离开后,病人又捎话给他。秦慧楠追问,捎了什么话?护士说:"引水工程,拜托你了!"

秦慧楠心里明白,这个人就是崔思康。她起身离开病房时,在门外看到了走过来的崔思康。两个人都很吃惊,没想到在这里"短兵相接"。崔思康说自己是来见窦书记的,秦慧楠说老书记刚刚走了。崔思康的身子颤抖了一下,哽咽着说,我来迟了。秦慧楠看着他,意味深长地说我们都来迟了。

崔思康和秦慧楠短兵相接,会不会刺刀见红?两人并肩默默地走向医院的大门口,气氛紧张得能听见双方的心跳。

"在这里撞上了,就是缘分吧。"秦慧楠话中有话地说,"市委常委会的结果,你早知道了吧?"

"县委办接到通知,已经公示,感谢你。"

"别感谢我,我本来是要投反对票的,应该感谢窦复兴同志。听说你上午到病房来找过窦书记?"

"是……"崔思康尴尬地问,"你也知道了?"

秦慧楠一脸严肃,她的目光像在审视,又像在猜疑,深不可测。崔思康明白,秦慧楠这话里含的信息量很大。她在提示他,我们不是学妹学长的关系,是上下级的关系。你这县委书记的职务,尽管市委常委会通过了,但是"即将上任",你还有七天的公示期,这七天不能出现任何意外,否则前功尽弃。

秦慧楠说:"心中有话,不吐不快。想问你几个问题可以吗?"

崔思康当即回道:"当然,你随便问。"

秦慧楠抛出了一连串的问号:"吕佳龙涉黑案你画上句号了吗?胡萌萌突发车祸,带走了多少秘密?为什么肇事车还没查到?清水镇一百多个访民堵我的车,告你的状,你半年上访人次百万分之三,又如何解释?"

面对秦慧楠咄咄逼人的发问，崔思康只能沉默，无言以对。他懂得"新官上任三把火"这个道理，何况是个女官。有人说女人当领导很难相处，因为她们的胸怀和眼光毕竟和男人有很大的区别。

崔思康的沉默，让秦慧楠的发问停止了。她知道自己对这位当年的学长很挑剔，很苛刻。她现在对崔思康的态度，就是把他怀疑成即将东窗事发的贪官了。就像邻人偷斧的成语故事，她还没有"找到那把斧子"，对崔思康的警报没有解除。

崔思康任玉泉县县委书记的公示，县直机关干部反应还是热烈的。有的说"这是千呼万唤始出来呀"，还有的说"一只靴子终于落地了"。

戴国权推着自行车，悄悄地走过来，在人群后面观看公示。他的脸上掠过了一丝让人不易察觉的尴尬和不快，但是很快就被微笑掩盖了。这个公示是他料想不到的。

应该说在八年前，崔思康和戴国权是站在仕途同一起跑线上的。但是四年前，崔思康在改革开放、执行"发展就是硬道理"的进程中，一天引进二十家外资企业的业绩，轰动了全省，得到省政府的嘉奖。于是他担任了玉泉县的常务副县长，尽管职务还是副处级，但待遇上享受正处，一下子就和戴国权拉开了距离。这次戴国权被列为县委书记候选人，他知道和崔思康相比，胜出的把握不大，自己有自知之明，是个"陪标人物"。但是王三毛等一百多人堵车上访和拘留王三毛引发的冲突，让他又看到了胜出的希望。崔思康的后台是周源，他的后台是罗西来，两人势均力敌。可是人算不如天算，常委会上杀出个窦复兴，让崔思康险胜。唉，这就是命！

戴国权与崔思康平时关系不错，两人以兄弟相称。这次大局已定，更要搞好关系。于是，戴国权让赵恒儒邀请崔思康晚上到他家，陪崔思康喝几杯，以示祝贺。特别强调不用公款，自己埋单。赵恒儒心想，为什么要我通知？你又不是不知道崔思康的手机号码。他哪里知道这其中深层次的用意，这是通过赵恒儒告诉外界，他戴国权对自己落选无所谓，他有宽广的胸怀，与崔思康兄弟般的情谊牢不可破。

县委大院里的公示，以最快的速度传给了卢晓明。下午，崔思康没有参加图书馆落成仪式，卢晓明心中不快。但崔思康还是胜出了，他必须接受这个现实。他想崔思康、戴国权谁上谁下，都离不开他，一年二十亿的纳税大户，是哪个领导也不敢得罪的。由此，他好比站在一个制高点上，笑看一架天平的两头升降和平衡。

吴雪姣走进来，拿着一幅老照片，照片中两个年轻男子正在握手，大家低声讨论着这是谁，卢晓明哈哈一笑："这是我和崔思康八年前的照片，那时崔思康还是副乡长。那一年夏季发生特大旱灾，眼看庄稼枯死，一时间柴油贵如黄金，因为有了柴油才能抗旱保收。我费了九牛二虎之力，批了五十吨柴油给崔思康之后，两个人握手留念。"卢晓明一边介绍着，一边吩咐手下赶紧把照片挂起来，他今天要在这里摆一桌，宴请崔思康。

崔思康与秦慧楠分别后，直奔玉泉湖引水工程的抽水泵站。站房有四层楼那么高，八根巨型取水管伸向湖面，蔚为壮观。泵站是崔思康的命根子，起码一星期来一次，有时一天看两次。

崔思康走向电机，掏出白手套，在电机上抹了几下，手套上竟然没有一丝灰尘。崔思康走出泵站，贾乐福喜气洋洋地跑过来，脸都笑成了一朵花。"不想当将军的士兵不是好士兵。"贾乐福乐呵呵地说，"恭喜恭喜，你的县委书记梦今天圆啦！赵主任让我告诉你，戴书记等你喝酒。"贾乐福仰面苍穹，长吁短叹，"不容易啊，太不容易了！八年的媳妇熬成了婆。今晚，你哪儿也不去，我掏腰包，就在镇上马王酒楼为你摆两桌。"

"不用，"崔思康说，"一斤猪头肉，半斤花生米，二两老白干足矣。"

这时手机响了，崔思康接听："是国权哪……回去喝酒，免了免了，不是才公示吗，还不到喝酒的时候。"

戴国权说："不管谁请你喝酒，哪怕是市委朱书记、省委郁书记，我的酒你一定喝。咱们是什么关系？兄弟！你实在来不及，就赶场子吧。三更半夜我也等你！"

崔思康刚挂掉电话，手机又响了："喂，哪位？玉泉集团总裁办，卢总……"

"崔县长，我给你贺喜了！"卢晓明说，"今天下午我请你参加玉泉中学图书馆落成典礼，戴书记说你忙，我理解。今天晚上，本人请你吃顿便饭，就在咱们公司员工餐厅。放心，工作餐，绝不违反中央八项规定！你来了，我还给你一个回忆，不，是甜蜜的回忆，八年前我们握手的照片……想起来了吧？冲着这张照片，冲着当年那五十吨柴油，你也不能拒绝我！"

崔思康当然没有忘记当年那五十吨平价柴油的情谊，这是他抗旱保收的关键，也是他提升为副县长的业绩。他不好拒绝卢晓明，答应说好吧，盛情难却，我去，可能要迟点，这泵站里有点事。卢晓明说等你到九点。崔思康看着手表，还有两个小时。

泵站站长走来说，猪头肉、花生米、老白干准备好了，进去喝两杯。

崔思康说："不了，我还有事。下次吧。"

站长说："看不起咱工人阶级？"

贾乐福问："现在还有工人阶级吗？"

站长说："问得好！你说我们一身油一身汗，成天围着机器转的人，应该归到哪一类？"

贾乐福说："农民工。"

"别这么叫，谁这么叫我跟谁急！"站长火了，"我们干的是工人活，怎么还加上'农民'二字。待遇高低是一码事，要的是名分。崔县长，你说呢？"

崔思康来了个折中："我看叫工人兄弟吧。"

"这还差不多，听起来舒坦。"站长说。

崔思康手一挥说，进去，工人兄弟的酒要喝。于是，崔思康、贾乐福、泵站站长和两个工人一起喝酒。崔思康首先端起酒杯对大家说："这第一杯酒敬老书记窦复兴！两年前泵站开工典礼，他是冒着雨来的，回去后大病一场。没有窦书记，就没有玉泉湖引水工程，就没有泵站。窦书记——"崔思康说不下去了，和几个人一起将杯中酒抛洒在地上。

酒过三巡，每人都有点醉意。站长以酒三分醉地说："县长喝了酒，仕途往上走；市长喝了酒，美女小三怀里搂……"

崔思康大喝一声："胡说！"

贾乐福打着圆场："崔县长，别生气，他喝多了。"

"崔县长，"站长已经酒醉三分，说起了醉话，"今日面对面，难得，心里有话搁不住。有人说，你老婆原来是你的小三。你们权色交易，她做了你老婆，你让她当上了县医院副院长……"

崔思康把酒杯一摔，怒道："你给我闭嘴！"

贾乐福吓坏了，连说："醉了，说话别当真，都不要再喝了。"

崔思康晃悠着站起来，知道已经晚上八点多了，带着醉意往外走。卢晓明在等着，他不能不去。

这边的玉泉大厦会客室内，崔思康和卢晓明八年前握手的大幅照片挂在醒目的位置，一桌丰盛的酒菜，一个空座位。席上吴雪姣和一名董事在打盹，旁边一台豪华的座钟，敲响了九点。卢晓明走进来，将八年前他和崔思康握手的照片摘了下来。吴雪姣及董事不知道总裁要干什么，纳闷地看着他。

一辆黑色轿车疾驰至玉泉大厦，崔思康下车，走向门口，铁栅栏门紧闭。卢晓明悻悻地走进总裁室，吴雪姣、董事跟进来，卢晓明坐在老板椅内，向吴雪姣传达自己的命令："告诉崔思康，时间过了，我已经走了！我喜欢和守时、守规矩、守信用的人打交道。不守时，走人！"

玉泉大厦下，铁栅栏门打开，一辆劳斯莱斯驶出大门，不远处的崔思康都能看到里面坐着的卢晓明。他知道，这位树大根深、一手通天的商人，是给即将上任的县委书记一个下马威。联想到下午玉泉中学图书馆落成典礼自己没有参加，晚上宴请又迟到，卢晓明对他开始不满了，关系的裂痕显而易见，是不是要尽快修补？崔思康感到一阵茫然。

　　崔思康的任职公示已是第七天，这七天中风平浪静，没有意外，更没有节外生枝，玉泉县乃至东山市表现得相当平静。

　　早晨八点，正是上班高峰。市委大门口，汽车、电动车、自行车鱼贯而入。秦慧楠骑着摩拜单车来到大门口，放好车，刚好碰见下车的朱明远。

　　朱明远问："崔思康同志的公示下面有反应吗？"

　　秦慧楠说："今天是第七天，风平浪静。"

　　"好。"朱明远高兴地说，"明天一早，你去玉泉县委，代表市委也代表我，正式宣布任命！"

　　"好。"秦慧楠说，"我让田振鹏开车送我去，带上晓君。"

　　"振鹏、晓君也来了？"

　　"来看看我的新家。这合适吗？"

　　"怎么不合适。"朱明远说，"玉泉县有好几个名胜古迹，让晓君好好玩玩。"朱明远要走，突然又转过身来，"天气预报，明天早上有大雨。"

　　"放心，风雨无阻！"秦慧楠回道。

六　前有见死不救，后有暗度陈仓

第二天清晨，大雨滂沱，漆黑的天色，像是浓得化不开的墨。大雨浇在玉泉县广袤的土地上，也同样倾泻在繁华的东山市区。凌晨五点，秦慧楠家里的电子闹钟铃声骤然响起，田振鹏惊醒，赶紧穿好衣服下床，推开房门，客厅的地板上摊着一堆信件，早已着装整齐的秦慧楠正在整理。

看着摊在地上的信件，田振鹏提醒秦慧楠："我再劝你一句，关于崔思康的什么材料什么信，一封也不能带。"

秦慧楠瞪了田振鹏一眼，并不理会。田晓君也从房间里走出来，她自己梳好了光溜溜的马尾辫，身着一条白粉相间的纯棉裙，笑容可掬地准备出发。白色帕萨特载着秦慧楠一家三口，顶风冒雨行驶在去往玉泉县城的一级公路上。田晓君上车就开始睡起了回笼觉。秦慧楠则开始进入了工作状态。她一边看手里的材料，一边打手机："杨科长，你再帮我查查关于崔思康几封举报信的资料。对，权色交易，还有他之前分管的几个工程的资料，都拍照给我传过来。"

田振鹏一边开车，一边通过后视镜瞄着秦慧楠，提醒她："刚上任，悠着点。"

"你这是干政。"秦慧楠有点咄咄逼人，"韩国的朴槿惠是怎么下台的？"

"你不是朴槿惠，我是你老公。"田振鹏理直气壮地说，"我不能看着你得罪人，播撒仇恨的种子。"

秦慧楠言语刻薄地说："这是什么话？亏你还是个老公安、大学教授,别让我瞧不起你。"

"你……"田振鹏胸堵了,气得手一抖,方向盘一歪,车身一扭,差点撞上路边的护栏。田晓君刚要入睡,迷糊中吓得一声大叫。

田振鹏踩住了刹车,车停在马路边上,秦慧楠一把搂过女儿,向孩子道歉。可田振鹏还不依不饶地继续刚才的话题:"别再较真了行不行?人家当了四年副县长、四年常务副县长,熬到现在容易吗?"

秦慧楠一边抱着女儿,一边通过车内后视镜狠狠地瞪着田振鹏,她说:"谁容易?凡是活着的人都不容易!"

田晓君看着父母的争吵在升级,用双手捂住耳朵,大声喊着:"别吵、别吵了,再吵我就下车!"

田振鹏在气头上,毫不理会女儿的抗议,言辞更加激烈:"贪官抓得尽吗?几十个亿、几百个亿的'大老虎'照样坐在主席台上作反腐报告……"

秦慧楠大声训斥道:"田振鹏,你这种想法很有问题!"

田晓君突然挣开秦慧楠的怀抱,拉开车门,冲下车。秦慧楠大喊一声,试图将女儿拉住,却哪里拉得住一个满心委屈又倔强的孩子。

青墨色的苍穹下,一身粉白裙衣的田晓君,在雨中朝着家的方向奔跑,脸上辨不清是雨还是泪。天下父母的每一次争吵,不管有心还是无心,都是在逼迫孩子站队。可是孩子又哪里知道该怎样选择站队呢?她只好用逃跑来示威。

秦慧楠冒雨奋力直追,将田晓君拉住,搂在怀里。此时田振鹏也跑过来,为母女俩打着伞。秦慧楠抚摸着女儿的头批评说:"晓君,你这孩子太任性了,以后不许这样,这很危险。"

晓君沉默了一会儿,抬起头,眼里还转着晶莹的泪花,却又满含期盼地望向秦慧楠,她犹犹豫豫、轻声轻气地说:"妈妈,你们以后别在我面前谈工作,别吵架,行吗?"

秦慧楠看着泪目的女儿,心疼得直点头:"妈妈答应你。"

田晓君告诉秦慧楠:"妈,爸爸的话,不完全错,你不要总是批评他。

知道吗，前几天，爸爸下班时被人打了，还被打掉了一颗牙。打他的人就是被你拉下马的那个副省长儿子的马仔！"

秦慧楠震惊了，丈夫被人打掉了一颗牙，她居然粗心没发现。她突然转身，强硬地要求田振鹏张开嘴，自己要检查一下，是哪颗牙被打掉了。田振鹏张开嘴指了指口腔的左边，牙床还殷红殷红的。秦慧楠心疼地一把抱住了田振鹏，喃喃地说："对不起，把你也扯进来了。"

田振鹏笑了笑说："没关系，只要你悠着点就行了。"

瓢泼大雨依然在下，小王庄年近七旬的菜农王长根驾着电动三轮车，小心地行驶着进入一级公路，突然他一声大叫，身子一晃，车头一扭，连人带车翻倒了，车里的蔬菜撒了一地。

王长根的女儿王秀芹从地上爬起来，扶着王长根，哭喊着："爸——"只见王长根口吐白沫昏迷过去。

此时，一辆黑色红旗轿车打着双闪，正向王长根父女所在的方向驶来。驾驶员肖强强这个二十多岁的小伙子，谨慎又快速地驾车前行。通过车内后视镜，他瞟一眼躺在后排座位上发出轻微鼾声的崔思康。因为昨晚上休息太晚，马上又要参加常委会，他抓紧时间打个盹。

跪坐在路边，抱着王长根的王秀芹，见红旗轿车驶来，仿佛抓到了救命的稻草，赶忙放下父亲，高举双臂，慌里慌张地对红旗轿车一边不断地晃动双手，一边声嘶力竭地大喊："救命，救命啊……"

肖强强逐渐减速，王秀芹走到路中央，两手连连作揖："同志，同志，帮帮我……"

突然，肖强强加大油门，红旗轿车从王秀芹身边疾驰而过。王秀芹震惊得张大了嘴巴，久久不能合上。当红旗轿车与她擦肩而过时，肖强强冷漠的脸如刀一样刺着她的心。她用心记下了车后面三个0一个2的车牌，绝望地看着红旗轿车渐渐消失在雨雾中。

大约十分钟后田振鹏看到车前方出现路牌"小王庄入口"时，他谨慎地减缓了车速。只见王秀芹发疯似的闯到马路中间，向帕萨特迎面扑来，田振鹏吓得紧急刹车。满脸泥水的王秀芹抱着车头不再放手，她苦苦地哀求救命。秦慧楠和田振鹏这才发现路边躺着的王长根，两人迅速下车，将昏迷的王长根抬上车。田振鹏一眼看到王长根红肿的后脑勺，对着事故现场，举起手机，连拍几张。然后开车，向玉泉县人民医院驶去。

秦慧楠习惯性地看了一下手表：上午七点二十分，离开会时间还早着呢。车上，秦慧楠无意中从王秀芹的口中获得一个重要的消息：当王长根刚摔倒时，有一辆红旗轿车见死不救，扬长而去。根据王秀芹提供的车牌号，这辆车是玉泉县党政机关的公务车，很可能是县委领导的车。这时田振鹏来火了，说见死不救，这是挑战人类道德的底线，可恶！

来到玉泉县人民医院急诊室门口，秦慧楠、田振鹏、王秀芹等人协同医护人员将王长根抬上担架车，一路小跑，冲向抢救室。刚到抢救室门口，秦慧楠的手机骤然响起。手机屏幕上来电显示是朱明远书记。秦慧楠没有犹豫，马上接通电话："朱书记……对，我已经到达玉泉县，刚才路上救了个病人，耽搁了。刚把他送进抢救室，现在是死是活还不知道呢。"

说话间，手术室门开了，刚急救王长根的外科主任医生孙志华走出来，他说："病人被确诊为脑溢血，出血量约六十至六十五毫升，相当严重，急需手术。病人送来时已经错过了最佳治疗时间，哪怕早十分钟，情况也会好得多。现在的情况是，就算保住性命，也很难恢复正常状态，极有可能成为植物人。"

听说父亲可能成为植物人，王秀芹的脑袋顿时炸开了。天哪，老天怎么这么不眷顾穷人？这些年她好不容易积攒起来的希望，被这个消息一击而溃，差点就瘫倒在地。她问："要花费多少？"

孙志华回答："三四万算是垫个底，八万十万不一定扛得住。况且这钱砸进去，说不定就打了水漂。我说这话，是替你们病人家属着想，你好好考虑一下。"

086

王秀芹的精神崩溃了,顿时瘫坐在楼道的椅子上。秦慧楠神色黯然,不知如何安慰她才好。眼前这一幕,使她多年来养就的沉稳开始消退,变成了愤愤不平。她指责那见死不救的人耽误了王长根最佳的抢救时间。沉默了不到三十秒,她开始拨打朱明远的电话,汇报了救人的详情。并说见死不救的那辆车号有可能是玉泉县党政机关的公务车,车内很可能坐着玉泉县的领导。如果这事是真的,那么轰动全国的"小悦悦事件"则将在玉泉县上演。

　　朱明远坐在满是泥浆的越野车上,风尘仆仆地开进了市委大院:"这事不应该发生。"

　　秦慧楠说:"这事我想查一查,你不会说我是多管闲事吧?"

　　朱明远说:"怎么会呢?向不道德行为开炮,净化社会风气,人人有责。"

　　得到朱明远的支持,秦慧楠决定要彻查对王长根见死不救的事件。田振鹏却又与她意见不统一了,将她拽到医院一个角落问:"你真的要查?"

　　"不仅要查,还要管,一管到底!"秦慧楠说,"我是认真的。听听王秀芹的哭声,看看躺在病床上一动不动的王长根,就是铁石心肠也会伤心落泪。医生也说了,王长根是因为错过了黄金抢救时间造成这后果,见死不救,这是在挑战社会公德,我不能睁一只眼闭一只眼。"

　　田振鹏问:"查出来又怎么样?能治车主的罪吗?法律没有条文规定。"

　　秦慧楠说:"法律治不了,还有道德。这个世界上永远有一个拷问人类良知的道德法庭。这事既然撞到我的枪口上,就别想绕过去!"

　　进入城区,崔思康看着车窗外被大雨洗礼过的玉泉县城焕然一新,处处生机勃勃,不禁露出欣慰的笑容。

　　肖强强通过后视镜看见崔思康眉头舒展、笑容可掬的样子,也随着放松了心情。车子驶进小区,在一个普通住宅楼下停住,崔思康说道:

"我回家换件衣服。你看我身上的外套，袖口脏兮兮的，快成剃头挑子的荡刀布了。"崔思康下车，走了几步又折身回来问："刚才路过小王庄，我睡着了，没有什么情况吧？"

肖强强回道："没有啊。"

崔思康说："我迷迷糊糊的，好像听到有人在喊什么。"

肖强强说："您睡着了，做梦了吧？嘻嘻，中国梦。"

崔思康摁响家里的门铃，开门的是他十岁的儿子崔棒棒，一见崔思康就立即蹦上前来。崔思康一把抱住儿子，发出爽朗的笑声。放开儿子的手，走进卧室，映入眼帘的是一套崭新的黑色暗纹男式西装挂在衣架上。妻子范琳琳穿着一套礼服就站在衣架旁，显得高贵又美丽。她自我介绍道："这是玉泉县第一夫人的形象。"又指了指旁边的男式西服，"这是玉泉县新县委书记的形象。"

"要低调，低调，再低调。"崔思康警告着。范琳琳不以为然，将衣架上的西服取下，非要崔思康试试。崔思康瞅了瞅那件西服，估计价值不菲，问："这衣服多少钱？"

"问钱干吗？来，穿上，展示一下玉泉县新一任县委书记的风采。"范琳琳压根儿没注意到崔思康的脸色。

崔思康根本没接范琳琳的话茬儿，自顾自地在衣柜里找出一件旧夹克穿上。范琳琳瘪了瘪嘴："这能穿吗？照镜子看看，整个一个包工头模样，土不拉叽的。"

崔思康说："我这身架换上了龙袍，还是包工头模样。"

玉泉县委常委会议室里一片忙碌，工作人员布置会场，摆放席卡和茶具。任大年扫了一眼会场，问："秦部长坐哪里？"

"这是首席，秦部长坐这里。"戴国权指挥一名工作人员，"小刘，把秦部长的席卡放在这儿。"

任大年一看，席卡写错了一个字，把"秦慧楠"写成了"秦慧南"。他对戴国权说："国权哪，工作要仔细，不应该犯这种低级错误。"

戴国权转身，对赵恒儒低声吼道："你怎么搞的？领导的席卡不是小事，弄不好要出政治问题的！"

席卡是工作人员的错，板子却打在赵恒儒的屁股上，他哑巴吃黄连有苦说不出，匆忙更正了错误，和其他工作人员离开了会议室。任大年问戴国权，怎么发了这么大火气，难道是竞争落选了？戴国权矢口否认，重申和崔思康亲如兄弟，思康进步，他高兴。

说曹操曹操就到。正在这时，崔思康大步走进会议室。三人寒暄了一番。崔思康没见到秦慧楠，转头问："秦部长呢？"

"手机无法接通。"戴国权说，"可能是因为下雨，又是雷又是电的影响了信号，我再拨一下。"他再次拨通秦慧楠的手机，手机里传来"对不起，您拨打的号码暂时无法接通"。

赵恒儒匆忙走进来说："市委办来电话，说秦部长一早就出发了，开的私家车，同车的有秦部长的爱人田振鹏和女儿田晓君。他们在途中救了一个重病人，可能耽搁了。"

听到这话，崔思康马上分析秦部长很可能还没进城，他决定赶到收费站去迎接。

王秀芹焦急地打着电话，四处借钱。尽管她使出浑身解数，东拼西凑，借来的钱仍杯水车薪。正当她一筹莫展的时候，闺蜜刘燕儿手里拿着一个塑料袋一路小跑着过来，塑料袋里面是面额大小不等的纸币和硬币。她说农贸市场的兄弟姐妹，听到这消息都在着急。早市的生意刚开张，大家将几笔生意的钱都捐出来了，凑了五千多块。你拿着，这是大伙的一片心意。

可是五千块也不够啊，离两万押金还差得远呢！

这时，急诊室的门开了，孙志华和护士推着担架车出来，上面躺着王长根。王秀芹一脸惊恐地拉住担架车问："孙主任，这是去哪？"

孙志华说："手术室。"

"做手术？"王秀芹为难地说，"孙主任，可我只凑到了六千多块……"

孙志华说:"有人帮你交了,是送你们来的那对夫妇。"

"啊?"王秀芹震惊了,久久地说不出话来,她简直不相信自己的耳朵。

田振鹏把调查那辆见死不救的轿车车主的任务交给了自己的学生——玉泉县刑警大队长尤喜军,见面地点在县城一家早餐店里。半年未见,尤喜军看着站起身的田晓君,用手和自己比比身高,说她又长高了。他问田振鹏:"您这痕迹专家,怎么光临穷乡僻壤了?"

田振鹏说:"谦虚过度就是骄傲自大。玉泉县是穷乡僻壤,全国就都是穷光蛋了。好了,言归正传。"尤喜军赶紧说:"您要我查的那辆红旗轿车是县委小车班的公务车,是常务副县长崔思康的座驾。"

"崔思康?!"田振鹏震惊,其表情不亚于一个滚雷在头顶上炸响,"不会搞错?"

尤喜军点点头,保证道:"作为您的学生和一名公安,始终记住您的教诲:严格,严谨,严密。"

田振鹏不放心地继续追问:"今天早上,崔县长用车了?"

尤喜军再次点点头,他已经核实,崔县长今天早上刚从玉泉湖引水工地赶回县城参加常委会,小王庄是必经之路。

田振鹏的脸阴沉起来,沉默了。

尤喜军追问:"老师,到底出了什么事?为什么调查这个?"

田振鹏摇头叹息:"出大事了!"

尤喜军不再追问,他知道田振鹏的脾气,不该问的坚决不问。

王长根进入手术室后,秦慧楠来到县医院停车场与田振鹏会合。一眼看见丈夫的情绪低落,正站在车旁抽闷烟。

"振鹏,王长根已经进入手术室。"秦慧楠见田振鹏抽闷烟、不吭气,调侃道,"是不是为我给王长根的手术费垫了二万块心疼呢?"

怕妈妈再误会爸爸,田晓君立即从车里蹿了下来,凑近秦慧楠身边对她耳语:"妈妈,告诉你噢,爸爸不是为了钱,是为了那辆红旗轿车。

车主找到了，是崔思康。"

"崔思康？"秦慧楠只觉得是晴天一声霹雳，连问，"是真的？"

"人民的县长见死不救，奇耻大辱！这个消息一旦传出去，岂不是天大的丑闻。全省甚至全国，还不炸开了锅？"田振鹏说到这，给刚才的话留了条退路，"但愿不是他。"

秦慧楠问："但愿？"

田振鹏说："我刚获得的信息，需要证据来支持。你希望是，还是希望不是？"

秦慧楠说："我也不相信崔思康会干出这种事，但是他在我脑海里的形象糟透了。"秦慧楠左右为难，她想，如果掩盖了这事，良心何在？如果崔思康不道德，我岂不又是新的不道德？王长根也许永远不会醒过来，意味着他的女儿王秀芹这辈子不仅陷入巨大的痛苦之中，还陷入巨大的经济困境。现在的穷人病不起，没听说吗，农民治一个大病，五六十年代卖一只鸡，七八十年代卖一头猪，九十年代卖一头牛。现在呢？天天往医院里砸钱，倾家荡产。一个举手之劳就能消除巨大的痛苦，有些人就是不愿意举手，这事偏偏发生在我们的常务副县长身上，而且这个人就要提拔为一县之主，这怎么让人接受！怎能放过他！想到这，她坚定了信心，一定要查个水落石出。

田振鹏说："来不及了。崔思康的任命就要宣布，生米即将做成熟饭，你没时间了。"

秦慧楠说："会议可以推迟，问题一定要查清。车钥匙给我！"

田振鹏交出车钥匙，问："你要干吗？"

秦慧楠说："通过车牌查车主，调看道路监控录像查行踪。看你，老公安还不如我这外行人，为你寻找证据创造条件。"

秦慧楠进入车内，点火，倒车。车后是墙角。田振鹏大惊失色："停，快踩刹车！"

秦慧楠毫不理会，加大了油门，白色帕萨特的车屁股对着墙角砰的一声，撞出一个大瘪坑。

田振鹏心疼极了:"秦慧楠,你太过分了!"

秦慧楠下车,潇洒地将车钥匙扔给田振鹏:"不就是一辆破二手车嘛,修理费我报销。去报警吧,说有车追尾碰擦逃逸,你可以名正言顺地调看道路监控录像了。"

田振鹏说:"报假案?"

秦慧楠回答:"有时候谎言是美丽的。"

田振鹏无奈,带着田晓君,开着白色帕萨特找证据去了。

范琳琳查房,孙志华向她汇报病人王长根的情况。

听说一辆路过的红旗轿车见死不救,范琳琳气得咬牙切齿道:"这种人,真可恶!后来呢?"

孙志华说:"过了一会儿,又来了一辆轿车,车里是一家三口,将老人送来抢救,还帮着垫付了两万元押金。"

范琳琳眼睛一亮:"是吗?"

"是啊,"孙志华越说越来劲,"见死不救的有之,广东佛山小悦悦的事件震惊全国!那孩子多可怜,路过的十八个人,谁救一下都不会有二次碾压。咱这个患者也是,要是能早送来十分钟就好了。不过他还是碰到了一家三口好心人。"

范琳琳将孙志华说的话在脑海里梳理了一下,说:"世上还是好人多啊,这是一个充满正能量的好新闻。哎,你的笔头勤快,整篇小文章,报道一下,也把咱们医院带进去,这是个很好的植入广告,有助于提高医院的形象。对了,戴书记不是主管文化的嘛,这事若没问题,可以上电视台头条。"

孙志华恭维地说:"你真是说干就干,雷厉风行啊。"

"新闻嘛,抢的就是速度。"范琳琳又说,"对了,让患者家属做个锦旗,上面写上'救人危难,道德风范'。我要做个赠旗仪式,把文章做大一点,电视台摄像时画面也好看。"

寻找证据的田振鹏，开着白色帕萨特行驶到收费站，跟他同时下车的罗交警还在重复着车上的话："你这破车，不就是屁股让人吻了一下嘛，修一下，花不了几个钱。走保险多麻烦。"

田振鹏说："罗警官，不是钱的问题。他碰了我，打个招呼也就算了，可是方向盘一打，嗨，溜了。你说气不气人！"

收费站侯站长走过来，罗交警说明来意，要调看监控录像，他却一口拒绝，说监控录像不能随便看，除非发生重大交通事故或刑事案件。

田振鹏硬邦邦地甩过去一句话，不让看，就不走！这时一名收费站员工报告，说崔县长来了，还带着一辆救护车。侯站长的身体从椅子上弹起来，屁颠屁颠地走出办公室。田振鹏追出去，肖强强走过来，手里端着茶杯，侯站长的眼睛突然放光了。肖强强也不客气，说这是崔县长的杯子，好好洗一下，然后泡杯茶水。侯站长立即安排人洗杯、沏茶。

收费站旁，停着一辆黑色红旗轿车，田振鹏走到红旗车旁，敲了一下车窗玻璃，崔思康摇下车窗，看着他。

田振鹏看着眼前这个男人，知道此人就是那个让自己老婆睡不好的崔思康。为防搞错，他还是问了句："是崔县长吗？"

崔思康看着眼前陌生的男子，礼貌地微笑着回道："你是——"

田振鹏冲着崔思康一抱拳："幸会，是收费站的同志告诉我的，有件事求您。我从省城来，有辆车追了我的尾跑了，看这车屁股撞的。崔县长，请您发个话让我看下监控录像。我初来乍到相信玉泉会给我留下个美好的印象。能否快点，我老婆还等着呢。"

看着田振鹏老实巴交的样子，崔思康呵呵笑了起来说："看不出来，你竟然是怕老婆的人。这个我理解，你老婆挺厉害的吧？"

田振鹏力挺自己："那不是厉害，那叫爱。"

"对，女人的厉和爱是同义词。"崔思康下车，来到白色帕萨特车后，果然看到车屁股深深地凹陷了。侯站长迎了过来，肉麻地喊了一声："崔县长哎——"

崔思康说："老侯，这位同志的要求不过分，举手之劳，安排一下。"

侯站长为难地说:"县长,我们有规定……"

崔思康脸色严肃了起来:"不就是看下监控录像吗,又不是什么国家机密。就是我的车追了别人的车,录像也要公开,不能掖着藏着。"

侯站长带田振鹏和罗警官来到录像监控室,田振鹏让侯站长调出七点至八点的时段录像,果然,一辆黑色红旗轿车出现了,车牌后面四位数是0002,与王秀芹提供的车牌号吻合。

"请再倒放一下,是这辆。"田振鹏拿出手机开始摄录。

罗警官在一旁不客气地说:"不用怀疑了,这是崔县长的车。"

田振鹏起身要走,罗警官问:"走了?不查肇事逃逸了?"

田振鹏说:"人家是县长,拿着鸡蛋碰石头啊?"

侯站长冲着田振鹏的背影说:"刚才气壮如牛,现在软蛋了。看什么看?脱裤子放屁!"

侯站长来到崔思康的车旁,围着车的前后左右仔细地转,他把肖强强拉到一旁,神神秘秘地问:"今天早上,你有没有吻人家车屁股?"

"说什么呢你?"肖强强瞬间急了,"看看车,完好无损,哪儿少了一块?"

侯站长也有些奇怪,刚才检查过了,车子是完好无损的,哪儿也没有剐蹭痕迹。两个人正纳闷着,崔思康打开车门走下来。

侯站长讨好地说:"崔县长,刚才那个调看监控录像的人说是您的车追了他的尾。我说你指认的车是我们崔县长的公务车,他马上认怂走人了。"

这时赵恒儒打来电话,说秦部长联系上了,他们一家三口,已将病人送到县医院抢救,病人已做了手术。车是她老公开的,一辆白色的帕萨特。

"笨蛋,"崔思康这才恍然大悟,喃喃自语着,"十足的笨蛋!"

肖强强怯怯地问:"县长,这是……在骂我?"

崔思康一脸自责:"骂我自己,快走!"

肖强强不敢多言,加大油门冲出收费站,向县医院疾驶而去。

七　关键时刻她踩了急刹车

县医院狭长的走廊尽头是手术室，手术室门上方"正在手术"的红灯还亮着，手术室外站着焦急等待结果的王秀芹。

范琳琳带着两名电视台记者扛着摄像机匆匆走来，她问："你是王秀芹吧？"

王秀芹看着眼前这位皮肤白皙、笑容亲和、衣着光鲜的美丽女子："你是范院长？"

姜摄像打开摄像机，刘主持举起话筒，采访开始。下一个采访是助人为乐的活雷锋，可是满医院不见秦慧楠一家三口的人影。眼尖的王秀芹看到秦慧楠正在向停车场走去，她拿着一面锦旗奔跑过去。范琳琳、刘主持和姜摄像一行三人扛枪架炮地跟了过来。

跑到秦慧楠跟前，王秀芹介绍着范琳琳："大姐，这是县人民医院的范院长。"

范琳琳一边打量着秦慧楠卓尔不群的冷峻气质，一边不失风度地向秦慧楠伸出手："你好，我是县人民医院副院长范琳琳。"

秦慧楠指着话筒和摄像机："范院长，怎么回事？"

范琳琳很有礼貌地笑了笑："王秀芹介绍了你们的事迹，我们都很感动，你们一家三口就是活雷锋！"

范琳琳的话音刚落，姜摄像用专业水准的速度和角度，将手中的摄像机立马对准秦慧楠。然而，早有防范的秦慧楠一边举手阻挡镜头，一边转身躲避着摄像机："过奖了，举手之劳，碰到你也会这样做的。说我是活雷锋，太抬举了。"她严肃地指着身旁的摄像人说，"请不要摄像。"

王秀芹不善言辞，不明白为什么救命恩人拒绝采访，但又不知此时该做什么好。一旁的刘主持和姜摄像面对秦慧楠的不配合，也略显尴尬，还是范琳琳的一句话给众人解了围："你们一家三口助人为乐的美德，是社会的正能量，要大力弘扬。"

王秀芹立马喜笑颜开地展开锦旗，上书"救人危难，道德风范"，王秀芹大声地对着秦慧楠说："秦大姐，我的一片心意，请收下吧。"这个朴实的农村妇女是打心眼里想好好感谢自己的救命恩人，她突然跪下，泣不成声："收下吧，求你了，我实在不知道该怎么谢你……"

正在僵持之际，田振鹏开着白色帕萨特驶来，下车解围："王秀芹，这锦旗我收下了。"

范琳琳瞅准机会上前一步，试图让田振鹏开口说话。田振鹏赶紧让秦慧楠上车，点火发动，驶出停车场。行车不远，田振鹏靠边停车，给秦慧楠播放了收费站录下的视频，他说："对王长根的见死不救，崔思康有重大的责任嫌疑！"

秦慧楠沉默，久久不语。沉默片刻，秦慧楠拿出手机向朱明远汇报后，手机里静音了十几秒后，朱明远才表态："你传过来的图片和视频，我都看了。身为人民的县长，居然置百姓生死不顾，让人震惊。"

秦慧楠说："对崔思康县委书记的职务任命，我的意见是叫停，待正式调查结果出来后再作处理。"

朱明远紧急召开市委常委碰头会，留守的几位常委悉数到场。朱明远简要讲明情况后，常委们除了震惊就是怀疑。周源反响最大，两眼冒火，拍案而起："这简直是荒唐的电视剧，狗血！电闪雷鸣，瓢泼大雨，一个老人倒在雨地里。无巧不成书，不早不晚，不偏不倚，县长的车子正好经过，竟然见死不救，扬长而去……这故事是不是太老套、太荒诞、太离谱了？"

常委罗西来马上表态："周源同志，我同意明远书记的判断。秦慧楠同志空降东山，初来乍到，人生地不熟，脑子里是一张白纸，对任何人没成见，包括崔思康。"

周源反问:"一张白纸? 据我掌握,她口袋里揣着好多封崔思康的人民来信。这些人民来信,都是我调查过的。不是捕风捉影,就是查无实据。"周源脸色阴沉地看着朱明远,略带赌气地说,"既然慧楠同志已经掌握了证据,这事由她来决定,还要我们开什么会?"

结果七个常委有三个常委同意任命宣布叫停,三个常委反对。周源马上站起身来,气愤地说:"崔思康身为人民的县长,受党教育多年,公然挑战道德底线,见死不救,就是枪毙我,我也不信!"说完他摔门而去。

朱明远告诉秦慧楠常委会的意见,叫停崔思康职务的任命三票赞成三票反对,还有一票弃权。最后结果,由秦慧楠的一票决定。当秦慧楠知道朱明远投了弃权票时,她差点骂出声"朱明远,老滑头"。

秦慧楠很茫然。原以为市委会给一个明确的答案,现在朱明远却把这个球踢给了她。她问身旁的田振鹏怎么办? 田振鹏说带你去一个地方,会找到答案。

一家三口一起开车来到一处古老的巷口,巷子口立着文物保护牌——六尺巷。巷子左右两旁是马头墙、格子窗的明清古式大院。六尺巷保护牌上写着古迹的来历。"清朝康熙年间,张家与叶家两个儿子同朝为大官。两家因院墙发生纠纷,剑拔弩张。张家儿子知道后深感忧虑,写了一封家书回复家乡老母亲。家书是这么写的:千里家书只为墙,让人三尺又何妨? 万里长城今犹在,不见当年秦始皇。"

"你怎么不动脑子,"秦慧楠读出田振鹏的心思,"崔思康的事和这院墙是一码事吗? 你忽悠我到这里来,驴唇不对马嘴。"

田振鹏反驳说:"我是说人与人之间要宽容、理解,放崔思康一马吧。杀人不过头点地,得饶人处且饶人。"

处于风口浪尖的崔思康赶到玉泉县人民医院,推开范琳琳副院长的门,焦急地问:"赶快查一下,有没有一辆省城来的白色帕萨特,送一个病人来抢救?"

范琳琳马上回答:"正在抢救的是一位老菜农,突发脑溢血。我只知道患者姓王，是孙大夫接的医。一进医院就上手术台了，好像现在还是昏迷不醒。"

崔思康问："救人的一家三口呢？"

"走啦。"范琳琳说，"人家是学雷锋不留名。还给病人垫付了两万元押金。我让电视台记者请她说几句，她拒绝采访。"

崔思康刚想说什么，手机响起，赵恒儒报告秦部长到了，让他赶到会场。他大步流星往外走，范琳琳跟在他屁股后面追问着：王长根这事和你有什么关系啊？

崔思康脑中乱作一团，无暇顾及，一头钻进电梯间。他眉头紧皱，痛苦地闭上眼睛。坐车行驶到县委大院，迟迟不下车，他问肖强强："我们路过小王庄，真的没发生什么事？"

肖强强举出右手发誓："放心，什么事也没有发生。"

崔思康说："刚才在收费站看见的那辆白色帕萨特，就是秦部长的私家车，一家三口在车上，开车的是她的老公。他们路过小王庄时，抢救了一个危急病人。"

肖强强心里咯噔一下，愣住了，可是他不敢说实情，只是不着边际地"啊"了一声。

崔思康走进办公楼，在门口遇到了戴国权。他一脸笑意地与崔思康握手："思康，祝贺你！"

"对不起，"崔思康一脸歉意，"国权，把你落下了，我很过意不去。"

"看你说的，我不过是'陪标'的。"戴国权大度地说，"你上我上，不都一样？你早上回来，路上没有什么事吧？"戴国权岔开了话题，旁敲侧击，"你早上回来，经过小王庄了？"

崔思康点点头："怎么了，你怎么问这个？"

戴国权轻轻一笑："没什么，随便问问……"

田振鹏将秦慧楠送到县委门口，然后就开车带着晓君到街上吃早点去了。秦慧楠刚要跨进县委大楼，赵恒儒一路小跑着迎出来："秦部长，我是玉泉县委办公室主任赵恒儒,您先生和女儿呢?"

秦慧楠说:"逛街了,不用管他们。"

赵恒儒将秦慧楠带到县委接待室,此处与崔思康的办公室只有一墙之隔。秦慧楠刚要进接待室,崔思康恰好推开办公室的门出来,两人迎面撞上。崔思康刚伸出手,秦慧楠的手就被任大年握住了,将崔思康冷落在一旁。恰在这时,手机声突然响起,她激动地喊道:"郁书记……"

任大年是个十分知趣的人,赶紧走出休息室,带上了门。

"慧楠同志,"郁浩民说,"你发来的微信、图片和视频我都看了。这确实是一个社会公德的大问题。挑战社会公德,就是挑战共产党人的道德底线。我的意见是,对这件事彻底调查,让真相水落石出。"

秦慧楠说:"郁书记,有您这句话我心里就有了底,就知道该怎么做了。"

郁浩民说:"对崔思康的认知和评价,你千万别受我的影响。你的认知唯有事实和真相,这是我们处理一切人和事必须坚守的立场。"

听完郁浩民的话,秦慧楠觉得内心更加坚定了,她的眼睛里涌现出自信与智慧的光芒。当把"叫停"的决定首先告诉任大年时,他的反应让人吃惊。这位谨小慎微的副部长大着胆子,与新来的市委组织部部长秦慧楠展开了一场争论。他面红耳赤,掩不住内心的怒火,激动地说:"王长根的事,不足以阻止或叫停对崔思康县委书记职务的宣布。道德的问题,说到底是思想教育的范畴。叫停一个县委书记的任命,要严肃、慎重,要负重大政治责任!"

秦慧楠语重心长地说:"干部的道德问题,事关党和人民利益的安全。好比安全生产,必须一票否决。带病提拔,后患无穷,教训太深刻了。"

任大年坚持着自己的意见:"这件事,还没有形成证据确凿具有法律权威的调查报告。"

秦慧楠说:"组织人事工作无小事,特别对人事提拔的疑点,宁可信其有,不可信其无。"

任大年追问着:"崔思康的司机肖强强调查了吗?"

秦慧楠说:"把你从会场上拉出来,就是停下我们的脚步,做进一步调查。"

面对强势的秦慧楠,任大年并没有丝毫退缩,他问:"谁的决定?"

秦慧楠反问:"省委郁书记行吗?"

"啊?"任大年有些错愕,在短短两个小时内,这件事已经惊动了省委最高领导,"这事闹大啦!"

秦慧楠严肃地说:"这本来就是大事。"

任大年依然坚持自己的意见:"提拔崔思康,是前任市委常委、原组织部部长周源同志亲自考察,市委慎重研究的,市委常委会就先后开了三次。现在出尔反尔,有损市委的威信,也严重地打击了崔思康同志的积极性。据我所知,崔思康近日正在指挥一项事关玉泉县和东山市民生的重大项目——玉泉湖引水工程。如果处理不当,将使这个投资巨大的项目蒙受重大损失,这个责任,谁都担当不起。"

任大年反对的意见,秦慧楠是有心理准备的,但没想到他的态度如此激烈,甚至拿引水工程项目来威胁自己,这出乎她的意料,让她在心底画上一个大大的问号。这仅仅是对一个干部的保护,还是别有企图……秦慧楠陷入沉思之中。

剑拔弩张之际,有人敲门,来人是戴国权,只见他手里捧着笔记本电脑:"二位领导,电视台送来一个关于秦部长助人为乐、救人于危难的报道,马上要播出,请我们审看。"

秦慧楠一听,立即严肃地问道:"国权,这个报道是你安排的?"

"哪里。"戴国权一脸无辜地看着秦慧楠,"是电视台自主采访,刚送来的样片,我也是第一次看。"

"撤了。"秦慧楠态度坚决地说。

"不,"戴国权理直气壮,"领导也是人,做了好事同样要表扬,这里不存在特权,更不是作秀!"

"戴国权同志,"秦慧楠掷地有声地说,"这是上级决定,你必须执行。"说完，走出门去。戴国权不再说什么，捧着笔记本电脑，悻悻地跟着出去。

任大年刚要出门，周源来电话了，从语气上能听到，此时他在压抑怒火："崔思康见死不救，这事即使枪毙我也不会信。组织工作搞了一辈子，能树几根标杆？现在有人要砍掉我的标杆，能不急吗？将我的意见转告给秦慧楠同志。"

"她，"任大年结结巴巴地说，"她已经去会场叫停了……"

此时秦慧楠走进会场，众人起立鼓掌。

崔思康说："同志们，感谢市委对我们玉泉县工作的重视和关怀。让我们以热烈的掌声，欢迎市委常委、市委组织部秦慧楠部长的光临！"掌声更加热烈地响起。

秦慧楠使劲摆手，掌声才停息下来："来迟了还给掌声啊？权当喝倒彩吧。"

室内一片安静，目光聚焦在秦慧楠身上。新官上任三把火，他们要看看这位初来乍到的秦部长第一把火是怎么烧的。

任大年匆匆跑进会场，将一张小纸条递给秦慧楠。她展开一看，上面写着"周源同志要来，务请稍等"。

秦慧楠的脸上没有任何表情，若无其事地将纸条放进包里。她再次扫视全场，微微一笑："今天的会议，临时有个变动。我请大家来，是听一堂讲座，主题是'加强干部队伍的道德建设'，主讲人是我。"

室内嗡的一声炸开了，众人惊讶地你看我，我看你，最后目光聚焦着崔思康。崔思康低着头，避开众人的目光，心乱如麻，眼前似有不祥的预兆在升腾。

八　君子开口坦荡荡

"加强干部队伍的道德建设"的专题讲座上，秦慧楠首先播放了2011年发生在广东佛山的碾压女童的"小悦悦事件"。她说这个轰动全国的事件，拷问着所有人的良心，挑战了整个社会的道德底线。

太惨了，这件事已经过去了一段时间，当大家看到当时的画面，依然扼腕叹息，有些人甚至不忍心看大屏幕，扭过脸去。

秦慧楠环视现场，语气沉重："第一辆车撞倒小悦悦之后，七分钟内路过十八个人，如果有一个人出手救了孩子，那么就不会有后面的二次碾压，也许孩子的生命就能保住。"

虽然很多人看过这视频，但在场的人都再次感受到了强烈的震撼。秦慧楠目光犀利，再次环视着会场。她轻轻敲敲桌子，提高了语调："同志们，回到我们今天的话题。干部的官德十分重要，一个人的道德水准，决定这个人的官德水准的高低。干部没有官德，怎么能够获得老百姓信任，又怎么能期待他给老百姓带来福祉呢？不要看我们抓了多少贪官，惩治了多少腐败，打了多少'老虎'，拍了多少'苍蝇'，这是被动的结果，重要的是抓源头。用人之初我们有没有重视被提拔、被任用者的道德水准。有一些是带病提拔，教训深刻。党内那些道貌岸然的两面人，其实是我们最危险的敌人！"

大家一边咀嚼着秦慧楠话语的意味，一边报以更热烈的掌声。只有崔思康一个人神情黯淡地坐在位子上，与现场激动人心的场面显得格格不入，似乎他与众人不在同一个时空。

秦慧楠也留意到了崔思康的异常，但这并不能阻断她继续慷慨激昂地演讲,接近尾声时,她语重心长地提醒道:"走好为官之路,官德是最根本的保障,好官德是好官运的前提。对社会公认的道德底线,我们必须严防死守。哪怕粉身碎骨,也在所不惜。"

秦慧楠结束了演讲,有人情绪激动地表态:"秦部长说得对,一个人的道德水准决定这个人官德水准的高低。"

戴国权紧接着表态:"当前干部道德缺失的现象,必须引起我们高度重视! 今天上午,在我县小王庄就发生了一件让人不能容忍的事件。小王庄有个菜农王长根,雨天不慎摔倒,突发脑溢血,生命垂危。有一辆红旗轿车正好路过,置呼救于不顾,扬长而去。患者因错过了最佳抢救时间,现在仍处于昏迷之中。医生说,也许他永远不会醒过来,成为植物人,这对患者及家属精神和经济上的伤害是巨大的。"

这番话无疑是火上浇油,众人刚燃烧起来的情绪找到了发泄的出口:"这是个什么人,道德水准如此低下? 老戴,你是抓宣传的,一定要让这种人曝光,先接受社会道德法庭的审判!"

戴国权也按捺不住心中的情绪,双眼似乎冒火地对崔思康说:"思康同志,我建议把这个见死不救的家伙查出来,让他向患者道歉,向社会道歉!"

秦慧楠一直暗暗观察着崔思康,只见崔思康的表情没有任何的内疚、掩饰和尴尬。面对戴国权的愤怒和提议,他毫不犹豫地表态:"我同意,一定要调查,严肃处理!"

会后,几名记者要见秦慧楠,她敏感地想到这关系到崔思康"见死不救"的传闻。任大年建议她暂时回避一下,秦慧楠说,这种事不能捂,越捂猜疑越多,流言越多。她说:"大年同志,我有两个不信:不信共产党人怕群众,不信共产党人怕媒体。"

说话间,两人一起走进了接待室。这时,已经有十多名记者到场了,早架起了长枪短炮与摄像机。秦慧楠向众人举手示意,她环视了一下会场,每个人表情各自不同。她心想,这些记者是谁叫来的? 是不是有人要把事闹大?

103

一名记者站起身来问:"今天的会议,原本宣布新县委书记的任命,为什么改变了主题?"

秦慧楠不慌不忙地说:"计划也有变化,工作内容的临时调整是很正常的。"

另一名记者提问:"秦部长,今天你没有宣布任命,改成官德讲座,是不是跟刚发生在小王庄的见死不救的事件有关?"

记者们果然就是冲着"见死不救"这事来的,任大年为秦慧楠捏了一把汗。如回答有误,被媒体抓住话柄可就被动了。

面对异常严肃的场面,秦慧楠没有丝毫慌乱,她直视那名记者:"讲道德、遵道德、守道德,首先要抓官德。我们的干部是社会建设的领军人,是群众的带头人。如果干部守不住底线,整个社会的道德建设无从谈起。刚刚发生的'见死不救'事件,是挑战社会公德底线的突发事件,让人震惊。因此今天的官德讲座更重要,更具有针对性。"

秦慧楠一番言辞并未让记者们满意,但是信息量很大,足以让他们思考和揣摩的了。刚才还无比紧张的任大年从心里佩服秦慧楠的答记者问,暗暗叹道,这口才是有政治智慧的。

崔思康坐在办公室里怅然若失,电话铃声此起彼伏,响个不停,都是询问他任命及祝贺电话,他真不知如何回答是好,一气之下扯断了电话线,冷静地梳理着紊乱的思绪。种种迹象表明,县委书记的任职又出幺蛾子了。问题出在秦慧楠途中抢救的病人?对,肯定是,但是怎么又和广东佛山的"小悦悦事件"扯上了呢?

手机又响起来,崔思康打开手机说"对不起,无可奉告"。谁知这电话是老婆打来的,问他:"什么无可奉告?我是你老婆,打什么官腔?情况如何,宣布了吗?"

崔思康实在不愿再回答诸如此类的问题,包括范琳琳。他急中生智,拿着手机,忽远忽近忽左忽右地移动着说:"喂……信号不好……听不清……"干脆,他卸掉了手机电池,所有杂音、纷扰,退出了他的世界。他无力地靠在沙发上，像精疲力竭的战士斜靠在战壕里，抓紧时间喘息一下，因为战斗随时会再次打响。

赵恒儒推门走进来，急切地说："引水工程指挥部总工潘凯报告，龙门隧道严重渗水！"

"啊！"崔思康瞬间从沙发上坐起来，"我这就去现场！"

赵恒儒说："你不能走，任部长通知说，过一会儿秦部长找你谈话。"

"谈什么话？"崔思康不以为然地说，"还有比隧道严重渗水更重要的吗？"

赵恒儒知道，崔思康对工作上的事从来不马虎，何况是隧道严重渗水事故。但是相比之下，他任职县委书记也是头等大事，也不能有丝毫疏忽。他说："你任职县委书记的红头文件我看到了，就在任部长的皮包里。也许，下午找你谈话，当面宣布你的任命。"

崔思康有些意外，也有些犹豫，他站起身来徘徊了两步，口中喃喃自语着："不行，我还是得去！龙门隧道地形特殊，大量渗水会使隧道坍塌，重建费用好几个亿。这个大工程要是出事了，我就算已经任命县委书记也得给撸下来，说不定还要被铐进去！"

"就是去，你也要和秦部长打个招呼吧？"赵恒儒考虑的是崔思康和秦慧楠的关系，在这关键时刻，崔思康必须处处小心。

"好吧，我去请假。"崔思康正说着，电话又响了，总工程师潘凯说隧道又发现一处渗水，情况紧急！

崔思康一阵风似的收拾完桌上的文件，快步离去，这时戴国权又从后面追上来问："思康，任命会改成讲座会，怎么回事？总得有个解释吧？"

"你问我，我问谁？"崔思康并未停下脚步，"顺其自然吧。"

戴国权说："你倒淡定，我们可为你捏着一把汗。"

面对戴国权的关心，崔思康心情有些复杂，随口说了句"皇帝不急太监急"，随即又问："秦部长救人的事上电视了，这马屁你拍得很及时，拍到点子上了。"

"哪里，始作俑者是你老婆。"戴国权仿佛没有察觉到崔思康略带讽刺的意味。

"听说她来找你了？"

戴国权竖起大拇指："什么事都瞒不过你。"

崔思康气不打一处来，低声说道："范琳琳凑什么热闹？看我不收拾她。"

戴国权赶紧制止说："别别别，关键时刻，后院不能失火！"

大约四十分钟后，崔思康来到八十公里之遥的龙门隧道，头戴安全帽，身披塑料布，与总工程师潘凯深一脚浅一脚地走进渗水的隧道里。只见渗水处已汇成溪流，倾泻如瀑，把龙门隧道变成了水帘洞。

潘凯担心地说："崔县长，如果碰到几天大暴雨，山洪暴发，这隧道随时都有坍塌的危险！"

隧道上方，不是有三千万的防洪排水管道工程吗？为什么不起作用？潘凯向崔思康汇报，已经派人去调查，水是从哪里来的。崔思康把耳朵贴在排水的水泥管道上，听不到一丝水声，管道没有发挥作用。这工程是谁承建的？一个叫方总的工程负责人来了。这是一位大腹便便、过早秃顶的中年男人，一溜小跑、气喘吁吁地来到崔思康面前，说该工程是他们公司负责总承包，分包公司负责施工。方总的第一句话就把责任推得一干二净。听说这施工的是王三毛的公司，崔思康的头皮就炸开了。崔思康抬起头看着排水管道，心里在说："好你个王三毛，这次算落我手里了！"他叫人把一节管子给拆了。

一台挖土机很快开过来，铲开了一节水泥管。崔思康二话不说，打开手机电筒，猫着腰，钻进水泥管道。潘凯没有犹豫，紧跟崔思康身后，同样猫着腰钻了进去。

秦慧楠和任大年认为，和崔思康"短兵相接，刺刀见红"的时刻到了，决定找崔思康谈话。来到县长办公室，这里空无一人。赵恒儒不敢说龙门隧道出事，因为这会节外生枝、火上浇油，再次为崔思康添乱。

他撒了个谎说崔思康有点急事,过一会儿就回来。

秦慧楠走到办公桌旁,只见两根电话线横躺在地上。她说:"难怪打他电话总是忙音,他把电话线给拔了。现在打手机又无法接通,这是避而不见?"

"不不,"赵恒儒连忙解释,"绝对不是。"

"赵主任,你先出去吧,我和秦部长谈点事。"任大年把赵恒儒支走了,关上门说,"崔思康是不是有情绪了,让我们坐冷板凳?"

"如果真是这样,那就说明我叫停他的任命是对的。从我们组织工作讲,干部中的有些毛病是组织上睁一只眼闭一只眼惯出来的。"秦慧楠声色俱厉地说道,"一点小事就讲条件,如果这事都能这么情绪化,怎么能干好县委书记?"

秦慧楠这一番话,任大年倒是完全认同,于是请示道:"下一步怎么办?"

秦慧楠坚定地说:"就王长根事件,展开全面调查。"

说干就干,雷厉风行,这是秦慧楠一贯的作风。她与任大年一起来到县委小车队,调查崔思康的驾驶员肖强强,这是关键的一步。走进小车队的办公室,映入眼帘的是墙上十多名上岗司机的照片及相关文字说明。

小车队徐队长介绍说:"肖强强性格内向,平日少言寡语,干起活来踏踏实实。开车六年多了,从没有出什么交通事故。听说他是个孤儿,是他爷爷一手拉扯大的。今天他不在,车子年检,在做保养,马上通知他回来。"

"不用。"秦慧楠摇摇手说,"你这小车队管理得井井有条,能拍几张照片吗?"

听到秦慧楠的夸奖,徐队长心里美滋滋的,连声说:"行行行,你尽管拍。"

小车队徐队长没说假话,此时肖强强的确在4S店给红旗轿车做保养。今天他右眼皮一直跳,跳得一阵阵心烦意乱,是不是要出什么事?

正想着，听见有人跟他打招呼。他眼睛一亮，继而又有些失神。吴雪姣走到他跟前，轻轻呼唤了一声："肖强强，肖师傅——"

妈呀，是吴大美人吴雪姣！肖强强差点失声叫出来。从未与这个可望不可即的女人离得这么近，还甜蜜蜜地称他为"肖师傅"，简直是受宠若惊。他问："吴大秘书，你怎么知道我在这？"

吴雪姣嫣然一笑："在玉泉县城，我想见个人，那还不容易。"她请肖强强喝咖啡，肖强强受宠若惊地答应了。两人来到星巴克，吴雪姣捋了捋耳边散落的一缕长发，开门见山地说："我们卢总特别看重你，想把你挖过来。"吴雪姣以为肖强强不信，双手抱肩，上身前倾，更加靠近了肖强强，低声说道，"我早就注意上你了，年轻帅气，很有男人味，驾驶技术一流，给县长开车六年多无事故，很不容易。你要是过来，我们卢总是不会亏待你的。"

肖强强是个精明人，路上有人匿名电话给他"路过小王庄不停车"的事，足以让他胆战心惊；银行卡上突然飞来的十万元横财，更让他彻夜不眠。昨天，他好不容易找到给他打钱的那个银行卡号，本着"哪里来哪里去"的原则，又把十万元打了过去，心里这才踏实一点。此时面对这个风情万种的吴雪姣，他必须小心。因为天上不会掉馅饼，天上更不会掉下个林妹妹。

一位戴着墨镜和棒球帽的中年男子，踱步到王长根病房门前。透过房门的玻璃窗向内张望。看了一会儿，那位男子转过身来，摘下墨镜，露出一张不怒自威的脸，来人正是市委副书记周源。他谎称是王长根的朋友走到病床前，仔细端详着病床上的王长根。

顺着周源的目光，王秀芹也把目光盯在一动不动的父亲身上，不禁又难受起来。她呜咽着说："好好的一个人，突然变得不死不活，就剩下一口气了……"

周源问："你确定那辆轿车听到你呼救了吗？"

王秀芹说："嗯，确定。本来车已减速，我以为他会停下来，可是又突然加速开走了。"

临走前,周源将装有一千元的红包偷偷塞到王长根的枕头下,又递给王秀芹一张纸条,嘱咐有事给他打电话。当周源快步走出病房时,却差点与刚跨进门的孙志华撞个满怀。孙志华眼前一亮,刚要喊声"周书记",周源已经大步跨进了电梯间。

孙志华走进病房,问王秀芹:"刚才出门的那个男人你认识吗?"

王秀芹说:"他说是我爸的朋友,我从没见过。"

孙志华不无遗憾地说:"怎么不早说? 他是市委副书记周源。"

"啊?"王秀芹大吃一惊,"你忽悠我,怎么可能?"

"错不了,他这张面孔,经常在电视里看到。"孙志华调侃道,"想不到你爸这一摔,摔出名了。你父亲住院抢救,惊动了两位市领导。救你父亲的那位姓秦,是新来的市委常委、市委组织部部长。哎,你父亲是个什么官?"

王秀芹说:"村官能算吗?"

"村官?"孙志华很惊讶,茫然地走出了病房。这时,护士长拿着账单走了进来:"王秀芹,要缴费了,再缴四万。"

"啊,再缴四万!"王秀芹接过账单,手在微微颤抖。这笔钱,她卖一年的菜也不一定能挣出来。怎么筹这笔钱? 进了医院,花钱就好比掉进了无底洞。

周源从医院出来后,直奔高速路收费站。等他抵达这里时,唐秘书已经早早按照他的指示,协助侯站长安排好会议室,播放了监控录像。录像显示,秦慧楠提供的证据是确凿的。

还能再说什么呢? 周源一声不响地离开了收费站。

快到吃午餐的时间了,田振鹏带着田晓君来到县城美食街,这里号称江南第一街。

"这是玉泉县最有名气的一条街,这牌楼上'江南第一街'可是当年乾隆皇帝下江南题写的。"田振鹏饶有兴趣地说着,和女儿走进了一家老鸭汤馆。菜来了，开始品尝美味。田振鹏喜欢边吃边看手机，他查看着上午拍摄王长根摔倒现场的图片。突然，他一推碗筷，站起身来，大声喊道："服务员，埋单！"

田晓君莫名其妙地问："爸爸，怎么啦？"

"不吃了，快走！"田振鹏结了账，拉着田晓君上了车。

白色帕萨特驶车出城，过了收费站，朝着小王庄的方向疾驰而去。

钻进龙门隧道水管里的崔思康和潘凯打着手机电筒，四路排水管总长数公里，摸爬了半天，也没找到渗水的地方。不过有一点可以肯定，排水管道是干干的，丝毫没有起到排水的作用。这时戴国权打了三次电话犹如三道金牌，让崔思康不得不回到办公室。

一见面，戴国权就兴师问罪，说秦部长登门找你，扑了个空，你去哪里应该打个招呼啊，上班时间脱岗影响多不好。他问崔思康，任命你的红头文件，任大年都摆到桌子上了，怎么又收回去了？你是不是闹什么情绪了？

崔思康沉默着，他没有说什么，也不想说什么。秦慧楠找他，肯定没有好事，轻则是向他解释没有宣布任命的原因，重则是她又发现了崔思康什么新的问题。

室内气氛沉闷又尴尬，戴国权打开了电视，主持人正在播报新闻："各位观众，这里是玉泉县人民医院手术室，我们向您报道刚刚发生的一件感人肺腑的新闻事件。"随着主持人的播报，展现的是医护人员抢救的画面，然后依次上演秦慧楠拒绝采访、范琳琳大力弘扬一家三口助人为乐、王秀芹给秦慧楠献锦旗的场面。最后主持人慷慨陈词："我们为秦慧楠部长一家三口救人于危难不留名的高风亮节点赞，也为那辆见死不救的红旗轿车而蒙羞。对这种公然挑战社会公德底线的行为表示愤慨……"

崔思康站起身来，关掉电视说这不是事实。戴国权听出了崔思康话语中的言外之意，马上追问，你说这是假新闻？崔思康无言以对。

戴国权喝了口水，慢吞吞地问："我想听听你说的事实和真相。"

崔思康说："我的事实和真相是，早上回县城，没有碰到任何事情，什么见死不救？统统与我无关。国权，你信吗？"

戴国权淡然一笑："我算老几，我信有什么用？要秦部长相信才行。"

"我去找她。"崔思康拉开门，秦慧楠赫然就站在门口，崔思康愣了一下，喊了声，"秦部长……"

刚才在门外，秦慧楠听到了崔思康说的话，她淡淡地笑着说："不用你跑腿了，我这个不速之客不请自到。"

戴国权知道秦慧楠来者不善，打了声招呼，就脚底抹油——溜了。室内只剩下崔思康和秦慧楠俩人。崔思康站着，秦慧楠反客为主，关上了门，就在办公桌前一张单人沙发椅上坐下，崔思康却还站着。

秦慧楠问："为什么不坐？"

崔思康说："这里没有被告的座位。"

秦慧楠问："谁是被告？"

崔思康说："我。"

秦慧楠霍地一下站起来："散了会就不见了人影，拔掉了电话线，手机处于无法接通的状态，崔思康，你什么意思？"

崔思康不再回避秦慧楠咄咄逼人的目光，憋在心里的闷气一下子迸发出来。他说全县城的人都知道今天上午县委常委会的议题是什么，祝贺的电话此起彼伏，手机都快打爆了。你不给个理由，让我怎么回答？我不拔掉电话线，让手机处于无法接通的状态，又能怎么办？

看着崔思康满是怨气的脸，秦慧楠反倒是沉住了气，心平气和地说："我就是来给你理由的。今天上午，你的车途经小王庄时发生了什么？"

崔思康所担心的事证实了。他反问："你是怀疑我见死不救？"

"不是怀疑，"秦慧楠声色俱厉，掷地有声地回答，"是铁证如山！"

秦慧楠的话，如一道闪电，一声响雷，惊得崔思康目瞪口呆，许久才缓过气来。他调整了一下情绪，像一个被打趴下的人，艰难地站起来，面对随时再给他重击的人做最后的挣扎。他说:"你说的我反驳不了,我的解释你也不信,这是事实。那我就请问秦部长,你相信我的道德水准就这么低下吗? 你觉得我能干出这见不得人的事来吗?"

秦慧楠说:"我相信你的道德水准,就像当年我相信你是个道德完美主义者。我还坚信,你在步入仕途之前,一定经过'道德安检'了。"

有时候,一句话便可以让人回到从前。关于"道德安检"之说,是崔思康在国家行政大学"官与德"的辩论会上提出来的。

此时崔思康的内心微微震动,他问秦慧楠:"你还记得当年我说的那些话?"

秦慧楠说:"你当年掷地有声,我后来刻骨铭心。对爱你、崇拜你的沙莎竟不辞而别。想不到一个曾经的道德完美主义者,今天竟置一位七十岁的老人生死于不顾!"

"不……事情不是这样的……"崔思康的声音明显失去了力度,给人一种有口难辩、跳进黄河也洗不清的感觉。

"那事情到底是怎样的? 我要你说真话、讲真相。"秦慧楠明显占据了道德的制高点,居高临下地说,"好好想想,想好了再找我,我耐心等待你说出真相。"她开门而去,留下崔思康独自一人。

不一会儿,肖强强来了。崔思康正低头一边收拾着被风吹落的文件,一边收拾着自己的心情。

"崔县长,情况搞清楚了。"肖强强自以为得意地说,"白色帕萨特就是秦部长的私家车……"说到这里,肖强强才发现崔思康正板着面孔,目光咄咄逼人。

崔思康说:"说这些干吗? 迟到的新闻! 你给我讲实话,今天早上路过小王庄到底发生了什么?"

"没……有啊……"肖强强语气断续,明显没有早上的坚定。

"肖强强!"崔思康火了,两眼也红了,起身拍案道,"到了这个节骨眼上,你还嘴硬,还不讲真话?"

"这、这……"肖强强顿时磕巴了,"崔县长,我错了。今天早上路过小王庄，是有人拦车喊救命。"

崔思康咆哮着："为什么不早说？为什么不停车？为什么不叫醒我？"

肖强强想到了那个不让他停车的匿名电话，想到被他退回去的十万元，吓得浑身哆嗦。可悲的是他没有勇气，也不想说出这个暗藏的阴谋，结果让崔思康和他本人都付出了沉重的代价，当然这是后话。

面对崔思康的责问，肖强强编了个谎言，他可怜巴巴地说："今天的会议对您很重要，我怕耽搁误了大事。我看见您实在太困睡着了，就没停车，我真是一片好心……"

"混蛋！"崔思康气得骂娘了，"你是在帮我吗？你是在害我，滚！"

肖强强大惊失色："县长——"

崔思康把虎爪似的大手啪的一声拍在桌子上，大吼一声："出去！"

肖强强垂头丧气地走了出去。猛地关上门，崔思康重重的拳打在门板上，然后恍惚地倒退几步，瘫倒在沙发上。他犹如被十面埋伏围猎最终陷入绝境的猛虎，放弃了亮出爪牙，也放弃了舔舐伤口，等待着猎人收网。

九 "石头开口"才能查明真相

白色的帕萨特缓缓停在小王庄路牌旁,田振鹏与田晓君从车里钻出,来到了王长根摔倒的现场。撒落一地的蔬菜,尽管被车轮碾压,但依稀可见。田振鹏在周围仔细观察着,似乎寻找着什么。终于,他发现了一块埋在烂菜堆里的石头。石头的大小如同一只鸽子蛋,乍一看就像是南京的雨花石。

"这就是我要寻找的答案。"田振鹏哈哈大笑,庆幸自己的判断正确。他戴上白手套,很专业地将石头装进塑料袋。

田氏父女带着收获的喜悦,一路欢声笑语地驾车回城,却没有留意到一辆黑色无牌照的丰田越野尾随而来。田振鹏为了向老婆报个信,就稍稍放慢了车速,待把车停在路边后,拨打起秦慧楠的电话。不经意间,他从后视镜里发现,那辆无牌照的越野车明明几次可以超车,却跟着自己慢了下来。自己加油门,对方也在加速,用公安的行话,这是典型的跟踪。

田振鹏告诉秦慧楠,他去了小王庄现场,回来的路上被一辆黑色的车跟踪。秦慧楠不以为然,说他草木皆兵,这是干公安的职业病。

田振鹏手握方向盘,没注意到在进入一个急弯道时,车后的丰田越野车猛地加速,砰的一声,车头猛烈撞上了帕萨特左侧车尾。他一把方向盘没抓稳,车头冲向路边护栏,说时迟那时快,田振鹏本能的反应是猛踩刹车,帕萨特"嘎"——一声刺耳的尖叫,轮胎在马路上留下深深的印痕。田晓君一声惊叫,强大的惯性,将她抛出座位,又被安全带牢牢拉回座位。幸亏系着安全带,不然,强大的惯性,有可能将她甩出车窗外。

好险！田振鹏发现前车轮差点冲下路基，前方下面赫然是一条深沟。看看惊魂未定的女儿没有受伤，他放心了一大半。再看肇事车，这会儿早跑得无影无踪。田振鹏那个气啊，要不是当着女儿的面，他能跳起脚来骂娘。田振鹏小心翼翼地将车倒至安全地带，又匆匆把女儿的情绪安抚稳定下来，然后憋足了劲向前路追去。

前方，那辆丰田越野车终于出现在田振鹏的视线里。正当他铆足了劲，加大马力紧追不舍时，丰田越野车方向一打，下了公路，驶进一条乡间土路。田振鹏紧追不舍。

一场大雨浇灌，乡间土路泥泞不堪，前方路面已成了水塘。丰田越野几声吼叫，泥浆飞溅，冲了过去。帕萨特冲进水塘，陷进了泥潭。几经努力，车轮打滑，车身动弹不得。

望着远去的越野车，田振鹏气急败坏地拍打着方向盘，无可奈何地下了车。看着被撞坏了的车尾，对着轮胎狠狠踢了一脚，愤愤地说："破车！"

田振鹏去公路边上打紧急报警电话，关好车门，让晓君留在车里。晓君一个人无聊地坐在车里听音乐时，一辆卡车越过烂泥地，在帕萨特车后停下，车上下来一胖一瘦，梳着毛寸的男人。他们围着车子前后转了一圈，胖子用手指敲敲靠近晓君的车窗："小姑娘——"

田晓君看着车外两个笑呵呵的男人，怎么瞅着也不像坏人，便摇下点车窗玻璃问什么事。瘦子说你的车挡道，我们走不了。田晓君说我爸去公路边打救援电话叫拖车了。胖子说叫拖车，得花五六百块钱，我们帮你拖，免费。去把你爸叫回来。

听说免费拖车，田晓君兴高采烈地下车，关好车窗，锁上车门，向公路边跑去。等到田晓君、田振鹏回到车旁，帕萨特仍陷在泥坑里，那辆卡车和两个男子却不见了踪影。田振鹏打开车门，后座上有一块警告牌。田晓君发现书包打开了，课本和铅笔散落在车座位下面，但是没少东西，再看看车内，有被翻动的痕迹。田振鹏忽然意识到什么，掀开后座椅，从坐垫里取出那块用塑料袋装着的石头，不由长长地舒了一口气。

经过一番折腾，夜幕降临之际，田振鹏才开着满是泥浆的白色帕萨特回到了玉泉宾馆。见到父女俩，秦慧楠心里的一块石头才落了地。她问："你去小王庄干什么了？"

田振鹏说："弄清王长根是怎么摔倒的。"

秦慧楠很是惊讶："王长根不是自己摔倒的？"

田振鹏拿出了石头："现场发现的。"

望着塑料袋里面的石头，秦慧楠一头雾水："什么意思？"

田振鹏说："我怀疑有人用这块石头击中了王长根的后脑勺，导致他摔倒，造成突发脑溢血。"

秦慧楠点点头，满眼都是赞许："专家就是专家，今天见识了。"

"才见识啊？"听到老婆夸自己，田振鹏的小尾巴就翘起来了，"不识庐山真面目，只缘身在此山中。你身后站着的是一位痕迹专家，可能还是伟大的！"

说着话，秦慧楠想打开装石头的塑料袋，田振鹏马上阻止了她伸出的手，他说石头上可能留有痕迹。秦慧楠难以置信地问田振鹏，你是不是用这块石头告诉我，崔思康的见死不救，是有人做了手脚？田振鹏语气肯定地说是"挖坑"，还拿出了挖坑的人给他留下的警告牌。

秦慧楠问："为什么留下这个？"

"也许是警告，是向我们提出的警告。"田振鹏说，"这里水深莫测，上午你接到匿名电话，现在又是警告牌，是不是与崔思康的事有关？你把人家副省长拉下马，还关进了监狱，这是子子孙孙的深仇大恨。现在你又到这里为官，这不是往枪口上撞吗？这里到处都是地雷，说不定一不小心就踩上了。"

秦慧楠没好气地说："当时为什么不说？说了也许我会考虑。现在迟了，马后炮。我没有退路，只有硬着头皮上。这就是'明知山有虎，偏向虎山行'！我希望你来点正能量，别放冷气、别泄气。"

田振鹏马上道歉说："我陪你'打虎上山'行了吧？"

秦慧楠笑了，说："对，这就是男人的担当！"

这一夜，最难熬的是崔思康。凌晨，当东方地平线上现出鱼肚白的时候，他独自一人坐到阳台上抽着闷烟。现在他面对的形势十分严峻。"见死不救"这事加在一个人民县长身上，是个天大的丑闻，足以使他一辈子抬不起头来。这个令人可气的肖强强，自作主张，将他推进了深渊。怎么办？他束手无策，孤立无助。

不知何时，范琳琳走到身边，给她披了件外衣。

崔思康问："秦部长抢救的病人叫什么名字？哪里人？"

范琳琳说："叫王长根，七十来岁，应该是湖北人吧。因为他女儿讲的一口湖北方言。"

"湖北方言？"崔思康好像哪根神经被触动了，突然警觉起来，急促地问，"他女儿叫什么名字？"

范琳琳回道："叫王秀芹。"

崔思康猛地掐灭烟头，转身就往外走。

范琳琳追上来："思康，什么情况？你去哪？"

"回头说。"崔思康摆摆手，一头钻进了电梯间。

范琳琳看着关闭的电梯门，一阵茫然。转身打开家门，听到崔棒棒的房间里有动静，推门进去一看，天哪，房间里乱成一团，儿子正在翻箱倒柜，不知找什么东西。一问才知道，今天下午体育课，老师让他们模拟丛林战，他想到家里的一把玩具冲锋枪。箱子柜子都翻遍了，却不见枪的影子。他将目标锁定在床下，便爬到床底下东翻西找，突然看见一只落满灰尘的皮包。

好奇心让崔棒棒打开皮包，这是崔思康的旧公文包，里面装着一些书本和旧文件，他从一只塑料袋里取出一条花格子围巾，还掉出了几张照片，其中一张是崔思康和沙莎的亲密照；另一张是崔思康、秦慧楠、沙莎大学时代的照片。照片中，站在中间的崔思康将两只手臂，一左一右搭在两个女同学的肩上，看上去亲密无间。再看照片反面写着"永远

117

珍藏"，范琳琳一眼就看出这是崔思康的笔迹，瞬间脸色就变了，原来崔思康有重大"历史问题"没交代！这张照片上，年轻的秦慧楠她一眼就认出了，可另一个女人又是谁呢？

崔思康离开了家，开车去往县医院。一路上他几次呼唤着故乡老村长王长根的名字。没有他和他女儿王秀芹，他就不可能读完中学，更不可能上大学、读完研究生专业，当然就没有今天的自己。此时医院躺着的玉长根，难道与他当年的恩人同名同姓，是巧合？

崔思康沉思之际，人已经来到了王长根的病房门前。刘燕儿看到有人在门口张望，便打开了病房的门。崔思康确认这是王长根的病房时，疾步来到病床前。看着静静躺着的王长根，他的脑袋似乎要爆炸了。不错，是他，故乡的老村长王长根！他老了，瘦了，刀刻般的皱纹像挂在面庞上长长的菊花瓣。他情绪失控地叫了一声："老村长——"

刘燕儿点点头，疑惑地看看崔思康，问道："大哥，你是王伯伯的什么人？"

崔思康支支吾吾地说："是同乡，是朋友……"

刘燕儿喋喋不休、愤愤不平地说着："我们都叫他老村长，身体一直不错，怎么说倒下就倒下了？如果那个该死的红旗轿车驾驶员，还有那个坐在车里的狗官伸手拉一把，老人也不至于成这样。"

刘燕儿说的字字句句，让崔思康的心里针扎般的难受。他抓住王长根的手，泪水在眼眶里打转："村长，大叔，是我啊，我是思康，来看你了，你醒醒啊……"王长根双目紧闭，毫无反应。

门外传来脚步声，崔思康转头一看，啊，是她，王秀芹！十多年不见了，她从一个纯情的姑娘变成了大嫂的模样，唯有身材依然那么纤细苗条。他站起身，走到她面前说："我是崔思康，来看你爸……"

可是王秀芹没有久别重逢的欣喜，表情很平静。她说："我知道你是谁，常常在电视上露面。这里不需要你，你可以走了。"

没想到刚见面就下了逐客令，这让崔思康震惊，也让一直沉默的刘燕儿不解，她喊了一声："秀芹姐，别这样。"

可是王秀芹一点也不给崔思康面子，声音更大了："请你出去！"

崔思康尴尬地苦笑了一下，灰溜溜地走出病房，随即身后响起了砰的一声关门声，把他的心都震碎了。他知道，这么多年他欠他们父女俩太多了。王长根父女为他所做的一切历历在目，可是他最终选择了比自己小十多岁、年轻貌美的范琳琳。此时一个巨大的问号在他的脑海里盘旋：王长根父女为啥背井离乡，千里迢迢来到玉泉县小王庄？什么时候来的？就在眼皮底下他怎么一点也不知道？

孙志华医生正接待病人，崔思康走进来，坐在他旁边的小椅子上。孙志华边整理着挂号单，边习惯性地问："先生，请问你什么地方不舒服？"崔思康摘掉墨镜，孙志华立刻认了出来，喊了句："崔县长！"

"嘘——"崔思康将食指放在唇边，示意孙志华不要声张，"王长根是你的病人？"

孙志华说："是的。有什么问题？"

"他不能死，必须活着。"崔思康斩钉截铁地说，"他必须醒过来！医药费的事我来协调，拜托！"孙志华有点犹豫，还想说什么，崔思康立即止住了，对他说，"不要犹豫，也不用问为什么。到时候会给你解释的。再次拜托！"

"明白。"孙志华不敢多言了，嘴上说明白，心里却一片糊涂。他不知王长根到底是何方神圣，让县长大人下了这个死命令。

范琳琳等棒棒吃好早饭，上学去了，又躺到了床上。枕头旁放着"永远珍藏"的老照片和那条格子围巾，只等着崔思康回来兴师问罪。果不其然，门锁有了动静，崔思康蹑手蹑脚地回来了。进家后，看到棒棒早餐留下的残羹，狼吞虎咽地吃起来，范琳琳走到他身后也没察觉。

范琳琳说："一顿酒席管三天饱，你怎么饿成这样？"

崔思康诧异地问："什么酒席？"

范琳琳不无嘲弄地说："你当县委书记的庆功酒啊。"

崔思康语气沉重地说道:"琳琳,对不起,让你失望了。县委书记这道坎,怕还是过不去了。"

范琳琳已有思想准备,语气也很平静:"煮熟的鸭子飞了。"

崔思康说:"这就是一个误会。"

"误会?"范琳琳将照片和格子围巾往桌子上一放,"这也是误会?"

崔思康一愣,拿起照片和围巾,立刻明白了,问道:"这……哪里来的?"

"别揣着明白装糊涂。"范琳琳生气了,板着面孔,用严肃的语气说,"我对我们之间的情感问题,'只求历史清楚,不求历史清白',对你的要求够低吧?"她指着照片和围巾,"看看,为什么隐瞒了重大历史问题?"

崔思康一阵尴尬,嘿嘿一笑:"都是我大学里的事,大学生谈情说爱是不算数的,闹着玩的,陈年旧账,别提了……"

范琳琳说:"你艳福不浅啊,左右两个妹妹,玩双飞呢?"

"别胡说了。"崔思康指着照片,"这是秦慧楠,这是她的闺蜜沙莎。是沙莎在追我。"

这会儿的崔思康就像个被审讯的犯人,对范琳琳的提问恭恭敬敬,老老实实,有问必答。当问到崔思康为什么和沙莎分手时,崔思康说他是"道德完美主义者",而沙莎是"道德浪漫主义者",俩人志不同、道不合,话不投机半句多,他选择了离开。

范琳琳问:"是你主动离开?"

崔思康说:"可以这么说。"

"我算是明白了,"范琳琳说,"君子报仇,十年不晚,秦慧楠是为闺蜜沙莎报仇来了。我真傻,傻透顶了。不该为这个女人拍什么电视,往她脸上贴金。也怪戴国权,说这是宣传正能量,他举双手赞成。"

崔思康一愣:"你拍这个片子,戴国权事先知道?"

范琳琳说:"是啊,他批准的。"

崔思康沉默了,心里却在骂道:"王八羔子!"

这时周源来电话了，说他已在玉泉县城，让崔思康速来见他。崔思康问他在哪里？周源说我给你发个位置图。崔思康纳闷了，周源来了事先不打招呼，见面地点也神秘兮兮的，他要干什么？

崔思康不敢怠慢，走出家门。范琳琳小跑着跟在后面，问要不要请周书记吃顿饭？崔思康说，非常时期，瓜田李下，免了。他交代说，那个重病号王长根，要全力救治，费用先挂账。范琳琳很为难，说她没这权力，要找医院一把手。她还问王长根是什么人，是老红军还是老领导？

崔思康没回答，匆匆下楼，打了辆出租车走了。

清晨的阳光撕开薄雾，倾泻在县城的大街小巷上，好像为这座城市镀上了一层碎金。街头上早已是车水马龙，行人熙熙攘攘，一派生机勃勃的景象。

县委办公楼二楼一间靠南的办公室门口，任大年正在将打印好的"市委调研组"的纸牌郑重其事地贴在门上。

戴国权走过来打招呼："哟，贴上啦？还有联络的手机号，电子邮箱。"

任大年说："秦部长说了，既然在这里调研几天，就要像模像样，别让同志们摸不上门，找不着人，打不通电话。更不能门难进，脸难看，打哈哈，踢皮球。"

"秦部长想得真周到。"戴国权话里有话地问，"哎，任部长，为什么叫'调研组'，不叫'调查组'呢？"

"这要问秦部长了。"任大年压低声音说，"她在里面，你进去问问？"

看着任大年一脸坏笑，戴国权连连摆手："不不不，不敢。任部长，我们县委办公条件差，委屈你们了。"

这间临时借用的市委调研组办公室，设有里外套间，任大年在外忙着布置，秦慧楠则在里间忙着给朱明远打电话："按照郁书记和您的意见，我们在玉泉县安营扎寨了，没有结果绝不收兵。"

此刻，朱明远和几个干部正在农田里视察农业科技实验基地。他对秦慧楠说："浩民书记给我打了电话。他说党中央再三强调，在我们党的组织结构和国家政权结构中，县一级处在承上启下的关键环节，是我们党执政兴国的一线指挥部，县委书记就是一线总指挥。选好用好一个县委书记，对于治国理政，脱贫帮困，决胜小康，造福一方，具有深远的影响。慧楠同志，对县委书记人选的严格要求是对的，不是苛刻，更不是对崔思康同志的刁难。"

朱明远还告诉秦慧楠，因为崔思康的事，周源同志已经去了玉泉县。秦慧楠很惊讶，周源神出鬼没，来了怎么没告诉她一声？朱明远打着哈哈，说周源这个人，工作风格有点古怪，有时天马行空，独来独往，喜欢让人惊讶，善于突然袭击，大家都习惯了。

秦慧楠皱起了眉，问朱明远，这个习惯好吗？不明白，为什么都让大家习惯于他呢？

电话另一头的朱明远一脸的不悦。他说周源是个老同志，在东山市德高望重，全体市委常委对他都很敬重。他希望秦慧楠也应该这样，不要咄咄逼人，这不利于团结。

秦慧楠握着电话，耳边传来"嘟嘟"的忙音。她静静地坐下来，开始研究周源。此人行事风格耐人寻味，来了玉泉县为什么不打招呼、不露面？他又会在何时露面呢？这么做的目的何在？想来想去，百思不得其解。

一〇　多栽花少栽刺者无法前行

　　秦慧楠的双脚又一次跨进了县委小车班休息室,可是肖强强请假回老家了,说是他爷爷病了。离开小车班后,秦慧楠打了一辆出租车,径直奔向县人民医院,走进王长根的病房。

　　一见面,王秀芹又惊又喜:"秦部长!"

　　"不要叫部长,姐妹相称吧,这样亲切。"秦慧楠走到病床前,仔细端详着沉睡中的王长根,"一直是这样?"

　　王秀芹叹了口气说:"没有变化,还是老样子。"

　　秦慧楠说:"我这里有几张照片,你看看有没有认识的人。"她拿出手机,调出县委小车队驾驶员的照片,当翻看到肖强强时,王秀芹叫了起来:"是他,他就是那辆轿车的驾驶员!"

　　秦慧楠提醒道:"可别看错了。"

　　王秀芹说:"肯定是他。没错。他叫什么? 在哪?"

　　秦慧楠说:"你别着急,这事我在调查,会给你一个交代的。如果你知道了这人是谁,你想怎么样?"

　　王秀芹说:"我就问他一句话:救人性命,举手之劳,你为什么拒绝?"

　　秦慧楠问:"还有什么要求?"

　　王秀芹摇摇头说:"没了,我还能有什么要求? 天大的委屈我们忍了,天大的苦果我们吞了。我要的是讨回一个公道!"

　　王秀芹的话让秦慧楠心灵受到了震撼,不由得对王秀芹肃然起敬。碰到了这么大的痛苦和灾难,要求的不是经济赔偿,不是追究责任,更

123

不是你死我活的争斗，仅仅是讨回一个公道，这就是我们通情达理的人民群众！

想到这里，秦慧楠紧紧拉住王秀芹的手，坚定地说："放心吧，我一定为你和你爸讨回一个公道！"

按照周源提供的位置图，崔思康知道见面的地点是窦复兴的陵墓，不由得毛骨悚然，不明白周书记为什么选择这个地方。

崔思康提前到了，他在墓前肃立致哀。接着，周源悄然出现在墓前，摘掉了大墨镜，神情严肃地说："就冲着老书记临终前闯进市委常委会，庄重地投了你一票，你就得三跪九叩！"

崔思康真的跪下了，边叩头边作揖："窦书记，思康给您磕头了……"

"你们两个，"周源指指崔思康，又指指墓碑说，"是我这辈子看重的人。谁知好人不长久，复兴同志就这么匆匆地去了。他的人生，没留下多大遗憾，也算是善终吧。现在我担心的是你崔思康，看你干的好事，你辜负了我和复兴同志对你的信任。"

崔思康挺直了脊梁，掷地有声地发誓："周书记，我是摊上事了，但是我可以挺直腰杆，面对窦书记的墓碑发誓，我绝对没有做对不起你们的事。"

周源说："吕佳龙涉黑案，我为你捏了一把汗。现在吕佳龙见虞亚玫迟迟未归案便翻供了，重要的证人丁老太也改口了。这件事你以为画上句号了？"

崔思康说："我坚持认为，抓吕佳龙没错！"

"你还嘴硬？"望着倔强得跟个榆木疙瘩似的崔思康，周源的心里是恨铁不成钢，"没有说你错，我说的是你的工作方法，冒失、欠妥。你抓他为什么事先不告诉我，听听我的意见？这事我为你擦了屁股。还有，市委常委会那天早晨，你去找窦复兴干什么？"

"他生病住院，我看望病人的权利都没有了？"崔思康振振有词地表示，"我问心无愧。"

"也包括'见死不救'？"周源的目光如刀，直刺崔思康的眼睛，"还想赖账？我早就到了，来了个微服私访，独立调查，我看望了受害人王长根，还看了道路监控录像，慧楠同志揪住你不放是有道理的。肖强强为什么不停车，为什么不叫醒你救人？"

崔思康说："他怕耽搁开会时间，擅自做主，没有叫醒我，没有停车救人，他是好心做了坏事，他可以做证。"

周源问："你说的这些，肖强强可以做证？"

"可以。"崔思康信心满满地说，"因为这是事实。如有半句假话，撤我的职，开除党籍，我不叫半句冤。"

听崔思康这么说，周源心里的一块石头落了地。如果肖强强出面做证，崔思康会得到清白，风潮可以平息。在他看来，这种事属于道德教育的范畴，说大就大，说小就小，在于处理的技巧罢了。于是，周源一改之前的威严，变得慈眉善目了许多，说话也和声悦耳起来。他拍拍崔思康的肩膀，开始面授机宜。一个好为人师，一个谦虚好学，两人交流密切之际，压根儿没注意到远处停靠的出租车里有一双眼睛正注视着他们，这人正是秦慧楠。

周源来到玉泉行踪神秘，秦慧楠感到十分奇怪，他在回避什么，隐瞒什么？她思考周源可能要去的地方，联想到窦复兴也是他树立的一根标杆，来到玉泉可能要到墓地祭拜，果然让她猜中了。原本她要下车，不经意间看到行踪成谜的周源与崔思康正在窃窃私语，此时贸然出现岂不尴尬。随即她改变了主意，原路返回。但是她心潮起伏，一个个问号又在脑海里盘旋起来：周源来到玉泉为什么私底下见崔思康？为什么要把见面的地点定在墓地？这其中难道有什么不可告人的交易？他们背后又有什么样的利益关系？

回到调研组，秦慧楠决定以市委调研组的名义，明天上午十点先找肖强强谈话，然后再找崔思康谈话，来个短兵相接，面对面交锋，相信"见死不救"的真相会水落石出。

任大年进来，手里拿着有关玉泉集团总裁卢晓明的卷宗材料。秦慧楠要求任大年用简短的语言将卢晓明来个素描。任大年说，卢晓明是县工商联主席，县政协常委，此人有能力、有背景，水很深。

秦慧楠单刀直入地问："他和崔思康是什么关系？"

任大年被问得摸不着头脑："怎么问这个？"

秦慧楠说："我们搞组织工作的，就是要善于摸人头，人头摸不着，人与人关系搞不清楚，就是睁眼瞎。"

秦慧楠从抽屉里拿出一封信递给任大年。这是举报信，是市纪委刚转来的，信上说玉泉集团总经理吕佳龙不仅与崔思康有旧怨，与玉泉集团总裁卢晓明也有新恨。崔思康抓了吕佳龙，不仅解了心头的旧怨，而且帮卢晓明排除了异己，清理了门户，还了当年五十吨柴油的情谊，可谓一箭三雕。

"怎么会这样？"任大年表情复杂地看着秦慧楠，"有这个可能吗？"

秦慧楠反问："怎么没有这个可能？"

"我都被搞糊涂了。想起一首歌叫《雾里看花》，歌词中唱道'借我借我一双慧眼吧，让我把这纷扰看个明明白白，真真切切'……"

"大年，你是组织战线上的老同志，久经沙场。你若犯糊涂了，年轻人又怎么干？"

这时，办公室原本虚掩的门被推开了。一个年轻女子拖着拉杆箱，风尘仆仆地走进来。她留着一头跟秦慧楠同样的短发，身材苗条，娇小玲珑，有着南方女子的温婉，又不失干练。她正是东山市委组织部干部科科长杨娟，是来加强调研组力量的。

秦慧楠调侃地说道："我们的援兵到了。杨娟同志，欢迎加入。"

杨娟说："二位部长，你们看我带谁来了？"

杨娟打开门，邓亦先出现在办公室门口，他对秦慧楠、任大年说，他也是来报到的。省委组织部领导认为，崔思康的事对新时代的组织人事工作很有典型意义，因此委派他参加东山市委组织部的调研工作。秦慧楠伸出手说，让我们再次联手。

反应敏捷的杨娟，立马掏出手机为俩人拍照，兴奋地说："上次你们联手，拉下了副省长林强盛。这次联手一定会拉下——"

"打住！"任大年马上打断这位口无遮拦的杨姑娘，"墙有缝，壁有耳，赶紧打住！"

四个人你望望我，我望望你，然后哈哈大笑起来。

早上七到八点，是卢晓明雷打不动的健身时间。此刻，他正在玉泉集团顶楼专属的宽大豪华健身中心锻炼身体。他在跑步机上挥汗如雨。吴雪姣悠闲地站在一旁，春光明媚的目光一直落在他身上，并不时地递上擦汗的毛巾。

这时，肖强强给吴雪姣打来电话，告诉她搞到了玉泉湖引水二期工程的全套图纸。听到此消息，吴雪姣惊喜地尖叫起来，卢晓明原本淡然的脸上也乐开了花。这份图纸对工程的招投标尤为重要，实践证明领导身边的人不可小觑。吴雪姣选用肖强强这步棋走对了。他亲昵地拍拍吴雪姣的肩膀说："肖强强这步棋，你走得很漂亮。"

"哪里。"吴雪姣谦虚地说，"一是你的领导英明，二是通读了那本书，留心当官的身边的人嘛。图纸现在放在肖强强家里，让我晚上去取。"

"很好。"卢晓明高兴地打了个响指，"提前有了图纸，就有了主动，我们就可以未雨绸缪，编制利润最大化的工程投标预算，捷足先登。通知工程部，图纸一到，立即加班加点，进行工程投标核算和文件的起草！"

卢晓明健身完毕，来到楼顶花房浇花。只见他手执喷壶，观赏鲜艳的花木，脑袋里在思考一天的工作。吴雪姣款款走过来，报告刚刚获得的信息：秦慧楠不走了，在玉泉宾馆住下来了。并且成立了调研组，在县委大院设办公室，还挂了牌，市委副书记周源也来了。

"哦？闹大了！"卢晓明颇感意外，丢掉喷壶，"这个秦慧楠，锋芒毕露，咄咄逼人，想拿这个事整崔思康啊？"

吴雪姣疑惑地看着卢晓明："什么见死不救，屁大的事，能整倒崔

一〇 多栽花少栽刺者无法前行

127

思康？"

卢晓明哑然一笑："不不不，这事往大里整，对崔思康是致命的。这辆车里就两个人，一个是驾驶员，一个是常务副县长，你说谁的责任大？"

吴雪姣水灵灵的双眼皮忽闪了几下："明白了。那肖强强该怎么做？秦慧楠已开始调查他了。"

卢晓明高深莫测地说："如果你能控制好肖强强，那就看崔思康对我的态度了。"

引水工程指挥部展示大厅里有个沙盘，展示着玉泉湖二期引水工程的模型。省、市发展改革委员会领导，正在听取崔思康和潘凯的介绍。这个宏伟的工程，从玉泉湖泵站开始到龙门隧道，经过马王镇、水关镇等十八个乡镇和玉泉县城，再往东，经过邻县二十个乡镇，一直到达东山水库，沿途需开凿十三座隧道，架起二十一座大小桥梁，总造价一百亿。

潘凯介绍完，省发改委马主任接着说，这个方案是省、市发改委集中水利专家，经过多次调研考察之后才拍板的。如果引水成功，可以让沿途四十多个乡镇几百万人口喝到干净水、放心水。

崔思康马上接话："马主任，我知道引水工程投资巨大，工程浩大，责任重大。我现在也是压力山大，吃不香，睡不好，不敢懈怠。"

"不敢懈怠？"马主任面无表情，"我们不能说一套做一套。一期工程的龙门隧道为什么渗水？这质量是怎么抓的？"

马主任是有备而来，崔思康赶忙解释道："马主任，我接手引水工程总指挥才两个多月。我会尽快解决龙门隧道的渗水问题。"

马主任语气越来越严厉："查一查，是谁的责任，严肃追究！"

这时，一位干部走进来，悄悄将崔思康拽到边上报告说，玉泉集团总裁卢晓明来了。

引水工程指挥部指挥长室门口，摆放着一块三角牌，上书：人情工程、送礼工程、关系工程，一律止步！ 卢晓明看到牌子一愣，眼睛眯了起来，随即才迈开步子前行。

卢晓明走进室内，办公桌上有三角形玻璃牌警示：拒绝送礼，谢绝敬烟！ 茶几玻璃台板下也有醒目提示：一包烟、一杯酒、一盒茶可能就是腐败的源头。

崔思康走进来，远远地、热情地伸出双手准备和卢晓明握手："卢总大驾光临，有失远迎。"

卢晓明话中有话："我不奢望远迎，你不给我埋地雷，就谢天谢地了。"

崔思康皱了一下眉头，不解地问道："埋地雷？"

卢晓明说："你看，门口横挡着的牌子、这桌上的警示提醒，还有墙上挂的'请注意，我们的谈话有可能被录音'。这里，层层设防，到处是雷区啊！"

崔思康的话弦外有音："哈哈哈，卢总，我摆的是明枪，不是射的暗箭，看得见，摸得着。你不踩它、不碰它，不会走火、不会爆炸，你不就安全啦。"

卢晓明一语双关地说："形式大于内容，也是一种需要。"

崔思康收起笑容："你以为这都是些摆设，装点门面？"

两人夹枪带棒、旁敲侧击的谈话，都在互相试探，互摸对方的底细。八年前，两人尽管有五十吨平价柴油之交，崔思康欠他卢晓明一份人情。但是一个从政，一个经商，是两条道上跑的车。何况时间长了，很少交往，关系变得十分生分。

崔思康请卢晓明坐下，给他倒茶，说："卢总，应该我去拜访你，登门致谢。"

卢晓明一愣："谢从何来？"

崔思康说："吕佳龙的案子你十分理解，十分配合，有力地支持了全县扫黑除恶的专项行动。"

"不，"卢晓明点燃一根烟，将身体陷进沙发，拉长了声音，"要谢的是我，要接受教训的也是我。我看走了眼，用错了人。"他弦外有音，"你为我清理了门户，应该是我登门致谢呀。"

"卢总，"崔思康提醒他，"扫黑除恶，与你的清理门户，是风马牛不相及。"

"崔县长，"卢晓明不理崔思康的话茬儿，接着说，"我知道你记着当年我给你雪中送炭的情谊，想不到你一直惦记着。八年后帮我排除了对手，搬掉了绊脚石。好，够男人，够义气。"

崔思康为卢晓明的茶杯续水，卢晓明说："我两次邀请，你都是百忙之中。那天晚上我们约定九点，你九点零五分赶到，迟到了。对，你在工地跟工人们喝酒了，也没忘记你跟我的约定，只不过迟到了五分钟。但这说明什么，你控制不好自己。一个人首先要管理好自己，更何况一个管理上百万人的县委书记。我的公司不大，只有几千人，董事会八点开会，八点零一分到都不可能进得了门，为什么？我们得按规则办事。当然了，崔县长，我只是把我的想法真实地表达出来，我相信那天你不是有意的，是有原因的，我也知道你的原因。可是哪件事没有原因，我只相信，任何一个承诺都得信守，我也一样。"

崔思康听卢晓明说完，露出欣赏的眼光："我诚恳地接受你的批评，希望从一件小事上，严守规则。因为这不是迟到五分钟的事情，是你我之间的坦诚相见。"

"崔县长，你说得太好了！"卢晓明兴奋，鼓起了掌，"我是个明白人，会顺势而为。什么是势？就是中国的改革大潮，我希望能够借着中国改革大潮，为老百姓做点实事，同时也为自己实现价值，利人利己，这就是真正的商人，也是我的游戏规则。"

崔思康说："只要你不触犯政府的规则，企业该发展的发展，该赚钱的赚钱，如果这样，我为你们鸣锣开道，摇旗呐喊！"

"好，痛快！"卢晓明高兴得站起来，紧紧握着崔思康的手说，"我卢晓明决定挺你，县商会全体同仁也决定挺你，为你站台！我们没看错人，你不会让我们这些商人失望的。"

崔思康一直把卢晓明送到劳斯莱斯车旁，卢晓明打躬作揖，要崔思康留步。崔思康却说："就冲着八年前的五十吨柴油和今天你这番话，我必须送你到车上，为你关上车门。"这句话让卢晓明激动不已，上了车就给吴雪姣打电话，要她尽一切力量做肖强强的思想工作，把"见死不救"的责任全兜过来，肖强强有什么条件尽量满足他。

夜幕拉开，玉泉山酒楼灯火辉煌，周源早早来到包间，今天他要请秦慧楠一家吃晚饭。可是过了一会儿，来客只有秦慧楠一个人，这让周源有些扫兴。

一见面，秦慧楠就问："周书记，什么时候到的？"

周源话中有话，反问："很意外是吧？"

秦慧楠淡淡一笑，直言不讳地说："是有一点突然袭击的感觉。"

"哈哈，"周源诡异地笑笑，"你不会措手不及吧？玉泉县闹地震了，我是来抗震救灾的。"

秦慧楠马上回答："震源就在我这里，是重灾区。"

周源见好就收，换了话题："开句玩笑，不必当真。振鹏与晓君呢？"

"他们头一次来玉泉，去逛步行街，看夜市，吃小吃了。明天让他们回省城。"

"回去干吗？玉泉县还是有值得一玩的地方。我是真心诚意为你们一家三口接风的。"周源指了指满桌子的菜，"你看，赤豆元宵、糖芋苗、鸭血粉丝汤，都是玉泉县城有名的小吃。"

"您太客气了，"秦慧楠入席，"我受宠若惊。"

"哪里。"周源也随之坐下，"你肩负重任，从北京空降东山，是贵客。我是你的前任，尽地主之谊，应该的。"

"就我们俩？"秦慧楠看看一桌酒菜，"有没有其他客人？"

周源说："没有。开吃！"

秦慧楠坐着，没拿筷子，弦外有音地说："这么多菜，浪费了，应该再叫一个人来。"

"叫谁？"

"崔思康。"

"为什么叫他？"

"您到玉泉，第一个向您报到的应该是崔思康吧？"

周源一愣，十分敏感地问："什么意思？"

秦慧楠眼神里没有一丝退缩，迎着周源锐利的目光说："我说得没错吧？"

周源放下手中的筷子说："既然你直奔主题，我就来个开门见山。对崔思康，我非亲非故。可以保证，除了品了几次他的大红袍，吃了多次四菜一汤的工作餐，喝了几瓶白酒，其他没捞什么油水。"

秦慧楠微微一笑："您想到哪去了？同在一条战线上，方向和目标是一致的，我们不是外人。对您的人品我早有耳闻，从县委组织部干事一步一个脚印走到今天，不容易。"

周源苦苦一笑："哪里。和你相比是小巫见大巫。东山市委塌方式的腐败，这个铁幕能够揭开，你功不可没！"

秦慧楠动情地说："周书记，说句掏心窝子的话，我很钦佩您，十分敬重您。"

"你马屁拍得再响，我也不同意叫停对崔思康的任命！"周源态度强硬起来，"崔思康那个所谓的'见死不救'，你不觉得有点荒唐、狗血吗？慧楠同志，你怎么就信了呢？"

"事实和愿望往往背道而驰，良好的愿望不得不服从严酷的现实。现在，所有的疑点和证据都指向了他。"

"谁提供的证据？田振鹏？"

"是的。他调看了道路监控录像，崔思康乘车回县城，他的车行车的路线、时间、地点，与发生的事件完全吻合。"

"就因为崔思康在这辆车上，就可以给他扣上见死不救的帽子？"

"他有重大嫌疑，再说了，他是领导。"

"领导也是人，不能将什么都扛在自己的肩上。为什么不调查肖强强？"

"对他的调查已经开始。"

"慧楠同志，分清主次，坚持全局，服从大局，这是我党一贯坚持的工作原则。我认为王长根事件，不足以阻止或拖延对崔思康职务的宣布。人事无小事，何况是县委书记。玉泉县是大县，县委书记享受副厅级待遇，与你我平起平坐。"

"正因为如此，必须格外慎重。任命的宣布，迟几天可以弥补。可放过一个有疑点的干部，造成的后果难以预料。干部的道德缺失，带病提拔，教训够深刻的了。如果我们视而不见，那就是失察、渎职，后患无穷。这个道理，您是前辈，比我清楚。说内心话，我也希望是我搞错了，我做好了道歉的准备。"

"你要这么说，那根本不是见死不救这件事了，你有借题发挥之嫌。"

秦慧楠一愣，周源接着说："慧楠，我听说你来玉泉县的时候，包里装着崔思康的好几封举报信？"

秦慧楠坦诚地回道："是的。"

"可以见识一下？"

"当然。"

秦慧楠从包里取出信件，周源拿起几封，草草看了一眼，推给了她，秦慧楠笑着问："不看了？"

"这些信，我办公室里有的是。对信中举报内容，我一件件地查过，结果是'事出有因，查无实据'，不了了之。这些年，崔思康每上一个台阶，都少不了我的影子，我是他的推荐者和考察人。搞了一辈子的组织工作，政绩不就押在几个标杆上吗。"

"崔思康是您的一个标杆？"

"玉泉县，有我的两个标杆，一个是刚过世的老县委书记窦复兴，另一个就是崔思康。对他们两个，我是费了脑筋，花了心血的。你说你对崔思康没带成见，可口袋里揣着他的人民来信，你新官上任第一把火就烧向我的标杆。一个搞了一辈子组织工作的领导，一辈子能树几个标杆？换位思考，将心比心，你怎么想？"

"您的心情我能理解。可是崔思康的问题绝不是空穴来风，更不是我带着成见，先入为主。如果发现问题不去正视，别说标杆，就是红旗又能扛多久？"

说到这里，两个人的对话针锋相对，充满了火药味。周源打包票，崔思康不是林强盛。可秦慧楠问他，如果崔思康比林强盛的演技还要高超呢？很多贪官，在宣布调查他们的前一刻，不是焦裕禄就是孔繁森。可是调查之后，不是周永康，就是赖昌星。他们在官场上的演技，超过好莱坞的明星。

周源毫不退却，他说："培养、考察、提拔崔思康，我是主要责任人。表个态吧，如果我真的把人看错了，严格按照党的纪律，启动问责机制，免去我的市委副书记职务。"

秦慧楠连忙说："您言重了。"

可是，周源是认真的。他说这可不是开玩笑。他在东山市委组织部部长的位置上一干就是八年，违心地提拔了一些干部，可是谁也没有追究过什么责任，问责制束之高阁，成了一纸空文。每想到这些，他心里就不安。秦慧楠也说了自己的心里话。她说组织部部长这个位置，不能成为多栽花少栽刺的宝座，更不能成为哪个领导封官许愿的乌纱帽批发部。坐在这个位置，主要职责是要把好关，看准人。如果看花眼看走眼，造成的损失是不可估量的。她也向周源表个态，崔思康的事如果是她处理错了，也要严肃追究，公开检查、真诚道歉、引咎辞职。周源说你不要跟我较劲了，秦慧楠则说这不是较劲，是接受挑战。

最后，周源再三提醒秦慧楠，处理崔思康的问题，切不可带着个人的成见和情绪。秦慧楠愣了一下，感觉周源话中有话，难道崔思康将她和沙莎在大学的秘密已向周源和盘托出？如果这样她该怎么办？本来是秉公办事，一旦带上个人感情色彩，将陷入很大的被动。

周源看着沉默中的秦慧楠，趁势加了一把柴，说："对不起，你新官上任的第一把火，让我浇了一盆冷水。说几句掏心窝的话吧，人不可没有锐气,但也不可锋芒毕露。这两者之间的尺度,我把握了几十年,也没有把握好。明年,我就船到码头车到站了,你呢,辉煌的事业刚刚开始,我用一年换你二十年,这不公平。"

秦慧楠说:"公平不过是一种相对的心理平衡,也是一种道德的约定。这种约定和责任是紧密地联系在一起的。责任面前无老少,这样才是公平。"

周源听后,马上表态说:"好吧,让我们共同维护这个公平。明天加入你的调研组,行吗?"

秦慧楠真心欢迎:"加强领导,求之不得。就怕大材小用,委屈了您。"

周源再次表态说:"放心,我服从你这个调研组长的领导。我建议,肖强强是个关键人物,调查就从他开始。"

秦慧楠笑了笑,立即赞道:"英雄所见略同!"

一一　要牵牛鼻子，不拽牛尾巴

这天晚上，崔思康回到家时快九点了。范琳琳已经弄清楚了崔思康县委书记职务没有宣布的原因。刚开门，她就火力全开了："举手之劳，既救了人，还可往你的政绩上加分，这样的好事，你非但不干，还让它燃成熊熊大火，烧向了自己。怎么想的？猪脑子也不会这么笨啊！"范琳琳越说越急，越急就越来气。

崔思康痛苦地抱着头，沉默着，半天憋出一句："你跟秦慧楠一样，咄咄逼人。"

看着眼前的崔思康，范琳琳心中的怒火更旺，话语更难听了："如果我是秦慧楠，也会揪住你不放。挑战社会公德的人，提拔什么县委书记！原地踏步，保住常务副县长职务就算万幸了。"

面对范琳琳的紧逼，崔思康火了："我是一个什么人，你应该了解的！"

范琳琳越说越来劲："你还有理了？有本事朝秦慧楠发火去。你们不是校友吗？看看你们当年拍的照片，两个女人搂着一个男人，亲密无间。冲着这情分，她就应该帮你。"

"这照片只是同学之情，与今天的事毫无关系。你别放大，别过度解读，更不要上纲上线。"

"过度解读，上纲上线？崔思康，就因为那红格子围巾和'永远珍藏'的照片，我对你说的话就大打折扣。你以为这件事过去了？没有！你必须说清楚。"

家庭不是讲理的地方，尤其是和生气的女人讲理，更是自讨苦吃。

崔思康整理了一下情绪说:"青年人,激情燃烧,谈过恋爱,这是正常的,你不能揪住不放。那围巾和照片放在哪了?"

范琳琳警惕地看着他:"你想干吗,毁灭证据啊? 没门儿! 说老实话,你们上过床没有?"

崔思康看范琳琳越说越离谱,愤怒了:"你胡说什么!"

范琳琳看崔思康的样子像是真没发生过什么,但依然不依不饶:"你发誓,对天对地,对你父母,都行。"

崔思康看着揪着不放的范琳琳说:"不,我就对你发誓。"

崔思康此刻的眼神让范琳琳胆怯,其实她心里还是信任丈夫的。她话锋一转:"行了行了,这事先搁一旁,账以后再算。现在抓主要矛盾,先解决肖强强的问题。你说在车上睡着了,不知道有人拦车喊救命,是肖强强自作主张没有停车抢救王长根。这情况肖强强能证明吗?"

崔思康说:"这都是事实,他为什么不站出来证明?"

范琳琳这才放心了,她想只要肖强强能把这事全扛着,这一关崔思康就能过去。于是她强行把崔思康拖出家门,拽上车,要去肖强强家走一趟。

肖强强坐在保时捷的副驾驶座上,开车的人是风情万种的吴雪姣。车停在一处老旧的小区,到了肖强强的家。看看屋里,吴雪姣脸上的失望一丝掩饰都没有:"这就是你的家啊。"

"我早就让你有思想准备,家里乱,目不忍睹。"肖强强走到窗口,拉开窗帘,一下愣住了。他看到一辆红色小跑车正缓缓朝楼下开来,这车他再熟悉不过了,不由得嘴里嘀咕了一句:"她怎么来了?"吴雪姣马上来到窗边:"谁?"肖强强说:"崔县长的夫人!"吴雪姣不假思索地说:"肯定是找你的,为王长根的事。"

肖强强问:"我怎么办?"

吴雪姣拍着他的肩膀:"你把这事扛过来。"

肖强强惊讶地问:"我扛,凭什么?"

吴雪姣说:"你已走错了第一步,还怕第二步?"

肖强强心里一惊:"什么第一步、第二步的?"

吴雪姣打开手机中的一段录音:"肖强强,十万元已经打到你的微信上。你要做的是明天早上送崔县长回县城,不管路上发生了什么,都不要停车。"

肖强强简直要崩溃了,知道他自己掉进了一个陷阱,语无伦次地咕哝着:"你?! 这是……"

吴雪姣诡秘地一笑:"这是卢总送给崔思康的大礼包。"

楼下,范琳琳停好车,抬头往楼上看了看,对崔思康低声说:"楼上灯亮着,人在家。走,一块儿上去?"

崔思康把屁股往座位里面挪了挪:"我不上去,你也别上去了。"

范琳琳火了:"你这人怎么这样? 你是县长,是摆谱,不愿登人家的门是不是? 他是你的驾驶员,是掌握你方向盘的人。"

崔思康担心地说:"你想想,我来找他,好像我做了什么见不得人的事,和别人串供,订立攻守同盟。"

范琳琳发出质问:"你认为你做的事见得了人?"

崔思康恼怒了,吼道:"回去!"

范琳琳打开车门起身下车,重重地关上车门。

吴雪姣趴在窗台看着楼下,嘴里说:"看到了车里的崔思康。"

门铃响,肖强强紧张地说:"来了,你去里面,千万别出声。"

肖强强开门,并没有看到崔思康,心里不高兴了,到了楼下不上来,分明是瞧不起人。

范琳琳走进来,用鼻子嗅了嗅说:"好浓的香水味啊,金屋藏娇呢?"

"范院长您说笑了,"肖强强两手一摊,"哪家的娇会藏在我这狗窝啊。"他打开冰箱,取出饮料,递给范琳琳,"范院长,就您一人吗?"

"啊,思康在楼下,"范琳琳尴尬地说,"本来要上来的,但来了个电话把他拦住了。强强,有件事要求你。"

肖强强爽快地说:"太客气了,有事您发话。"

范琳琳说:"王长根的事……"

肖强强毫不犹豫地说:"那当然。就算这事是崔县长的错,我也要扛过来!"

范琳琳十分感动地说:"强强,我代表老崔谢谢你。这几年,老崔对你有照顾不周的地方,你别往心里去。"

"放心吧,崔县长没事的。"肖强强鼓起勇气说,"范院长,请您转告崔县长,我要求调到国土局的事,请他考虑一下。"

"这事我一定帮你问。"范琳琳起身告辞,肖强强将她送到门外,直到下楼。

这天夜里,田振鹏一觉醒来,看到秦慧楠还坐着,一会儿伏案疾书,一会儿苦思冥想,心疼极了。他走到妻子的身旁,两手搭在她的肩头问:"又失眠了?"

"一团乱麻,压力山大,快崩溃了。"秦慧楠放下手中的笔,取出装在塑料盒里的那块石头说,"你想用这块石头告诉我,崔思康的见死不救另有隐情?"

田振鹏说:"有人故意挖坑,让崔思康往里跳,不是没有可能。昨天下午,我和尤喜军去医院,找了王长根的主治医师孙志华,调看了王长根后脑勺肿块的 X 光片。"

秦慧楠有些惊讶地马上说道:"不愧是'田大痕',总是看三步走一步。"

田振鹏说:"可以这样分析——那天风大雨大,王长根驾着电动车,在公路边道上行驶。突然,从路牌旁闪出一个身影,对着他后脑勺猛砸一块石头。王长根大叫一声,栽倒下来,车翻了。"

"这个设想太奇特了,难以置信。但是,让我豁然开朗。"秦慧楠突然起身,茅塞顿开地说,"设套、挖坑,目的是阻止崔思康县委书记职务的任命?"继而一想,她的思维出现了拐点,"可是,要把崔思康拉下马，理由多的是啊，何必挖空心思设这么一个套？"

"作风霸道、以权谋私、倒卖引水工程、权色交易……"田振鹏说，"因为这些罪名的结论都是'事出有因，查无实据'，不能扳倒崔思康，所以有人使出了'人民县长，见死不救'这一狠招。他们站在道德的制高点，从政治上置崔思康于死地！"

"有这个可能？"秦慧楠将信将疑地问，"证据呢？"

说到证据，田振鹏沉默了。

秦慧楠说："王长根是自己跌倒，还是被别人击倒，那是公安的事，但不能推翻崔思康见死不救的事实。你费了好大的劲，被人追尾、冒着车毁人亡的危险找到的这块石头，对我如何处理崔思康毫无意义。"

田振鹏说："崔思康真倒霉，撞到你的枪口上了。"

"错，不是枪口，是良心！"秦慧楠拿出导航图，"明天你帮我查查这张图，是什么人送来的？"

田振鹏拿着导航图看了看："尽力。"

秦慧楠笑着说："你的优点是听话，不讨价还价。"

田振鹏说："不讨价还价？我这是下级服从上级。在这个家里，我永远是'三把手'。"

秦慧楠乐了，幸福和甜蜜的笑容仿佛是一朵绽放的鲜花。

早晨上班后，任大年、邓亦先、杨娟正在擦桌子、拖地板，忙得不亦乐乎。秦慧楠走进办公室，看到大家热火朝天的样子，会心地一笑。她让任大年帮着把她的办公桌搬出来，里间让给周源副书记。任大年调侃道："我们这个调研组规格太高了，有两个市委常委，还有省委组织部的领导。"

邓亦先马上说："我可不是领导，小处长。"

秦慧楠看着大家，稍加思索："这样吧，我和周书记都是组员，推选大年当组长。怎么样？"

邓亦先和杨娟笑着向任大年敬礼："服从领导。"

任大年开着玩笑说:"我当组长? 高处不胜寒哪!"

这话被刚好走进室内的周源听到:"哈哈,什么高处、低处的,大年,让你干就干呗。"

秦慧楠转而又问:"通知肖强强了?"

正说着,赵恒儒领着肖强强走了进来,他嘱咐肖强强,几位领导问你话,要有问必答,有一说一,有二说二,实话实说。交代完毕,他走出去,轻轻地带上了门。

室内出现了暂时的沉默。肖强强耷拉着头靠在椅子上,任大年慢条斯理地拿出纸和笔,打开录音笔,准备记录。

秦慧楠看着似乎有些抵触情绪的肖强强,和风细雨地问:"强强,你给崔县长开车几年了?"

肖强强回答:"六年多了。"

周源接过话问:"你是党员吗?"

肖强强垂下头,看着手里的杯子:"在争取。"

秦慧楠说道:"谈谈你对思康同志的看法,优点缺点,好的坏的,畅所欲言。"

肖强强有些犹豫:"这个……"

周源看他有顾虑,鼓劲地说:"没关系,这是和组织谈话,不要有任何顾虑,为你保密。"

肖强强说:"崔县长这个人,怎么说呢? 我觉得人挺好的……"

周源决定不再绕圈子,直接切入主题,他问道:"当王秀芹拦车呼救时,你确认崔思康同志在车上睡着了?"

肖强强装聋作哑地问:"王秀芹是谁?"

任大年看着他严肃地问:"王长根跌倒在地,突发脑溢血。你开车路过,王秀芹拦车喊救命,为什么不停车救人?"

肖强强倒打一耙:"任部长,这故事编得不精彩吧?"

"你说我们在编故事?"任大年心里来火了,但是他忍着,面色严峻地说,"肖强强,两个市委领导在这,大道理小道理跟你说了很多,你以为这是闹着玩呢？"

秦慧楠从手机里调出王秀芹的照片："看看她，认不认识？"

肖强强看着手机相片，摇摇头说："不认识……从来没见过这个女人。"

秦慧楠提高了语调："可人家认识你！"

肖强强惊讶地看着她，不相信雨中擦肩而过的瞬间，自己的这张脸会被王秀芹看清、记住。

秦慧楠步步紧逼："肖强强，王秀芹来了，你敢面对她吗？"

肖强强一愣，手心都出汗了，他努力使自己平静下来，恢复镇静，咬着牙吐出一个字："敢……"

肖强强表情的细微变化，没有逃过秦慧楠的眼睛，她说："怎么？语气不坚决嘛。"

面对秦慧楠犀利的目光，肖强强放大了点声音说："敢。"

秦慧楠朝任大年使个眼色，任大年走出办公室。不一会儿，王秀芹走进来，她一眼就认出了肖强强，横眉怒目地叫道："是他，就是他开的车！"

肖强强依然怀着侥幸心理，站起身来，指着王秀芹："大姐，你说谁呢？你看错人了！"

"我不会看错人的。"王秀芹说，"兄弟，凭良心说话。如果你当时停下来，我爸会赢得最佳抢救时间……你也是政府的公务人员，吃的是人民的饭，见到人民群众的危难，怎么能见死不救？你的心怎么能那么冷漠……"王秀芹哽咽起来，杨娟将她带了出去。

任大年看着低着头的肖强强，掷地有声地说："肖强强，你今天说的每一句话、每一个字，都记录在案，是要负责任的。"

此时，肖强强的心理防线开始崩溃，他情绪激动起来："不就是没有停车救人嘛，又不是杀人放火！你们不要再查了，崔县长当时在车上睡着了，我没有停车，这事全是我的过错，我全兜着，你们放过崔县长吧，我错了……"肖强强哭了，很伤心，"你们有精力，有时间，多抓贪官，抓什么没有停车救人，有什么意义！"

"肖强强！"周源声音虽然不大，但气场强大，"你糊涂，你混账！"

"周书记，求求你们，不要再查了。"肖强强可怜巴巴地央求道，"不管怎么样，这事我全部负责，开除、坐牢，我认了！"

杨娟走到秦慧楠面前，耳语道："秦部长，戴国权找你，电话打到我这里了。"

秦慧楠开门时，戴国权正好就站在门外，也不知他来了多久。他说来了十几位省内外记者，堵在楼道里，要采访肖强强。他的意见是家丑不可外扬，肖强强千万不能接受采访。可秦慧楠决定，把会议室的门打开，让记者们进去，茶水招待，过会儿她带着肖强强去见他们。这个决定让戴国权措手不及，这才体会到秦慧楠不按规矩出牌的滋味。

谈话暂告结束后，秦慧楠和肖强强一起面见记者。早已守候的一群记者，陆续起立、鼓掌。戴国权说："大家安静，请秦部长指示。"

秦慧楠说："对不起，纠正一下，从我口中说出的话，永远没有什么指示，只是平等的沟通和交谈。现在请大家提问。"

记者甲站起身来："菜农王长根雨天摔倒，突发脑溢血，不停车施救的那辆红旗轿车，当时玉泉县常务副县长坐在车上，开车人正是肖强强。情况是这样吗？"

肖强强立即回道："没错，是我开的车。"

记者乙问："我们也了解到，王长根因为错过了最佳的抢救时间，导致长时间昏迷不醒，医生说有可能变成植物人。错过最佳抢救时间的责任人，一个是常务副县长，一个是驾驶员，谁负主要责任？"

面对这个刁钻的问题，秦慧楠冷静地说："我们正在调查，让调查的结果说话。"

记者丙站起身来："秦部长，你是新官上任，是不是借第一把火闪亮登场？如果这把火烧错了对象，你应该负什么责任？"

秦慧楠展颜一笑："你的问题很尖锐。"

记者丙追问："秦部长不喜欢尖锐吗？"

"这个世界上,谁不喜欢听好话?好话让人听着舒服,好话有市场,好话会鼓励人,好话也是'马屁精'的温床!"秦慧楠的话把众人都逗笑了,她接着说,"尖锐的问题就是忠言,忠言逆耳嘛。抓住王长根事件不放,不是我要闪亮登场,而是将玉泉新的县委书记隆重推出。你们说我新官上任三把火。说少了,不是三把火,有可能是十把火、三十把火。但是,哪怕是烧错了一把火都不行,绝不原谅自己,我接受你们的监督。"

听到秦慧楠的回答,众记者热烈鼓掌。

一二　最后一击吐真情

范琳琳一大早又去找肖强强,崔思康并不知道。他监督着儿子吃完早饭,又帮他背好书包后,一手撑着伞,一手拉着儿子,走向校车。

到了车旁,棒棒突然转过身来,和崔思康耳语:"我们班上有个同学骂我是杂种。"崔思康一愣,孩子接着说,"爸,这个同学就在车上。"崔思康看着儿子期待的眼神,捏捏他的小脸说:"这一次饶了他。你不是杂种,是爸爸的纯种,百分百的!"崔棒棒听完,脸上挂着开心的笑容上了校车。

校车缓缓开走了,崔思康望着渐行渐远的校车,依然站在原地发呆。刚回到家里,范琳琳恰巧也回来了,她没好气地说:"我实在是不放心,天没亮又去找了肖强强,必须稳住他。"

崔思康说:"什么稳住?这是添乱。记住,枕头不吹风,官场我从容;后院不失火,天下无敌手。你看看,那些被揪出来的'大老虎',哪一个不是坏在女人手上。老婆反目,情人举报,小三揭发。"

范琳琳瞬间呆立在原地,好一会儿才缓过神来,她杏眼怒睁,爆发了:"你怎能这样说话?我没有和你反目,更不是情人、小三。狗咬吕洞宾,不识好人心。我去找秦慧楠,你这事我还就要彻底掺和了。"

范琳琳摔门而出,崔思康追了上去。

外面雨依然在下着,崔思康疾步下楼走进雨中。见范琳琳开着车正出大门,他马上拦了一辆出租车追赶。出租车加大油门,逼停了范琳琳的车。崔思康下车,拉开范琳琳的车门,一头钻进车里。

崔思康知道,这时刻千万不能发火。他说:"老婆,别冲动,知道你是为我好，我领情了还不行吗？千万别去找秦慧楠，此时别再节外生枝了。"

崔思康的哀兵策略，加之可怜巴巴的求情果然奏效。范琳琳冷静下来，问道："你说，肖强强今天会实话实说吗？"

"不知道，"崔思康后悔地说，"因为没停车救人，我骂了他，还拍了桌子。"

范琳琳叹息了一声："好在我及时做了补救，情况应该不会那么糟。"

崔思康问："你好好想想，还有没有什么别的事？不要摁住了葫芦冒出瓢，再来个突发事件，让人措手不及。"

崔思康的提醒，让范琳琳想起了那件为崔思康就任准备的新西装，她吐了真情：那件外套价值两万多，是表弟汪柱子送的。崔思康一拍大腿，捶胸顿足。范琳琳自知理亏，还强词夺理，说汪柱子是她的亲表弟，自家人。崔思康说有不少事情就坏在自家人的手里，这方面的教训太深刻了。

崔思康戴上棒球帽和墨镜，拎着那件两万块的西服，拦了一辆出租车，直奔汪柱子的玉泉建设项目与拆迁公司。可是汪柱子不在，去了拆迁工地。于是崔思康又来到拆迁现场。

这里有一个大水塘，水塘旁有座小楼，几台推土机、挖掘机包围着小楼。楼顶上，中年夫妇和女儿一家三口站在一起，举着牌子，牌子上写着：反对强拆，誓死保卫家园！中年男子的身旁有个煤气罐。楼下，汪柱子带领一群身穿黑衣，头戴白色头盔，手执铁棒的拆迁人员。

汪柱子手执电喇叭，向楼上一家三口喊话："楼上的人听着，给你们的时间到了，快从房顶上下来，否则我们就开始行动。造成的严重后果，由你们一家三口自负！"

楼上的中年男子毫不退却："汪柱子，别以为我不认识你！你过去不就是二流子，现在是二狗子吗。你动手试试？只要你动一块砖、一片瓦，我就引爆煤气罐。我们一家三口，誓与家园共存亡！"

汪柱子嚣张地叫喊着："好吧，你有种！告诉你，别跟我硬碰硬，你誓与家园共存亡，我坚决将这里夷为平地。我怕你以死威胁吗？我生来胆大，你吓不倒我，大不了死一个赔你六十万，你一家三口我为你们准备了一百八十万！"

中年男子眼里冒火，毫不畏惧："汪柱子，你这个畜生！"

汪柱子毫不理会："我倒数五个数，赶快撤离，否则就不客气了。全体人员准备，倒数开始！5、4、3、2、1……"

马达轰鸣，挖掘机张开铁臂扑向小楼，一声轰响，小楼震动。突然，崔思康出现在楼顶上，喊道："汪柱子，你给我停下！"

汪柱子愣住了，看着楼顶上的崔思康，像泄了气的皮球，对手下说："停，暂停！"

楼下，马达熄火，拆迁队员停止作业，四周一片寂静。不一会儿，警车呼啸而至，章法成和几名警察下车，崔思康和小楼的一家三口从楼里走出来，他说："章局，你迟来一步，我就和这一家三口葬身小楼了。"

章法成面对垂头丧气的拆迁人员，咬牙切齿，控制住了汪柱子。汪柱子可怜兮兮地朝着崔思康喊了一声"表姐夫——"

众人惊讶地看着崔思康，章法成尤其震惊，原来如此！可崔思康不带一丝感情色彩，冷冰冰地说："这里没有表姐夫，只有崔思康。"他给章法成狠狠地使了个眼色。

章法成会意，对警员也狠狠地使了个眼色，警员给汪柱子上了铐子，押上警车，崔思康将装有西装的袋子扔到警车内。

警车远去，被强拆的一家三口跑过来，中年男人首先跪下，双手合十高举过头，叩谢"青天大老爷"。

田振鹏开着帕萨特又上路了。按照那张神秘的导航图的指引，他来到了位于东山市清河县五里庄花园小区的门口。到了这里，他立刻明白了，这是校园贷受害者丁茜茜和丁奶奶居住的小区。当提到丁老太时，保安警觉起来，问他是不是记者？田振鹏摇头，矢口否认。

"我看你就是记者。"保安也许让记者弄怕了，毋庸置疑地说，"丁茜茜的事闹了几个月，好不容易清静下来。领导交代，拒绝所有采访。"说完就把田振鹏往外赶。

直到田振鹏取出公安大学的证件，保安才让他填写"来客访问单"。与此同时，一辆出租车飞驰而来，在小区门口戛然而止，车上走下一个熟悉的身影。田振鹏抬头一看是崔思康，顿时目瞪口呆。崔思康见到田振鹏，也惊讶得说不出话来。两人觉得事情蹊跷，不约而同来到同一个地点——吕佳龙涉黑案件的重要证人居住的小区。他们都想了解对方的底牌，于是，一起走到小区附近咖啡店，相对而坐，展开了一场心理战。

呷了一口拿铁，田振鹏首先打破尴尬，他说："崔县长，在这里见到你，让我感到吃惊。"

崔思康却说："田教授，你不应该吃惊。如果换位思考，应该感到理解和同情。"

田振鹏一针见血地质问道："让我理解同情，还是理解掩盖真相？"

"不，是寻找真相。"崔思康说，"在抓捕吕佳龙时，丁老太在玉泉大厦哭诉，她大骂吕佳龙是个畜生。可现在丁老太突然推翻了原来的证词，为罪犯开脱。"

田振鹏又喝了一口拿铁，淡淡地说："可这不是你县长的职责啊。"

崔思康说："脏水是泼在我的身上。刀只有砍到自己身上，才感觉疼痛。找到真相，还自己清白，我有这个权利。请问田教授，你是怎么找到这里的？"

田振鹏拿出导航图。崔思康看看图，笑笑，随即也拿出了同样的一张导航图，仔细对比，两图出于同一个人之手，可寄图人是谁呢？两人惊奇的目光，默默地对视着。

崔思康说："就是这张图，让我找到丁老太，查到了吕佳龙与校园贷的勾结和罪恶，下定了抓捕吕佳龙的决心。可是这张图又寄给你，什么目的？难道是让秦部长为吕佳龙开脱？"

田振鹏急了，反问："慧楠是这种人吗？"

两人聊来聊去，也没聊出什么结果，于是一起来到丁老太家门口。崔思康熟门熟路，田振鹏心生疑窦地问："你轻车熟路啊？"

崔思康说："来过七八次了。"

门开了，丁老太在家，介绍了田振鹏，说了几句开场话后，崔思康转入正题。他说："丁奶奶，前些天，我和县公安章局长与你说的那事——"

丁老太立即打断崔思康的话："崔县长，我真的帮不了你忙。先前我说的都是气愤的话，其实茜茜的死和吕佳龙没有任何关系……也不怪校园贷，是茜茜在外面结交了不三不四的朋友，花了人家的钱，欠下了债……"

"丁奶奶——"崔思康还想说什么。

丁老太再次打断崔思康的话："你不要再说了。你对我的关心，我万分感谢。但是修改证词是我慎重做出的决定。崔县长，我真的帮不了你，我也不想介入你和吕佳龙的个人恩怨。"

看着丁老太毫无改变主意的面孔，崔思康在心里一声长叹。他实在不明白，是什么原因改变了她的证词，这意味着案件将会逆转，他会被推上被告席。他不再说什么，打开随身带着的大包，倒出一堆药品，是茜茜为奶奶留下的补品和治高血压的药，也是他的最后撒手锏。这是章法成为崔思康精心准备的。

看着茜茜的遗物和一大堆药品，孙女的孝心天地可鉴，丁老太不淡定了。想起了那个令她痛彻心扉的视频，文静又柔弱的茜茜，站在高楼的平台上，对着镜头凄厉地呐喊……丁老太的嘴唇哆嗦得越来越厉害，浑浊不堪的双眼突然老泪纵横，瞬间失声痛哭起来："茜茜……我的好孙女啊……"

田振鹏不忍心看下去，默默地为丁老太抽出纸巾。崔思康则乘势给快要崩溃的丁老太最后一击。他说："丁奶奶，我算了一下，买这些药，没有五千块下不来。茜茜借了债，绝不是她个人贪图享受，我们要还她一个清白，让她死而无冤！"

"崔县长，"丁老太仿佛被猛击一掌，她擦着眼泪，哽咽着说，"我对不起茜茜……茜茜，奶奶不是人。"沉默了片刻，她突然起身，颤颤巍巍地从房内拖出一只箱子，"崔县长，这……全交给政府……"打开箱子看到里面装满了钞票，"一百万，是吕佳龙老婆胡萌萌派人给我的，我一分没动……"

崔思康和田振鹏对视着，惊讶得久久说不出话来。

秦慧楠独自从玉泉县委大院走进调研组办公室，清冷的脸上露出沮丧。她关上门，坐下来，向窗外眺望。雨后的烟柳在微凉的风中缥缥缈缈，似没聚焦好的图片，恰如她摇摆不定的心思。王长根事件，肖强强承担了全部的责任。她想看道路监控录像，让她始料不及的是，交警大队报告，小王庄道口监控摄像头已坏好几天了。

正当茫然之际，田振鹏来电话了。他说按图索骥，找到了地方，是丁老太的家，碰到了崔思康。他和崔思康共同找到了丁老太改变证词的真相，是因为胡萌萌给了她一百万。

田振鹏的电话给秦慧楠猛击一掌，让她半天说不出话来。挂掉电话，她十分郁闷地瘫坐在沙发上。肖强强的证词、小王庄摄像头的损坏，完全可以让崔思康在越过道德底线的泥淖里爬上岸重塑形象。胡萌萌给丁老太的一百万，足以将崔思康借扫黑除恶打击报复、排斥异己的流言蜚语击得粉碎。此刻，秦慧楠责备自己缺乏应有的冷静，燃起了一把火，越烧越大，这火却烧向了自己。现在，她唯一能做的，就是用急流勇退和兑现对周源的承诺，来阻止这场烈火的燃烧。

思来想去，秦慧楠毅然站起，打开抽屉、柜子，收拾文件、物品。周源走进来，看到此景，惊讶地问这是干什么？

秦慧楠头也不抬地说了声"撤"。

"撤？"周源莫名其妙，"往哪撤？咱俩的赌局，不要当真啊。"

秦慧楠向周源说了田振鹏电话的内容。她说："肖强强的证词、胡萌萌的百万贿款，事情已经很清楚了，我的第一把火烧错了对象。"

周源说:"你这一把火烧得好啊,烧向见死不救的坏风气,净化的是社会好风气,有什么不对的? 这说明你的眼睛里容不得沙子,这是一位组织部部长必须具备的原则性。"

"您别安慰我了,"秦慧楠诚恳地做着自我检讨,"这件事的复杂性,我估计得很不足。怎么说呢? 如果我冷静再冷静,不至于这么被动。"

面对秦慧楠的坦诚,周源的目光变得越加慈祥,仿佛让人看到了弥勒大佛宽阔的胸怀:"你的处理程序没有错啊。先查车辆,再查道路监控摄像;确认怀疑对象,调查受害人,再找当事人谈话。按部就班,行动果断,立场鲜明。"

"叫停了崔思康任命的宣布,造成的伤害和产生的影响是很坏的。"秦慧楠不能原谅自己,"我无法面对省委、市委。我在怀疑、反思市委组织部部长这个岗位,我到底够不够格?"

周源说:"慧楠同志,就是圣人也有出错的时候,更何况哪有什么圣人。"

周源的笑容宽厚而温暖,可在秦慧楠的眼里,那是胜利者的笑容。她拿出崔思康的任职文件,请周源来宣布。还交出了有关崔思康的几封人民来信,说放在她手里没意义了,再查,无非还是"事出有因,查无实据"。

秦慧楠整理好文件包,走出办公室,回到玉泉宾馆。走进房间时,田振鹏正在看电视。他问:"这么早就回来了? 还没到中午饭的时间哪。"

秦慧楠没看到女儿的身影,问:"晓君呢?"

田振鹏指指小卧室:"在里面做作业。怎么啦,情绪这么低落,像只泄了气的皮球。"

秦慧楠坐在田振鹏的身旁,有气无力地说:"振鹏,退房吧。"

"退房?"田振鹏奇怪了,"你不是要在这里调研吗?"

"亲爱的,对不起,我搞砸了。"于是秦慧楠将肖强强在王长根事件中完全扛起责任、崔思康完全清白的情况和盘托出,并说出自己离开东山市的决定。

这个结果让田振鹏始料不及,他想到了王长根事件的疑点,想到现场发现的那块石头,可秦慧楠说石头对她没有什么意义了。

田振鹏看到秦慧楠一脸憔悴,心里舍不得,他说:"怎么搞成这样?周源肯定偷着乐了。"

秦慧楠说:"别这么说。周书记是个很能理解、宽容别人的人,我有点喜欢上他了。"

田振鹏想转移一下秦慧楠的注意力,问:"崔思康呢,你不准备向他道歉吗?"

秦慧楠说:"会的。"

田振鹏问:"我们现在去哪?"

秦慧楠说:"逛逛街,吃顿饭,回省城。"

"回省城?"田振鹏问,"市委组织部部长真的不当了?"

秦慧楠说:"我是认真的。急流勇退,我可能不胜任市委组织部部长这个重任。回省城向浩民书记汇报一下,换一个工作,实在不行,还回北京。"

田振鹏噌地站起身来,严肃地说:"我不同意!开弓没有回头箭,放弃不是你性格。慧楠,刚上任就碰了一鼻子灰,你怎么向家人朋友交代?特别是浩民书记那儿怎么交代?别泄气,你能当好这个组织部部长,万事开头难嘛。在我的心中你是优秀的,我永远站在你身后!"

秦慧楠说:"人贵有自知之明。没有金刚钻,不揽瓷器活。"

来到玉泉老街,秦慧楠一家三口被一家百年老菜馆吸引,田晓君要在这里吃饭,三人便走进菜馆。

秦慧楠很大方地说:"晓君,要吃什么尽管点。今天中午不设限、不封顶,大吃大喝。振鹏,给我要瓶酒,白的!"

没一会儿,秦慧楠自斟自饮,一瓶白酒剩下小半瓶。她还要倒酒,被田振鹏夺下酒瓶说:"别喝了,明天我不开车,陪你喝,一醉方休。"

秦慧楠醉眼蒙眬,问:"知道我为什么要喝?"

田振鹏说："我知道，我理解，你心里不好受。"

秦慧楠露出欣慰的笑脸，深情地说："田振鹏，这辈子遇到你，知足了。"酒后的她，脚下像踩着棉花，晃晃悠悠地走到楼下收银台付款，可收银员告诉她，有位先生已付过了。她问这先生是谁，长什么样？经过收银员描述，秦慧楠知道，帮她付账的人十有八九是崔思康。

秦慧楠的判断是准确的。刚才，崔思康接到周源的电话，知道自己"风雨过后见彩虹"了，也知秦慧楠要离开东山回省城。周源要崔思康找秦慧楠，好好聊聊，留住她，邀请她参加他明天的就职典礼。几经查找，崔思康终于找到了田振鹏的白色帕萨特，找到了秦慧楠用餐的饭店。

秦慧楠看到了站在牌楼下的崔思康，走过去问："为什么不进来，陪你喝几杯。"

崔思康说："不好意思。你们是家宴，我是个局外人。"

秦慧楠问："局外人埋什么单？"

崔思康说："你们一家三口难得来玉泉，我自掏腰包，请你们吃顿饭，尽地主之谊，理所应当……你喝了多少？脸红了。"

"是白酒，也为你喝了几杯。"秦慧楠苦苦一笑，"祝贺，你的警报解除了。明天周源同志会将玉泉县县委书记的接力棒正式交给你。新的一页开始了，思康，加油吧。"

崔思康说："秦部长，感谢你帮我找到了真相，澄清了问题。"

秦慧楠说："不是你感谢我，是我向你道歉，我误会了你。"

崔思康连忙说："哪里哪里，是我给你添麻烦了。不要走，请你留下来，在明天的任职会上作指示，提意见，给我鼓劲，加油。"

秦慧楠说："有周源同志代表市委就行了，我走了。"

"你去哪？"

"去我该去的地方。"

秦慧楠转身，走向停在饭店门前的帕萨特。崔思康知道留不住她，挥着手，目送车子远去。

要离开玉泉了，秦慧楠心里放不下的就是王长根和王秀芹，她要田振鹏把车子开到县医院，再看看王长根、秀芹，因为离开这里，以后很难见面了。

秦慧楠轻轻推开病房的门，病床上王长根毫无生息地躺着，刘燕儿趴在病床边睡着了，却不见王秀芹的人影。秦慧楠为王长根掖了掖被子，刘燕儿醒了，她告诉秦慧楠，为交医疗费王秀芹回去卖房子了。刘燕儿担心，秀芹卖了房子，今后住在哪儿？

离开医院后，白色帕萨特向省城进发，经过小王庄，秦慧楠坚持顺路去看看王秀芹的房子情况。田振鹏开着车驶进了通向小王庄的入口匝道。

王秀芹的家是一座独门独户的旧式院落，院子有三间青砖黑瓦的正房，两边的厢房十分简陋，像建筑工地上搭建的工棚。正房里，王秀芹和开发商讨价还价，经过一番争议，以三十五万成交，首付十万，明天下午五点交房子。

开发商前脚刚走，秦慧楠后脚就来了。推开大门，走进院子，里面很凌乱。她又默默地走进正屋，里面光线暗淡，墙上贴满了奖状：优秀民兵队长、先进村支书、治水模范、爱心捐赠、文明标兵等，旁边还挂着不少锦旗。

秦慧楠的心灵被深深震撼了。那位躺在病床上生死两难的老人，那位看似貌不惊人的普通农民，曾经用他瘦弱的身躯，为周围的人、为国家默默付出了这么多……

秦慧楠又走向另一个房间，看见床头挂着一幅订婚老照片。照片上的王秀芹和一个青年男子紧紧相依，十分甜蜜，仔细一看，那青年男子正是年轻的崔思康！

"秦部长？"王秀芹从外面走进，一脸惊愕，"你来到这破破烂烂的地方，我做梦也没想到！"

"你年轻时很漂亮。"秦慧楠端详着老照片夸奖着。眼前的王秀芹，很难在她脸上找到当年的风韵了，更多的则是生活和岁月留下的痕迹。

秦慧楠问:"这是你的结婚照?"

王秀芹摇摇头:"不,是订婚照。那是我一生中最美好的时光。"

秦慧楠指着照片上年轻的崔思康问:"能说说这照片上的男人吗?如果我没猜错,他就是崔思康。"

王秀芹吃惊地说:"秦部长,你真是好眼力。对,照片上的男人就是崔思康!当年他山盟海誓,至今还如雷贯耳。可是这些山盟海誓早已变成一阵风、一朵云,风吹云散。秦部长,一个对恋爱、婚姻的承诺都不能兑现的人,在官场上还能向人民兑现什么?我不明白,他是怎么爬到常务副县长位置的?这东山市的组织部门瞎眼了……对不起,我说的是过去,不包括你。"

秦慧楠问:"这么多年了,为什么还挂着这照片?"

王秀芹说:"爱有多深,恨就有多深吧。唉,不说了,伤得太重了……这就是命吧,怪不得别人。"

秦慧楠在床边坐下,拉着王秀芹的手说:"告诉我,你和崔思康到底是怎么回事?"

王秀芹扭过身去,痛苦地摇摇头:"不,我不想回答这个问题。"

秦慧楠很想知道当年王秀芹和崔思康之间究竟发生了什么。崔思康既辜负了她的闺蜜、学妹沙莎,又甩了王秀芹,这个男人难道是把神圣的爱情当作一场又一场的游戏吗?

此时王秀芹的心里翻江倒海般地难受,泪水也哗哗地流出来,眼泪汪汪地恳求道:"秦部长,不说照片的事行吗?"

秦慧楠看着低头抽泣的王秀芹,说:"好,不提照片的事了。听燕儿说,你把这房子卖了?"

王秀芹说低价卖了,今天搬家,明天下午交房子。这个风里雨里摸爬滚打的女性,没有时间停下来舔舐伤口。父亲重病在床,生活的苦难需要她勇敢地面对。

王秀芹将要搬进新家,秦慧楠坚持要看。穿过村子,来到农田边上。这是两间夏天看西瓜的简易房。走进屋内,秦慧楠打量着,心情格外地沉重起来。

王秀芹见状，赶紧说："没事的，这是我们承包的菜地。每年春天夏天，我和我爸常在这里住的。"

秦慧楠沉吟片刻，拿起手机，对着简易房和室内拍了几张图片，临走她向王秀芹借了几样东西——王长根房间里的几十张奖状、获奖证书和锦旗。

早过了午饭时间，崔思康才跨进家门。等待着的范琳琳顾不上换围裙，便冲进厨房。崔思康一把拽住她说："不用热了，开吃，肚子饿得造反了。"

范琳琳倒酒，举杯说："别急，先敬你酒。祝你雨过天晴，柳暗花明！"

崔思康接过酒杯，看着桌上比平时丰盛许多的菜肴，这才回过味儿来。他举起酒杯，脸上绽放出笑容。可是不一会儿，他又放下酒杯，收敛笑容，失神地坐下。

范琳琳看着丈夫情绪的起落，大惑不解地问："怎么啦？一会儿涨潮一会儿落潮的。"

崔思康用失落的口吻说："秦慧楠走了。"

范琳琳对那位差点把丈夫拉下马的秦部长没有了开始的好印象，淡淡地说："不走怎么办？从威风八面到灰头土脸，多尴尬呀！"

崔思康说："她说烧错了一把火，烧错了人，向我道歉了。"

范琳琳说："这还差不多，算她有自知之明。"

刚说到这儿，手机响了，是卢晓明打来的。现在他的劳斯莱斯行驶在大街上，马上就到崔思康家的小区了。他说有两件事，一是摸摸门，登门祝贺你荣任新一届县委书记；二是报送引水二期工程标书。玉泉县这么大的惠民工程，玉泉集团不出力、不做贡献怎么行？他不贪，只要五十四个亿的一号标段。

崔思康沉默了一下，问卢晓明，投标还没开始，你们怎么知道一号标段？从哪里得到的消息？这可是政府机密，泄露出去是犯法的。他追问是谁透露出去的。

卢晓明信心满满，却碰了一鼻子灰，心里不快，语气仍很平静。他说见面谈吧，我马上到你家小区大门口了。想不到崔思康说他现在不在家，把卢晓明硬是给顶了回去。他还强调，标书不能送到我家里来。

崔思康分明是变脸了，是在耍官腔，卢晓明的肺都要气炸了！

崔思康生怕卢晓明闯进家里，让范琳琳赶快送他出去。范琳琳开着红色小跑车慌忙从门口驶出，黑色劳斯莱斯突然驶进大门口，就在两车相错的一刹那，劳斯莱斯的驾驶员看见了车内的崔思康。他扭头提醒卢晓明："卢总，不要进去了，崔县长走了。"

卢晓明正色道："你确认？"

司机肯定地说："他坐在刚才那辆红色的两厢车里，他老婆范院长开着车。"

顿时，卢晓明怒火中烧。他费尽心机，让肖强强扛起责任，使崔思康过关，想不到他过河拆桥。他拨通了吴雪姣的电话，恶狠狠地说："把那颗炸弹扔出去！"

下午两点左右，田振鹏将秦慧楠送到了省委。见到郁浩民时，秦慧楠心里直发慌，不知道该怎么开口，郁浩民会怎样处理自己这个卷铺盖的"空降兵"呢？当她忐忑不安地跨进办公室的大门时，秘书李冬笑脸相迎说，郁书记在等着，茶都泡好了。

秦慧楠轻轻地喊了一声"郁书记"。正在审阅文件的郁浩民抬起头来，打趣道："怎么啦？两眼红红的，哭鼻子啦？"

"没有，"秦慧楠回答，"我还没有这么脆弱。"

郁浩民突然板起脸："可是你撤出了阵地，拖枪而回。"

秦慧楠感到，郁书记说得对，自己确实是个逃兵。她说："我实在不是这块料。上任的第一把火就烧错了对象，搞得很狼狈，我让您失望了……"说着，泪水已在眼眶里打转。

郁浩民并没有给她进一步释放情绪的机会，单刀直入地问道："你怎么打算？"

秦慧楠说："我从家门到学校门再到机关门，是'三门干部'，没有基层工作经验。对社会和基层的复杂性估计不足，不能适应。"

"不能适应？把你退回去，还干你的处长？"郁浩民的声音严厉了起来，"秦慧楠同志，算我看走了眼！"

秦慧楠想了想说："郁书记，我不回北京，请省委随便给我安排一项工作。"

郁浩民说："我这里不缺打杂的，缺的是顶梁柱，是在关键时刻挺身而出，把将要带病提拔的副省长拉下马的女英雄！"

这会儿郁浩民终于把压在嘴角许久的笑容缓缓展开，和蔼可亲地指着旁边的椅子说："坐下，我花点时间帮你分析一下，问题出在哪里？我反复强调，组织干部要有火眼金睛，善于识人，善于用人，知人善任。对崔思康你是不是有点感情用事？还是崔思康做了对不起你的事？"

秦慧楠沉默，她不能说是，也不能说不是，因为郁浩民知道崔思康是她的学长，和她的闺蜜沙莎谈过恋爱，没有个人情感是不可能的。

见秦慧楠沉默，郁浩民又换了个话题。他说："你和崔思康先后收到同样一张导航图，这是不是出自一个人之手？能不能这样分析：第一张导航图是让崔思康把吕佳龙抓起来，这个人的目的达到了。第二张导航图是让你把吕佳龙放出来，但是他的目的没达到。两张图的目的都是冲向一个目标——玉泉县县委书记人选。"

秦慧楠怔住了，她说："没想到，这水太深了，听得云里雾里的。"

郁浩民继续说："如果我的分析成立，那东山市、玉泉县是不是存在一个地下组织部？"

秦慧楠立刻怔住了，紧张得心跳加快。"地下组织部"，秦慧楠还是第一次听说，简直不可思议！她深深地感受到，郁浩民这句话包含的信息量太大了。如果真的存在地下组织部，那必然和地上的组织部存在斗争和较量，那组织工作就是"如何用人，用什么人"的前哨阵地，她的撤出，就是逃兵！

这时候，郁浩民接到东山市委书记朱明远打来的紧急电话，报告"王长根事件"发生重大逆转，慧楠同志是对的，崔思康负有不可推卸的责任，请求省委通知秦慧楠立即赶到玉泉县！

到底发生了什么情况？秦慧楠是丈二和尚摸不着头脑。郁浩民要求她立刻归队，原路返回，杀个回马枪。秦慧楠不敢怠慢，又乘着白色的帕萨特赶往玉泉县城。

十三 "空降兵"差点卷铺盖走人

下午四点,田振鹏开车将秦慧楠送到了玉泉县委,市委调研组的全体人员在等着她。见了面,众人站起身,表示欢迎,但是都不吱声,气氛诡异而沉闷。周源打开内间的门,等秦慧楠走进来,立即关上了。

"慧楠同志,你是对的。"周源的脸色很难看,情绪很沮丧很恼火,他拍案道,"王长根事件,我们被肖强强耍了!"他把全体人员都叫进来,"你听听刚刚接到的匿名的录音举报。"

杨娟播放音频,肖强强和范琳琳的对话响起,十分清晰。

"范院长,就您一人吗?"

"啊,思康在楼下,本来要上来的,但来了个电话把他拦住了。"

"哦,您是个大忙人,这么晚,肯定有事。"

"强强,咱俩都不是外人,我有事情求你。"

"太客气了,有事您发话。"

"王长根的事……"

"那当然。就算是崔县长的错,我也要扛过来。"

……

任大年说:"秦部长,崔思康夫妻双双去找肖强强,这是串供,是攻守同盟,统一口径。这是利用职权,堵别人的嘴巴,性质是恶劣的。"

邓亦先说:"肖强强扛责任,这是崔思康舍卒保车,太可恶了!"

周源有些失神,两眼茫然。事情反转得太快了,本以为自己扶起来的最后一个标杆已经大功告成,怎么就突然急转直下演变到这个地步呢?这个崔思康,冷不丁儿爆个冷门,让他步步惊心,防不胜防。

秦慧楠和周源商定，兵分两路，由秦慧楠、任大年去找肖强强，周源、杨娟、邓亦先去找范琳琳，对录音内容进行分别核实。

下午三点，秦慧楠、任大年坐在县委小车班队长室里，徐队长带着肖强强走进来。肖强强抬头看看二位领导，有气无力地问了一声好，就不言语了。

秦慧楠说："肖强强，我们又杀了个回马枪，没想到吧？"

肖强强一副死猪不怕开水烫的样子说："秦部长，该说的我都说了，榨不出油水了。"

任大年说："我们不要你说，让你听一段录音。"

听完录音，肖强强表面平静，心里却翻腾开了，昨晚他和范琳琳的谈话，没有旁人啊。对了，吴雪姣在房内，一定是这个小妖精做了手脚，这个女人太可怕了，他被利用了。但是，这些话一句也不能说，因为他有把柄在吴雪姣的手里。

秦慧楠问："肖强强，对录音举报，你怎么解释？谁录的音？谁在网上举报的？"

肖强强破罐子破摔地吼了起来："秦部长、任部长，都是我的错，都是我干的，与其他人无关。我该死，开除我，抓我，把我关进监狱，我全认了……"

几乎同时，周源、邓亦先、杨娟来到了县医院院长室。没多久，范琳琳来了，她一眼就认出了周源。

杨娟播放录音，刚放了一半，范琳琳就崩溃了，叫了起来："别放了，周书记，是我错了，我不该去肖强强家。我没听思康的，我错了……"

范琳琳知道自己为崔思康添了乱，惹了大麻烦，现在肠子都悔青了。她还能说什么呢？说找肖强强是她的主意，崔思康是反对的，周源能信吗？面对周源、邓亦先、杨娟三人的审视目光，范琳琳只是一个劲地抽泣、一个劲地说着"是我错了"，精神状态很不正常，谈话难以进行下去周源叫了暂停，神色黯然地走出院长室，离开了县医院。

这天晚上，当城市渐入梦乡之际，玉泉宾馆的大门口警车开道，几辆轿车鱼贯而入。车上先后走出了省委书记郁浩民、秘书李冬，市委书记朱明远、市纪委书记郑介铭、市常委罗西来等人。担任保卫的章法成、尤喜军等人从警车上也纷纷走出。

会议室里，灯火通明。秦慧楠、周源、任大年、邓亦先和杨娟均在等候着。当郁浩民、朱明远一行走进会议室直到落座时，只有座椅移动的响声，众人彼此没有言语问候，只有点头示意，气氛显得十分紧张。

朱明远扫视了一下众人，来了个开场白："同志们，首先欢迎省委郁浩民书记在百忙之中来我市视察和指导工作。下面请浩民书记作指示。"

众人热烈鼓掌，郁浩民看着大家，风趣地说："掌声很热烈，不像刚从床上被拉起来的样子嘛。"

众人哈哈大笑，刚才的紧张一扫而光，会场气氛顿时活跃起来。

郁浩民说："不谈指示，说几句心里话吧。同志们，我去上海参加中央明天上午的一个紧急会议，空余两小时，路过玉泉。想不到明远同志兴师动众，把常委们都喊来了。现在是午夜十二点，不好意思，我不是故意让大家打疲劳战，搅了大家好梦的。"

郑介铭补充了一句："郁书记，我们非常欢迎你来打扰。"

会场内，又爆发了一阵笑声，大家的心情放松多了。

可是，郁浩民却突然收敛了笑容："玉泉县新一任县委书记难产，不奇怪。中央对县委书记的选拔和任用提出了新的要求：一是要做政治的明白人，二是要做发展的开路人，三是要做群众的贴心人，四是要做班子的带头人。做到这四点，很不容易。玉泉县的常务副县长崔思康同志县委书记职务的任用，一会儿山穷水尽，一会儿柳暗花明；一会儿狂风大作，一会儿风平浪静，真可谓一波三折，步步惊心，搞得我们的'空降兵'差点卷铺盖走人。是不是啊，慧楠同志？"

秦慧楠迎着郁书记和大家的目光，诚恳地说："是的，我缺乏耐心，重要的是缺乏经验，对问题的复杂性估计不足，我必须检讨。"

郁浩民看看秦慧楠，又看看众人说："同志们，东山市是经济大市，同时又是腐败的重灾区，市长、书记一锅端，还有科、处干部近百人涉案。我交给了慧楠同志一个任务、一个研究课题，经济发展和官员腐败，不是孪生兄弟。用清官，用好官，为经济发展保驾护航；以铁的事实证明，不是水清则无鱼，是水清鱼更多。"

郁浩民说完，热烈的掌声再次响起，朱明远让秦慧楠汇报录音举报的调查情况，秦慧楠说，录音举报使王长根事件的案情来了个大反转。今天下午，我们调研组兵分两路，再次找崔思康的驾驶员肖强强谈话，他撒泼耍赖，谈话无法进行。接着，周源汇报了与范琳琳谈话的情况。他说，范琳琳听了录音举报，一个劲地承认自己错了，痛哭流涕，情绪很不正常，谈话也只能中断。

郑介铭问："崔思康也去了肖强强家？"

周源说："范琳琳说，崔思康是被她逼去的，但是没跨进肖强强的家门。"

罗西来一听，面色不悦，突然发问："你信吗？反正我不信。我不明白，为什么急急忙忙找崔思康老婆谈话？这不是等于向崔思康通风报信吗？"

周源马上接话："这个问题要调查，必须和范琳琳见面，也要和崔思康亮牌。这怎么是通风报信呢？"

罗西来针锋相对："周源同志，对崔思康你是不是过于偏爱了？"

周源马上反击："西来同志，我和崔思康是什么关系，你可以组成调查组，我保证全力配合调查。"

见两位火药味渐浓，朱明远马上表态："好了同志们，崔思康的问题不能再久拖不决了，必须当机立断，快刀斩乱麻，以避免给党和人民的事业造成巨大的损失。关于玉泉县委新书记的问题和下一步的工作，请大家畅所欲言。"

郑介铭说："关于崔思康这几年的是是非非总是事出有因，查无实据。今天，有关崔思康夫妻与驾驶员掩盖真相、建立攻守同盟的谈话录音举报，成了暴露其问题的突破口。明远同志说得对，对崔思康的问题，不能久拖不决。必须以录音举报为起点，顺藤摸瓜，让崔思康问题彻底见底，大白于天下！"

常委老邱是这里年纪最大的老一辈，虽然郁浩民在场但语气尖锐并不收敛，甚至有些放肆："对崔思康的事，我也懒得说了。一句话，麻木了！我真不明白，难道能人都死光了，偏要在崔思康这棵树上吊死？郁书记，中央能空降省委书记、省长、市委书记、组织部部长，我们就不能空降个县委书记？"

郁浩民没点头，也没发话，只是在笔记本上写了什么。

朱明远看了一眼郁浩民，也跟着保持了沉默。周源的目光像钉子似的投向常委老邱，刚想张嘴，这时秦慧楠发话了："对崔思康我们还不到下结论的时候。我们不是在一棵树上吊死，而是对一个同志政治生命的高度负责。"

常委老邱火气十足地问道："秦慧楠同志，你不认为这种高度负责的代价太高了吗？"

罗西来接过话茬儿，缓缓地说着："我认为，应该严格按照省委的要求，玉泉县委新的书记要在现有领导班子中产生。崔思康实在是个扶不起的阿斗，我们还有其他备用人选，不是还有县委副书记戴国权同志吗？"

"对一个干部的选拔任用，我的观点是不要轻易赞成，更不要轻易放弃。"秦慧楠说着，从包里拿出塑料袋里装着的那块石头，众人顿时惊讶起来。秦慧楠指着塑料袋说，"这块石头，是我先生田振鹏在王长根摔倒的现场发现的。联想到王长根脑勺上的肿块，他有理由怀疑王长根不是自己摔倒的。"

一石激起千层浪！会议室里，好像炸了一颗炸弹，让众人轰地一下炸开了锅。秦慧楠在组织工作中养成了一个习惯，当人们对一个人或一件事，以压倒性优势赞成或反对时，她喜欢以反向思维冷却一下人们压倒性的思维，这样可以防止一边倒，以免犯新的错误。

会议室里乱哄哄的议论场面是短暂的，很快恢复了死一般的寂静。人们的目光有的还停留在那石头上，有的则移向了郁浩民和朱明远。

郑介铭马上提出："我不同意现在就把崔思康拉下来。慧楠同志说得对，许多问题有待调查，不能轻易下结论。我建议，由周源、慧楠同志牵头，任大年同志参加，尽快成立市委调查组。"

会场里各位的意见都充分发表完毕，郁浩民抬起头，他很欣慰大家各抒己见，态度鲜明，由此也了解到玉泉县工作的难度。他环视了一下会场，与每个人进行简短眼神交流后，在朱明远的身上停留了下来。

"明远同志的这个意见好。集中力量，集中时间，对所有反映和举报崔思康的问题，不管是匿名的实名的、事出有因的空穴来风的，统统展开调查。我们倒要看看，崔思康到底是一条龙，还是一条虫？"

此时，负责警卫工作的章法成半躺在警车里，他的脑筋一刻也没有停止运转。这么多领导深夜聚在玉泉宾馆，一定有大事发生，但捉摸不透的是究竟发生了什么。手机铃声响起，是维护社会治安的玉泉大妈小分队打来的。她们报告一个叫玉龙会所里有个聚会，是木偶演出，参加的人员不少，重量级人物有卢晓明和玉泉集团的董事们，还有大贪官林强盛的堂弟林全、余光的亲侄女余敏。

应该说玉泉大妈治安小分队是章法成的一个得意之举，是学习北京"朝阳大妈"的成果。深更半夜的，卢晓明在干什么？为什么还有林强盛的堂弟林全、余光的亲侄女余敏？章法成的嗅觉灵敏，感到问题不是那么简单。

卢晓明是个闲不住的人，当郁浩民突然来到玉泉县城时，他就获得消息，紧急召来几个心腹和林全、余敏等人，以表演木偶剧为名，来了个深夜聚会。会所大厅里锣鼓声一阵接着一阵，小舞台上木偶剧《捉放曹》开演，手握长矛大刀的兵将木偶纷纷出场。木偶剧接近尾声时，吴雪姣从后台走出。她说在今天《捉放曹》的木偶剧中，剧中主人公曹操和陈宫的幕后表演均是玉泉集团总裁卢晓明先生。

在热烈的掌声中，卢晓明举着曹操、陈宫两具木偶登场。他说："自古以来，在人们的心目中，曹操是个坏人，陈宫是个好人。其实他捉了曹操，又放了曹操，还跟曹操一起逃跑，十足的糊涂蛋。我一会儿表演坏人，一会儿表演好人，挺累的。"

众人捧腹大笑，笑声中只有吴雪姣理会卢晓明话语里的含义，他的潜台词是，不管你是秦慧楠还是崔思康，我都要控制在手中。

卢晓明和众人握手，慷慨地说："吃水不忘挖井人。对我卢晓明有恩的人，不管是台上台下、走运还是落难，一视同仁。该回报的坚决回报，我决不含糊。"

这时，吴雪姣向卢晓明报告了一条刚传来的消息，玉泉宾馆的会议散了，会议内容无法知道。但是有一点是肯定的，崔思康和戴国权均没有参加会议。卢晓明愣住了，省市领导来玉泉，地方领导靠边站，这不正常啊。

玉泉宾馆的夜会散了，众人簇拥着郁浩民走出宾馆大堂。

郁浩民临上车时突然想起了什么，叫住秦慧楠说："你烧向崔思康的一把火，是对是错，还要让时间来验证，希望你能笑到最后。"

秦慧楠诚恳、豁达地回答道："很希望是我错了。"

郁浩民说："对，应该有这个胸怀，有这个雅量。另外，要防止非组织活动，特别是利益集团，因利益驱使影响我们的选人和用人，这是党的组织工作的高压线，任何人都不能触碰。"

说话间，戴国权突然走过来打招呼："郁书记、秦部长。"

郁浩民对戴国权不熟悉，看了一眼秦慧楠，又看看戴国权。戴国权不请自到，秦慧楠心里不悦，但不露声色，她介绍说："这位是玉泉县委副书记戴国权同志。"

戴国权一脸笑意，热情地说："我来送送郁书记。"

戴国权的突然出现，让章法成有些奇怪。因为他从任大年的口中已经得知，这个会议是省、市领导研究玉泉县领导班子问题，玉泉县的党政领导就不参加了。可是会后戴国权是怎么冒出来的？崔思康怎么不见人影？

夜深了，崔思康还在办公室里待命，接到章法成的电话，也觉得奇怪。戴国权怎么出现在欢送省、市领导的人群里？主持玉泉县日常工作的是他崔思康啊！崔思康回到家里，进入梦乡的范琳琳，忽然说起了梦话："是我错了，我不该去肖强强家，我错了……"

崔思康心里一愣，转过身来，发现范琳琳在暗暗抽泣，轻轻摇动她的身体，问这是怎么回事？在崔思康的逼迫下，范琳琳只得将下午周源找她谈话的事和盘托出了。范琳琳的内心十分愧疚，巨大的压力让她喘不上气来，她抽泣着说："思康，我闯祸了，我不该不听你的话……"

范琳琳说完，崔思康猛地推开她，翻身下床，范琳琳一把拽住他："千万别找肖强强。"

崔思康说："谁找肖强强，我找香烟。"

崔思康的心里一团乱麻，情况很清楚，他从一个坑里爬出来，又掉进了另一个坑里。是谁录音举报？背后又是谁？他不得而知。内心的苦闷无处发泄，早已戒掉香烟的他，此刻特别想抽几口，通过烟雾，吐掉心中的闷气。

范琳琳找出香烟，拿出一支放在崔思康的嘴上。崔思康抽了一口，深叹一口气："你这一下子，我是跳进黄河洗不清了。"

崔思康猛抽了几大口，呛得咳嗽起来。范琳琳心疼，赶紧拍着他的后背，连说："思康，对不起……"

崔思康说："结婚快十年了，我们也算老夫老妻了，有什么对不起的。这就是命，我认了。"

范琳琳扑到崔思康的怀里，哇地哭出声来。

清晨，当戴国权推着自行车走进县委大院的车棚时，没有发现身后的轿车里有一双眼睛正默默地注视着他，那人正是秦慧楠。他不知道，秦慧楠已在关注他、研究他了。

戴国权把自行车推进车棚停好，再赶到会议室的时候，秦慧楠正在查看会议现场布置。只见墙上挂满了王长根的锦旗、奖状及历史照片，还有王长根家和菜地简易房的照片。主席台上，放着一个捐助箱，箱子上写着"爱心捐助"，台下是准备好的座位。

戴国权走到秦慧楠身边，对会场设计赞不绝口："秦部长，您这个创意太好了。这不仅是简单的爱心捐助，更是一位老村长优秀事迹展览会，是一个老共产党员的优秀品德的报告会。受此启发，结合发生在我县见死不救的教训，我决定在全县开展十大道德标兵的评选，弘扬传统美德，践行社会主义核心价值观。"

戴国权一番见解和秦慧楠的想法十分合拍。什么叫对领导的意图紧跟？戴国权就是。秦慧楠对他微微一笑："我举双手赞成。让县乡机关干部、事业单位的员工也参加。"

这时崔思康正好与参会人员一起入场，看到室内布置，以为进错了门。原定是常委会，怎么成了展览会？问了问在场的戴国权，才知道他的任命会又改成了"爱心捐助会"，出谋划策者依然是秦慧楠。

周源、秦慧楠、任大年、邓亦先、杨娟和县机关干部等纷纷走进会场，会议开始了。秦慧楠目光严肃地审视着会场，语气沉重地说："同志们，这是一个临时布置的展览，是一位老村长的人生轨迹。"

秦慧楠拿起木棒，指着墙上的锦旗和奖状说："一位村长，在一些人的眼里也许微不足道。可就是这位老村长，在国家最困难的时候，带领三百多户、一千多人的村子，跟着党一步一个脚印地走出了艰难的岁月，走进了改革开放的今天。可是，我们万万没想到在他古稀之年还是一个菜农，住在这样简陋的房子里，没有空调，没有冰箱，电视机还是黑白的。"

秦慧楠拿起一枚勋章说："这是老村长荣获的劳动奖章。他的人生轨迹从起点到现在，没有曲线，是在一条水平线上运动。如果说有起伏，那就是他六十岁后，不再有任何一级组织颁发给他奖状和锦旗，成了一个背井离乡的菜农。干了一辈子村干部的他，被边缘化了，被遗忘了，这是我们组织工作的悲哀。"

会议室里一片沉默，周源接过秦慧楠的话题："这个小型展览，是慧楠同志一家三口，还有我和调研组的同志加了一个夜班的成果展示。面对老村长王长根，我们十分惭愧！他现在还躺在医院里，没有了喜怒哀乐，只剩下一口气，每天要大把大把地砸钞票！"

秦慧楠想起王长根没有任何表情灰白色的脸，又想到王秀芹拿着破旧塑料袋还自己钱的样子，声音嘶哑地说："为了治病，王长根女儿王秀芹卖了房子，我这个组织部部长很惭愧！王长根是我国农村最基层的干部，他付出了那么多，可得到的太少了。对他的关爱，来得太迟了。你们看，这就是王长根和女儿现在的家。这不是房子，是夏天看瓜的瓜棚。"

会场内一下子议论开了，有的惊讶唏嘘，有的摇头叹息。当然反应强烈的还是戴国权。他对王长根事件表示了极大的同情，对那个冷漠的、挑战社会公德的见死不救者要求彻底调查，公布调查结果。

任大年捧来一个纸箱，上面写着"爱心捐助箱"，号召大家响应一下，为老村长献献爱心。秦慧楠、周源、任大年各拿着千元一沓的钞票，郑重地投进了捐助箱，众人纷纷起立，掏出口袋里的钱，向捐助箱缓缓走去。走在最后的是崔思康，把钱包、口袋的钱全部掏出来，手里抓着一沓钞票，投进捐助箱，然后黯然地走出会场。秦慧楠瞄着崔思康的身影，也随即起身。

会议室外的过道里非常安静，崔思康低着头机械地向前走着，秦慧楠追上了他："思康同志——"

崔思康缓慢转过身体，眼神特别复杂地看着秦慧楠说："秦部长，还有事吗？"

秦慧楠走到他面前，声音虽轻，但语重心长："去看看她吧。"

崔思康问："你说的她是谁？"

秦慧楠说："人生之中有的人可以忘记，因为他们是匆匆的过客。有的人不可忘记，因为他们让你刻骨铭心。特别是人生最困难的时候，曾经资助你的人，曾经与你患难与共的人，才是最不能忘怀的人。"

崔思康恍然大悟，颇为尴尬地说："我知道你说的是谁了。"

秦慧楠说："帮帮她吧，她挺不容易的。现在，她正站在人生的十字路口。昨天，我去了小王庄她的家，知道当时我是什么心情吗？除了震撼，还是震撼。你去看看吧，你和她当年的那张订婚照，至今她还挂在床头。"

崔思康惊讶地愣住了，一时间说不出话来。往事如汹涌潮水，浮现在眼前。从大一到研究生毕业，如果没有王长根父女的资助，他是难以完成学业的。研究生毕业后，他决定让他们父女吃下定心丸，便和王秀芹去县城照相馆拍了订婚照。尽管订婚照是婚姻的承诺，不受法律的保护，那一天王秀芹依然感到是最幸福的一天。风云变幻，世事难料，崔思康最后选择了范琳琳。其间王秀芹也相遇过几个男人，均与崔思康相差甚远，几次与婚姻擦肩而过，因此现在成了剩女、孤女。

与秦慧楠谈话之后，崔思康叫了辆出租车，直接来到小王庄王秀芹的家。推开门，他发现院子里面很乱，到处放着杂物。此刻，王秀芹正在搬家，将物品搬上电动三轮车。

崔思康跨进院子，摘下墨镜："秀芹——"

王秀芹愣住了，心慌意乱，手足无措，对崔思康的到来，她毫无思想准备。他为什么到这个破地方来？想干什么？对，一定是秦部长告诉他的，一定是那张订婚照！想到这里，她气不打一处来："崔思康，请你出去！"

"秀芹，别这样。"崔思康问着，"告诉我，你和你爸是什么时候来玉泉的？到了玉泉为什么不找我？"

王秀芹冷冷地回道："问这些干什么，与你有关系吗？"

崔思康脚步沉重地走进小屋，房内的东西几乎搬空了，可是那张装有订婚照的相框，还孤零零地挂在王秀芹空空荡荡的房间里。

看着照片上风华正茂、青春绽放的两个人，崔思康心潮起伏，心存愧疚。他问："十五年了，光阴流逝，物是人非，这照片你还留着？"

"崔思康，"王秀芹抽泣起来，"我就是让你看看，我王秀芹虽是一个村妇，缺少文化，不懂爱情，可是我只要爱上一个人，就爱得轰轰烈烈，爱得惊天动地，爱得咬牙切齿，怒火万丈！"

崔思康看着照片怔怔出神，不由得又想起当年。拍照时，摄像师握着快门球，一个劲儿地大声说"靠紧一点，靠紧一点"。最后俩人靠得很紧，都能听见双方的心跳……

正当崔思康沉浸在往事的回忆中，王秀芹捡起一根木棍，发疯似的冲向镜框。崔思康想阻止，可是迟了，只听哗啦一声，镜框破碎，掉在地上。

崔思康问："为什么要打碎它？"

王秀芹说："我的心，你已经看到了，留下没有用了。"

崔思康捡起照片："给我保存吧。"

"给你保存，有意义吗？"王秀芹沮丧地说，"崔思康，往事不堪回首。也许我不必这样，人各有志，婚姻的分分合合是家常便饭。可我太在意了，我太傻了。行了，这照片只能留到今天。"说完，不等崔思康反应，她一把抢过照片，撕得粉碎，然后扔向空中，细小的碎片如雪花一样飘落。

崔思康看着眼前粉碎的相片，知道这是王秀芹内心愤怒的释放。这种释放，只有他才能理解，因为他欠了王秀芹的。尤其是不停车救人，怎么偏偏发生在她的父亲身上？老天爷真会捉弄人啊！现在他所想到的是弥补，不仅是精神上的，重要的是经济上的。

听说王秀芹以三十五万元的价格把房子卖了，崔思康劝她别卖了。随即从包里拿出八万现金，说火烧眉毛，让她先支付父亲的医药费。

崔思康拿出的钱，王秀芹看都不看一眼，苦笑着问："是可怜我，还是对我的补偿？不说出理由，我一分都不要。"

崔思康说："就算是我对你过去的补偿吧。"

虽然贫穷，王秀芹的脊梁却很硬很直，她说："没有必要，爱一个人是要付出的，这个付出是我自愿的，把钱拿走。"

"你不收，我就扔在这里！"崔思康也豪情万丈地转过身，走到院子门口，又回过头来，"秀芹……"

王秀芹说："有什么话就直说，你不是个痛快人吗？"

171

崔思康说:"秀芹,你不要再找那辆红旗轿车了。那是我的车,肖强强是我的驾驶员……"

王秀芹震惊了:"这么说当时你坐在车上?"

崔思康说:"当时我睡着了……"

"睡着了? 你骗人!"王秀芹愤怒地抬起手,啪一声脆响,她打了崔思康一个大嘴巴,将崔思康装着钱的包往门外一扔,"滚出去!"

没有反驳,没有回击,崔思康灰头土脸地离开王秀芹的家。他知道在这个时候,任何解释和争辩都是徒劳的。天空落下了雨丝,飘飘洒洒。没有雨伞,也不见出租车,他就这样茫然地、脚步沉重地向村口走去。

走出村口约五十米,一辆挖土机和一辆推土机轰隆隆地开过来。司机下车,以为他是小王庄人,问王秀芹家住哪里,他们是来拆房子的。他知道这些开发商唯利是图,心狠手辣,他们不是看中王秀芹的房子,看中的是这块地。一旦成交,立即夷为平地,兑现获利,否则夜长梦多。想到这里,崔思康的神经顿时绷紧了,心也提到了嗓子眼。

这时一辆奔驰开过来,车上走出开发商杜老板。崔思康向他恳求:"王秀芹的房子不卖了,她父亲的医疗费已经解决。如果卖了房子,她无家可归。你付了多少定金还给你,加点利息也可以。"

听崔思康这么说,杜老板不干了。他说:"昨天签约今天就毁,这是违法的。白纸黑字,不能反悔!"

崔思康说:"为她求个情不行吗?"

杜老板冷眼打量着崔思康,讥讽道:"你以为你是谁啊,县长还是市长?"

崔思康说:"如果我是县长,能给个面子吗?"

"不行!"杜老板牛皮烘烘地说,"国务院总理来了也是这个理,我和王秀芹签的合同是合法的。以法治国,县长要带头。"说罢钻进车里,向村里驶去。

马达轰鸣,挖土机和推土机开过来。王秀芹挡在车前,喊着:"停车,这房子我不卖了!"

王秀芹昂首挺胸，迎着开过来的挖土机和推土机，大有与家园共存亡的气概。邻居吴婶冲上去，一把拉开王秀芹。一道响雷，从头顶上滚过，推土机推倒了院墙，刚才还能遮风挡雨的三间平房，瞬间变成一片瓦砾碎砖的废墟。当崔思康气喘吁吁地一路奔跑过来，看到满眼的废墟时，却不见王秀芹的人影。崔思康找到村委会，向村长说明情况。村长不敢怠慢，通知杜老板暂停拆迁。可是这个拆迁炒地皮很油滑的杜老板，先下手为强，以迅雷不及掩耳之势，将生米做成了熟饭。

　　崔思康再次望望这一片废墟，后悔不已，喃喃自语着："我来迟了，来迟了一步……"

一四　入眠为啥这么难？

　　王秀芹没有去别处，而是来到医院，她做出了一个重要的决定，医院不住了，带着父亲回湖北老家。她一边给父亲擦身子，一边说："爸，女儿无能，房子卖了，被人家拆了，家也没了。在玉泉县，我们现在是上无片瓦，下无寸土……这儿不是咱待的地方，回湖北老家吧……"

　　王长根一直闭着的眼睛突然睁开了，王秀芹惊喜了，兴奋地喊着："爸，你睁开眼了！今天是什么好日子，是老天爷睁眼啦……爸，你看到我吗？我是你女儿秀芹……"

　　喜悦是短暂的，王长根半躺着，一动不动，目光呆滞。

　　孙志华一直敲打、刺激王长根身体敏感的部位，但是他眼皮都不眨一下。他说："王女士，你空欢喜了。我说过，植物人能保留躯体生存的基本功能，如新陈代谢、生长发育。植物人患者都有自主呼吸、脉搏、血压、体温可以正常，但无任何言语、意识、思维能力。他们的这种植物状态，其实是一种特殊的昏迷状态。你爸爸就是这种状态。"

　　王秀芹脸上的喜悦如潮水般退去，失神地望着再次闭上眼睛的父亲，问孙大夫，家庭能护理植物人吗？孙志华的回答是肯定的。

　　偏偏在这个时候，护士又来催缴下一个疗程的费用，而且签发催款单的是副院长范琳琳，王秀芹决定去找她。当她走到副院长办公室门外时，范琳琳正在接孙志华的电话，声音很大，她听得清清楚楚。

　　范琳琳说："孙大夫，好事大家都想做，好人个个都想当。但是我们是医院，不是慈善堂，先交费后治疗，这是医院的规定，谁都不能破坏。王长根也一样，以后医疗费不许再拖欠，要提前预交。"

范琳琳刚放下电话，王秀芹推门走了进来。没等范琳琳开口，她开门见山地说："范院长，我爸爸所有的费用都结到今天，此后不用再麻烦你们了。"

范琳琳一脸的无奈："秀芹大姐，这不能怪我。这医院不是我个人开的，规章制度也不是我一个人说了算，你应该理解……"

不等她话说完，王秀芹拉着长音说："我们走人了。范院长，再见！"

"出院？"范琳琳疑惑地看着她，"孙主任同意了？必须他签字才行。"

"签不签字我们都走人。"王秀芹走到门口，又转回身，对着范琳琳扔了一枚炸弹："范院长，请你转告思康哥，他好心好意给我八万块钱，我没要，对他态度也不好，代我向思康哥道个歉。"

范琳琳的心里顿时爆炸了，看着眼前一身乡土气息的王秀芹，她的热血直往头上涌。她想到那天上午崔思康到医院找她，询问王长根父女情况，并说不惜一切治好王长根的病、医药费先挂账之类的话，这说明，崔思康和王秀芹的关系绝非一般。她问王秀芹："你一口一个思康哥，怪亲热的，你们认识？"

"我们的关系，他没告诉过你？"王秀芹反问，脸上挂着一丝意味复杂的笑容，"我理解，再恩爱的夫妻也要给各自留个空间，这才能保持家庭的和谐稳定嘛，哈哈。"

范琳琳的忍耐被这个农妇挤压到极点，但她还是轻声细语地问："秀芹大姐，你和思康到底是什么关系？"

王秀芹哈哈一笑："我可以告诉你。但是你必须先告诉我，你是怎么把思康哥勾到手的？"

尽管王秀芹半开着玩笑，范琳琳还是气得浑身战抖，目光死死地盯着她，沉默着。她知道对这种人，再说任何一句话都是多余的，唯有用沉默的目光让她退却。岂料，王秀芹没有纠缠她，而是潇洒地说了声"再见"，便扬长而去。

下午两点，周源来到办公室后，秦慧楠开始主持调研组会议。她说："这些日子，我们在玉泉县这块地盘上，听到不少，见识不少，也调研不少。围绕县委书记人选，所有问题的焦点都集中在崔思康同志身上。我们将把问题摊到桌面上，正式找他谈一次话。周书记，你的意见？"

周源说："我完全同意。不过在正式谈话前，我们要做充分的准备。"

任大年接过周源的话，边点头边说："崔思康这人的脾气我了解，得理不饶人。如果我们提出的问题缺乏充分的根据，他会反击。"

秦慧楠说："这几天我反复琢磨着几个问题，提出来供大家参考。第一，肖强强和崔思康是什么关系？调查结果是崔思康有恩于肖强强。肖强强到县委小车队吃皇粮，并能做县长的专职司机，全是崔思康一手安排。所以王长根事件，肖强强'顶雷子'、扛责任就不奇怪了。"

秦慧楠的话引起邓亦先的共鸣："就是嘛。一辆车上两个人，一个县长一个驾驶员，曝出了这么个影响恶劣的丑闻。县长安然无恙，板子打在驾驶员屁股上，说得过去吗？"

杨娟点头表态："这件事，不管肖强强多么仗义，两肋插刀，崔思康的责任是跑不掉的。"

"对，必须严肃处理，向社会有个交代。"秦慧楠看看大家，接着说，"第二个问题是，吕佳龙老婆胡萌萌的死仅是通常的车祸吗？为什么直到目前抓不到肇事者？胡萌萌带走了什么秘密？是不是为了灭口，有人要了她的命？"

任大年皱了皱眉头说："现在，吕佳龙涉案人员把责任往胡萌萌身上推，反正死人不会说话，他们好赖账，蒙混过关。"

秦慧楠继续说："第三，我爱人田振鹏在王长根摔倒的现场，发现了那块石头之后遭到无牌车辆的追尾，差点车毁人亡。接着几个身份不明的人，暗中搜查帕萨特，连女儿的书包也不放过，还在车后座放了一个警告牌。"

邓亦先说："那块石头是灭口王长根，还是为崔思康所谓的见死不救挖坑？这是问题的关键。"

任大年说:"从胡萌萌的死,到王长根的摔倒,一切那么突然,一切又那么顺理成章,无懈可击。但是我却感到这里有悬念,似乎有一双看不见的手,将这一切安排得这么精心,这么巧妙,非常人所为。"

邓亦先说:"这双看不见的手是谁? 总不会是余光、林强盛吧? 他们关在监狱里,是死老虎了。"

杨娟说:"可是他们的势力还在,关系网还在,他们的代理人还在。"

众人一致认为杨娟言之有理。树欲静而风不止,因为权力,人们的争斗是不会停息的。秦慧楠要大家不能就事论事,要拓展思路,围绕社会大环境来研究分析面前的崔思康问题。

秦慧楠得知王秀芹带着王长根强行出院的消息后,立即停止了会议,采取措施留下王长根父女。此时,王秀芹租用的一辆面包车正行驶在高速公路上。秦慧楠查明王秀芹的行车路线后,让杨娟驾车紧追而去。王秀芹的手机终于打通了。秦慧楠说:"王秀芹,你不辞而别,让我很不解。前面五公里,有个服务区,你把车停下,我们好好谈一下。"

王秀芹说:"秦部长,真的对不起……但压力太大了。卖了房子,在玉泉县上无片瓦,下无寸土,我没办法活下去了,就让我们父女走吧。"

秦慧楠再次要求:"服务区快到了,把车停下来。"

王秀芹说:"秦部长,我不会停车的。您请回吧,我记住您的大恩大德!"

秦慧楠发火了:"王秀芹,你必须停车。从这里到湖北老家要行车十多个小时,路上你父亲万一发生意外怎么办? 车上躺着的不仅是你的父亲,还是个证人。如果他有个闪失,你将承担伤害证人的法律责任。如果你不停车,我就通知公安强行拦劫!"

秦慧楠发火了,让王秀芹意识到事情的严重性,终于停车,并答应回县医院,继续为父亲治疗。

天又下起了雨,中巴车和红旗轿车打着双闪,行驶到医院住院区。当秦慧楠、杨娟和王秀芹将王长根的担架车推向病区时,有两个人奔跑过来，为秦慧楠和担架车上的王长根撑起雨伞，他们竟然是卢晓明和吴雪姣！这让秦慧楠和杨娟深感意外。卢晓明向秦慧楠汇报，他要响应秦部长的号召，为王长根举行爱心捐助仪式，并邀请秦慧楠参加。

县医院的会议室已经坐满了人，一群记者在拍照，几台摄像机在运转，吴雪姣捧着十万元的支票，递给卢晓明。

王秀芹接过支票，向卢晓明深鞠一躬，秦慧楠和杨娟坐在台上，见证了捐助的实况。

台上，卢晓明手握话筒，稳重大方又不失热情洋溢："……王长根事件，有人说小题大做，有人甚至说救不救人是每个人的选择，法律没有规定犯罪。我说错，大错特错，这是社会的冷漠和社会道德底线的丧失！"

说到这里，卢晓明故意停顿了一下，看了秦慧楠一眼，继续说："所不同的是，置王长根生命危险不顾的是政府公务人员，是人民的勤务员。所以，秦慧楠部长抓住这事不放，抓得对，抓得准，是从源头上抓住干部队伍道德建设的牛鼻子，太重要了。秦部长，我们支持你，一百多万玉泉人民支持你！"

卢晓明演讲结束，台下又响起热烈的掌声。特别是王秀芹，再次走到卢晓明面前，深深鞠了一躬。

应该说，卢晓明这个"爱心捐助"十分成功，他是第一次在秦慧楠面前亮相，也是很自然地、恰到好处地拍了一个响亮的马屁。他注意到，秦慧楠也为他的讲话鼓了掌。重要的是，秦慧楠追回了王长根，这也是卢晓明求之不得的。只要王长根还在县医院里躺着，见死不救的丑闻就会每天都散发着恶劣的影响，崔思康的日子就不好过。

这天晚上下班前，细心的戴国权发现，"市委调研组"的牌子摘下后，换上了"市委调查组"的新牌子。这一变化，非同小可。调查谁？当然是崔思康了。直到现在他还弄不明白，崔思康这么精明的人，为什么犯这么低级的错误。就算有人为他挖坑，他也不应该往里跳啊。

戴国权好不容易打通了崔思康的电话，崔思康正在去往龙门隧道的路上。戴国权说市委调研组改成了调查组，成立的第一件事，就是由周源副书记和秦部长找你正式谈话。这一道坎你必须过去，否则这辈子就没有机会了。

戴国权的话，让身心疲惫的崔思康心里涌上一股暖意，他说："明白你的一片好意，请你转告周书记、秦部长，不要着急和我谈话，因为我手中的事不能耽搁。我哪儿也不去，更不会出境、潜逃。有什么问题尽管查，查实了我认账，组织上该怎么处理就怎么处理。"

放下电话，戴国权不敢怠慢，快步来到市委调查组办公室，推开门，只见周源、秦慧楠和任大年三人正等着崔思康的到来，准备与他正式谈话。

戴国权说："三位领导，思康联系上了，他去了引水工程工地。他说不要着急和他谈话，他手里的事不能耽搁。"

周源一听，顿时就火了："他什么意思，对抗组织调查？"

秦慧楠与周源商量与其被动坐等，不如主动出击，去引水工地找崔思康。周源说你不要搞错，是我们找崔思康谈话，他是接受调查的对象，应该乖乖地到我们这报到。秦慧楠说，时代在变，原告、被告的人格都是平等的。旧的习惯不一定都管用，上级找下级谈话，放下身段不是理亏。几句话说服了周源，两人驱车去引水工程指挥部找崔思康。

崔思康已经到了龙门隧道，他和总工程师潘凯以及施工技术人员正在研究还没有解决的渗水问题。潘凯说："几天了，渗水问题无法解决，越来越严重。这样下去，要出大事的。"

崔思康带着众人一起上山，四道水泥排水管向远处延伸，映着天边的夕阳，十分壮观。风景如诗如画，众人无心欣赏。这四道气势恢宏的排水管道，成了中看不中用的绣花枕头。崔思康指指排水管道说："我坚信，还是排水管道的问题，把这节水泥管砸开。"

潘凯小心翼翼地说："不能砸，砸了要返工，损失就大了。"

崔思康态度坚决,让工人拿来大铁锤,朝那节水泥管猛砸几下。水泥管碎了,里面扎的是钢筋。经检测,钢筋的密度和标号均没发现问题。崔思康向前跑了一段路,指着另一处的水泥管,让工人又砸碎了一节水泥管,依然没问题。潘凯心疼死了,连呼不能再砸了。此时崔思康也犹豫了,这可是三千万的工程啊,砸错了谁赔得起?崔思康也犯难了,一时间不知怎么办。

开弓没有回头箭,冒多大的风险也要找出工程渗水问题,他下令继续砸。终于在砸开第六节管子时,里面露出的不是钢筋,是竹条、铁丝。这些水泥排水管埋在地下的部分不是破裂就是漏水,水从这里漏出,渗到隧道里。很快查到这施工方和排水管道生产方均为马王管道工程公司,公司法人是王三毛。

崔思康一行赶到马王管道公司生产场地,工作人员叫来了王三毛,崔思康见了一愣,真是冤家路窄,又是他!这人可不是省油的灯,他带上百人上访,拦秦慧楠的车,告他的状,属于天不怕地不怕的刺儿头,如果直接和他对抗,岂不又是打击报复?吕佳龙的教训够深刻的了。

可是,既然短兵相接,哪有拖枪败阵的道理?何况拿到王三毛工程造假的真凭实据,他站在道德和法律的制高点上,怕什么?可是王三毛是个不见棺材不落泪的人,说如果他工程造假,罚款、逮捕、坐牢,该怎么办就怎么办。当崔思康令人砸开现场存放的几节成品排水管,查出浇铸在里面的竹条、钢丝时,王三毛的精神防线全面崩溃了。

崔思康指着王三毛,大发雷霆:"王三毛,你到处告我状,说欠了你的血汗钱,可你赚的是黑心钱!引水工程是百年大计,岂能饶了你这个蛀虫!"

"崔县长,"王三毛竭力争辩,"不知道这是谁干的,我会报案的。"

"铁证如山,你还抵赖?"崔思康说,"我们也会报案的!"

"崔县长,"王三毛低头央求道,"工程返工,我全赔了。我向你保证,不再告你的状了……"

"想和我做交易?没门儿!"崔思康义正词严,"你这害群之马,必须严肃处理！"

崔思康转身走去，王三毛跟在他屁股后面追着，还想说什么，崔思康没搭理他，上车走了。

从龙门隧道到引水工程指挥部，只有半小时车程。崔思康回到指挥部已是晚六点了。疲惫的身躯刚坐在沙发上，秦慧楠、周源和任大年推门进来了。他马上明白，找他谈话的人上门了。关于县委书记职务是上还是下，秦慧楠和他摊牌的时刻到了。

崔思康强打精神，赔着笑脸，忙着让座、沏茶。秦慧楠开始打量这间办公室，墙上挂着条幅，上书"厚德载物，泾渭善恶"。秦慧楠驻足凝视，说道："好一个'厚德载物，泾渭善恶'。谁的大手笔？"

崔思康说："大手笔谈不上，这是本人的拙笔，献丑了。"

秦慧楠话中有话："你还有这么一手，没料到。"

崔思康说："见笑。论书法，周书记才是大家，在他面前我是班门弄斧。"

秦慧楠说："是吗，周书记，我期盼着你的墨宝。"

一阵轻松的开场白后，室内沉寂了。任大年拿出本子和笔，准备做记录。秦慧楠说："开始吧。思康同志，你先说说。"

崔思康尴尬地笑笑："让我说什么呢？"

"开门见山。"周源的话短促有力，"你自我画个像，玉泉县委书记这职务，你够不够格？"

崔思康不假思索地回道："合格不合格，我说了不算。"

周源说："可是人贵有自知之明。"

对周源的话崔思康早有预料，他马上使出了哀兵策略："周书记、秦部长，我还当我的常务副县长吧。实在不行，还可以再降职。县委书记这一道坎是我人生的百慕大，这辈子是跨不过去了。一到关键时刻就掉链子，我怀疑有人——"

"有人？"不等崔思康把话说完，周源打断他说，"别睡不着觉怪床歪，还是自身查找原因吧。"

秦慧楠指着墙上的条幅："看看你写的条幅，潇洒的文字，哲理的语言，做人的内涵。如果仅仅是挂在墙上的玩物，装点门面的作秀，那它将黯然失色，一钱不值。"

周源接着提醒崔思康："慧楠同志说得够直白了，还不能点醒你？"

面对秦慧楠、周源严肃的面孔，崔思康窒息得透不过气来，赌气说："我只说四个字——问心无愧。"

"问心无愧？"周源看着情绪激动的崔思康，冷笑道，"你还好意思这么说，不脸红吗？"

秦慧楠掏出手机，打开视频，这是卢晓明下午在县医院的发言："王长根事件，这让我们联想到了不久前发生的轰动全国的'小悦悦事件'……反映在这一老一少身上的不幸遭遇，都是社会的冷漠和社会道德底线的丧失！所不同的是，置王长根生命危险不顾的是政府公务人员，是人民的勤务员！"

"卢晓明！"崔思康情绪更加激动，"他凭什么指手画脚，说三道四！"

"社会监督，这是人家的权利。"秦慧楠说，"人家出手阔绰，带头为王长根捐助十万块。我们呢？一夜没合眼，为王长根精心布置了一场募捐会，参加活动的有机关干部工作人员二百一十多人，可是总共才捐了两万两千块，平均每人捐了一百零四元。我和周书记两人捐了五千块。我看到，有几个干部就捐了十块钱……"

崔思康不解地问："捐多捐少是个人的自由，我不明白你们为什么要跟我说这些？"

秦慧楠又从手机中调出录音文件，肖强强的声音响起："不就是没有停车救人嘛，又不是杀人放火！你们不要再查了……你们有精力，有时间，多抓抓贪官，抓什么没有停车救人，有什么意义？"

周源说："没有鉴别就没有是非，没有比较就没有差距，两段录音同时放在一起，立见高下。思康，你的手下就这样的思想水平，你平时怎么教育的？"

秦慧楠接着说:"肖强强身为政府工作人员,对待王长根不幸遭遇的冷漠让我们震惊。他是你的部下,而且是你特批进了县委小车队,那天还是他开车。他把责任扛过来,那不顺理成章吗?"

"不,"崔思康急了,"这不是事实。我觉悟再低,也不会挑战社会道德底线。"

秦慧楠说:"思康同志,你已经挑战了。"

崔思康针锋相对:"慧楠同志,不要咄咄逼人!"

周源拍案而起:"崔思康,你在跟谁说话?夫妻双双连夜去找肖强强,这是串供,是攻守同盟,是堵别人的嘴巴,性质是恶劣的!"

秦慧楠步步紧逼:"吕佳龙涉黑案并没有画上句号,谁要了胡萌萌的命?玉泉县警方为什么迟迟给不出答案?玉泉县上访人次半年百万分之三,堪称奇迹,获得了省委、省政府的表扬。可是没过两天,一百多访民围堵我的车辆,这你又做何解释?地上风平浪静,地下暗流涌动。思康同志,你是用什么灵丹妙药制造了玉泉县的和谐盛世?"

后来,崔思康一直在沉默,周源看不下去了:"崔思康,为什么不说话?为什么不回答问题?"

崔思康平静地说:"我有权利保持沉默。"

周源跟崔思康使了个眼色:"我现在就不给你这个权利,回答秦部长的问题。"

崔思康说:"好,我回答秦部长的问题。是我幕后策划制造了车祸,灭口胡萌萌;是我不惜一切力量,掩盖不同声音,打击反对派,制造了玉泉县和谐盛世;是我见死不救,挑战了社会公德……"

"你……什么态度?"周源的嘴都气歪了,"破罐子破摔是不是?"

这会儿,秦慧楠很冷静,可她心里在想,这次与崔思康的谈话是失败的。

一五　剪不断理还乱

　　正面攻克崔思康的思想堡垒是很困难的，必须寻找他思想防线的弱点，先易后难，才可攻击一点，波及其余。
　　任大年将前两次崔思康的考察报告递给秦慧楠审阅，她不愧就任过中组部干部监督局的处长，很快就发现了问题。她说："群众对崔思康在婚姻上反映的问题报告中没表述。"
　　任大年不以为然地说："有关这方面的内容，很难表述。这属于个人隐私，也属于我们一贯认为的小节。"
　　秦慧楠说："什么小节？大年同志，你糊涂啊。反腐中揪出的'大老虎'，哪个身后不站着一群女人？老百姓骂他们是'通奸党'。贪官没有爱情，只有淫欲。天津有个'大老虎'叫什么武爷，私生子女就有九个，结果DNA检测，只有三个是他亲生的。不要小看恋爱和婚姻的价值取向，这往往是一个人道德水准的晴雨表。"
　　任大年洗耳恭听，表情有些吃惊，也感到新奇。他深有感触地说："不错，恋爱、婚姻和男女之事，牵动着党风党纪。"
　　秦慧楠突然问了一句题外话："你谈过恋爱吗？"
　　任大年哈哈一笑："不好意思，我的恋爱史为零。我的婚姻，是父母一手包办的。说到这事，气就不打一处来。"
　　秦慧楠顺着他的话开玩笑地问："怎么，还想补这一课？"
　　任大年说："做梦都想。"
　　秦慧楠大吃一惊："啊？"
　　任大年不紧不慢地回道："下辈子吧。"

秦慧楠松了口气说："大喘气啊。大年同志，我认为一个领导干部如果连山盟海誓过的人都能背叛，又怎么会在仕途上兑现对人民的承诺呢？"

任大年点点头说："关于这个问题，不是我们工作中疏忽，是上级没有这一项考察的要求。"

秦慧楠盯着任大年的眼睛问："你们男人，是不是都是这样一个心态：老婆别人的好，儿女自己的强，吃着碗里看着锅里的？"

任大年赶紧摇头摆手："不是不是，我与我家老婆子，好赖厮守了三十多年嘛。我这种人，不是自我标榜、自吹自擂，没有后台，没有靠山，能有今天，硬是靠苦干实干、待人真诚、憨厚老实，是领导放心、老婆省心、同事安心的那种人。怎么，崔思康婚姻道德上有问题？"

秦慧楠说："有这方面的反映。也许组织上一开始就做了一个错误的选择，将原本道德缺失的人，一步又一步地推向了重要的领导岗位。"

说话间，戴国权轻敲内室的门，随手推开，恭敬地将一份大红请柬摆在秦慧楠面前，这是开展全县十大道德标兵的评比活动的动员大会，请秦慧楠参加会议并作指示。

秦慧楠很高兴地说："国权同志，你组织的这个活动太重要太及时了，这就叫'做政治上的明白人'。"

戴国权说："王长根事件的教训太深刻了，这说明提升全社会道德水准迫在眉睫。特别是干部队伍的道德建设，应该提到重要的议事日程。"

秦慧楠微笑地看着戴国权。戴国权读懂了这种微笑，这是对他的夸奖和赞同。戴国权是文化战线上的老兵，久经沙场，他知道到什么山砍什么柴，来什么客上什么菜，这就是"政治上的明白人"。

戴国权离开秦慧楠的办公室，来到自行车棚，准备出去。这时一位机关干部追上来，拿着十大道德标兵的候选名单请他过目。看着候选名单，戴国权脸色不悦，问怎么没有玉泉集团的总裁卢晓明？那位干部说，对卢晓明大家看法不一。再说了，人家是大企业、上市公司老总，见的世面多，看得起县级标兵称号吗？可戴国权坚持，玉泉集团不参加这个活动就缺少分量，缺少含金量。

戴国权决定去一趟玉泉集团，亲自把推荐表送上门去。到了玉泉集团，吴雪姣隆重地接待了他，过了一会儿又歉意地说，不好意思，有个外商急着要见卢总，在玉泉皇家大酒店，卢总在325客房恭候您。

玉泉皇家大酒店隶属玉泉集团，是玉泉县唯一的五星级酒店。三层挑高的大堂，水晶灯高高挂起，戴国权通过大厅走向电梯，直奔325房间。按了半天门铃，没有反应。

戴国权敲门，发现门虚掩着。推开门，刚走进房内，房门咔嚓一声关上，他回头一看，大吃一惊，浴间里有个妙龄女子在沐浴。戴国权转身，想开门出去，可是门却打不开了。妙龄女子走过来，披着薄如蝉翼的浴衣，匀称的胴体若隐若现，玫瑰花的香味随她的走动一点点向戴国权袭来。她纤纤玉指轻轻滑过戴国权的脑后："先生，你out了，这是智能锁，没有我的指纹是打不开的。"

戴国权头也不敢回，战抖着说："对不起，我找卢总。请开门！"

妙龄女子说："哪个卢总？ 先生，你走错了房间。"

戴国权责问："为什么不锁上门？"

"我的大门为你敞开呀！"女子一把拉住他，在他耳边轻轻说，"先生，择日不如撞日，咱们有缘分。"

这一幕，正在酒店另一个客房直播着，导演就是卢晓明。正当秦慧楠调查崔思康的问题时，他也对崔思康就任新县委书记失去了信心。凭他的感觉，另一个候选人戴国权极有可能会取代崔思康，所以他对戴国权的认识和考察也就此开始。从何入手？ 女人当然是永恒的话题。听说戴国权不好女色，堪称当代柳下惠，卢晓明不信，今天就来个一试真假。

在325客房，女人和"柳下惠"的大戏还在上演。妙龄女子继续上前拉拉扯扯，戴国权怒火冲天："别碰我，否则我报警！"

妙龄女老脸皮厚地说："报啊，警察叔叔来了，你这位大叔说得清吗？"

戴国权一身正气:"清者自清,只要我心里说得清楚就行。让开!"

妙龄女又一次拉住戴国权,乞求道:"先生,你不能走,求你了,照顾照顾生意,我们也不容易……"

戴国权猛地推开妙龄女,这时,房门开了,卢晓明、饭店经理和保安站在门口。

经理低头哈腰,一脸慌张:"先生,对不起,我们总台工作人员搞错了。卢总在315,他们说成了325,这是个大误会,实在对不起!"

卢晓明洋洋得意,拉着戴国权的手向大家介绍:"我的朋友是谁?玉泉县县委副书记戴国权!"众人惊讶不已,向戴国权投来钦佩的目光。卢晓明接着说,"你们都看到了,戴书记坐怀不乱,是当今的柳下惠。他一身正气,是打着灯笼也难找的好党员、好干部。"

戴国权面无表情,连一句"再见"也没说,头也没回向电梯间走去,卢晓明紧随其后。电梯间只有戴国权和卢晓明两个人,戴国权讥讽道:"卢总,这幕戏太老套,不精彩呀。"

卢晓明说:"坏事变好事。戴书记,你让我刮目相看了。"

回到玉泉大厦总裁办,戴国权将评选十大道德标兵登记表推到卢晓明面前。卢晓明眼前一亮,称赞这是精神力量,这个活动牵住了牛鼻子,抓到了点子上。这个活动,他全力支持,缺什么尽管说。戴国权说唯一缺的就是卢晓明闪亮登场。可卢晓明说不,该闪亮登场的是你戴国权,县委书记非你莫属!

戴国权十分敏感,也十分紧张,卢晓明怎么插手新县委书记的人选了? 不知是试探还是提醒,他说崔思康是他的好同事、好兄弟。可卢晓明直言,崔思康傲气十足,是是非非,闹个不停,是个扶不起的阿斗。为玉泉一百多万老百姓的福祉,你戴国权应该站出来,勇于担当,而不是顾忌什么兄弟之情。玉泉集团支持你,玉泉商会支持你。

卢晓明越说越激动,这让戴国权心里不安,这些话传出去要坏事的,于是他又一次提醒卢晓明,要防止非组织活动,特别是利益集团,因利益驱使影响我们的选人和用人,这是党的组织工作的高压线,任何人都不能碰！要查一查，东山市和玉泉县，有没有地下组织部。

卢晓明惊讶地问："地下组织部，谁说的？"

戴国权一字一顿地回答："省委书记郁浩民！"

今天下午，市委办公室突然通知戴国权速去东山，向市委汇报工作。秦慧楠心里明白，玉泉县新县委书记的人选，朱明远准备起用备胎了。

杨娟告诉秦慧楠，肖强强已经停职检查，这个决定是戴国权批示的。肖强强整天坐着，面前一张白纸，手里拿着一支笔，什么话也不说，像个傻子一样。下了班，白纸上只写了三个字"检查书"。秦慧楠说："这个肖强强，就没法让他开口讲真话了？我的意见是，对肖强强不要急，冷处理，先拖几天。所谓欲擒故纵，就是这么个理。"

杨娟赞同地点点头问："那我们下一步的调查方向？"

秦慧楠说："调查崔思康的婚姻问题。崔思康在老家有个未婚妻王秀芹，可在大学又和学妹沙莎相恋，最后结婚的却是年轻貌美的范琳琳。查一查，这里面有没有权色交易、利益输送？"

在去往东山市的高速路上，戴国权坐在一辆黑色别克轿车里，表情明显带着兴奋和紧张。他手里拿着一份市纪委刚刚出的简报，标题是"玉泉县县委副书记戴国权拒色诱，扬正气"。这个卢晓明真有能耐，没超过二十四小时，他在玉泉皇家大酒店"柳下惠再世"的事迹就上报了市纪委，并发了简报，上传到网络，产生了不小的影响，这是卢晓明送给他的一个大礼包！

别克轿车驶进市委大院，朱明远的秘书小陈迎上来告诉戴国权，朱书记和罗常委在楼上等着。

戴国权小心地问："让我汇报什么，能否透露一点？"

陈秘书神秘地一笑，小声说："玉泉县委、县政府的工作，越全面越好。"

戴国权心里明白了，这是市委对他的考核，是让他主持全面工作的前奏。

见了面，朱明远笑着说："国权同志，说点题外话，听说你是单身？"

戴国权没想到朱书记第一个问题是自己的个人问题，就低声说："是的，我离异好几年了。原因很简单，前妻和女儿移民美国，要我也过去。我不去，我的根就在中国！她们说服不了我，就离我而去，包括女儿。"

罗西来插话说："离了好，自由自在，一个人的生活照样精彩。"

朱明远接过罗西来的话："国权同志赚大便宜了。要是不离，就成裸官了，非但不能重用，还要清理。"

戴国权尴尬地笑了："是啊，我是因祸得福啊。"

罗西来从包里拿出市纪委"玉泉县县委副书记戴国权拒色诱，扬正气"的简报，转头对朱明远说："朱书记，打老虎、拍苍蝇，有人悲观失望，以为'洪洞县里没好人'了。戴国权的这件事，做得漂亮。"

朱明远见戴国权很淡定，心里也很满意："男女的事，不是小事。国权同志拒色诱，扬正气，可以为东山市干部队伍塌方式腐败挽回点面子。"

戴国权赶紧说："朱书记过奖了，这件事不要宣传，理由是这也属个人隐私。"

戴国权的话，让朱明远、罗西来刮目相看。如此低调的行事风格，在朱明远心中获得了一种大大的好感。他欣赏地看着戴国权："好，尊重你的个人隐私。现在听听你的上半年工作汇报，你所掌握的全县全面的工作。"

戴国权抑制着内心的激动，小心翼翼地拿出笔记本，很低调地开始了他对全县工作第一次的全面汇报……

龙门隧道，引起了秦慧楠的关注。崔思康为什么多次去那里？那里发生了什么？让一个主持全面工作的常务副县长隔三岔五地往那里跑？她决定一探究竟。可是天公不作美，进入黄梅季节的玉泉县突然下起大雨，哗啦啦不停。

189

越野车的紧急刹车，惊醒了昏昏欲睡的秦慧楠，发现车子已经陷进了雨水和泥石流里，动弹不得。驾驶员下车，从路边小屋里叫出几个人过来帮忙推车。秦慧楠见状也赶紧下车帮忙。驾驶员不好意思让她下来淋着雨帮忙推车，大声说："秦部长，你快上车，雨太大了！"

"不要紧，多一个人多一把力！"她问众人，"这条路经常这样吗？"

回答是肯定的，这条路是临时的，是为引水工程建的。大家还说，别看这条临时路，崔县长也在这里推过车。这个意外获得的信息，让秦慧楠的心里产生了几分对崔思康的好感。众人一使劲，越野车终于出了泥淖。

雨还在下，越野车沿着泥泞的道路艰难地开到隧道洞口。渗水严重，洞口成了水帘洞，崔思康和潘凯等人从洞口走出，他们浑身湿透，满脸泥浆。

秦慧楠下车，撑起一把伞，走向崔思康。

崔思康惊讶地问："是你？"

秦慧楠笑着问："不欢迎？"

"体察民情，热烈欢迎。"说着，崔思康用手抹抹脸上的雨水，可手上本就有一些泥，此时的脸成了泥画板，他尴尬地说，"不好意思，很狼狈。"

看着满脸泥水的崔思康，秦慧楠似乎回到了学生时代，那种单纯简单的日子。她拿出纸巾，递过去："看你，落汤鸡似的，擦一下。"

崔思康接过纸巾："隧道渗水，只有大雨天才能确认渗水的确切位置。"

秦慧楠看着眼前灰头土脸的崔思康，心情有些复杂地问："这也是常务副县长的工作吗？"

"我是指挥长，这种事不到场便是失职。"崔思康把脸上的泥水擦了擦，秦慧楠又递上一张纸巾问："工程师不能替代吗？"

"抓住重点，减少汇报，现场办公，一锤定音，这是我办事的风格。"

秦慧楠看着崔思康，有了泥土的衬托，牙齿显得更洁白，笑容也更朴实无华:"你想让我为你的风格喝彩吗?"

崔思康说:"不敢奢望。"

崔思康带着秦慧楠来到一处钢板房,两人一起走进来。房间里有小床、小桌、小凳子,办公桌上还有一堆方便面。

秦慧楠问:"这是你住的地方?"

崔思康说:"办公兼休息,临时的。有时晚上迟了或者雨天回不去,就住在这里。"

床头有一本书,秦慧楠拿起一看,是一部《曾国藩》,手里的书早已没了油墨香,内页被翻了很多次,秦慧楠抬头看着他问:"你喜欢曾国藩?"

崔思康说:"中国圣人有两个半,孔子、王阳明算两个,曾国藩算半个,他的人生智慧特别值得我们看重和珍视。"

秦慧楠弦外有音地说:"曾国藩是升官最快、做官最好、保官最稳的人物,是官场的不倒翁啊。你也想这样?"

面对秦慧楠的提问,崔思康故意说:"是啊,本人官场的经验太缺乏,书生气十足。不会躲避明枪暗箭,经常躺着中枪。"

秦慧楠皱了皱眉头说:"将今天的仕途等同于封建王朝的官场,这是认知上的一个谬误。"

一时间,两人似乎回到了学生时代,回到了喜欢通过辩论获得真知的岁月。那时,他和她都很青春,也很简单。

秦慧楠推开窗户,外面烟雨朦胧,山色苍茫,适宜时光煮酒,追忆从前。她说:"打开窗户说亮话,这儿只有崔思康和秦慧楠,没有崔县长和秦部长。我们畅所欲言,百无禁忌。"

崔思康给秦慧楠和自己各倒了一杯水,开心地说:"好,这句话让我看到了当年的学妹秦慧楠。"

"可是,我没有看到当年学长崔思康半点影子啊。"秦慧楠一针见血地说,"当年的崔思康是八个字——直率,幽默,爱心,仗义。"

"这个评价还不错。"崔思康心里有点小欢喜,接着问,"今天呢?"

"也是八个字，"秦慧楠毫不留情地直接说，"老练，城府，缺乏担当。"

崔思康哈哈一笑："干脆说我老奸巨猾好了。"

"目前你还没有够得上老奸巨猾的级别。"秦慧楠直言不讳地说，"发生在你身上的几件事，尽管明修栈道，暗度陈仓，但绝非天衣无缝。"

面对秦慧楠的直截了当，崔思康也毫无顾忌："来而不往非礼也，我也评价一下你。过去的秦慧楠很纯情，对人炽热得像一团火。现在的秦慧楠，也送你八个字——冷漠，苛刻，不近人情。"

"别搞笑了，你这幽默来得不是时候。"秦慧楠突然话锋一转，切入正题，"看看你都干了些什么？一地鸡毛。别人举报你借扫黑除恶，打击报复，关键证人突遭车祸灭口；七十岁老人生命垂危，你乘车经过视而不见，舆论大哗，影响恶劣。在我的办公室里，有关你的举报和来信一把一把的，什么'作风粗暴、以权谋私、权色交易'……我真不理解，你为什么有那么多'事出有因，查无实据'？"

崔思康自信地说："因为我肯干事，不干事就什么事也没有。"

秦慧楠单刀直入："群众反映，说你很在乎县委书记这个职务，是不是这样？"

崔思康毫不讳言："这个职务，我做梦都想要！"

秦慧楠冷笑了一下："可惜，你不是曾国藩。"

崔思康也冷笑了笑，看向窗外："我研究生一毕业，就踏上了玉泉县这块土地。从村官、村长干起，直到今天的常务副县长，是一步一个脚印走过来的。我可没有立大功、提拔、空降的机会。"

秦慧楠问："你是在说我吗？"

崔思康不怀好意地笑笑："请不要对号入座。"

秦慧楠说："站在山庙门前骂秃驴，你让我对号入座，我能不坐？关键时刻，将一个就要提拔为副省长的人拉下马，这需要的勇气和面对的风险你是体会不到的。我知道，林强盛是你的老上级，他在东山任市委副书记、书记共八年，你的提拔，没有他是不行的。我更知道，拉下一个林强盛，得罪了一大批，是不是也包括你崔思康？"

崔思康瞪着她："你这是什么逻辑，一人犯法，株连九族吗？你居然怀疑我和林强盛是一伙的？"

"我有这么怀疑的权利。"说着，秦慧楠打开包，抽出一个纸带，里面是十几张旧的《东山日报》，上面是林强盛多次视察玉泉县时和崔思康的合影。

崔思康毫不留情地指出："请不要用这些照片说事，这是历史！"

秦慧楠有力地反驳："历史可以告诉未来！"

崔思康感受到了来自秦慧楠的巨大压力，抗争着："秦慧楠，请不要逼我！"

秦慧楠步步紧追："你在威胁我，我怎么逼你了？"

崔思康问："你将林强盛拉下马的那封匿名举报信，知道是谁写的吗？"

秦慧楠想起这封举报信，心中生起对这位匿名者的崇敬，她说："不知道。这个匿名举报者，就是我心中的无名英雄。"

"找到这个无名英雄了？"

"杳无音讯。"

"当这个举报人就站在你面前的时候，你会怎么样？"

"做梦都想找到他，向他敬个礼，鞠个躬，说声谢谢。"

崔思康说："应该加上一句——谢谢你成就了我。"

听到崔思康的话，秦慧楠心里很不是滋味，似针扎一般刺痛了她的心。是啊，没有那封匿名举报信和举报信里的那个成绩单，就没有她的今天。市委常委和市委组织部部长这两个职务，是对她拉下林强盛的奖励，这个"军功章"有匿名举报人的一半。此时崔思康提这是什么意思？刚才还说"当这个举报人就站在你面前的时候"，难道他是匿名举报人？不可能。市委常委会两次提名崔思康为县委书记候选人的不仅有周源，还有林强盛。

雨越来越大，秦慧楠撑起一把火红的雨伞，走进茫茫的雨天中。工地上，崔思康身披雨衣，检查流淌着雨水的隧道。秦慧楠走过来，赤着脚，打着雨伞，崔思康震惊得说不出一句话。秦慧楠说："告诉我，你甩掉了王秀芹和沙莎，怎么选择了范琳琳？"

崔思康反问道："这也是你调查的内容？"

秦慧楠咄咄逼人地反问："一个对恋爱、婚姻的山盟海誓都能撕毁的人，何以兑现对人民的承诺？"

崔思康说："你在偷换概念？"

秦慧楠态度强硬："你必须回答我。"

崔思康不以为然："在这里，只有学长崔思康、学妹秦慧楠。"

秦慧楠说："不，现在我的身份置换了。我以东山市委常委、市委组织部部长的名义要求你。"

崔思康说："送你四个字——无可奉告！"

秦慧楠的鼻子都快被气歪了，正告道："崔思康，按照现在的形势和你的态度，我担心你在常务副县长的位置上扛不了几天。"

崔思康双目一瞪："秦慧楠，如果我垮了，你就是推手，我会记恨你一辈子！"

于是，两人的谈话，从和风细雨到剑拔弩张，最终不欢而散。

这两天心里最不舒服的是范琳琳，崔思康居然瞒着她，拿了八万块现金资助王秀芹，还送到了小王庄。更让她生气的是王秀芹竟当面责问她，是"怎么将崔思康勾到手"的？王秀芹如此放肆，是可忍，孰不可忍！看来她和崔思康不是一般关系，崔思康向她隐瞒了重大事情。下午快下班时，终于和在龙门隧道工地上的崔思康接通手机，她威胁说："天塌了你也要回来。我病了，大病一场。你回来迟了，就见不到我了！"

崔思康知道范琳琳说的是气话，但她语气强硬，态度反常，肯定有事，于是不敢懈怠，匆忙地回到了家里。进门后，他故意咳嗽了一声，说："我回来啦——"

见没有回应，崔思康推开卧室的门，范琳琳果然躺在床上。他走到床边，正伸出手，范琳琳一声棒喝："别碰我！"

崔思康收回双手，嘿嘿地干笑了一声："哟，这么大的火气啊。"

范琳琳一发不可收地重炮猛轰："你为什么给王秀芹八万块钱？你们之间什么关系？到底发生了什么事，是'梁山伯与祝英台'，还是'秦香莲和陈世美'？"

"你太严肃了，"崔思康笑嘻嘻地说着，"别搞得这么沉重好不好，又听到什么流言蜚语啦？"

范琳琳将她和王秀芹在副院长办公室的对话，一字不落地向崔思康讲述了一遍，她余怒未消，只感觉胸中怒火中烧。崔思康心里更加难受，想把他和王秀芹的真实关系告诉她，想对她说"不错，如果不是你，王秀芹就是我的老婆"。可是他不能说，如果说了，范琳琳会接受不了的。至少这些事还不到说的火候，车开快了要翻车的。唯一的办法是忍，忍一天算一天。想到这里，他安慰说："王秀芹毕竟是来自农村，对她的言谈举止，你别太计较。"

崔思康的话让范琳琳的心火上加油："你倒会理解人。那八万块钱是怎么回事？你白给人家，人家不要，还对你态度不好。"

崔思康说："人活在世上，每天都有故事。有的故事一目了然，有的故事是一言难尽。我真的太累了，想安静地躺一会儿，求你还不行吗？"

看着崔思康布满血丝的双眼、大大的黑眼圈和眼袋，范琳琳也是心疼，最近他的压力很大，平时有什么事都让着自己，也该体谅体谅男人的不容易。

崔思康疲惫地躺下，范琳琳帮他脱掉鞋袜。看着贤惠的妻子，崔思康由衷地说了一声"谢谢你——"不知是坚强得太久，还是压抑不住内心的委屈，面对忽如其来的温柔，身心疲惫的崔思康眼睛湿润了。

范琳琳擦擦崔思康湿润的双眼，轻声说道："我知道，你心里有事一直瞒着我。这么多年了，我能看不出来？既然你一直不想说，那就别说了。"

崔思康躺在床上，蜷起腿说："我欠了别人的债，一直想还，但还不了。"

一听崔思康欠债，范琳琳马上说："欠谁的？欠多少？别担心，砸锅卖铁也帮你还。"

崔思康叹了口气："是良心债，不是金钱可以衡量的。"

范琳琳问："债主是王秀芹？"

崔思康无力地点点头。

看着身心疲惫的丈夫，范琳琳内心愧疚，满含歉意地说："老公，我今天做了一件非常后悔的事。"

崔思康闭着眼，轻声问："什么后悔的事？"

范琳琳瘪着嘴，犹豫了好一会儿，鼓足勇气说："我把那条围巾和照片送给了秦慧楠……"

"你……"崔思康弹坐而起，抓起茶杯摔得粉碎，他大声斥责道，"胡闹，你是在给我帮倒忙！"

秦慧楠从龙门隧道回到玉泉宾馆，已是掌灯时分，她突然发现写字台上放着一条红格子毛线围巾和一张照片，照片上是年轻的秦慧楠、崔思康、沙莎三人亲密的合影，崔思康脖子上正围着那条红格子毛线围巾。再看照片反面，题写着"永远珍藏"。

见物思情，秦慧楠的心跳加快，热血奔涌。她不是为当年的情景再现而激动，是为田振鹏看到这两样东西而焦急。这两样东西是装在纸盒里的，很显然打开纸盒的只有田振鹏，他的拉杆箱就放在沙发旁边。

一向沉着冷静的秦慧楠慌了神，这张三人亲密照一定会让田振鹏产生联想和过度解读。特别是毛线围巾，这是她替沙莎代劳的，婚后她曾给田振鹏也织过一条。现在这照片和围巾的事怎么才能解释清楚？结婚十年，田振鹏对婚姻很专一，他的爱如同眼里容不得沙子。如果他小肚鸡肠，揪住不放，两人的情感非出问题不可。她马上转身走出客房，一边疾走，一边拨通了田振鹏的手机，问："振鹏，你在哪……"

电话里，马达轰鸣，同时也传来田振鹏开心的声音："我在报废车场。告诉你一个好消息，胡萌萌的车祸案有了进展，肇事车辆找到了……"

秦慧楠一阵欣喜，既为案件取得进展，更为丈夫的语气里没有任何疏离，心里的石头落了地："振鹏，干得漂亮，我会嘉奖你的！"

田振鹏："怎么嘉奖？"

"用女人的方式。"秦慧楠说得干脆利落，"振鹏，那张照片和围巾我必须向你解释。尽快，我一刻不想耽搁。你在哪？发个位置图，我去找你……"

秦慧楠拦了一辆出租车，刚上车便收到了田振鹏发来的位置图，是一家茶楼的地址。秦慧楠赶到茶楼，刚泡好茶，田振鹏便大步流星地走进茶楼，只见他满头大汗。秦慧楠又是递纸巾又是倒茶，十分体贴和暖心。

田振鹏喝了口茶说："肇事车辆已拖回局里去了。"

秦慧楠问："怎么发现的？"

田振鹏颇为得意地说："通过痕迹寻找车辆，再从车辆上寻找痕迹，这是我的强项。下一步，通过痕迹寻找作案人，放心，案情很快会水落石出。"

"老公，你太棒了。"秦慧楠端起茶碗，恭恭敬敬地说，"以茶代酒，祝贺你！"

"谢谢老婆！"田振鹏喝了一大口，"什么事不能在家里说，跑到这里来花钱。"

"你还装什么装？"秦慧楠像做错了事的孩子，"老公，对不起，我有历史问题没交代。那张老照片和那条围巾你不想让我做点解释？"

田振鹏佯装大度地说："多大的事啊？我根本没放心里去。"

秦慧楠说："拉倒吧，知夫莫如妻。你表面上风平浪静，心里肯定翻江倒海。"

秦慧楠把围巾和照片的来龙去脉做了一番解释，田振鹏的反应很淡定，然后不轻不重地挖苦了一句："这么说崔思康捷足先登，比我早十年享用了你织毛线的手艺。线儿长，针儿密，含着热泪织围巾……"说着，他又唱上了。秦慧楠很尴尬地说："该交代的都交代了，你看着办吧。"

田振鹏风趣地说："对个人的历史，我党的一贯政策是：不求清白，只要清楚。好好好，这事再也不提了。我关心的是这围巾和照片是谁送来的？什么目的？"

秦慧楠沉默了，她明白，送围巾和照片的第一嫌疑人就是范琳琳。其一，这围巾和照片是崔思康收藏着被范琳琳发现了，或者是崔思康与她共谋。其二，送围巾和照片的信息量很大，用意是你秦慧楠不要任性，我们毕竟是校友，做事悠着点。否则我就说你感情用事，以此报复当年不辞而别甩了沙莎的崔思康。

一六　抱团取暖，要保持适当距离

玉泉县监狱大门口，狱警们敲锣打鼓，鸣放鞭炮。大门正上方拉着大横幅，上面写着：热烈祝贺玉泉集团"爱心捐赠"仪式在我监狱举行。不远处，一支小车、中巴组成的玉泉集团"爱心车队"缓缓驶来，车上满载书籍、电脑和电脑桌椅，在锣鼓声中驶进监狱的大门。

捐赠仪式就在监狱的操场举行，平时犯人在这里放风运动，现在几百号犯人统一着装，整齐划一，席地而坐。主席台上，坐着卢晓明、戴国权、监狱长等人。平时监狱长板着脸，今天热情洋溢，对着麦克风宣布玉泉集团爱心捐赠仪式开始。这次活动，玉泉集团出于对全体服刑人员的关心，慷慨解囊，共捐赠各类书籍一万册，桌椅一千套，电脑一百台。

戴国权走向讲台，扫视一下台下的犯人，目光捕捉到了林强盛和余光的身影，他俩正坐在服刑人员的人群里。

台下的林强盛，目光盯着台上的戴国权，找回了印象：八年前他任东山市常务副市长，戴国权还是市委的一个副科长。他终于想起来了，他和戴国权有过一面之交。那是林强盛要在全市文明城市建设大会上讲话，罗西来决定让戴国权起草讲话稿。

接到为市委领导撰写讲话稿的任务，戴国权兴奋得一夜没睡好觉。在他的眼里，这位市委领导是个大人物，可望不可即，他很感恩罗西来给了他这次机会。

多年来，戴国权经常听到罗西来说过同样的话——聪明人都明白一个道理，帮助自己的唯一方法就是帮助别人。

台上，戴国权面对众服刑犯，一会儿慷慨激昂，一会儿声情并茂，但说的都是套话、官话。余光说这个戴国权平时很低调，今天怎么高调了？林强盛说他要成为玉泉县当家人了嘛，这叫隆重推出。余光同意这种看法，他觉得戴国权会办事。今天这个活动八成是冲着他们来的，有拜码头的味道。林强盛认为余光是自作多情。他问你以为你是谁，东山市市长？呸，臭狗屎，服刑犯！

　　可是，台上的戴国权此刻的一席话很暖心。他的目光注视着林强盛和余光说："我们是来看看你们，三句话：第一，我们是历史唯物主义者，承认历史，承认你们过去所做出的贡献；第二，希望你们好好服刑，立功受奖，减刑出狱；第三，有什么困难，尽管提出，监狱解决不了，我们县委、县政府帮助解决。"

　　林强盛、余光和犯人们热烈鼓掌。林强盛看着监狱长，大声说："报告监狱长，我们可以和戴书记、卢总裁握个手吗？"

　　监狱长爽快地回答："可以。"

　　"戴书记，好好干吧。"林强盛与戴国权握手，然后意味深长地说，"你已经扬帆了，前程似锦啊。"

　　戴国权迎着林强盛的目光，笑着说："谢谢老领导。"

　　林强盛与卢晓明握手，卢晓明松开手时，发现手心有个小纸团，他马上放进裤兜，假装什么事情都没有发生，继续跟监狱长按行程安排完成当天的活动。回到车上时他才悄悄展开纸团，上面写着四个字"灭香废康"。

　　回到玉泉大厦总裁办，卢晓明和林全相对而坐，卢晓明将"灭香废康"的纸条往桌上一推。林全看着纸条一眼就认出了林强盛的笔迹。他说："'废康'我明白，是废掉崔思康，他就不是县委书记的料。可是'灭香'，这香是谁？"

　　"余市长的小三，不是你拉的皮条？"卢晓明的话让林全很尴尬，但这是事实，他无法否认。在记忆里努力搜寻着，他突然说："这个臭婊子，我想起来了,她叫刘带香!"

想起以前的事,林全咬牙切齿地说:"女人是祸水,这个刘带香就是典型。她在余市长、林书记身上没少捞油水,最后反咬一口,变成了受害者,我饶不了她!"

卢晓明老奸巨猾地说:"老领导的意见我传达了,至于怎么办,那是你的事,我什么都不知道。"

市委调查组里,秦慧楠正在召集会议。杨娟汇报,肖强强还是老样子,工作照干,整日沉默寡言,拒绝检查。她分析,肖强强把见死不救的责任扛过来之后可能又反悔了。

任大年汇报,这几天他和县委组织部的同志着重调查有关崔思康"权色交易"的问题。他们去了一趟湖北崔思康的老家,当地村民反映,王长根和王秀芹资助崔思康大学本科四年,研究生三年。王秀芹与崔思康订了婚,可是被崔思康无情地抛弃了。当地的村民都说崔思康是当代的陈世美。关于崔思康和范琳琳怎么成为夫妻的,有待调查。看着大家情绪有些低落,秦慧楠提高嗓门,说胡萌萌的车祸案有了进展,肇事车辆找到了。这个好消息打破了空气的沉闷,大伙的脸上出现了喜悦。

邓亦先汇报,费了九牛二虎之力,终于联系上了垃圾场的方大爷。这几天他生病了,一直躺着。秦慧楠要邓亦先散会后买些营养品,去看看方大爷。

整个会议,周源一声不吭。他拿着笔记本和笔,不时地记录着什么。秦慧楠最后征求他意见,他只是摇摇手,微微地笑着。

会还没结束,朱明远给秦慧楠打来电话,说他要去省委开紧急会议,不放心调查组的事,路过玉泉时要和秦慧楠、周源碰个头,地点就在玉泉东门收费站。

夕阳西下,夜色降临。收费站的灯火齐放光明。巨大的钢结构雨棚,镶嵌着彩色的亮化,远远看去,像一艘扬帆的航船。

朱明远乘坐的商务车刚停下,秦慧楠和周源乘坐的小车也到了。三人一起进了商务车,还没坐稳,朱明远就说:"为了一个崔思康,市委两个常委在这里耗着,前所未有。在家的常委们也议论纷纷,说什么的都有,我的压力很大。特别是你们俩,一个是'挺崔派',一个是'倒崔派',我担心你们吵架。"

他拿出一个举报信封说:"这是市纪委郑介铭今天下午刚收到的举报信。信中举报崔思康生活作风腐化,通过关系,将私生女异地寄养。"

周源大吃一惊:"这举报信靠谱吗?"

"是实名举报,举报人是海州市洛山县冈东乡五子村的村主任。具体情况,你们看举报材料就知道了。"朱明远的心情沉重起来,"崔思康时不时地爆出个冷门,让我们措手不及。这件事是事实还是流言,必须澄清,水落石出。不管怎么说,崔思康成了焦点人物,成了烫手山芋,继续提拔是不合适的。"朱明远停顿了一下,看着秦慧楠和周源继续说,"戴国权能不能替代崔思康? 常委们意见不一。有人提出另起炉灶,空降一个县委书记。你们认为呢?"

秦慧楠说她就不信,一百万人口的玉泉县,就找不到一个合格的县委书记。周源也同意秦慧楠的看法。接下来朱明远代表市委决定,撤销崔思康县委书记职务的任命,对其存在的问题,全面、彻底地展开调查。这次不能含糊,丁是丁,卯是卯,一定给出一个合理、可信的交代。关于玉泉县县委书记人选,重新推荐,重新考察,戴国权算一个。决定宣布后,朱明远将纪委关于戴国权"拒色诱、传佳话"的简报给了秦慧楠。秦慧楠看了一眼,随即递给了周源。

周源看了简报,脱口而出:"这真是有心栽花花不开,无心插柳柳成行啊。"他的潜台词是,崔思康扶不起来了,让戴国权占了大便宜。

朱明远要赶路,秦慧楠下了车,可周源屁股没有挪窝,仍留在车上。朱明远看着他忧心忡忡的样子,问他:"你还有事吗?"

周源说:"老朱,我决定提前退了。"

看着周源一脸的沮丧,朱明远问:"因为崔思康?"

周源咬着牙,气愤又无奈地说:"这个兔崽子,他让我塌了脸,我自己启动了问责机制。"

朱明远安慰道:"提拔干部,我们的教训很多,很深刻。崔思康的问题不是哪一个人的问题,要打板子,我们都有份。"

周源说:"我不是作秀,是认真的。"

周源下车,伫立着,面无表情,目送朱明远的商务车消失在夜幕中。

夜色微凉。秦慧楠走过来:"我们也上车吧,外面很凉。"

"我想一个人站一会儿。"周源十分沮丧和懊恼,"这个崔思康可把我害苦了。看来我这一辈子的声誉要栽在他身上了。"

秦慧楠安慰说:"现在下结论还为时过早。"

周源说:"上一次我安慰你,现在你安慰我,反差太大了。慧楠,真正要撤退的是我,明天一早我就离开玉泉县城。"

"你不能走,"秦慧楠马上阻止周源这个念头,"崔思康的事还没见底。"她将周源拉上车,看到他的情绪如此低落,心里也很茫然。她心里在问:将崔思康拉下马,这是她的目的吗? 她需要这个结果吗?

邓亦先打了一辆出租车来到垃圾场。他手里提着营养品,向垃圾站铁皮房的院里走去。

铁皮房内方大爷生病躺在床上,听到有人呼喊,半睁开眼,迷迷糊糊地看着邓亦先。

邓亦先说:"不认识啦? 半年前,我和北京的秦处长找过您。"

方大爷没说话,又闭上了眼睛。邓亦先拉把椅子坐下,准备跟方大爷好好聊聊。方大爷突然睁开眼,从嘴里狠狠地挤出三个字:"快出去!"

"大爷,喝口水吧。"看着老人怒气冲冲的脸,邓亦先不明所以,倒了杯水,"要不,我送你去医院看看病?"

邓亦先不能走,秦慧楠交代他此番来找方大爷的任务,除了打听小曼的下落,还要通过方大爷了解匿名举报林强盛的人。邓亦先问:"大爷,告诉我,小曼现在在哪里? 还有谁知道小曼的事? ……"

突然,外面传来一声巨响,方大爷不知为何弹坐而起,下床将邓亦先向铁皮房外猛地一推。窗外燃起了火光,又一声巨响,震得铁皮房都摇晃了起来。垃圾场内到处都是易燃易爆的东西,那刚起的火光瞬间已成燎原之势。

邓亦先大惊失色,危险关头,首先想到的是怎能丢下老人不管,他转身要返回铁皮房,哗啦一声,铁皮屋坍塌了。

救援的人员纷纷赶来,此时的垃圾场已经到处烈火熊熊。火光中走出一个佝偻的人影,正是邓亦先。他背着方大爷,步履蹒跚地刚走出火场便轰然倒下,两人身上都带着不熄的火苗。

当崔思康赶到医院抢救室时,秦慧楠、杨娟、任大年早已站在门口,戴国权、章法成也随后一起走来,加入等候的行列。

众人面色凝重,偶尔以眼神交流,谁都没有说话。这时过道里传来一阵急速的脚步声,是邓亦先的妻子钟燕,她声音凄厉地喊着:"亦先,亦先在哪?他怎么样了?"

秦慧楠、杨娟上前扶住钟燕:"小钟,冷静点,我们都在等待结果。"

钟燕冷冷地看了她们一眼,没有一丝友善。秦慧楠虽然感受到了这种敌意,但依然平静地站在钟燕身边,等待着。

抢救室的门开了,医生走出来:"各位,方大爷因头颅遭到重击,加之全身大面积烧伤,抢救无效,已经去了。"

众人痛心,瞠目结舌。钟燕失魂落魄地冲上前:"医生,我老公邓亦先他怎么样了?"

医生被她冲得打了个踉跄,后退两步才站稳,语气平静地说:"这位女士,另一名伤者邓先生身体烧伤面积达百分之二十,处在昏迷之中,还在抢救。"

钟燕哭喊着:"医生,你们一定要救活他……他不能死,他女儿才两岁呀……"

钟燕瘫在地上,秦慧楠、杨娟等走过来,扶起钟燕。谁料她突然转身,一巴掌打在秦慧楠的脸上。众人万般惊讶,全愣在那里,没想到会发生这一幕。

钟燕又挥手，杨娟挡住，这巴掌打在了杨娟的脸上，秦慧楠推开杨娟，走到钟燕的面前："妹妹，尽管你这一巴掌打错了，如果这样能让你心里好受点，那就再打我几巴掌，我不生气，能承受，也能理解。"

钟燕痛斥着："秦慧楠，为什么打你？你心里明白！拉下林强盛，我丈夫全力配合你。可是他又得到了什么？你从北京空降东山当上市委常委、市委组织部部长，多威风！可我家邓亦先呢？什么没捞着，原地踏步……"

崔思康走过来阻止钟燕："小钟，你打人已违法了，不能错上加错。千万要冷静，不能这样跟领导讲话，这里是医院，是公共场合。"

没想到秦慧楠却阻止了崔思康，十分平静地说："不，让她把话说完。"

祸从天降，钟燕已失去理智，吼叫着："你当上了市委常委、市委组织部部长，还想怎么样？再拉下几个林强盛，让你当市长、当省长？你要升官，为什么拉着我的男人？为什么让他一个人去垃圾场？为什么你不去？你让我的丈夫打头阵，当炮灰！我告诉你，我家亦先如果有三长两短，我跟你没完……"

戴国权和章法成、杨娟、任大年半推半拉地劝走了钟燕。

秦慧楠呆坐在医院过道的椅子上，洁白的脸上多了几道红手指印，火辣辣地疼。她没有想到邓亦先的妻子将所有怨恨，一股脑儿地发泄到自己的身上。她那犀利、刻薄的语言，几乎剥光秦慧楠的衣服，让她站在光天化日之下。但她不恨钟燕，因为她们都是权利之争的受害者。往事历历在目，半年前她和邓亦先去找方大爷的时候，老人热情、坦诚，还给她看了小曼的照片和两个一百分的成绩单。她想过老人的安全，现如今……秦慧楠心里深感自责。

病房的门又一次开启，方大爷的遗体被推了出来，秦慧楠迅速收拾起纷乱的心绪，扶着担架车向过道走去。

这时，崔思康也加入了进来，在另一侧推起担架车，一脸的沉痛。

崔思康抵挡不住秦慧楠犀利的目光，说出了一件往事。那是八个月前的一天早上，县长热线电话骤然响起，秘书接听后立即向崔思康报告，城东有个捡垃圾的老头收养了一个八岁的女孩。派出所怀疑这女孩是被拐卖的，要把女孩带走，可老头拼死不让，抱着一桶汽油与公安人员对峙。老头说，要带走女孩，只有一个人，那就是崔思康。于是，崔思康赶到城东垃圾场。

垃圾场旁的铁皮简易房房门紧闭，只有窗户开着，一位六十多岁的老人怀里抱着盛满汽油的塑料桶，一手举着打火机。简易房前，消防车、救护车待命，几名警察在喊话。崔思康来了，接过电喇叭向方大爷喊话，说他一个人空手进来。崔思康走进房内，用他的人格和党籍向方大爷保证他和孩子的安全。方大爷这才打开了一个大纸箱，里面躲着一个吓得瑟瑟发抖的小女孩。他告诉崔思康，女孩叫小曼，今年八岁，是捡来的。孩子说她妈妈不要她了，天天哭着喊着做噩梦。是方大爷收留了孩子，还让她上了学。可是不久，有人举报他拐卖儿童，于是便发生了开头的一幕。

听了崔思康和方大爷之间发生的事，秦慧楠的心里翻腾开了。这个小曼就是余光的私生女，她的母亲刘带香是余光和林强盛的小三。可是举报林强盛的匿名信是谁写的？她和邓亦先起初怀疑方大爷，可他矢口否认。事实证明方大爷根本不知道小曼的母亲和余光及林强盛的关系。是刘带香？也不可能。刘带香将孩子丢在垃圾站就消失了，她不可能拿到小曼考两个100分的成绩单。那又是谁？她又一次把目标转移到崔思康身上，可一想到林强盛两次同意提拔崔思康任玉泉县县委书记，这个想法马上被否定了。

秦慧楠问："小曼现在在哪里？她妈妈刘带香又在哪里？"

崔思康闪烁其词地说："孩子被一个好心人收养了，唯一的条件是为他保守秘密，我不能违背承诺。何况孩子才适应新的家庭，不能再打扰她，否则又是伤害。孩子她妈妈失踪了，有人说她去了国外。"

"你说谎不打草稿是吧？"秦慧楠的话已经很难听了。她横眉冷对，声色俱厉,"崔思康,如果你还是个顶天立地的汉子,天塌下来,我和你一起扛!"

崔思康看向秦慧楠晶亮的眼睛,苦笑了一下:"直到现才,你才对我说了一句暖心的话。"

秦慧楠缓和了口气:"说吧,小曼到底在哪? 相信我,会给孩子保密的。"

崔思康恳求着:"秦部长,这事你不要再问了,已经死了两个人,重伤一个,两条半人命,你还嫌不够吗? 我不想因为我再看到生命受到伤害。"

秦慧楠不再说话了,她知道再说也是白搭。关于小曼的去向,她会查到下落的。

后来田振鹏在垃圾场大火后的现场又发现了一块石头,这块石头和王长根摔倒现场发现的石头相似,很像南京的雨花石。田振鹏判断,王长根怎么倒下的,方大爷就是怎么送命的。他还分析,两个被伤害的老人,出自同一个凶手,用的是同一种凶器——石头!

一七　踩了雷，不知是谁挂的弦

当田振鹏向秦慧楠又亮出一块石头时，她的热血直往脑袋上涌，瞬间觉得形势的严重性。事情绝对不是她想象的那么简单。两个被伤害的老人，出自同一个凶手，凶器都是石头。这凶手是谁？幕后操纵的又是谁？关于刘带香外面有一种说法，称她为"公共汽车"，是林强盛、余光等贪官的"公共情人"。既然是"公共"的，那是否也包括崔思康？听说崔思康当乡长时，刘带香在他的手下做过打字员。这一定要查，垃圾场大火，有可能是杀人灭口。幕后操纵的嫌疑人崔思康应该算一个。

次日晨，秦慧楠带着田振鹏出现在玉泉县公安局局长室里。两块石头摆在案头，章法成和尤喜军各自拿着放大镜在仔细查看，却看不出名堂。

秦慧楠说："法成同志，这两块石头，一个被雨水浸泡过，一个被烟熏火燎过，侦查的难度很大。我要求你们不惜一切，尽快查出来龙去脉。"

章法成说："秦部长，这是我应该完成的任务。但是有个请求，田教授要伸出援手。"

秦慧楠说："振鹏当仁不让。振鹏，你说呢？"

田振鹏说："你已包办了，我还能说什么呢？习惯了，下级服从上级。"

东山市的高速收费南站，车流如织。当一辆黑色红旗越野车经过收费通道时，被一名交警拦住了。车窗玻璃缓缓降下，露出朱明远、郑介铭的两张脸。

交警立正敬礼报告说，市委周副书记在这里等候。正说着，周源走过来，面色凝重地上了朱明远的车。

朱明远面带微笑地问："老周，你在收费站拦截我，可真会见缝插针啊。"

"事情有点急才出此下策，请理解。"周源抱歉地看看朱明远和郑介铭说，"今天早上，我收到一个举报崔思康异地寄养私生女的视频材料。"

朱明远惊呼道："有了文字举报，现在又有了视频！"

郑介铭紧接着说："这叫双管齐下。"

周源拿出视频U盘，在车载视频播放。屏幕里红色小跑车开到一家农舍门口，车上走出崔思康，与平时穿衣风格不同，他穿着夹克，戴着棒球帽和墨镜，从后备厢里搬出了一袋大米、一大桶油，还有水果、小孩零食之类的物品，一位白发老太太牵着一个七八岁的女孩走出来，崔思康将女孩紧紧地抱在怀里。

视频画面戛然而止，周源向两位介绍道："这辆红色小跑车，经查证车牌号是范琳琳的。崔思康改头换面化了装，戴上棒球帽、大墨镜，以为别人认不出他来了，这不是做贼心虚吗？"随后他建议这件事他和秦慧楠就不管了，由纪委展开独立调查。朱明远默默地看了看郑介铭，征求他的意见，郑介铭点点头。

周源低着头说："明远同志，崔思康的问题我是要负责任的。"

朱明远大手一挥："行了，现在不是检讨的时候。你搞了这么多年组织工作，为党培养了一大批优秀干部，成绩是显而易见的。当然，也有少数不争气的干部，但这是一个指头和十个指头的关系。"

第二天上午，郑介铭匆匆走进市委书记室，朱明远低头沉默，像没看见似的。郑介铭汇报，初步查明，崔思康通过洛山县公安局局长鲁川好友的关系，给一个八岁的女孩上了户口，取名叫崔玉玉。

朱明远苦苦一笑："儿子叫崔棒棒，女儿叫崔玉玉，一儿一女，很对称，很好听。崔玉玉的母亲是谁？"

郑介铭说："有人反映，崔玉玉的母亲是崔思康的老情人，在崔思康当过乡长的乡政府做过打字员，后来经商了。"

"老郑啊，"听到这里，朱明远有感而发，"我们都要有思想准备，说不定市委哪个领导、哪个部门再爆出个冷门，让我们目瞪口呆，措手不及。郑书记，这个案子你亲自带领调查组调查。再带上一个人——周源。"

郑介铭将身体向后一靠："有我一个常委就够隆重了，还要加上一个副书记，这不是杀鸡用牛刀吗？难道不相信我的公正调查？"

"不不不，"朱明远摆摆手，"老郑，不是这个意思。毛主席他老人家有句名言'要知道梨子的滋味，必须亲口尝一尝'，让周源感受一下崔思康到底是条龙还是条虫。周源同志是'挺崔派'，崔思康是他培养、树立的一根标杆。每次常委会，为崔思康站台的都有他。崔思康的问题久拖不决，我有很大的责任，周源同志也难辞其咎。"

郑介铭明白，如果崔思康异地寄养私生女的举报坐实了，周源便无话可说，如何处理崔思康的事，就好办得多。如果崔思康异地寄养私生女纯属谣言，是无中生有，那么周源就是对的，让他参加调查，是对他的信任和尊重。这真是一举两得，进退有方。他不禁赞叹："朱明远，高人！"

五子村是海州市洛山县下属一个偏远村子。这里与东山市交界，离玉泉县城一百多公里，交通并不发达，唯有一条沙石路连接着外面。这天，有两辆轿车跟着两辆警车打破了往日的宁静，驶进村子。车子停下，下车的是郑介铭、周源和两名调查人员，还有公安等一行人随行。在乡长、村主任的带领下，众人走进了一座四合院。

正房里，有一个中年妇女推着轮椅在院子里转悠，轮椅上坐着一位白发苍苍的老太太。

村主任不敢耽误领导办正事，赶紧给老太太做了介绍。郑介铭看着满头银发的老人，担心她耳背，走到她面前："徐奶奶，我告诉你什么叫纪委……"不等他说完，老人眼睛一扫，眼皮也没抬："我懂，是管干部犯错误的。"

众人大笑，周源笑着解释说："徐奶奶，不是管干部犯错误的，是管犯错误的干部的。"

郑介铭拿出崔思康的照片："徐奶奶，认识这个人吗？"

老太太一下子沉默了。

杨娟开车的风格与她洒脱的性格相符，越野车很快加速达到一百二十迈。只见前方出现了一辆红色的小跑车，秦慧楠一眼认出是范琳琳的车。越野车油门轰鸣，杨娟一个劲地鸣笛，强行超车。秦慧楠摇下车窗，向崔思康招招手，越野车驶进服务区，崔思康尾随而来。

在服务区，崔思康解开了"私生女"之谜，这个经过，让秦慧楠和杨娟泪目了。

八个月前的一个晚上，天下着大雨，还有闪电、响雷。一辆越野车来到徐老太门前，崔思康、章法成走上前敲着门，他们带来了刘带香的私生女小曼。可徐老太拼命地摇着头，说刘带香没有结婚，不可能有这孩子，使劲地轰赶崔思康他们走。

徐老太要关门，崔思康、章法成抱着小曼硬闯了进去。电闪雷鸣，大雨哗哗，崔思康、章法成和徐老太在门口谈判。徐老太虽然穷，但很有骨气，未婚先孕她不能接受，更何况带着半大的孩子回来。她问孩子的爸爸是谁？崔思康说，有些话是不能直说的，给孩子留一点秘密和自尊吧。徐老太说，我孙女没结婚，突然冒出八岁的女儿，不知道孩子的爸爸姓什么叫什么，这不明不白的孩子，我怎么向全村的人交代？我怎么有脸见人？孩子怎么生活下去？

章法成知道了老人的困难，马上表态，孩子户口问题已经解决，已和乡派出所说好，就以重孙女余小曼的身份，上在徐老太的户口簿里。

当老人知道孩子的生父在监狱里时，联想到孙女一直在领导身边做打字员，恍然大悟道："我全明白了。"她拍着大腿，失声痛哭，"香儿，你原来做了人家的小三。你这个丫头,原来是贱货啊……"徐老太坚持不认这重孙女,这时,小曼从房间里走出来,原本以为睡着的孩子,现在突然跪在徐老太面前,拉着她的手,一边流着眼泪,一边说:"太奶奶,收下我吧,我会帮你做饭、洗衣服、推轮椅……"

懂事孩子的呼唤,让徐老太愤怒的坚冰融化成水,随着眼泪一起流淌出来,她一把抱住小曼,边哭边抚摸着她的头说:"孩子——"

说到这里,崔思康眼里闪着泪花,似乎又一次体会了当时的撕心裂肺。秦慧楠也泪眼模糊,背过脸去,抹了把泪水问:"徐老太收下孩子,有没有提出要求?"

崔思康说:"有两个条件。第一,孩子改名崔玉玉,公开场合叫我爸爸。第二,每年孩子的家长会我要以父亲的名义参加。"

秦慧楠错愕地看着他:"你答应了?"

崔思康挠挠头说:"不答应不行啊。"

秦慧楠说:"我就知道,你心肠软,许多问题就出在这里。自己踩了雷,还不知道是谁挂的弦。"

崔思康笑了:"这是我的缺点,也是我的优点。"

秦慧楠看着崔思康,关心地问:"为了徐老太和小曼,你花了不少钱吧?"

崔思康坦然地笑了:"是私房钱,章法成也加了一份,只当扶贫吧,精准扶贫。"

秦慧楠揣摩着这个"精准扶贫",迎着崔思康的笑脸说:"如果我也参加精准扶贫,你欢迎吗?"

崔思康点头:"多多益善,求之不得。"

"我有个条件。"秦慧楠问,"告诉我,林强盛的匿名举报人是不是你?"

崔思康反问:"你怎么认定是我?"

秦慧楠没有迟疑:"我的第六感觉。"

崔思康说:"你这人的毛病是常常跟着感觉走。"

秦慧楠骄傲地抬起头说："这是我的缺点，也是我的优点。"

朱明远正在办公室审批文件，郑介铭的电话打来了，说崔思康异地寄养私生女的举报是一场乌龙闹剧。他将徐老太讲话的视频发过来，朱明远看后明白了，他顿时像吃了苍蝇似的恶心得直想吐。DNA的检测进一步证实，小曼与余光有直接的血缘关系。直到最后他都没搞明白，崔思康的对手为什么要搞这个恶作剧？

这个恶作剧的导演就是林强盛的侄子林全。当林强盛指示他要排查谁是匿名举报人时，怀疑的箭头直指崔思康，因为刘带香曾在崔思康主政的乡政府做过打字员。天下哪有猫儿不吃腥，谁知他们什么关系？说不定刘带香就是崔思康派来的卧底，专门搞掂他和余光的。崔思康从垃圾场的方大爷手中接过小曼，这更证实林强盛的怀疑是对的。

于是，林全来了个快刀斩乱麻：一是火烧垃圾场，灭了方大爷的口；二是买动了海州市洛山县冈东乡五子村的村主任，实名举报崔思康"异地寄养私生女"，从而彻底搞垮崔思康。没想到事情的真相这么快就被揭露出来。最后他又花了一笔钱，让那个村主任投案自首草草了结。

听风就是雨，见毛就是鸭。动用两个市委常委调查崔思康的私生女之事，尽管被朱明远悄悄压下来，本以为就这样结束了，没想到，还是被人捅到了郁浩民这里。秘书李冬接到这个消息向他汇报时，郁浩民正在接受境外一个知名媒体的专访。

记者问："书记阁下，有道是'水清则无鱼'，而您提出了'水清鱼更多'。据我所知，贵省好几个市出现塌方式腐败。在这种情况下，水怎么能清呢？这是不是一个理想化的概念？"

郁浩民微微一笑："水清无鱼还是有鱼的问题，是同一个概念不同的结果而已。其实，水清、水不清都会有鱼，不同的是水清了能够看清鱼的大小、好坏。水不清看不到鱼的真面目，有人会浑水摸鱼。"

记者听后哈哈大笑："这比喻恰当，也很幽默。我们所关心的是你们选人、用人的制度。听说贵省东山市在选拔一位县委书记，几起几落，

213

一波三折，超出了我们的想象。"

郁浩民正色道："我们选人、用人，是靠能力、靠实干，不靠演说、耍嘴皮子。比如当县长，必须从村主任到乡长到副县长，再到县长，必须一步一个脚印，缺一个环节都不行。对县委书记人选，则要求更高。我们总书记指示，县委是我们党执政兴国的一线指挥部，县委书记就是一线总指挥。"

这时秘书李冬走到郁书记身边低语："郁书记，现已查明，'崔思康养小三，异地寄养私生女'的举报，是一场彻头彻尾的闹剧。"他将一份汇报材料递给郁浩民。

郁浩民阴沉着脸说："告诉朱明远同志，将这场闹剧的总导演揪出来，否则我摘他的乌纱帽！"

于是，朱明远也向郑介铭下达了同样的命令。郑介铭果然不负众望，揪出了闹剧的总导演海州市洛山县冈东乡五子村的村主任。他是自首的，承认举报信是他所写，他儿子打印，他跑到东山市邮寄的。他厚着脸皮说，他是好意，出于好心，是想反腐的，谁知误伤了好人。他对不起崔县长，向他赔礼道歉，磕头也行，请求党和政府宽大处理。案件这条线索，到这儿就被掐断了。

又一个消息传来，小曼的母亲刘带香并没有出国，而是用假身份证化了名，美了容，重操旧业，在外地又做了一个大商人的情人，这几天要押回东山市审判。秦慧楠眼前一亮，要求杨娟申请名额，开庭时参加旁听。周源说他也要参加。这天下午，法院开庭时，旁听席座无虚席。其中，崔思康、任大年、杨娟均在座。

当然，还有两拨人分处不同的地方，也正通过远程网络，密切注视着庭审动态。第一拨人端坐于市委常委会议室内，是朱明远、秦慧楠、周源、郑介铭、罗西来等一干东山市领导班子；另一拨，则在玉泉大厦会议室、卢晓明、林全、吴雪姣、余敏正聚精会神地观看着大屏幕上的庭审直播。只见被告席上站着刘带香，身穿囚服，面色憔悴。这个只有二十八岁的女人，首次以素颜展示在公众面前。尽管没施一点粉黛，但还是显出了与众不同的姣美。

刘带香语速缓慢且沉重地向法庭陈述:"作为一个三陪女,站在庄严的法庭上我感到羞耻。我之所以走上这条给家人和自己都带来巨大耻辱的路,是为生活所迫。我从小就失去了父母,与年逾八旬的奶奶相依为命。身为农家的弱女子,为了生存,为了挣钱养活奶奶,我一无所能,只能出卖自己的青春。贪官余光得了三天感冒,就收到部下和企业老板一百多万元的慰问金。另一个大贪官林强盛,调整了一次县处级领导班子,就收到买官、卖官的好处费几千万元。如果有机会我弄到他的哪怕百分之一的钱,我也不会走上这条路……"

说到这里,刘带香的语气变得有些愤愤然:"卖笑市场不是我们培育起来的,是手里有权、兜里有钱的权贵和土豪们的需要,我不过是官商勾结的牺牲品罢了。"

卢晓明在大屏幕上看到这里时,轻笑了一声,然后转头对林全说:"林全,为什么鲁迅先生说要痛打落水狗,你看看,落水狗爬上岸咬人了不是?"

一八　权与利用于谁

　　世界上最快又最慢、最长又最短的是时间，而时间是审查一切罪犯的法官。

　　"现实是残酷的，又是嘲讽的。"刘带香站在法庭上继续陈述，她原本呆滞的脸，闪现了一丝波动，"在今天这个庄严的法庭上，有几位曾经是我的顾客，甚至还有的人此刻就坐在审判席上……"

　　旁听席里一片哗然，犹如丢下一枚炸弹。

　　"审判长，"公诉人马上站起身，"我抗议，被告陈述的内容与本案无关，违犯了法律有关规定。"

　　刘带香继续情绪激动地控诉着："当初，你们把我当作与林强盛、余光搭上关系的桥梁。现在他们倒了，你们又道貌岸然、振振有词地审判我。"

　　审判长看着公诉人，又看看刘带香，拿起枣红色小锤，敲了两下，令法警把被告人押下去。

　　女狱警押着刘带香走出法庭，她挣脱着女狱警的手臂，声嘶力竭地哭喊着："我要见见我女儿，行行好，求求你们了——"

　　秦慧楠看完带香的庭审直播，缓缓走出市委大楼，刘带香那撕心裂肺的声音以及庭上的陈词，依然在她心头回荡。她要求杨娟找一下法院，设法让刘带香见一见她的女儿，包括她的奶奶。

　　恰在这时，任大年迎面跑过来，送来了戴国权再次作为县委书记候选人的补充考察材料。

　　秦慧楠接过材料说："戴国权的关键问题是他老婆、女儿在美国的问题。"

"他们已经离婚了。"任大年有些不解,"戴国权不是裸官。"

秦慧楠盯着任大年问:"你看到离婚证了吗?"

"这个……"任大年无语了。

"大年,"秦慧楠语重心长地说,"这件事不能有半点含糊,否则又是一个'事出有因,查无实据'的结果。"

"是。"任大年点点头问,"崔思康怎么办?"

"调查组的事你要盯着,不能松懈。尽快把崔思康身上的'事出有因,查无实据'的问题一个一个地刺刀见红,就像吕佳龙和刘带香的事件一样,见了阳光,什么都会一清二白的。"

任大年点点头:"我知道,肖强强的问题是必须让他开口讲真话。"

"还有权色交易,"秦慧楠看着任大年,"崔思康为什么抛弃了对他有恩的女人,与年轻漂亮、比他小十多岁的范琳琳结婚?"

坐进车里,秦慧楠陷入沉思:刘带香在法庭上的最后陈述,又牵出了几个贪官。"小三反腐"这一现象十分荒诞,却又真实地存在着。刘带香最大的愿望和请求是见到女儿小曼,可是法院和监狱拒绝了她。

来到了法院大门口,秦慧楠和杨娟一起踏着高高的台阶,拾级而上。秦慧楠边走边说:"我来求个情行吗?"

"不知道。"杨娟叹了口气,"秦部长,我们办事都这么难,老百姓办事之难可想而知了。这衙门作风不整不行啊!"

秦慧楠板起脸:"今天,就碰碰这根钉子。"

东山市司法局办公楼宽敞的大厅正中的墙面上挂着一段铿锵有力的话——权为民所用,利为民所谋,情为民所系。秦慧楠的目光在题字上驻留了好一会儿,然后转身随杨娟来到狱政科。

杨娟推开门,十平方米左右的办公室里乌烟瘴气,一个肥硕的中年男人边抽烟边打游戏。杨娟喊道:"钱科长——"

男人头也没回:"杨娟,你怎么又来了?"

"介绍一下,这位是市委常委、市委组织部秦慧楠部长。"杨娟话音刚落,钱科长弹坐而起,浑身的肉都颤了颤:"秦部长,您大驾光临,我去找高局……"

"不用,你把会见申请批了就行,"秦慧楠拿出申请单,"不惊动你们局长了。"

"秦部长,不是我不给面子,"钱科长抓耳挠腮,"是领导吩咐,不允许刘带香会见任何人,包括直系亲属。"

秦慧楠一脸平静:"什么原因?"

"不清楚,"钱科长眼前一亮,"高局,我们高局长来了!"

秦慧楠转头看去,名为高局长其实个子并不高,一米七左右,大腹便便,他左侧稀疏的几根头发向已经秃了的右边倒去,一脸肥肉堆起笑容:"我的大部长,你这是搞突然袭击啊!走,请到楼上贵宾室喝杯茶。"

高局长伸出手,想握手,秦慧楠没有伸手,高局长的手在半空中画了个弧形又放下,表情有些尴尬。

"高局长,不必了。"秦慧楠拿出会见申请,"就在现场办公吧,这个会见申请,你就高抬贵手签个字吧。"

"秦部长,刚才杨科长找过我了。"高局长接过申请,"不是我不帮忙,这事很为难哪。这个犯人刘带香表现不好,局党委做出决定,近期禁止她见任何人。"

"刘带香表现怎么不好?"秦慧楠提高声音,"是不是又举报了一串贪官色狼?你们司法局也有两个。你们觉得丢了面子,就剥夺她会见亲人的权利?"

"不,秦部长,"高局长连忙摇头,"这是绝对没有的事。"

"那你给我一个令人信服的理由。"秦慧楠盯着高局长,"根据国家《监狱法》第四十条的规定,罪犯在服刑期间,按照规定可以会见亲属、监护人。"

高局长继续耍赖:"可是你和杨科长不是刘带香的亲属、监护人哪。"

"高局,"杨娟接着说,"《监狱法》还规定,监狱认为对罪犯改造有帮助的其他亲属或他人,经监狱批准,也可会见。"

"是吗,《监狱法》上有这规定?"高局长干笑了两声。

秦慧楠惊讶地问:"怎么,这条规定你不知道?"

高局长说:"《监狱法》我粗粗地看过,不谈研究,更不敢说精通。"

"身为市司法局局长,不钻研法律,连你应该认真研究、精通的本行业的基本法律《监狱法》只是粗粗地看了一下。"秦慧楠加重语气,"你不觉得失职吗?"

"秦部长,我不是学法律的,可组织上偏要让我干这个局长。再说了,外行领导内行,不是我的发明,也不是我一个。"高局长厚着脸皮,"我这年纪,让我从头学法律,这不是巧媳妇难做无米之炊吗?"

秦慧楠噌地一下站起身来:"关于你提出'外行领导内行'的问题,虽然这是前任领导的安排,但是作为市委常委、组织部部长,我向你表示歉意,让你为难了。请你相信,我会很快解决这个问题的。"

"秦部长,"高局长十分敏感,"你要变动我的工作?"

秦慧楠表情平静:"组织上不能再让'巧媳妇做无米之炊'吧?"

"高局,"杨娟在一旁提醒,"这个会见申请怎么办?"

高局长还在盘算心里的小九九:"这个……"

"好吧,不让你为难。"秦慧楠话里有话,"不着急,可以换个人来审批。但我们要记住,人民的权力必须用于人民!"

秦慧楠说完,向门外走去,杨娟紧随其后。高局长紧追上来,他掂量出了秦慧楠话中的分量,不顾自身形象地在楼道里一边追一边喊:"秦部长,秦部长……"

高局长乖乖地审批同意了秦慧楠的申请。

载着小曼和徐老太的商务车行驶在东山市区,车子经过一家大型高档幼儿园,小曼兴奋地拍着车窗:"太奶奶,那是我原来的幼儿园,妈妈常开着宝马车接送我!"

监狱走廊内,秦慧楠拉着小曼,杨娟推着坐在轮椅上的徐老太,在女狱警的带领下,走进会见室的一个房间。

"秦部长,"女狱警直视着秦慧楠,"监狱长对这次会见做了特殊的安排,就在这房间里见面,面对面,零距离。"

众人刚坐下,另一位女狱警押着刘带香出现在门口,顷刻间汹涌的泪水夺眶而出,她大声喊着:"奶奶,小曼——"

"妈妈——"小曼一下就扑到刘带香的怀里,寻找着妈妈的体温和味道,眼泪在她的脸上流下,打湿了刘带香的衣服。

徐老太伸出颤抖的双手叫着:"香儿——"

刘带香抱着小曼来到徐老太面前,三人紧紧地抱在一起,放声大哭。

秦慧楠悄悄地走出房间,抹了抹泪水,杨娟也随着她走出来。

过了一会儿,女狱警走到秦慧楠身边:"秦部长,会见的时间到了。"

秦慧楠试探着问:"能让我和刘带香单独说几句吗?"

"可以的。我们监狱长说了,秦部长的要求尽量满足。"

女狱警进屋,将小曼和徐老太从会见的房间里带出来,小曼伸着小手依依不舍地向刘带香方向抓着:"妈妈——"

秦慧楠稳定了情绪,走进里间,里面只剩下刘带香。

"非常感谢您,"刘带香站起身,"让我见到了女儿和奶奶,秦部长,我给您磕头了。"说着,她双腿向地面跪去。

"小刘,"秦慧楠一把将她拉起来,"时间有限,我问几个问题,你必须如实回答。"

"一定。"刘带香频频点头。

"你和崔思康怎么认识的?外面传说,崔思康也是你的客户,他几次当县委书记都没通过,所以对林强盛怀恨在心,利用你将林强盛拉下了马。"

"这纯粹是别有用心,胡说八道!"刘带香气愤极了,"我被林强盛、余光抛弃后,无处可去就将孩子送给了方大爷……那天晚上,我就坐在车里,看着崔县长将小曼抱走,我就放心了。女儿交给政府,政府不会不管我女儿。"

"是谁举报了林强盛？是你，还是崔县长？"

"我不会说的。"刘带香看看四周，"我说了就会没命了。贪官的余威还在，他们想谁死，随便找个借口，什么躲猫猫死、喝水死、上厕所死等等。秦部长，我不想死，我担心小曼以后该怎么办？"

秦慧楠拿出一张打印好的文件递给刘带香，这是一份监护人申请书，她吃惊地问："什么，您要做小曼的监护人？"

"我有一个女儿，"秦慧楠表情平静，"我一直想再收养一个，两个有伴，不孤单。"

"这是真的？"刘带香不敢相信地看着秦慧楠。

秦慧楠柔声地说："还不相信我啊？"

"真不敢相信我的眼睛，好像在做梦！"刘带香接过表格，"托共产党的福，小曼太幸运了！我签，我签字！"

"我算了一下，你刑期八年，等你出来，小曼十六岁，已是大姑娘了。那时我再把她交给你，她永远是你的女儿。"

这句话，让刘带香签字的手陡然停住，她仿佛突然间被生活的风雨锈住了身体，又猛然跪下。秦慧楠连忙拦下她说："我们都是孩子的母亲。"刘带香奋力推开秦慧楠说："秦部长，别拦我，这个头一定要磕！"

刘带香不容分说自顾自地双手合十，直臂过头，一脸虔诚地连连磕头，如同一位误坠深渊的信徒在向天空祈福。

这时，小曼从杨娟手里挣脱闯进来，正好看见刘带香下跪磕头的一幕，撕心裂肺地哭喊起来："妈妈——"

刘带香来不及抹掉眼泪，一把拉过女儿："小曼，秦阿姨是你的新妈妈，快，快叫秦妈妈！"

秦慧楠温润如玉的面容上尽显疼爱与期盼。

小曼有些犹豫，目光在刘带香和秦慧楠之间转来转去，但最后还是在刘带香的鼓励下，怯生生地向这位亲切的阿姨叫了一声："秦妈妈——"

秦慧楠将小曼紧紧地抱在怀里："孩子，咱们回家，回你的新家。"

姐姐在等着你……"刹那间，晶莹的泪水仿佛雨露似的挂满她如玉的脸庞。

秦慧楠一行人正准备离开监狱，崔思康匆匆地走来。秦慧楠有些诧异地走了过去问："你怎么来这儿？"

"我也批好了会见的申请单子，"崔思康亮出会见通知单，"想不到你捷足先登，抢走了我的女儿小曼。"

"算你判断准确。"秦慧楠转头对车里喊，"小曼过来。"

车门开了，小曼奔跑过来，扑向崔思康的怀抱："崔爸爸！"

车窗打开，徐老太伸出头来叫着："思康——"

"徐奶奶，"崔思康抱起小曼，"本来这事应该是我来安排的，谁知迟了一步。"

徐老太感动地说："都一样，你和秦部长都是大好人。"

"小曼，让爸爸亲一下。"崔思康在小曼粉嘟嘟的脸上轻轻地亲了一下，转头看着秦慧楠说，"叫秦阿姨。"

"不，是秦妈妈，"小曼一脸幸福，"我马上去秦妈妈家了。"

"叫我崔爸爸，叫你秦妈妈，"崔思康眉头一皱，"我们俩到底是什么关系？"

小曼眼里放光："你们要是夫妻就好了！"

秦慧楠和崔思康哈哈大笑，秦慧楠假装严肃："小曼，怎么说话呢？回车上去吧。"

崔思康认真地看着秦慧楠，此时的她，没有了大学时的青涩，多了几分成熟女人的稳重和妩媚，他动情地说："真想回到从前。"

秦慧楠说："还想把我的闺蜜沙莎再踹一脚吗？"

"我只踹了一脚，你就置我于死地。"崔思康表情夸张地说，"再踹一脚，你不把我打入十八层地狱才怪呢！反正，我的生死簿抓在你的手里。"

"我有那么恐怖吗？"秦慧楠话锋一转，"告诉我，为什么丢掉王秀芹？你和范琳琳是怎么结合的？范琳琳又是怎么当上县医院副院长的？"

崔思康态度坚决地回道："保护个人隐私，这是我的权利。"

秦慧楠眯起眼睛，坚定地说："你放心，我会搞清楚的。"

东山市委最大的会场里，高高挂起的横幅上写着——东山市组织工作先进表彰会。音乐声中，身披红色绶带的先进工作者走上台，朱明远和秦慧楠为先进工作者颁发获奖证书。

当秦慧楠颁发最后一个证书时，获奖人正是司法局的高局长。

"秦部长，"高局长满脸堆笑，"嘿嘿，没想到吧？"

"是的，出乎意料！"秦慧楠冷冷地递出证书，高局长伸出手来要和她握手，她扭头转身走了，高局长尴尬地收回手。

表彰会后，高局长来到朱明远的办公室，一屁股坐到椅子上，还没等坐稳当，便开始大倒苦水："朱书记，谁给了她秦慧楠那么大的权力，空降干部就能欺负人？她那样批评我谁受得了？表彰大会上，她连手都不与我握，让我当着那么多人的面丢丑，这是对我的侮辱！我大小也是一个正处级的领导，是个老同志，为党为国为民辛苦了一辈子，没有功劳也有苦劳……"

刺啦一声，高局长将手提包拉链一拉，将大大小小的奖章、获奖证书倒在桌子上。

朱明远开始还一脸认真地听着，但到此时，他有点不耐烦："行了行了，快收起来！"

高局长一脸不高兴地走后，朱明远在市委大院散步，罗西来一路小跑着过来："老朱，秦慧楠威胁司法局局长的事，闹得沸沸扬扬。"

"秦慧楠固然有毛病，"朱明远皱着眉说，"可司法局的高局长也不是盏省油的灯。这件事他的一张嘴大喇叭似的，逢人就诉苦，这对他有什么好？"

"朱明远同志，"罗西来提高声音，"我就反对你这种和稀泥、各打五十大板的工作作风。崔思康的问题，也是你这种工作作风造成的，否则像戴国权这样的好同志,早就走上县委书记岗位了。"

朱明远稍加思考:"老罗,我接受你的批评。你说怎么办吧?"

罗西来说:"立即召开市委常委民主生活会,开展批评和自我批评。"

当天下午,市委常委会议室内,朱明远主持会议,会议争论激烈。

罗西来态度鲜明地说:"为了会见一个服刑犯动用公权,这是什么行为?完全可以说与中央的'八项规定'格格不入,是一种变相的腐败行为。我们希望秦慧楠同志反思再深刻一点,认识再提高一点。"

"这刘带香是个什么人?"一位头发稀疏的常委附和着,"值得我们市委常委、市委组织部部长动了恻隐之心,又是会见又是收养女孩子的。不就是一个小三吗,在过去就是妓女,就是婊子——"

"住口!"秦慧楠抢先说,"你这是在侮辱女性,是在侮辱伟大的母爱!不错,刘带香是个小三,是个三陪女,她的违法受到了法律的制裁,这是理所当然的。可是作为一个母亲,她有见自己女儿的权利。我作为一个母亲,为另外一个母亲维护合法权益,何罪之有?"

"秦慧楠同志,"这位常委拖着长音,品了口茶,继续说,"你是市委常委、市委组织部部长,要注意自己的身份和影响。别忘了,我们手中的权力是人民给的。"

"什么身份,什么影响?市委常委就不食人间烟火了,不能去监狱看望服刑犯了?在常委、部长和母亲之间,我首先选择的是母亲。"秦慧楠提高了声音,"人民的权力必须用在人民的身上,无可厚非!"

秦慧楠针锋相对,寸步不让,把这位常委噎住了:"你,你……"半天也没说出一句完整的话来。

"行了,行了。"朱明远打着圆场,"这里不是农贸市场,是市委常委会。下面请周源同志发言。"

沙发上,周源打起了呼噜,众人惊讶地看着鼾声大起的周源,互相看了一眼,没有说话,一时间整个会场陷入短时间的沉默中。

像是知道被人念叨似的,正在吃饭的崔思康打了一个大喷嚏,范琳琳抽出一张纸巾给他,刚擦完鼻子,他的手机就响了,接听后,他说:"章局啊,什么情况?"

"崔县长,"章法成无可奈何地说,"汪柱子在监房里成天对你骂骂咧咧的,全是脏话,我说不出口。他让我带信给你,说你与他表姐范琳琳见不得人的事,别以为他不知道……"

不等章法成说完,崔思康默默挂断手机,放下碗筷,无声地走进书房。范琳琳和儿子相互看了一眼,不知道他为什么突然情绪低落。范琳琳跟进来问:"怎么不吃啦?"

看到老婆一脸关心,崔思康站在窗边,看着遍布乌云墨一样的天空,情绪低落:"让汪柱子气的,吃不下。"

范琳琳从背后温柔地环抱住丈夫:"他说什么了?"自从那次围巾、照片之事过后,她越发善解人意地体贴起来。

"他说我与你过去见不得人的事,别以为他不知道。"崔思康转过身,看着老婆的眼睛,"我把他送给我的衣服退给他,又把他关进看守所,算是彻底得罪他了。"

"汪柱子,怎么这个德行!"范琳琳靠在他的肩上,"你早就得罪他了。"

崔思康大大咧咧地说:"得罪就得罪,无所谓了。"

范琳琳靠在丈夫肩头上,眼圈红了起来:"思康,我们的那些秘密,你一直背着沉重的十字架。你不能再背下去了,我受不了。你去找秦部长说说,放下这十字架,我不在乎了。"

崔思康用力地抱着妻子:"不,为了你,为了棒棒,也为这个家,我严守对你的承诺!"

"这对你不公平!"

"十年夫妻,还有什么公平不公平的?"崔思康仍旧是那样简简单单一句话,与之前那天晚上一样的神态,说得一样自然和不加犹豫。范琳琳也不再说话,她向面前这个可敬可亲又可爱的男人张开双臂,两个人紧紧地拥抱在一起。

一九　步步惊心四道坎

几日后,看守所的铁门缓缓打开,汪柱子从里面走出来。门口停着一辆宝马、一辆劳斯莱斯,吴雪姣、林全和小胡子下车迎接。

吴雪姣笑盈盈地说:"汪总,受苦了。"

汪柱子向地上吐了一口口水:"奶奶的,苦没有受多少,蹲在里面憋得难受!"

吴雪姣打开车门示意他上车,汪柱子发现车后排坐着卢晓明,心里十分意外,受宠若惊地说:"卢总,您亲自来接我?"

卢晓明深情地说:"我把你当成自己的兄弟了,应该给点温暖关爱嘛。"

吴雪姣娇滴滴地插了一句:"你的取保候审手续,是卢总出的面。"

汪柱子感激涕零,握住卢晓明的手:"卢总,再生父母、大恩大德啊!"

"原以为是崔思康作秀。"卢晓明淡淡一笑,"现在我才明白,你为什么对崔思康恨得咬牙切齿了。"

两辆车一路疾驰,来到一座木屋别墅前。别墅依偎在大自然的怀抱中,重峦叠嶂,山清水秀,四面风景美不胜收。卢晓明一行人来到一间日式装修的包间,雅灰色的背景墙上,点缀着简约高档的米白与杏黄相间的插花灯具,显得格调高雅。

几人分主次陆续入座后,卢晓明将合同文本推给汪柱子:"这是收购你公司的合同文本,你过目。"

汪柱子接过合同,第一眼就是看合作金额,兴奋得声音都走音了:

"我那破公司值五百万？卢总，你太给力了！"

"不是看中你的公司，我是看中你这个人才。"卢晓明没有太多寒暄，直接问道："王长根是怎么摔倒的？"

"卢总，可以不说吗？"

"不，这是收购你公司重要的附加条件。"

"王长根是被我的手下用石头砸倒的。"汪柱子看着卢晓明，"他是玩石头的高手，打飞禽走兽，从不失手。"

卢晓明步步紧逼："为什么要砸倒王长根？"

汪柱子沉思了片刻，紧张地说："王长根那里有我们的一张银行卡。"

"银行卡？"卢晓明警惕地看着汪柱子。

汪柱子只得讲了事情的经过。出事前一天的晚上，他将存有十万的银行卡给了王长根，让他干倒崔思康，结果老头子半夜打电话说不干了，所以汪柱子就临时采取了"石头行动"砸出了个"见死不救"。

卢晓明将身体向后靠了靠说："你和崔思康是亲戚，却置他于死地而后快，恨从何来？"

"他是个冷血动物！"汪柱子咬牙切齿，"他整天提防我，让别人监视我，把我当贼一样地防着，生怕我以他的名义捞好处，生怕我沾了他的光不给他分肥！三年前，我谈了个女朋友，多好的姑娘，人家的条件要求不高，一套房子，哪怕四十平方米也行，可这也要近百万哪。实在走投无路，我找了县发改委主任，揽到了一个可以挣到一百多万的小工程。他知道了，一个电话就把我的财路断了。结果，女朋友跑了。"想起女朋友，汪柱子眼圈红了，他接着说，"多好的女人，再也不回头了！"说到这里他竟抽泣起来。

"今晚是朋友聚会，不是诉苦大会。"卢晓明表情平静，眼神深邃，"你刚才所说可以理解，但还不能成为你将崔思康往死里整的理由。"

"卢总，范琳琳本来属于我的……"汪柱子吞吞吐吐，"崔思康他流氓……"

旁边有人催："说啊！"

"不说了，我怕脏了我的嘴。"汪柱子端起酒杯，一饮而尽。

卢晓明将汪柱子面前的合同收起来，起身离开了包间。

汪柱子一下愣了，站起身来喊："卢总——"

卢晓明头也没回，继续向外走去。汪柱子见煮熟的鸭子要飞，傻了一般呆住了。他的助手小胡子碰了他一下，他才赶紧向外跑，猛追上去。

卢晓明头也没回，步履匆匆，在会所门口，他正准备上车，汪柱子终于追上了他，可怜兮兮地问："卢总，这合同不签了？"

"不能签，"卢晓明脸上不带一丝温度，"我们是上市公司，要规避风险。你目前的倒崔行动，实在不敢同流。"

汪柱子奇怪地看着卢晓明："不倒崔，玉泉湖二期工程的蛋糕你一块也甭想分到。"

这是卢晓明最关心的问题，他毫不犹豫地说："你果然是个明白人。可是你的倒崔行动有两个硬伤，砸倒王长根的石头和给他的银行卡就是很大的风险和隐患。我们必须零风险合作。"

汪柱子一听，只好说："明白了。"

天黑了，县长的室内亮着灯，不一会儿，戴国权敲门，走进来关心地问："还没回家？"

"不是在写检查嘛，"崔思康耸耸肩，"你去玉泉皇家酒店干吗了？"

戴国权说："谈工作。"

崔思康坐在戴国权旁边的沙发上问："你去那里谈什么工作？"

戴国权说："全县十大道德标兵候选人考察。"

崔思康问："考察谁？"

戴国权说："玉泉集团总裁卢晓明。"

"什么？"崔思康大为吃惊，眼球似乎要冲破眼眶，"卢晓明是十大道德标兵候选人？我认为，拥有财富的多少不等于道德水准的高低，这件事你要严格把关。"

"他不够格吗？"戴国权的态度依然不温不火，"当然要严格把关了。"他将身体靠近崔思康，突然发问，"王秀芹是你的同乡同村？兄弟，这里面有什么故事？"

崔思康反问："你听到什么故事了？"

"我不想问，也不想听。"戴国权叹了口气，"可是你目前的结要解啊。"

崔思康闭上眼睛，头往后一仰，靠在沙发背上说："我现在想的，就是玉泉湖引水二期工程尽早开工。"

"知道，这是你工作的重中之重。"

"马上要招投标，可是我还困在这做检查。他们不会把我这个引水工程总指挥也停下来吧？"

"你为什么不找秦部长好好地坐下来，认认真真地谈一谈？"戴国权靠得更近一些，"思康，你有一张嘴，应该据理力争。这么多年来，我知道你的脾气，也知道你的为人，这么多年辛辛苦苦，不贪不占不玩女人，可是……"戴国权故意停顿了一下，"可是有人偏要泼你的脏水……"

"泼脏水？"崔思康警惕起来，"又是谁呀？"

戴国权从口袋里取出一封信，扔在桌上："你自己看吧！"

崔思康拆开信，标题赫然醒目："关于崔思康道德败坏、生活作风问题的举报"，崔思康随手扔掉信："这种信是垃圾，我从来不看，别脏了我的眼球！"

"不不不，你一定要看，知己知彼，百战不殆嘛。来，我给你念念。"戴国权拿过信，"我们是玉泉县的机关干部，怀着愤怒的心情，举报玉泉县常务副县长崔思康生活作风腐败，让小三变情人，情人变夫人，夫人变院长，大搞权色交易的严重违法违纪的行为……"

"别念了！又挖了一个陷阱，没完没了！"崔思康气得浑身发抖。

回到家里，崔思康脸色苍白，神情沮丧。范琳琳看他脸色不好，柔声地问："思康……怎么啦？脸色这么难看。"

崔思康没有回答，走进卧室，范琳琳把他扶上床："又发生了什么事？"

崔思康将举报信往床上一扔。

范琳琳看了一眼，便将信扔到一旁："这简直是污蔑，胡说八道！谁写的？都是县委书记这顶乌纱帽给闹的。思康，你明天宣布，县委书记咱放弃了，保证从此风平浪静。"

"不，佛争一炷香，人争一口气。县委书记我一定要当！"崔思康突然起身下床，"找个说理的人去。"

此时秦慧楠下榻在玉泉宾馆，她走进客厅，冷不丁儿发现田振鹏静静地坐在沙发上发呆。

"你？吓了我一跳。"秦慧楠拍了拍胸口，"服务员看到你和晓君出去了。"

"那是错觉。"田振鹏晃晃脖子，"县公安局刑警队长小尤是我的学生，带晓君出去逛玉泉步行街了。"

田振鹏伫立在落地窗前。窗外一片高楼，万家灯火，秦慧楠走过来依偎在田振鹏的肩头："慧楠，退一步海阔天空，忍一下风平浪静，凡事应留有余地。"

"你又来了！"秦慧楠语气冷峻，"振鹏，我觉得你这个人怎么没长进呢？这话你喋喋不休、絮絮叨叨地说了多少次了？"

田振鹏尽量温柔地提醒着老婆："我不是为你好，在提醒你、保护你吗。几件事，崔思康都赢了。扫黑除恶，崔思康抓吕佳龙抓对了。说崔思康包小三养私生女，到头来也是一盆脏水。我敢打保票，他绝对不是个贪官，更不是一个做事没有道德底线的人。"

"亲爱的老公，我们是在选择县委书记，一个一百多万人口大县的当家人！"秦慧楠认真又温柔，"何况，还有问题没查清，作为市委组织部部长，不能放过一个疑点，更不能和稀泥，草草收兵。"

田振鹏用手指轻轻推了一下她的头："人们常说，女人脑子一根筋，宁折断不转弯，你也是。"

"这叫作'任尔东西南北风，咬定青山不放松'。"

有人敲门，秦慧楠开门，一个女服务员站在门口，手里拿着一个信封说："秦部长，有人给您送来一封信。"

田振鹏奇怪地问："信？什么人送来的？"

"一个中年男人，戴着墨镜。"服务员用手比画着男人的身高，"看到你们房门关着，说是不打扰，让我转交。"

秦慧楠接过信，信封上写着"秦慧楠部长亲启"。

关上门，拆开信，一行字赫然醒目："关于崔思康道德败坏、生活作风问题的举报……"

田振鹏都烦了："又是举报崔思康？没完没了，无聊！"

这是封电脑打印的举报信，上面清晰地写着："尊敬的秦部长，我是玉泉县的一名老干部、老党员。我知道你在为玉泉县一百万人民挑选一位优秀的当家人，也知道你们正在严格考察候选人。现在我想对候选人崔思康在婚姻和生活作风上存在的问题进行举报……"

秦慧楠陷入了沉思，多日来她对崔思康最担心的婚姻和生活作风问题得到了证实，信中举报的问题正是她心中的疑问。她站起身说："振鹏，开车送我去清水镇好吗？"

"去清水镇干吗？"田振鹏不屑地指了指茶几上的举报信，"为了这封信？"

"对。"秦慧楠态度坚决，"去还是不去？"

"不去！"田振鹏态度也很坚决，一转身走进了卫生间，"这信就是垃圾，你还当回事！"

这时门铃响了，田振鹏从卫生间里走出来开门，惊奇地问："崔县长？"

崔思康一脸严肃地问："田教授，秦部长在吗？"

"在，请进。"田振鹏打开门说，"她关在房里写什么讲话稿，我叫她。"

田振鹏敲门，里面没有人回答，他推开里间房门，不见秦慧楠的人影："刚才还在，一眨眼不见了。"原来，这里间也有一扇通外面的门。

田振鹏打秦慧楠的手机，回复是关机。

崔思康皱着眉问："知道她去哪了？"

"大概是清水镇吧，"看着焦急还带有火气的崔思康，田振鹏话中有话，"我不知道为什么，你心里是不是应该明白？"

崔思康转身告辞，走出酒店大堂，一辆马自达轿车开来，车上走下赵恒儒。崔思康上前抢过车钥匙，钻进车内，点火发动，随后一踩油门，冲进夜色里。

一听说赵恒儒又是找秦慧楠，田振鹏连忙说："你找她，崔县长也找她，我这就出去找她。"

田振鹏不再和赵恒儒多说，快步走向自家的帕萨特。

田振鹏打开车门，坐进车里，赵恒儒也跟着坐进车里，他说："别担心秦部长，崔县长开着车肯定去找她了。有崔县长在，你还担心尊夫人的安全？"

田振鹏掏出手机说："我给崔思康打电话。"

"打什么电话？"赵恒儒笑了，"走走走，别找了，喝茶去！"

出租车很快上了高速公路，秦慧楠想给田振鹏打个电话，这才发现手机没电了。秦慧楠的手里攥着那封举报信，回想着信的内容：崔思康道德缺失和败坏，是个道貌岸然的伪君子。为了上大学，他与同村的一个姑娘订了婚，不仅骗这姑娘的情感，还骗这姑娘的钱财。十多年前，他研究生毕业后到玉泉县当上副乡长之后，过河拆桥，毁掉婚约，另觅新欢，与一个年轻貌美、小他十多岁的小护士搞上了，还怀上了孩子。这一切，清水镇医院退休的老护士吴梅芬可以做证。

高速路上车辆稀少，加之路程不远，很快前方路牌显示"清水镇收费站"。出租车很快到达镇子的一个大杂院的门口，下车后，秦慧楠走进大院。一位老妇人见是陌生人便问："闺女，找谁呀？"

秦慧楠彬彬有礼道："请问，清水镇医院退休的老护士吴梅芬住在哪里？"

"算你找对了，"老妇人笑了，"我就是。"

秦慧楠来清水镇不虚此行,她从吴梅芬的口中有了重大收获。吴梅芬回忆说:"十年前的夏季的一天我值夜班,有个青年男子背着一个姑娘来到医院,说是姑娘掉河里了,要不惜代价一定救活她,看他支支吾吾的样子,就知道这是那姑娘的男朋友,姑娘怀孕五个多月,也不知道是因为什么跳河的。"

吴梅芬将身体向后靠了靠,当年的事如电影一般在脑子里上演:"那天晚上紧张得让人喘不过气来,那姑娘一会儿心跳没了,一会儿不呼吸了,真是跌宕起伏,步步惊心!经过五六个小时的抢救,终于脱离了生命危险。"

"姑娘好像姓范吧,范什么就记不清了。人长得没的说,美人坯子一个。男的叫什么名字不知道,长相一般。"

秦慧楠拿出手机,找出崔思康的照片问:"能看到当年那个年轻男人的影子吗?"

吴梅芬取出老花镜,端详半天:"不错……看出来了……像!这鼻梁,还有这眼神,像一个模子出来的。"说着,她摘下眼镜问,"这人是谁?现在在哪里?好想见见他。"

"阿姨,你的故事还没讲完,"秦慧楠笑笑,"后来呢?"

"后来那姑娘很快出院了,再也没露面。"吴梅芬淡淡一笑,"再后来听说,姑娘是那个男人的情人,肚子搞大了,男人让她流产,她不肯,要生下孩子,要和那男人结婚。可那男人有对象了,不同意。那姑娘一气之下跳了河。那男人眼看要出人命,跳下河将她捞了上来。"

秦慧楠叹了口气:"原来是这样!"

秦慧楠来到马路上,等候她的出租车不见踪影,打开包找手机,这才想起手机没电了。看到前面一家书报店还亮着灯,秦慧楠快步走过去,拿起电话向田振鹏求救。

赵恒儒把田振鹏拉到玉泉宾馆旁边的茶楼喝茶,后来包厢里除了茶壶茶杯,还多了酒瓶酒杯。两个人正相对畅饮,喝得半醒半醉。

田振鹏有些大舌头地说:"说是喝茶……怎么又喝……喝起酒来了?"

赵恒儒说话也不利索:"机会难……难得,田教授是部长老公,你看得起我。"

"别叫我教授……现在教、教授名声很臭……"

"那……叫你什么?"

"田大痕,这个称呼我喜欢……"

两个人又高举酒杯,干了个一滴不剩。

赵恒儒探着身体靠近田振鹏问:"打听件事,秦部长连夜去清水镇干什么了?"

"嘘,"田振鹏把食指放在唇边,"这是机密。我也打听一件事。"

赵恒儒本身酒量有限,在酒精的作用下,一拍大腿说:"只要我知道的,你尽管问。"

"听说范琳琳范院长原来是崔思康的情人、小三?"

赵恒儒在桌子上重重一拍:"胡说八道!"

解释一番后,赵恒儒壮着酒胆说:"我对秦部长提点意见,你能转告吗?"

田振鹏说:"保证如实转告。"

赵恒儒干了一杯酒,像是再次壮胆,他清清嗓子说:"本人认为,秦部长揪住崔思康的问题不放,完全是草木皆兵,小题大做。"

田振鹏脸色一沉:"这我就要跟你计较了。秦慧楠是我老婆,你的屁不要往我脸上放!"

就在此时,秦慧楠打通了田振鹏的手机,他拿起手机看着一串陌生的数字:"这是哪……哪个打来的,号码这么陌生。"

赵恒儒将田振鹏的手机往旁边一扔:"骚扰电话,不是推销壮阳药,就是卖房子、做保险。来,喝,一醉方休!"

这边两人酒兴正酣,公用电话旁的秦慧楠却气坏了,她从口袋里掏出钱问书报店老板:"请问,这里离玉泉县城有多远?"

老板娘一看就知道秦慧楠不是本地人,回道:"少说也有三十多公里。这里很难打车的,公交大巴应该还有最后一班。"说着指指前方,"车站就在拐弯处一百米,快去,要不来不及了。"

秦慧楠快步行走在狭长的小街上,在十字路口差点与一辆拐弯过来的汽车撞上。车前大灯刺得秦慧楠睁不开眼,车停稳后崔思康走出来说:"上车吧。"

"你?"秦慧楠看着崔思康问,"你怎么知道我在这儿?"

"为了你的安全。"

"安全,是跟踪吧?"

崔思康看着像刺猬一样的秦慧楠,不客气地说:"你总是把话说得那么刻薄、那么难听。天这么晚,你一个人跑到这么偏远的一个镇上,人生地不熟,在我的地盘上,你的安全我是要负责的!"

"思康同志,"秦慧楠话中有话,"这个小镇对你来说很敏感是不是?"

"我赶过来真的是关心你的安全。"崔思康一脸关心,"秦部长,你到任这么多天,有些问题已经很明朗,我很感谢你给我澄清了几个问题……"

"不,"秦慧楠不等他把话说完,"'见死不救、挑战道德底线'的问题还没解决,肖强强还没有讲真话。思康同志,我坦率地说吧,大学里你与沙莎的一段感情插曲,给我留下了很不好的印象。你还记得那场辩论会吗? 十多年过去了,斗转星移,物是人非,你还坚持当年的观点吗?"

崔思康的脸上露出刚毅的表情,铿锵有力地说:"坚持,这叫勿忘初心。"

"好一个勿忘初心!"秦慧楠愤愤难平,"你和沙莎的关系怎么解释? 还有王秀芹、范琳琳? 自打我们见面,你就一直回避沙莎的事。当年沙莎是那么的钦佩你、崇拜你,简直到了非你不嫁的地步。你们毕竟相爱了一年多,你的心可真够狠的!"

"我说了，与沙莎的关系是我的短板，是我的过失。但是我没有玩弄她的感情，更没有与她上过床。作为男人，我以最大的毅力控制了自己的欲望，没有给沙莎造成更大的伤害。我不明白，你为什么总揪住这事不放？"

"在你面前，你有四道坎。"秦慧楠缓缓地说，"这四道坎，步步惊心，道道见血，你是绕不过去的。现在你已经跨过了两道坎，特别是对徐老太、刘带香和小曼，你做得对。"

"这么多天，你第一次这么表扬我，我很有成就感。"不等崔思康多美上一秒，秦慧楠话锋一转，"告诉我，十多年前在这清水镇发生了什么事？"

"我不明白……"

"崔思康，你还等什么，难道等别人替代你吗？"

"谁替代我，你说戴国权？"

面对崔思康的提问，秦慧楠第一次沉默了。

崔思康打开后车门，秦慧楠谢绝了："谢谢你，我喜欢坐公交车。"

"没有公交车了！"

秦慧楠径直向前走："有，还有最后一班。"

茶楼里赵恒儒的电话又响了，这是今晚他第N个电话。

赵恒儒挂了电话，又拨号，电话接通后，他语气中带着不满："县长，你在哪？"他稍停顿后提高声音，"什么，清水镇？你跑那去干吗呢？快回来吧，这车是朋友的，都来了几次电话了。"

肯定是没有得到满意答复，赵恒儒闷闷地挂了电话。

田振鹏醉眼半睁："谁呀？"

"崔县长呗，将我朋友的车开到清水镇去了。"

"清水镇？"

赵恒儒忽然想起了什么，四下乱翻一通："你手机呢？刚才电话不会是清水镇打过来的吧？赶紧回拨问问。"

田振鹏回拨："喂，请问你是哪里？清水镇书报店公用电话……刚才谁打我的电话？是个女的，四十来岁……我的天！"

田振鹏收起手机，起身要走。

赵恒儒追着问："怎么啦？"

"慧楠手机没电了，"田振鹏一脸担心地说，"这电话是她打来的。"

赵恒儒有些吃惊："什么，秦部长也在清水镇？"

田振鹏三步并作两步，下楼打开车门，坐进车里。

赵恒儒跟在后面小跑："你要去哪？"

"去清水镇，接老婆。"田振鹏点火、发动。

"满口酒气还要开车，想尝尝铁窗的滋味啊！"赵恒儒熄火拔出车钥匙，"一定要去，我去找个代驾。"

秦慧楠向公交车站方向走去，崔思康将车掉头，紧紧跟着她。前方就是公交站台，最后一班公交车已缓缓起动，秦慧楠加快脚步，向公交车站赶去，还是没能赶上。

"看来，你没有选择了。"崔思康又打开车门，"自古华山一条道，没有选择的余地。请上车——"

秦慧楠没上车："崔思康，狐狸再狡猾终究藏不住尾巴。"

"谁是狐狸？"崔思康一脸委屈，"你是市委领导，可不要出口伤人哟。"

"崔思康，你就不该赶过来。瓜田李下，你还想不想让我为你讲话了？"秦慧楠嘴角露出一抹复杂的笑容，"我提示一下，一个叫吴梅芬的人，清水镇医院的护士长。"

崔思康震惊地看着秦慧楠，重复着："吴梅芬？"

秦慧楠知道，崔思康是个不到黄河心不死、不撞南墙不回头的人，她甩出的是一张王牌，颇为得意地说："不好意思，往你的旧伤疤上撒了把盐。"

崔思康毫不遮掩地说："何止是撒把盐，而是捅了一刀。人生难免要受些委屈和伤害，与其耿耿于怀、郁郁寡欢，倒不如坦坦荡荡、泰然处之。真正的爱情，不是付出全部，而是让自己成为更好的人。这些话是我对沙莎说的。"

"什么？"这是秦慧楠没想到的，她问，"你们后来联系上了？"

崔思康说："那是五年前的五月，我出国考察，在上海浦东机场我们匆匆地见了一面，她与外籍男友在一起。我当面说了对不起，沙莎说已经不重要了，重要的是我现在怎么想的，我就说了刚才那番话。"

崔思康收拾起了心绪，看着秦慧楠说："事过境迁，陈芝麻烂谷子别再翻出来了好不好？沙莎结婚了，日子过得很开心。你有个好老公、好女儿、好家庭。我也有个贤妻和勤奋好学的好儿子。在爱情和婚姻的天平上，老天是公平的，我们都是赢家。"

"可是有一个输家，为你输得很惨。"

"谁？"

"王秀芹。"

"王秀芹？"崔思康愣住了。

"直到今天，王秀芹那张照片上的笑脸一直刻在我的脑海里。当年她是你离开沙莎的理由，我怎能不刻骨铭心。你说她为你付出很多，你恩爱交加地选择了她，我为之理解，为之感动，可是范琳琳的年轻貌美，又成了你离开王秀芹的理由。"

"你误会了！"崔思康眉头紧锁，"别主观臆断，事实真相，并不是这样。"

"误会？这是抛弃诺言，移情别恋。范琳琳如果不是提前怀上了你的儿子，差点又成了你爱情游戏的牺牲品。难道这就是你说的误会？"秦慧楠盯着他，"那事实是什么？我听你的解释，听你的争辩。"

崔思康有口难辩："这……我开不了这个口。"

秦慧楠叹了口气："你的错在于把爱情当成了一个人的游戏，太自私、太霸道。一个人的恋爱和婚姻的轨迹，是一个人道德水准的晴雨表。窥一斑见全貌，所以你的见死不救绝不是偶然的。"

"好吧，我寻花问柳，见异思迁，移情别恋，玩弄女性，自私自利，见死不救，道德败坏，我还养了几个情人和小三……来吧，什么脏水统统往我身上泼,我不在乎了!"

"破罐子破摔了?"

"秦慧楠,我不是破罐子!"

秦慧楠站起身:"你看你,气急败坏了不是?"

白色的帕萨特疾驰过来,借着车灯的光亮,坐在副驾驶的田振鹏看到站在路边的秦慧楠和崔思康,脸色很不好看:"师傅,掉头,回去!"

代驾小哥奇怪地问:"同志,不是说接你夫人吗?"

"不接了,撤!"

帕萨特打一把方向,急转车头,被秦慧楠发现:"田振鹏,停车——"车子没有停,反而加速离去。

秦慧楠转身坐进马自达车内,崔思康哈哈一笑地说:"没有选择了吧?"

"幸灾乐祸了,是不是?"

"没吃豹子胆,我敢吗? 我是怕因为我的事,引起了田教授不必要的误会,万一毁了你这个家,我的心一辈子得不到安宁。"

"放心,我的婚姻防线固若金汤,经得起重炮猛轰和狂涛巨浪。"

崔思康愣愣地看着她,秦慧楠瞪了他一眼:"干吗这样看着我? 你不信?"

"我信,坚信不疑。"崔思康点火发动,轿车驶离清水镇。

"对那个吴梅芬你不想解释几句?"秦慧楠闭上眼问,"怎么不说话?"

"人嘴两张皮,公说公有理,婆说婆有理。"崔思康语气中透出无奈,"世事难料,是非难清啊。"

"不,任何事情都有水落石出的时候。就怕有人搅浑水,不想把石头露出来。"秦慧楠一狠心,来个刺刀见红,"我问你,棒棒是不是你亲生的?"

"你问这个什么意思?"崔思康一愣,"这还用怀疑吗,又是谁在胡言乱语? 我有什么问题,你怎么查都可以。但是如果触动了我的隐私,伤害了我的家人，当心我拿起法律的武器！"

"那就骑驴看唱本——走着瞧！"面对崔思康的坚决不合作，秦慧楠心里开始筹划。

崔思康开着马自达，一直将秦慧楠送到宾馆旋转门前。离开宾馆后，他开着车刚要拐弯上大街，白色帕萨特猛地闯过来，挡住了去路。吱嘎，刹车一声惨叫，崔思康下车，正要发火，见是田振鹏。

田振鹏默默地向崔思康走近，目光中喷射着火焰："你们旧别重逢，旧情重叙，双双对对跑到清水镇，别有一番滋味在心头啊。"

崔思康马上解释说："你误会了，我发誓，真的是误会。"

"又是误会！常务副县长同志，误会怎么老围着你转悠呢？"田振鹏带着一丝酒气，"别忘了，我是搞公安的，相信'坦白从宽，抗拒从严'政策的威力。你为什么把王秀芹甩了？"

"这……一时说不清楚。"

"我来帮你说清楚。因为范琳琳年轻漂亮，你是一个见异思迁、移情别恋的当代陈世美。一个人爱情婚姻的放纵无序，必然导致整体道德的缺失，所以你今天的见死不救也就不奇怪了。"

"我明白了，你们夫妻俩是冲着我来的。揭我的老底，堵我的仕途，以泄十多年前的怨恨。好了，我斗不过你们，自认倒霉，惹不起躲得起。"崔思康取出一份辞职报告，递给田振鹏说，"报告早就写好了，一直揣在口袋里，没有勇气拿出来。连你都说我整体道德缺失，我还有脸面赖在这岗位上吗？请转交秦部长。"

田振鹏接过崔思康的辞职报告，看也没看，撕成了碎片。

崔思康气愤地说："你——"

"崔思康，我是在帮你，是给你创造一次机会，认错，检讨，过关。我老婆吃软不吃硬，你要很好地把握。你如果还是一个真正的爷们儿，就昂首挺胸，直起腰杆，还自己一个清白，否则，我这一辈子看不起你！"

田振鹏上车，重重地关上车门，轰的一声发动了汽车驶离远去。

秦慧楠和田振鹏做梦也没想到，他们去清水镇的期间，女儿田晓君与死神擦肩而过。

当尤喜军把田晓君送到宾馆时，汪柱子的助手小胡子扮作清洁工已潜入房间，正在寻找那块石头。

突然，门铃响了，小胡子惊慌失措，赶紧关灯，躲到窗帘后拔出一把尖刀。

按门铃的是田晓君，听不到房内有任何反应。小胡子慌了神，四处寻找逃跑的出路，两扇落地窗户打不开，只能钻进衣橱里，手里那把尖刀握得更紧了。

女服务员取出一串钥匙，打开门，然后走了。田晓君进门后，打开灯走进房内客厅，脱掉外套后向大衣橱走去。衣橱内的小胡子用手机拨通了房间的电话。骤响的电话铃声，吸引了田晓君，她将外套扔在沙发上，跑进内室接电话。

小胡子乘机钻出衣橱，向门口溜去，不小心碰了一下茶几，发出咣当一声响。

田晓君警惕地看着外间问："谁？"她壮着胆子走到外间，不见人影，但门开着，她冲到门口，看到走廊尽头有人推着清洁车，吓得她大叫起来："快来人，抓贼，抓贼呀——"

服务员跑过来："晓君，出什么事了？"

"有贼，有坏蛋……"

秦慧楠回来的时候，服务员正在安慰田晓君，看到妈妈回来，田晓君跑向她，依偎在妈妈的怀抱里，忍不住害怕地抽泣起来。

田振鹏开门进来，发现是有人潜入了房间，但没有少任何东西，包括放在床头的钱包，他马上想起了那块石头。他挪开花盆，看到压在底下的石头还在，便松了一口气。

"是为了这块石头？"秦慧楠也觉得这事不简单，"你告诉章法成，这两块石头要尽快水落石出，不能再拖了。"

"章局长的压力很大，让我把这两块石头带到省城做化验。"田振鹏早已接下这件事,"我明天走。你去清水镇有收获吗?"

"满载而归。"秦慧楠的心里很不是滋味,"这个人,刚刚开始洗白,现在又越描越黑了。"

田振鹏将秦慧楠拉至内室:"你真的收养小曼了,怎么不事先跟我商量?"

"白纸黑字,我签字了。过几天我让杨娟把小曼接到东山,学校我也落实好了。"提到小曼,秦慧楠的脸上温柔了许多,"难道不知道你老婆的脾气吗,先斩后奏是我的风格。"

"好吧,贪官作孽,孩子无罪,只当生二胎。"

"这就对了嘛!"秦慧楠一把抱住了田振鹏,她心里暗自庆幸,秦慧楠啊秦慧楠,你是何等幸运,能遇到田振鹏这样的丈夫,如果没有他的默默支持,不敢想象自己的后院会成为什么样。

玉泉县最著名的海鲜餐厅名叫富丽华酒楼。酒楼的装修风格的确富丽堂皇,处处奢华。从装潢到食谱,富丽华酒楼可用一个字概括——贵。

沙发上一男一女相对而坐,男子衣着干净朴素,样貌端正;女子衣着华贵,眉眼间风情万种。两人正是肖强强与吴雪姣。

一阵脚步声传来,吴雪姣说:"卢总来了!"俩人双双站起,卢晓明走进来,后面跟着林全和余敏。

吴雪姣递上已点的菜单,卢晓明看了一眼:"这里的澳洲龙虾很有名气,为什么不点?"

吴雪姣柔声地说:"卢总,价格贵得吓人,九百九十九块一份……"

卢晓明慷慨大方地说:"点!我和强强第一次吃饭,再贵也要点。要点强强没吃过、没喝过的。"

此时的肖强强如坐针毡,赶紧说:"卢总,真的不要这样,您这样点下去,今天的这顿饭没有上万下不来,我受之不起呀!"

卢晓明豪气地说:"肖强强,我让你知道,人生在世有几种活法,我还让你知道什么叫白活！"

刚上菜，卢晓明便施施然起身："我还有点事，先走了。肖强强，你吃好喝好，工作的事林副总会安排的。"说完离开了包厢。

卢晓明走后，林全靠近肖强强，亲热地说："强强，你工作的事没问题。卢总说了，玉泉集团上上下下各种岗位几十种随你挑，报酬肯定从优，享受部门副经理待遇。不过，你先要在一个文件上签字。"

此时余敏拿出一份打好的文件，醒目的一行字是：我最后的陈述。

看到这行字，肖强强的心里咯噔一下，脸色开始凝重起来，他拿着文件念出了声："当时，我已减速准备停车抢救王长根，可是崔县长不同意，他怕耽搁了提拔任命他为县委书记的常委会……"

余敏拿出签字笔递给肖强强，肖强强却没有接，他皱起了眉头问："为什么要我这么说？"

林全满含深意地看了他一眼："为了玉泉县委选出一个好书记。"

"不……这不是你们管的事！"肖强强的脸色越来越难看。

林全很得意自己的措辞："我们是玉泉县的人民，有这个权利。"

吴雪姣在一旁柔声地催促着："强强，签吧，是为你好。"

"你闭嘴！"肖强强无比强硬地甩了一句，霍地站起身来，头也不回地疾步冲出包厢，竟然没给在场人反应的机会。

二〇　莫要鱼目混珠

天色微明，凉风习习，玉泉县经过一夜的休整苏醒了过来。田振鹏按惯例早早地开始了一天的生活，准备启程回省城。这时，一身运动装晨练的秦慧楠一把拉住了他问："玉泉县能做 DNA 亲子鉴定吗？"

这个问题太突然、太敏感了，田振鹏问："亲子鉴定，给谁做？"

"崔棒棒，"秦慧楠目光坚定地回道，"崔思康的问题要一个个见底，有人举报他和范琳琳的夫妻关系是变相的权色交易，说崔棒棒是崔思康强奸范琳琳的结果。"

田振鹏说："如果崔思康如此卑鄙、肮脏，你是在为民除害呀，全力支持你。"

秦慧楠含笑挥手，送走丈夫与女儿，直接跑向不远处的玉泉县体育馆。胶垫跑道上洒满阳光，周源正在步伐矫健地奔跑，额头上渗出细密的汗珠。秦慧楠从侧面追赶过来。

两个人逐渐放慢速度，秦慧楠笑着说："刚把振鹏和晓君送走。"

"他们走了？"周源有些遗憾，"我还没请客呢。"他话锋一转，"昨天晚上，听说你微服私访了？"

"是啊，跟你学的。"

"都二十一世纪了，老祖宗的办法还管用，这是悲哀，还是讽刺？"

"历朝历代，盛衰兴亡在于用人。古罗马帝国兴盛靠的是修路，大英帝国强大靠的是造船，美国充当世界警察，靠的是原子弹，中国的复兴靠的是用人。"

两人走进附近一家颇具规模的早餐馆，落座，之后开始点餐。

"初步调查,"秦慧楠压低声音说,"崔思康和范琳琳的婚姻很不寻常。当年范琳琳曾跳河自杀。"

"什么,范琳琳跳河自杀过?"周源声音中带着震惊,"这个崔思康,从来没向我透过半点风声。"

秦慧楠说:"范琳琳自杀原因很简单,未婚先孕,肚里的孩子太大无法流产,无法面对社会,对生活绝望,想一死了之,是当年的副乡长崔思康救了她。"

周源用手指轻敲桌子:"好家伙,十多年前跳河救的人,后来成了老婆,还当上了县医院的副院长。听说范琳琳只是个中专生?"

秦慧楠接着说:"是啊,这里面有诸多的疑问。我找到当年抢救和护理范琳琳的护士长吴梅芬,她回忆说,范琳琳被救后一直缠着崔思康,崔思康要离开,她几次以死相逼。"

周源低声感叹:"崔思康和范琳琳的结合,权色交易,看来群众举报不是空穴来风啊!"

出了早餐店,周源悄声说:"朱明远准备再次放弃崔思康,起用备选人戴国权。而且七个常委已有三个同意。我们两个只要有一个同意,崔思康就没戏了,压力太大,我也快顶不住了,朱明远同志和我谈了几次了。"

秦慧楠看着周源:"再顶几天行吗?"

周源瞪大眼睛问:"你可是'倒崔派',现在怎么变成'挺崔派'了?"

"因为小曼。"秦慧楠眼神中满是母亲的柔情,"没有崔思康给了她父爱的力量,这孩子活不到今天。就因为刘带香和小曼我必须重新认识崔思康,必须搞清他的问题,除非他是个扶不起的阿斗。"

周源担忧地说:"时间来不及了。"

这几天,肖强强病了。他知道自己是三分生病,七分是思想病。一场风暴,把他卷了进去,他扛不住了,躺在床上辗转反侧。门铃声响起,门外传来秦慧楠的声音:"肖强强,开门哪!"

"秦部长?"肖强强赶快开门,一脸抱歉地说,"你怎么到这儿来了?"

秦慧楠举起水果说:"听说你病了,来看看你。这是市委组织部的杨科长。"

两位领导的突然光临,让肖强强局促不安起来,他赶紧说:"请进……"

秦慧楠和杨娟走进客厅,环顾室内,一片凌乱。秦慧楠说:"你看你,脏衣服乱扔,碗筷也不收拾,还有这桌子上的灰尘。小杨,我们帮助收拾收拾!"说着,秦慧楠和杨娟动手开始收拾地上、桌上、沙发上散乱的衣物。

"不,秦部长,"肖强强拉着秦慧楠,"万万使不得,你是大领导!"

"什么大领导小领导的,"秦慧楠笑得轻松,"论年龄,我是大姐你是小弟,小杨比你小吧,算小妹。"

三人很快把室内收拾得整整齐齐,从窗外吹进的风,送来楼下馥郁的月桂香气,让这小屋也清香起来。在轻松的气氛中,秦慧楠问:"不停车救人,崔县长知不知道? 当时他是不是真的睡着了? 是他的决定还是你自作主张?"

肖强强沉默着。

"肖强强,"杨娟耐心地问,"录音举报人是谁?"

肖强强依然沉默,室内气氛十分尴尬,谈话难以继续下去了。

玉泉县委大门左侧一百多米开外,有间日杂店。王秀芹走进去,买了把实心铁锤揣在怀里,来到县委门口,可是被保安拦住了,盘问她:"你找谁?"

"我在你们停车场转一圈,"王秀芹一脸笑容地说,"你可以看着我,我找一辆车……"

第二天上午,秦慧楠怎么也没想到王秀芹做了一件十分荒唐的事,让人啼笑皆非。

上午十时左右，肖强强开着红旗轿车从县委大门里出来，早已守株待兔的王秀芹冲上去，掏出一把小铁锤，砰地一下玻璃开了花。

肖强强怒气冲冲地下车，抑制不住冲动，一拳将王秀芹打翻在地，在一旁的保安赶紧拉住了肖强强。

有人打了110，王秀芹和肖强强被送到了派出所。王秀芹坐在问讯的位置上，十分紧张。

"在县政府门口砸车，你吃了豹子胆了！"民警提高声音，"为什么砸车，谁让你干的？"

"为我爸出口恶气！"王秀芹实话实说，"我自己干的，判刑、坐牢我兜着。"

此时所长和章法成走了进来，所长对民警说："把她交给我吧。"所长看看王秀芹对他说，"这是章局长。"

章法成看看王秀芹说："跟我走吧。"

王秀芹忐忑地跟在章法成身后，快步走出派出所，上了一辆警车。

章法成亲自开车，车里只有他们两个人，王秀芹都能听到自己咚咚的心跳声，她屏住呼吸问："局长，你要把我送进哪座大牢啊？"

章法成一脸严肃地说："送你见一个人。"

警车开进街边公园里，章法成转头告诉王秀芹："下车吧。"

一看不是监狱，王秀芹紧张的心情松弛了很多，但四下无人，她很疑惑："人呢？"

章法成指指假山说："亭子里。"

王秀芹拾级而上，走进凉亭，发现崔思康站在面前。

"秀芹，"崔思康眉毛都快拧成了绳，"你让我怎么说你，现在你恶名在外了。"

王秀芹怎么也没想到，崔思康找自己说的第一句话是这个，她脖子一梗："为我爸，也为你出口恶气，值！"

崔思康啼笑皆非地说："你是初犯，我担保放了你。如再犯，非关你十天半个月不可。"

此时肖强强还坐在问讯的位置上，一副不服气的模样。对肖强强民警就没有那么客气了，他说："身为国家工作人员，公然在县政府门口打人，这是什么行为？"

"警察同志，"肖强强抬起头，"你别搞错啊，我是保卫国家资产！"

"嗨，"警察提高声音说道，"你打人还打出理来了，人家为什么砸你车？"

肖强强把身体往后一靠："无可奉告。"

"肖强强，"警察站起身，"就凭你这态度，可以关你几天！"

所长将肖强强带出了派出所。随着所长的手指，肖强强发现马路对面停着一辆红旗轿车，他惊讶地发现，那是他开的车，已在前天上交了。他狐疑地跑过去，打开车门，看到里面坐着秦慧楠和杨娟。上车后，秦慧楠将车钥匙和辞职报告递给肖强强。

肖强强惊喜地问："不处分我啦？"

"告诉我，"秦慧楠一脸认真地问，"那天早上，到底发生了什么？"

肖强强有些为难地说："秦部长，没停车救人的事，两个人是说不清的。求你别再追究了。我愿意赔偿王长根，向他磕头赔礼。"

"你想保自己，又想保别人，"秦慧楠一语中的，"但鱼和熊掌不可兼得。"

"秦部长，"肖强强哀求着，"为什么这么较真，模糊一点不行吗？没停车救人，又不是杀人，你们揪住不放，小题大做，我想不通！"

"你可知道，我来玉泉这么多天是为了什么？"

"为玉泉县选个好书记。"

"假如崔思康真是个好干部，因为你一句假话毁了他，这就是在犯罪。"秦慧楠声音低沉，"假如崔思康是个道德缺失的人，因为你一句假话保护了他，这也是犯罪！明白这个道理吗？"

肖强强瞬间感觉压力好大，回复说："我明白。让我好好想想行吗？"

"可以给你时间，三天够了吧？"秦慧楠打开车门，"小杨，我们下车吧。"

杨娟看着他说:"肖强强,在后备厢里,秦部长有一包东西,你打开看看。"

这时肖强强着急地说:"你们去哪,我送你们去。"

"不用,"杨娟打开车门,"我和秦部长还有事。"

秦慧楠和杨娟离开后,肖强强打开后备厢,里面有一个大袋子,装的全是王长根的锦旗、奖状、获奖证书。肖强强一看,立即震惊了。良久,他狠狠地扇了自己一个嘴巴,开车直奔银行。然后又一阵风似的闯进医院,来到王长根的病床前,既不向王秀芹打招呼,也不顾其他人的眼神,就那么直挺挺地冲着王长根跪了下去,连磕三个响头。王秀芹在一旁惊呆了,赶紧拉着他:"肖强强,你干什么?快起来!"

"秀芹大姐,对不起。"肖强强从怀里掏出一个信封,一脸的羞愧,"这是八千块钱请你收下。"肖强强一个月工资五千多元,虽有些补助,但年轻人花销不小,每月基本很难剩余,这八千块钱用崔思康的话来说,就是一点点抠出来的。

王秀芹连说:"不用,不用!"

肖强强索性将钱往床上一放,转身就走。

肖强强的举动正应了那句话,今日之我非昔日之我,亦非明日之我。万事万物皆在变化,只不过变化的方向与程度各有不同罢了。

肖强强的变化,很快被杨娟知道,她向秦慧楠汇报后,秦慧楠微笑着说:"这就叫春风化雨,润物无声。"

肖强强来到超市,买了营养品、水果,来到崔思康所住的小区。他快步上楼,按了门铃,范琳琳开门之后只见肖强强站在门外,手里拎着一大袋水果、营养品。

范琳琳有些惊讶地叫了一声:"强强?!"

崔思康听后赶紧迎了过来。肖强强看到崔思康更觉得不好意思:"我能进来吗?说几句话就走。"

"人可以进来,礼品不要进门。"崔思康严肃地说,"你跟我开车好几年了,我的规矩你应该知道,不能破了我的规矩。"

肖强强将礼品放在门外说:"我知道。"

"坐吧。"崔思康掏出手机说,"把你的手机也拿出来吧。"

肖强强尴尬地说:"这……"

崔思康讽刺道:"你不是喜欢录音吗?"

"崔县长,"肖强强一脸抱歉,"录音的事,我真的不知道,不是我干的。"

"那是谁?"范琳琳轻声问,"那晚你家里,是不是还藏着一个人?"

肖强强不想说出吴雪姣的名字,又不想撒谎,迟疑着:"范院长……"

"你来看我,我十分感谢。"崔思康心软了,"听说你要辞职,还递了报告,这么大的事,为什么不和我商量?你去看王长根了,还送了八千块钱?"

肖强强点点头说:"我不想再给您添麻烦。"

范琳琳在一旁说:"王秀芹不要钱,说你向她爸说了对不起,还下了跪,这就足够了,让我把钱退还给你。"

"不,我不要……"肖强强紧张地站起身,"崔县长,是我错了,给我个认错的机会。不管什么录音举报,就是枪口顶着我的脑壳,事情还是让我扛着。"

崔思康提高声音问:"你扛,什么条件?"

范琳琳见状,在旁边打着圆场:"思康,强强已经这么说了,你就给个面子吧。"

"强强,我们相处六年多了,我的为人你知道。"崔思康语气平静,"每次下乡去基层回来上车前,第一个工作就是检查后备厢有没有礼品。这几年你也很配合、很理解。也不是说我这个人多么清正,多么廉洁,而是我输不起!万一我不小心有个闪失,我怎么对得起家人,特别是我的孩子。如果父亲是个坐牢的贪官,儿子心里有了阴影,以后怎么健康成长?拿人家的手短,吃人家的嘴软。所以我不收礼,也不和别人做交易。这不是什么高大上,而是自我保护。"

"我知道,"肖强强点点头,"这些道理您经常跟我讲,我记着呢。"

"你要求去国土局,不行,你不是那块料。"看着肖强强,崔思康一脸担心,"这是个充满诱惑的单位。眼下房地产这么热,地产商为拿到土地什么招使不出来? 请客送礼、金钱美女,花样百出,防不胜防。人家把你卖了,你还跟着数钱呢。不让你去,是因为你还没有很强的免疫力,是爱护你。"

"崔县长,"肖强强这才知道自己误会了,"我明白了。"

崔思康起身拿包要走,肖强强跟上:"您要去哪? 我送您。"

"不用,赵主任安排车了。"

听到这话,肖强强内心一片荒凉:"我知道,您不让我开车了,不相信我了……"

崔思康拍着他的肩膀说:"不是,问题不是没调查完嘛。"

"您多保重,"肖强强心情沉重,说了句,"我先走了。"

"强强,"崔思康指指门口,"你的东西。"

"崔县长,只是水果,值不了几个钱的,"肖强强勉强挤出一个笑容,"我的心意,求您收下。"

范琳琳只好打圆场说:"行了行了,我收下了,有责任我担。"

肖强强微微一笑,转身走了。从崔思康家出来,他来到小车队,去洗车。

徐队长走过来打招呼:"强强,洗车呢?"

"明早六点,不是去机场接人吗?"肖强强干劲十足,"队长,真的不开除我了?"

"有崔县长、秦部长,你这饭碗砸不了。崔县长为了不开除你,他和戴书记就差翻脸了。"

"啊?"肖强强万万没想到,崔思康为自己做了这么多,内心一阵喜悦又夹着苦涩。

一日之计在于晨。秦慧楠早早起床,在动感音乐的带动下,在跑步机上跑了八公里。正准备关机,旁边另一台跑步机开始启动,她转头一看是周源,赶忙打招呼:"周书记,什么时候过来的?"

"昨天夜里。"

"有什么新的精神?"

"明远同志让我转告你,调查工作要加快步伐,最近市委常委要听你的调查报告。"

秦慧楠按了停止键说:"关于崔思康和范琳琳变相权色交易的举报,已进入实质性调查。"

周源有些惊讶:"亲子鉴定?"

"对。"秦慧楠点点头,"如果崔棒棒不是崔思康亲生的儿子,前些日子的传言就是无稽之谈。"

周源开始缓缓跑步,补充一句:"还有那个肖强强,应该打破沉默了。"

"我们约定的时间到了。我上班就去小车队,再找肖强强……"这时秦慧楠的手机响了,看清号码后,她说,"说到肖强强,他就来电话了。"

二一　乱泼脏水为哪般

　　清晨，在机场高速路上，肖强强将轿车停在紧急停车道上打电话。他说："秦部长，我一大早去接客人，正在去机场的路上。我答应你今天打破沉默，给你证词。我已经写好了一份详细的书面证词。怕你着急，先给你打个电话，作为语音证词，你可以录音……"

　　秦慧楠在手机中说："强强，你在开车，不要打电话。"

　　肖强强说："没事，我将车子停在紧急停车道上，打着双闪。"

　　健身房里，秦慧楠打开了手机免提，周源驻足，肖强强的声音很清晰："周书记、秦部长，我负责任地告诉你们，那天早上不停车救人完全是我的错，不可饶恕的大错！没有理睬王秀芹的呼救，没有停车施救王长根，是我上了别人的圈套，是有人让我这么做的。当时崔县长确实睡着了，那天晚上他开会到深夜，太累太困了。车过小王庄后崔县长醒了，他说刚才好像有人在哭喊。我说没有听到。崔县长让我停车，摇下车窗，外面风声雨声呼呼作响，淹没了王秀芹的呼救声……"

　　健身房里，秦慧楠和周源面露惊诧，看得出他们对这个迟到的真相是相信的，但是他们谁也没说话，沉默得令人窒息。

　　肖强强说："秦部长，您和周书记是好人，崔县长也是好人，我鬼迷心窍上了别人的当，害了崔县长。我不明白，为什么好人常常被人误解？为什么好人常常被坏人算计？做个好人怎么就这么难？秦部长、周书记，你们要为崔县长这样的好人杀开一条血路啊……"

　　秦慧楠问："肖强强，你说完了吗？"

　　肖强强立即回道："我说完了，现在心里特别轻松，对刚才所说的

253

话我负法律责任。之后怎么处分我都接受，毫无怨言。"

秦慧楠说："强强，感谢你说出了真相，讲出了真话。你说得很好，我们就是要为好人撑腰，为好人伸张，为好人杀开一条血路！更希望你把坏人揭发出来！"

肖强强说："我会的，时间到了，我开车去机场了。有事随时叫我。"

肖强强上车，点火发动。红旗轿车加速，疾驰在机场高速上，前方有指示急弯路牌。肖强强踩刹车打方向，可是刹车失灵。他一声惨叫，红旗轿车似脱缰的野马，冲出高速护栏！很快，机场高速的半个通道被封闭了，周源、秦慧楠、任大年、戴国权等人来到了事故现场。

起重机从沟里吊起了红旗轿车。救护人员抬着一副担架，担架上盖着白色床单。

章法成走到秦慧楠等人面前，心情十分沉痛。他哽咽着说："人已经去了，连抢救的机会都没有给我们……"

秦慧楠泪流满面地揭开担架上的白布，肖强强双目紧闭，十分安详。她对肖强强的遗体深鞠三躬，众人跟着鞠躬，医护人员将担架抬上了救护车。

秦慧楠说："国权同志，后事你要亲自安排，事故的调查你要参加，有情况直接向我报告。"

章法成将一个信封递给秦慧楠，信封上沾着血迹，他说："这是在肖强强身上发现的。"

秦慧楠拆开信封，取出一张纸，上面工工整整地写着：我的证词。戴国权挤上前想看，秦慧楠折叠好纸条，将证词递给了周源。

戴国权从周源手里接过证词，看了看，哽咽起来："周书记，都怪我不该对强强施加那么大的压力，更不该要开除他，是我的错……"

居委会主任张婶开了门，秦慧楠和杨娟走进肖强强的家。室内干净，整洁。墙上贴着一张打印纸，上面写着：这是市委秦部长、杨科长打扫过的房间，请保持整洁。卧室里的衣架上，挂着两件外套，上面贴着纸条，纸条上写着：秦部长洗过的衣服。

秦慧楠和杨娟十分感慨，自己人之常情的举手之劳，竟然让肖强强以这种让人啼笑皆非、难以理解的方式进行表达，其理由正如张婶所说："肖强强这孩子太缺少爱了，父爱、母爱、兄弟姐妹的爱对他来说就是奢侈品。"

卧室里有肖强强的照片，照片上的肖强强很帅气，带着酒窝的微笑，显示着青年男人的魅力。

张婶说："强强这孩子自尊心很强，很要面子。那天你和杨科长来看他，他那高兴的样子，真没法形容。"说到这里，张婶泣不成声，秦慧楠坐下捧起镜框，泪水模糊了双眼。

松树挺拔，墓碑林立，肖强强的墓碑十分显眼。碑上写着：肖强强之墓　崔思康立。微风阵阵，吹得树枝沙沙作响。

崔思康盘腿坐在墓碑前，喃喃自语："……强强，我一直相信一句话，日久见人心，留到最后才是最好的，你做到了。其实，我的心思你也是知道的，对你的严格，是对你的爱护。我的想法是让你接替小车队的徐队长，他今年八月就要退休，可是你走得这么匆忙，我万万没想到啊……"

这时身后传来脚步声，是戴国权。他捧着一束鲜花，半跪着将花束摆放在墓碑前，说："强强，对不起，我不该对你说了那么多的过头话。但我对你的严格是为你好，不是把你往死路上逼啊……"

崔思康喊了一声："国权！"

戴国权擦了擦泪水说："思康，我不该给肖强强施加那么大的压力，更不该说开除他。他是不是想不开了，走上了绝路？"

崔思康说："事故的原因正在调查，结果还没出来。你不能这么说，你是县委副书记，你这么说了，公安局还要不要调查了？"

戴国权立即反击道："我认真反省自己，主动承担责任，有什么不好？王长根事件，如果你高姿态，一开始就把责任承担过来，肖强强会死吗？会有今天被动的局面吗？"

崔思康回道："不是我的责任，我决不承担，这也是共产党人要做到的实事求是。"

戴国权步步紧逼："我建议，对肖强强的死立即召开县委常委会，整顿作风，查找原因，追究责任。"

崔思康说："国权，时间是个神，它能揭开人和事的真面目。谁是真心，谁是假意，什么是真相，时间会告诉你的。"

戴国权生气了："谁真心，谁假意？别绕弯子。你不是怀疑别人笑脸背后藏着一把刀子吗，趁你不防备插你一刀。你干脆明说，这个人就是我，就是我戴国权！"

崔思康沉默起来，冷冷地看着戴国权。的确，戴国权的表现有些反常。肖强强的死是一般的交通事故还是另有其因，戴国权为什么急于兜揽责任呢？

江南多雨，时而云开日出，时而云雾弥漫，细雨霏霏。

在玉泉县公安局门口，白色帕萨特疾驰而来戛然而止，田振鹏下车，章法成、尤喜军撑着伞在等候着。田振鹏对俩人说，接到电话，下了课堂就往这里赶。他问事故车在哪？尤喜军说在后院。于是，三人匆匆向后院走去。

章法成一路走，一路说："田教授，不好意思，事件来得太突然，事前没有一点征兆。市委、县委要我们尽快提交事故调查结果。"

田振鹏问："你们勘查了吗？"

尤喜军回道："我们刑警队的有关人员，对事故现场和事故车辆初步做了勘查。"

田振鹏问："结论呢？"

章法成说："突发事故，刹车失灵。"

田振鹏紧跟着问："根据呢？"

尤喜军说："经勘查，我们刑技人员结论基本是统一的，但对发生事故的原因有不同看法。有的认为，刹车系统缺乏必要的保养。有的说，刹车总泵里杂质太多，管路堵塞。意见虽然不一，但排除了人为的破坏。"

接着三个人来到后院，事故车停放在专用铁架上。田振鹏拿出放大镜，拧开强光手电仔细地检查着，他锐利的目光像扫描仪一样，对整个汽车底盘进行着全面扫描。

勘查完毕，田振鹏从汽车底下爬出来。

章法成着急地问："怎么样，有什么发现？"

田振鹏看看尤喜军和围在身边的几名警察，深沉、无奈地一笑，向前院走去，众人在后面紧跟着他。田振鹏走到自己的车旁，拉开车门，被章法成拦住。

章法成追问："怎么，一句话都不给？"

田振鹏说："怎么说呢？维持你们的勘查结论吧。"

章法成沉默了，这个结果让他高兴不起来。

细雨变成了中雨，哗哗啦啦，天地间一片苍茫。通往郊外的公路上，一个身穿蓝色雨衣的人站在路边。不一会儿，一辆奔驰商务车开过来，穿雨衣的人上了车。驾车人摘掉口罩墨镜，此人是卢晓明；雨衣人脱掉雨衣，这人是戴国权。

大约开车半小时，奔驰商务车来到郊外一座青山下的"农家乐"小酒楼。在反腐高压态势下，高档酒楼变换经营策略，从城市转移农村，以农家菜、野味为诱饵，成了公务员更加隐蔽的去处。

一开口戴国权就说："肖强强的车祸县公安初步侦查结论：刹车失灵，一般机械故障，排除了人为破坏。"

卢晓明胸有成竹地说："这是预想的结果。"

戴国权紧接着又说："别高兴得太早，田振鹏来了。"

卢晓明说："痕迹专家又怎么样，那两块石头在他手里，至今毫无反应。"

对卢晓明的自信，戴国权有时喜欢，有时讨厌，因为他的自信常常是毫无道理的。他带着批评的口吻说:"你们行动迟缓,肖强强向秦慧楠提供了有力的证词,王长根事件崔思康没一点责任,他洗白了崔思康,这一重磅炮弹成了哑弹。"

卢晓明不解地说:"我真不明白,金钱、美女、房子、车子、票子、面子,该给的我都给了,为什么拉不住一个人的心? 秦慧楠用的是什么撒手锏?"

戴国权说:"她打的是温情和人性牌。她退回了肖强强的辞职报告,亲自把红旗轿车钥匙还到了他手里。肖强强生病,她亲自拎着水果去他家里。更不可思议的是,她还帮肖强强打扫房间,洗衣服、擦桌子、洗刷碗筷……"

"等等。"卢晓明看着戴国权,惊讶地问,"你说的不是市委常委、市委组织部部长吧? 我怎么觉得是雷锋重回人间。"

戴国权说:"你去肖强强家里看看就什么都明白了。肖强强把秦慧楠洗过的衣服,套上塑料薄膜,像名牌服装似的挂在房间里炫耀。"

卢晓明说:"肖强强脑子有病啊? 没见过大世面、大人物,更缺少关爱,太容易受宠若惊了。"

戴国权立即说:"你应该反思一下,凡事'钱老爷'当头的做法,是不是也有失灵的时候?"

卢晓明当即说:"让我帮别人洗衣服、擦桌子、抹椅子、洗刷碗筷? 我做不到。"

这时手机响了,戴国权拿起来接听,不一会儿,满脸堆着喜悦。

卢晓明问:"谁的电话,看你的脸色似乎是好消息。"

"田振鹏对事故车勘查完毕。"戴国权卖了个关子,"他的结论是——"

"说啊,"卢晓明屏住了呼吸,"我的心都提到嗓子眼了!"

戴国权说:"维持县公安局的勘查结论。"

"哈哈哈,"卢晓明开怀大笑,"这个田振鹏也太搞笑了。老板娘,上酒!"

范琳琳回到家，疲惫地坐在沙发上，一眼看到肖强强送的水果和一盒营养品，不由感慨万千，伤心落泪。她拎起水果袋，将里面的水果放到果盘里，从里面掉出一封信，打开一看映入眼帘的是：我的证词。证词中写道："周书记，秦部长，我负责任地告诉你们，那天早上不停车救人，完全是我上了别人的当，害了崔县长……"范琳琳看着证词，泪眼婆娑，拨通了崔思康的手机。

此时，崔思康和居委会张婶正来到肖强强的家。

范琳琳十分伤心地说："思康，肖强强是有良心的人，他把责任全扛过来了，还了你一个清白！可你是怎么对待他的？调动工作，你不同意；送几斤水果，你都不敢收。你说这一切是为了清正廉洁。不，你是为了保你的乌纱帽，才变得这么冷血。六年多来，肖强强为你鞍前马后，风里来雨里去，你对得起他吗？"

这时张婶走过来说："大兄弟，看你眼睛红的，真是肖强强的好朋友啊。你也别太伤心了，人死不能复生，是强强这孩子命苦。天不怪地不怪，只怪他不该选择为领导开车这个职业。"

这话让崔思康一惊，他问："为什么这么说？"

张婶说："外面都在传肖强强为一个县领导开车，这个县太爷跟从冰窟里爬出来似的，太冷漠，太没有人情味，肖强强得不到一点照顾。现在哪个领导的秘书、驾驶员不沾领导的光啊。如果我遇到那个县领导，我一定要责问他，你对强强为什么这么冷漠？为什么不给他一点温暖？你是怎么做人的？你说我能这么问吗？"

"能！大妈，我想问问，肖强强留下了什么东西？"

"没有，"张婶说，"除了衣服鞋子，还有一些老照片。"她拿出一个纸盒，里面有照片。崔思康拿起一张，上面有三个人，崔思康和少年肖强强，还有一位老大爷，背景是看守所的大门外，"明河县看守所"的牌子清晰可见。

崔思康问："大妈，这张照片能给我吗？"

张婶一口回绝："不行。"

"你看看，这照片上有我。"崔思康说。

张婶仔细看照片，又仔细地看着崔思康，说："还真是你呢！我正为这张照片纳闷，这上面二人是谁？秦部长看了也说不上来。"

"什么？"崔思康惊讶地问，"秦部长也看过这张照片了？"

"是的。"张婶说，"她说强强的东西不能动，她会让人来处理的。这照片上的老大爷是肖强强的什么人？为什么在看守所门前合影？"

崔思康走到门外，大妈追上来："你在哪工作？"

"县政府。"

"那好，能告诉我肖强强为哪个王八蛋领导开车吗？"

"大妈，这个王八蛋领导就是我。"

张婶惊呆了："你？"

"我叫崔思康。"崔思康诚恳地说，"我做得不好，您尽管说，尽管训，尽管骂。"

"你怎么会是那个王八蛋领导呢？"张婶细细打量着崔思康那张方方正正的脸说，"不像啊……"

玉泉县委会议室里常委会正在进行。崔思康主持会议，戴国权等九个常委都参加了会议。会场的气氛严肃，大家都绷着脸。

常委甲的情绪有点按捺不住，迫不及待地抢着说："我来开第一炮！玉泉县简直是乱套了。围堵领导的车辆，引水工程质量事故，还有见死不救，对党风、社会风气以及患者和家人，都造成了极大的伤害。"

常委乙说："这是明的，还有暗的，没查清的问题。什么权色交易，以权谋私，在要死的人身上拉选票……这些事，每一件的主角都少不了崔思康同志！在今天的会上，思康同志必须当着大家的面说清楚，这些事你有没有责任？应该负什么责任？"

常委丙则提出了不同的意见。他说："我有不同的看法。王长根事件，肖强强的证词说得很清楚了，这件事思康同志没有责任。还有吕佳龙涉黑案件、养小三并异地寄养私生女，这些都是捕风捉影。肖强强说他差点上了别人的当,这个别人是什么人？为什么不追查？"

就在会议的正反意见处于对峙的关键时刻,戴国权发声了。他说:"我本来不想发言,想来想去,还是要说几句,不说对不起死去的肖强强。因为没有停车救助王长根,肖强强一直承受着巨大的压力。在这期间,我们除了指责还有什么？没有给他一点温暖和关怀。当然,我也没有做好,要检讨。我要说的是,肖强强的车祸难道跟这个巨大的压力没有关系？有,百分之一百地有！思康同志,我俩是好朋友、好兄弟,这个会议如果我不批评你几句,别人会指责我因哥们儿意气丢掉原则。作为领导,要敢于承担责任。王长根事件,就算肖强强不对,你的责任推卸得了吗？因为你坐在车上,应该发扬风格,把主要责任承担下来,不要患得患失嘛！"

常委甲说:"对,你要是把责任全承担了,那是高风亮节。"

崔思康刚想发火,又忍住了。他点了一支烟,猛抽一口,呛得直咳嗽。

戴国权步步紧逼。他说:"肖强强为你开了六年多车,要求调动工作也是情理之中。你不办,可以让别人来办。清正廉洁,不是冷漠无情,不是六亲不认。"

"崔思康同志,"常委乙拍案而起,"肖强强的死,你是要负责任的！"

这时,门突然开了,只见秦慧楠扶着一位满头银发的老大爷走进来,众人十分惊讶。老人家已八十高龄,头发胡须都白了,腰也佝偻了。

崔思康一眼认出,起身走过来:"万大爷,您怎么来了？"

万大爷颤颤巍巍地拉住崔思康的手:"思康啊,我不来行吗？肖强强的事让你委屈了六年多,不能再让你委屈下去了。"

崔思康扶万大爷入座,秦慧楠拿出照片,就是肖强强、崔思康、万大爷在看守所大门口拍的那张照片。

秦慧楠说:"同志们,万大爷叫万兴良,是明河县十里乡万家村的一位德高望重的老人。这张老照片,是在肖强强住所里发现的。我正是根据这张老照片,找到了他老人家。这照片是八年前拍的,照片上的三个人是万大爷、崔思康和肖强强。当年,他们三个人为什么在看守所大门口留影?对这张照片,万大爷有话要说。"

崔思康说:"大爷,强强已经走了,还是不说了吧。"

"一定要说。"万大爷站起来,"八年前,我们十里乡发生了腐败大案,乡党委书记万福才坐了大牢,老婆离婚改嫁,丢下初中没毕业的儿子万国强。没有亲人,成了孤儿,他辍了学,流入社会,打架斗殴,偷鸡摸狗,被关进了看守所。他的父亲在牢里患了重病,作为一个村的乡亲我去牢里看他,他不放心的就是儿子,临死前要我找崔思康……"

崔思康接过话说:"大家看到的这张照片就是万国强,也是肖强强第二次从看守所出来的合影。七年多了,当时的情景像过电影似的,历历在目。"

万大爷说:"那天思康和我去看守所接刑满释放的万国强,并将国强交给了当乡长的崔思康。"

崔思康说:"万国强今后的人生,必须去掉过去的阴影。我给他改名肖强强,把他的户口转到玉泉县城,让他读完了高中,考上了县政府驾驶员,跟我开了近七年的车。确实我对肖强强的要求是严格的,很少给他笑脸。我提心吊胆,生怕他重犯过去的错误。他没有辜负我,一步一个脚印地成长起来了。我想让他的过去成为永远的秘密,对他今后的工作也有了考虑。县政府小车队徐队长今年八月要退休,我想让肖强强接替,可是万万没想到,他匆匆地离去了。他还年轻,下个月就是二十八岁的生日……"

崔思康说不下去了,场内有人伤心落泪。常委甲、乙低下了头,戴国权也抹了一把泪水。

红旗轿车行驶在高速公路上,车里面坐着秦慧楠,手机响了,是田振鹏打来的。她接听:"振鹏,你在哪?"

田振鹏说:"我刚到你们调查组办公室。报告你两件事:第一,亲子鉴定结果出来了,崔棒棒不是崔思康的亲生儿子。"

秦慧楠说:"这就意味着'见色起心,权色交易',是强加给崔思康的不实之词?"

田振鹏又说:"可以这么论定。第二,肖强强的车祸,是因为轿车的制动系统遭到了人为的破坏。"

秦慧楠听后,十分震惊:"人为破坏? 可报纸上说你排除了这个疑点。"

田振鹏说:"那是对外,现在是对内。为查出凶手,我是虚晃一枪。尽管罪犯手法老到,手脚干净,但是他留下的蛛丝马迹,没有逃过我的眼睛。什么叫'田大痕',关键时刻显身手!"

秦慧楠问:"这个情况还有谁知道?"

田振鹏说:"除了你。"

秦慧楠高兴地说:"'田大痕',干得漂亮!"

红旗轿车驶进了东山市委大门,任大年见到秦慧楠就说:"省委郁书记刚到,他和朱书记在市委接待室等你。"

秦慧楠拿出手机走近他说:"你先看看这图片。"

任大年接过手机一看,惊讶万分:"亲子鉴定报告? 崔思康和崔棒棒没有血缘关系?"

"对。"

"那所谓的权色交易,就是胡说八道!"

"还有,"秦慧楠说,"肖强强的车祸,振鹏经过勘查结论是车辆的制动系统遭到了人为的破坏。"

"太……太恐怖了……"任大年惊讶得说不出话来。

秦慧楠说:"是啊,这场斗争的复杂性和残酷性,是出乎我们意料的。"

在东山市委小会议室里,郁浩民凝视着万大爷、崔思康、肖强强的老照片,秦慧楠、朱明远静静地坐在郁浩民的对面。

263

"培养了一个孤儿，挽救了一个失足青少年。"郁浩民不是性情中人，但是此刻他的声音有点沙哑，在微微颤抖，"多年来不露声色，崔思康这一做法，让人动容。还有所谓的权色交易，原来是泼在崔思康身上的一盆脏水。可是崔思康忍辱负重了十年，为什么不申辩，不反击？"

秦慧楠说："这又是一个谜。"

朱明远说："关于崔棒棒为什么不是崔思康亲生，还要进一步调查。"

郁浩民说："不管怎么说，有关崔思康的权色交易之说，已不攻自破。共产党员也是人，受委屈是有底线的，人格和尊严不允许抹黑。共产党的干部不是泔水桶，不能让别人乱倒脏水！"

秦慧楠有些坐不住了，自责地说："相比之下，我很惭愧，上任的第一把火，就烧错了对象……"

朱明远赶紧安慰说："如果你这把火烧出了一个玉泉县委好书记，那也值。"

郁浩民投出赞许的目光说："刚才明远同志说得对，选好一个县委书记不容易。古语云，郡县治，天下安。县委书记的政治素质、理论功底、治理能力和道德水准不仅影响着一个县的发展成败，更关系到党的执政之基是否巩固、事业发展能否常青、与群众的血脉联系能否牢固。对崔思康，慧楠同志的做法尽管有欠妥之处，但方向目标是明确的，那就是为玉泉县选出好的带头人。"

在周源生病的这些日子，发生在玉泉县的几件事，让他的内心很不平静。按理说，肖强强的死就不应该发生，但还是发生了。这就让他不得不思考这么个问题：肖强强是不是死于非命？如果是，幕后的人物非同小可。可是县公安刑侦勘测初步论定是一般车祸，他心里说，鬼才相信！这车祸就像上次发生的胡萌萌事件一样，早不来，迟不来，偏偏在这节骨眼上。

在这关键时刻，周源让自己"生病"了一次。他喜欢在人生的节点用几天时间分析形势，冷静地思考，权衡利弊关系，再做出决定。他把自己的这种优良习惯，戏称之为"窥测方向，以求一逞"。

肖强强原来的身份、他的证词和他之死，周源认为是玉泉县深层次问题和矛盾的一个激烈的表现，是个节点。这个节点的重要人物是崔思康，可是与崔思康抗衡的人物是谁呢？两军对垒，不怕双方都站在明处，就怕一方站在明处，一方站在暗处。那些站在明处的友军，也容易被暗箭所伤，容易落入陷阱，成为陪葬。他周源现在就是崔思康的"友军"。崔思康是他一手培养的标杆，必须支持他。但人是变化的，人心隔肚皮，两猜不相知。崔思康有没有还没发现的问题？

门铃响了，保姆开门，走进来的是戴国权，手里拎着滋补品，喊了一声"周书记"。

"国权？"来客是戴国权，周源很是意外，"你可是稀客啊。"

"周书记批评得对，"戴国权歉意地笑了，"我还是第一次登门。主要是不好意思，怕打搅，更怕闲言碎语。这次听说您病了，下决心来看你。"

"手里拿的什么？"周源冷下脸来，"放到门外去！"

戴国权尴尬得不知说什么："这……"

"否则，"周源毫不留情面，"请出去。"

"好好好，尊重您的规矩。"戴国权将礼品摆到门外，又折身回来，"这下可以了吧？"

"嗯，"周源摆摆手，"坐吧。"

戴国权坐下问："尊夫人呢？"

周源说："去工地砌围墙了。"

戴国权惊诧地问："砌围墙？"

"打麻将呗。"周源说，"我这个老婆，打麻将成了终身的职业，就是水平不长进。有一天我问她，你的丈夫是谁呀？她说是周源哪。我说不对，是麻将！"

戴国权听后，仰面大笑："哈哈哈……"

周源说："那年儿子高考，我说你今天下午就别打了，烧几个好菜，让儿子吃了早点睡。可我一到家，战场居然摆到家里客厅来了。一气之下，我掀掉了麻将桌。儿子对我说，我真不明白，你跟这赌徒怎么过得下去？可是我不离不弃，一直守到今天，快四十年了。"

戴国权夸奖说："真了不起！像您这样的老夫老妻，恩爱白头，屈指可数了。"

"国权，"周源突然话锋一转，"你知道我为什么跟你说这些吗？"

"周书记，"戴国权有点丈二和尚摸不着头脑，连说，"请您指点、赐教。"

"你要明白，"周源说，"和你谈论我夫人的隐私，这是一种坦诚，也想让你坦诚和放松。"他开门见山、一针见血地继续说，"你一跨进我的门，我就知道你的肚子里装的是半斤还是八两。说真话吧，别绕来绕去的了。"

"好，我直说了。"戴国权鼓足了勇气说，"我很看重县委书记这个职务。"

周源马上说："好啊，这不是坏事。人往高处走，水往低处流。既然入了仕途，就想把官做大，这是人之常情嘛。"

此时戴国权的情绪有些变化："可是我有自知之明，我不过是个备胎。"

周源说："备胎怎么啦？备胎也有魅力，关键时刻拿出来，发挥大作用。"

戴国权紧接着问："周书记，我还有机会吗？"

周源说："怎么说呢？崔思康是我一手培养的，无论从感情、从组织原则这两个因素，我都希望他上。我搞组织工作几十年，出几个出类拔萃的干部，就有政绩感和成就感。"

"周书记，这个我非常理解。"

"崔思康尽管险情不断，伤痕累累，但还是你强有力的竞争对手。你的综合条件不错，但是你的短板在哪，你知道吗？"

"这个……"戴国权一时语塞，回答不上来了。

二二　不是黄雀，也不是备胎

周源几次提到戴国权的短板，他实在想不出自己的短板是什么，便请周源明示。

周源两次提示，戴国权都没有回答出来。他是揣着明白装糊涂还是顾左右而言他？周源只好捅破这层窗户纸："你的婚姻问题，老婆和女儿为什么跑到美国去了？"

戴国权这才恍然大悟，周源怀疑他是裸官。他说："她们母女要去美国，我拦不住。"

周源说："有的干部，甚至是高级干部，台上高喊反对西方价值观的入侵，背地里却把老婆、孩子、情人、小三往西方送，财产往西方转移，这种表里不一的人，是两面派、双面人，是十分危险的。国权你不会是这种人吧？"

反对周源的人，称他为老狐狸，戴国权现在才尝到了这种滋味。话说了半天，绕来绕去才切中了要害，这使戴国权暗暗吃惊。周源说他的短板，原来是怀疑他是"两面派、双面人"，是个老鼠过街、人人喊打的裸官！

周源说："言归正传，说说你的婚姻状况吧。"

戴国权说："周书记，我离婚的原因很简单，女儿出国留学，我老婆是陪读。后来女儿毕业找到了工作，她们母女都拿到绿卡，就不愿回来了。我一再让她们回来，她们就是不回，还要我移民。一气之下，就协议离婚了。"

周源问："去民政部门拿证了？"

戴国权说:"当然。"

"国权,"周源语重心长地说,"裸官已经成为干部队伍的毒瘤,干群关系的冰山;裸官是贪官的预备队,裸官的腐败更疯狂。这道理你不懂吗？"

戴国权:"周书记,我真的不是裸官哪,我正在物色对象,重组家庭。"

周源说:"这个问题,你必须处理好。秦部长那里,你是绕不过去的,听说她也在调查这个问题。"

谈话结束,在戴国权起身告别时,周源郑重地提出要亲眼看看戴国权的离婚协议和离婚证书。

戴国权嘴上说"没问题,好几年了,搬了几回家,我回去找一下",可他的心里却咯噔了一下。

秦慧楠回到市里,处理完公务,要去看望生病的周源。这时杨娟走过来送上戴国权的考察报告,还有他的婚姻状况的调查。

杨娟说:"按照有关规定,'对配偶、子女均已移居国(境)外的党政干部,原则上不得担任党政正职和重要敏感岗位的领导职务'。戴国权已同老婆离婚。他现在是单身,应该不在裸官其列。"

关于戴国权的婚姻,这是推荐他为县委书记候选人必须搞清楚的个人重要事项,秦慧楠当然不会放过。

秦慧楠问:"你看过戴国权的法院离婚判决书了？"

杨娟说:"他们是协议离婚。"

"你看过离婚证了？"

杨娟说:"我明天去县民政局调看这份离婚协议。"

红旗轿车在行驶,车轮沙沙作响,秦慧楠陷入沉思。

杨娟问:"部长,又在想什么呢？"

"唉,"秦慧楠叹了口气,"崔思康尽管险情不断,伤痕累累,仍是戴国权强有力的竞争对手。这两者还没到花落谁家之时。"

周源的家到了,秦慧楠和杨娟来到周家门口,发现门外停了一辆小轿车。

秦慧楠说:"杨娟,我们来得不巧,周书记正在接待玉泉县来的客人。"

杨娟问:"何以见得?"

"这车牌的编号是玉泉县的。"秦慧楠摸摸车前盖,"车头还是热的,看来客人刚来不久。"

杨娟夸奖说:"你真是火眼金睛。"

秦慧楠得意地说:"我学过侦探学。"

秦慧楠和杨娟走进院子。此刻,戴国权和周源的谈话已接近尾声。

戴国权说:"周书记,我下一步怎么走,还望您能指点。"

周源说:"指点谈不上,但是可以提醒,秦慧楠部长现在需要做什么?"

戴国权说:"她讨厌宣传,上次关于她抢救、帮助王长根的报道吃力不讨好。"

周源反问:"她不喜欢宣传,也不喜欢教育吗?"

"教育?!"戴国权开动了脑筋,"我想想……"

这时门铃响了,保姆走进来说:"周书记,秦部长和杨科长看你来了,在客厅里。"

戴国权一下慌乱起来:"这个……"

周源问保姆:"你说我和戴书记在谈话?"

保姆说:"我哪敢这么说。"

戴国权问:"你怎么说的?"

保姆说:"我说周书记感冒,身体不舒服,在休息。"

戴国权连说:"好,到底是周书记家的工作人员,说话有水平。"

保姆赶紧说:"哪里,都是周书记教的。"

周源试探地问:"国权,秦部长在外面等着,你怎么办?"

戴国权一时语塞:"这,这个……"

周源问:"怎么惊慌失措的,害怕了?"

戴国权说:"不,我怕秦部长见到你我,场面会十分尴尬。我倒没什么，担心你和秦部长产生什么误会。"

周源直接问道："你见还是不见？"

戴国权弦外有音地："见和不见有什么说法？"

周源说："哪来的那么多说法。见就大大方方坐下，不见就撤。后阳台有后门。"

"那好，"戴国权说，"为防止误会，我只能回避。周书记，再见。"

戴国权进入后阳台，周源狡黠地笑了笑。保姆打开门，秦慧楠走了进来。

周源说："慧楠，我这是伤风头痛，小毛小病的，无大碍！"

秦慧楠坐下之后看到，茶几上摆放着戴国权没喝的那杯茶。

秦慧楠问："你在接待客人？"

周源说："没有啊。"

秦慧楠打开包，拿出一份表格说："周书记，你的'全国组织工作先进工作者申报'材料退回来了。有人向中组部反映，你培养了崔思康这个有着严重问题的干部，是要负推荐责任的。"

周源义正词严地说："提拔任用干部，谁也没有火眼金睛。对崔思康，我确实费了心血。但是我还培养、推荐了其他人，比如玉泉县还有戴国权。"

秦慧楠试探地问："县委书记人选，周书记是不是想换戴国权了？"

"我们总不能吊在一棵树上吧？争取这个表彰名额非常不容易。这事我来处理吧。"周源说，"表面上看表彰的是我，其实是东山市的荣誉。这个荣誉不能放弃。来，喝茶，吃苹果。晚上别走了，在我这随便吃一点，保姆的土菜手艺不错。"

"不行不行。"秦慧楠婉言拒绝，"下次下次。"

回去的路上，秦慧楠又陷入了沉思：周源房内的茶几上明明摆着热茶，可他矢口否认接待过客人。他家门外停放着一辆玉泉县牌照的轿车，车头还是热的，可周源家的保姆偏说这辆车是别人大清早就停放的。两个人十分神秘，显然都在说谎。他们接待的究竟是何方神圣？是崔思康、戴国权还是卢晓明？

在回玉泉县城的路上，周源的提醒一直萦绕在戴国权的耳边，"裸官"一词让他心惊肉跳。越野车驶入一条僻静的街道，有两个男子在洁白的围墙上喷着"办证"的黑色字样和电话号码，戴国权叫停，司机紧急刹车，戴国权下车，两个刷字的男子吓得拔腿就跑。

戴国权拨打手机："法成同志，这'办证'的城市'牛皮癣'到处都是，这是不是你们公安管的？"

章法成接电话后说："戴书记，这事由公安和城管两家管，我们着重处理因'办证'而产生的刑事案件。怎么啦，怎么问这个问题？"

戴国权在发火："你看看，好端端的一道白色围墙，上面刷上了很多'办证'，严重地影响了市容市貌，我们玉泉县何时才能进全省文明城市行列？这个问题我要亲自过问，调查研究，坚决消灭城市的'牛皮癣'，还人民群众一个美丽、优雅的生活环境！"

戴国权直接来到县公安局，章法成带他去刑警大队做调研，了解有关城市"牛皮癣"的案件。

章法成汇报说，这些从事非法办证的人，个个都是"能工巧匠"，神得很。什么技术等级证书、毕业证书，包括清华、北大、美国哈佛、英国牛津的毕业证书，都难不倒他们。身份证、结婚证、离婚证，包括博士生的毕业论文都是信手而来。他们制作的假证件，真假难辨，能以假乱真。

戴国权和章法成走进刑警队，尤喜军从卷宗袋里抽出一张照片说："这人叫张苏五，是东山、玉泉一带制作、出售假证的龙头老大。制作假证的团伙中的骨干分子，许多是他手把手教出来的徒弟。"

戴国权问："此人现在哪里？"

尤喜军回答："已经收监，关在看守所。"

戴国权说："我要见见此人。"

章法成吃了一惊："你要见他？"

戴国权说："是的。要彻底消灭城市的'牛皮癣'，杜绝制假、贩假的违法犯罪，我们必须知己知彼，才能制定切实有效的行动方案。"

章法成让尤喜军安排与罪犯张苏五见面，心里却犯起了嘀咕：全县那么多大事要抓，怎么偏偏把"城市牛皮癣"提上重要议事日程了？

戴国权在章法成、尤喜军等人的陪同下，走进县看守所的审讯室。狱警押着犯罪嫌疑人张苏五走进来，坐在审讯椅上。审讯席上，坐着戴国权、章法成、尤喜军。

章法成说："张苏五，这是县委戴副书记。戴书记对你这个案子很重视，亲自参加这次审讯，你要有问必答，知罪认罪，如实招供。"

张苏五说："不错，我制假证、卖假证，这是事实。可是那些让我制假证、买假证的人，逍遥法外。你们为什么不去抓他们？他们才是制假贩假，扰乱市场，破坏社会治安的罪魁祸首。有的还坐在主席台上，振振有词地教育别人要当老实人，做老实事。这些厚颜无耻的人中，有乡长、县长，还有市委副书记……"

章法成大喝一声："住口！"

戴国权说："不，让他说下去。"

张苏五看了戴国权一眼，发现戴国权也在看他，俩人目光对视了十几秒，有一种心照不宣的感觉。

清晨刚上班，在市委调查组的里间杨娟正忙于向秦慧楠汇报调查工作。她报告秦慧楠，为调查戴国权的婚姻状况，去了东山市和玉泉县民政局，没有查到戴国权的离婚协议和登记。这个结果让秦慧楠吃惊不小，难道光天化日之下戴国权竟敢向组织说假话？不可能，他不会这么愚蠢，犯这种低级错误。

戴国权走进市委调查组办公室时，秦慧楠正在打电话："对，那个'接受改造、重新做人'为主题的思想教育活动计划要抓紧，不能拖，尽快！"

"秦部长，我向您汇报工作。"戴国权坐下，从包里拿出一份打印好的文案——"接受改造、重新做人"思想教育活动计划。

秦慧楠眼前一亮，十分高兴："国权，我要开展这个活动，你怎么想到的？"

戴国权说："秦部长，领会上级意图是一门社会科学。你到玉泉县搞调查时间虽不长，但你的办事风格、工作作风，让我感动，深受启发。小曼的故事太感人了，反腐败，不仅要'打'，重要的是'拉'。拉就是教育，把那些服刑贪官的心拉回来，重新做人。"

秦慧楠兴奋地说："国权同志，你的想法非常及时，我们就是要做政治上的明白人。你想做的，正是我想要的，这叫配合默契，相得益彰啊。这个计划我看一下，没有大问题，就以东山市委组织部和玉泉县委的名义尽快实施。"

戴国权马上接道："好，听您指挥，您指到哪我打到哪。"

秦慧楠说："言重了，我们互相配合，联合行动。国权同志，还有一件事……"

戴国权说："什么事？部长尽管说。"

秦慧楠欲言又止："这个……"

戴国权从包里拿出一信封，从信封里拿出一本离婚证书，证书看上去有些陈旧。秦慧楠翻开离婚证，问："你们在老家办的离婚手续？"

戴国权说："对，我前妻是东北人。组织上尽可去核实。"

秦慧楠说："国权同志，组织上只是了解一下个人重大事项，你千万别有什么其他想法。这不是什么坏事，是清除你前进道路上的障碍。"

戴国权唯唯诺诺地说："我明白，我理解。"

杨娟很快报告，在网上查到了戴国权离婚证书的编号。这天晚上，秦慧楠的心情很好，晚饭后，她在明亮的台灯下，在工作日记上写下了这么一段话：戴国权政治上的明白和敏感逐步显现出来。他的工作思路与我默契，让我刮目相看。直到此时，他才引起我的重视。他和崔思康两个人，均站在县委书记候选人的天平上，势均力敌。如果崔思康再发生什么意外，戴国权肯定当仁不让了。

这天晚上,崔思康进家时棒棒已入睡。走进主卧室,范琳琳也睡了。床头柜上放着一份会议通知:关于举办"认真接受改造,重新抬头做人"主题教育活动的通知。

范琳琳醒了,转过身来问:"才回来,几点啦?"

崔思康看看手机说:"还没到十二点。这明天的会议通知,是谁送来的?"

范琳琳说:"是国权。"

"他到咱们家来啦?"

范琳琳似乎看到了崔思康的醋意,反问:"他怎么不能来?"

"你想多了。"崔思康说,"我是说这个活动是他一手组织实施的,应该让他参加,我不能摘桃子吧。"

范琳琳说:"国权说了,家有家规,国有国法。你现在主持县里的全面工作,这个重要活动应该你参加。"

戴国权还没睡,当崔思康敲门时,他将那张离婚证从抽屉里拿出来,故意放到茶几上,他的目的就是让崔思康能看到。果然崔思康看到茶几上放着的离婚证眼睛一亮,问:"这个证——"

"你可以看看。"戴国权发起了牢骚,指桑骂槐地说,"有人怀疑我是假离婚,是裸官,今天费了好大的劲,才把这个证找出来。离婚本来是隐私,现在却要拿出来晒一晒。今天看到这张证的第一个是秦部长,第二个是你。我相信,大家不会再疑神疑鬼了。"

崔思康拿起离婚证,掸了掸封面的浮土,打开,淡淡的油墨味散发开来。他说:"这证崭新崭新的,还有油墨味呢!"

"是吗。"戴国权一愣,连忙解释道,"从民政局拿到手就没有再打开过,保存五年没见阳光。"

"好了,有了这张证就以正视听了。"崔思康将会议通知往桌上一推,说,"换个话题吧。这个活动还是你去,你是主角。"

"你主持工作,我不能越位。"戴国权诚意满满地说,"我是为你考虑。别看那些'老虎'关进笼子里了，可他们的余威、关系、延伸的权力还在。我们这些在职的很难逃脱他们的阴影。这次活动，名义上是教育，其实是给牢笼里的贪官们送点关爱，多点关心，缓和一下矛盾，对你有好处。"

"你说的这些我不否认，也感谢你给我拉人情的机会。"崔思康说，"但是我们不能昧着良心办事，更不能畏惧他们。这天还是共产党的天，难道他们还能一手遮天？"

戴国权一听，赶紧说："话不是这么说。我记得《圣经》里有个理念值得我们去借鉴，这就是耶稣要他的信徒爱自己的敌人。你收养了余光的私生女，就是这个理念的体现。外面都在传是你举报了林强盛，是不是真的？你不敢去监狱面对他？"

崔思康说："如果是我举报的，我也敢面对他。"

"你还没有回答我的问题，林强盛是不是你举报的？"

"你看我有那么大的勇气和胆量吗？"

"你有这个勇气和胆量。我说得对吗？"

"你再问，我就无可奉告，只能保持沉默了。"

"思康，"戴国权不高兴了，"你的毛病是刚愎自用，不听别人劝。明天的会议对于你是个机会，我不希望再节外生枝。"

"好吧，明天活动我参加。"崔思康起身，"不早了，你赶快休息。"

崔思康走出门，砰的一声关门声，戴国权的心悸了一下，他拿起离婚证闻了闻，果然有着淡淡的油墨味。崔思康是不是发现了什么？前天他提审了"办证大王"张苏五以后，以最快的速度找到了亲弟弟戴国清，戴国清又以最快的速度找到了张苏五的亲弟弟张苏文，以减刑和从宽处理张苏五为承诺，张苏文又以最快的速度为戴国权办了"离婚证"。这张证以假乱真，网上可以查证，可以说是天衣无缝，使戴国权在秦慧楠的调查中轻松地过关。

可是从崔思康刚才的语气中，他是否对这证有怀疑？这油墨味自己怎么就没想到去除呢？真是智者千虑，必有一失啊！今天他为什么让他看这张证？这不是画蛇添足、弄巧成拙吗！戴国权后悔不迭。

第二天上午十点，"认真接受改造、重新抬头做人"主题教育活动开始了。主席台上坐着秦慧楠、任大年、崔思康和监狱长等人。台下坐着几百个服刑人员，林强盛、余光也在其列。

台上，徐老太坐在轮椅上发言："我知道，像小曼这孩子的遭遇不是一个，他们的生父就坐在台下，就在你们之中。你手中有权的时候，忘乎所以，找情人、养小三、生孩子，造了天大的孽！可是你们带给孩子的是什么？无法面对今天和将来！人心是肉做的，孩子是无罪的，但他们抬不起头，上不起学，连喊爸爸妈妈的权利都没有了……"

徐老太泣不成声，台下有一个服刑犯哇的一声痛哭起来，不少服刑犯跟着哭泣。众犯人呼起了口号："改过自新！重新做人！"

台下，林强盛轻声地对余光说："看来，我们坐牢都不得安生，这两个人不会放过我们。"

余光心里知道，林强盛所说的两个人指的是秦慧楠和崔思康。他说："我们身上已经没有油水了，他们还想捞什么，痛打落水狗？"

林强盛诡秘地一笑，说："落水狗爬上岸，还会咬人的！"

监狱里的主题教育实况，通过视频传到了戴国权的手机上，他看了之后心里有一种成就感。这时电话响了，是周源打来的。

戴国权说："周书记，我没有去参加监狱的活动，让思康去了。"

周源站在家里书房的案头，一手挥毫泼墨，一手拿着手机，一张宣纸上写着"宁静致远"。他说："这就对啦。国权，你很成熟了，如果你去了就是败笔，不去才是妙笔。这个活动是你策划的，你拿的方案，做好了安排，可是到了出头露面的时候却消失了。这叫低调、谦虚、礼让。官场上有了这种品行的人，才可以立于不败之地，没想到你这一招用得炉火纯青。"

戴国权说："哪里，您是前辈，我要恭恭敬敬地跟您学，拜您为师，你肯收我这个愚笨的学生吗？"

"收！"周源爽朗大笑，"哈哈，我好为人师，但不会误人子弟。我写好了四个字，准备送给你——宁静致远！"

监狱的主题教育进入了下一个程序——召开部分服刑人员思想教育座谈会。秦慧楠、任大年、崔思康、监狱长走进监舍。早已等候的服刑人员立正、鼓掌，其中有林强盛、余光。秦慧楠、任大年、崔思康落座之后，林强盛等服刑人员才允许坐下。

秦慧楠对余光说："二位，我们见过面，打过交道，曾经的东山市余光市长，久违了。"

余光点头哈腰地说："不不不，秦部长，感谢你还没忘记我。"

"怎么能忘记你呢？"秦慧楠说着，把目光转向了林强盛，"还有这位曾经的市委林书记，我们终于见面了。"

林强盛惶恐地站起来："不敢，不敢。"

秦慧楠问："既然见面了，不知各位有何感想？特别是林强盛和余光二位。"

余光说："秦部长，既来之则安之。万念俱灰，四大皆空，大不了把牢底坐穿。"

林强盛说："秦部长，胜利者和失败者的对话是不平等的。你应该承认，是我这个落马的'老虎'，成就了你的事业……"

在一旁的监狱长拍案而起："林强盛，怎么说话呢？你在跟谁说话？老实点！"

秦慧楠大度地说道："让他说下去。"

林强盛气焰嚣张起来："秦部长，我们是囚犯，我们的任务就是坐牢。请不要再变出花样打搅我们，我们身上捞不到政治油水了……"

一直沉默的崔思康忍不住了："你们造孽，给社会留下那么多私生子女，他们怎么办？你们该怎样才算尽一个父亲的责任？"

林强盛恬不知耻地说："我现在是囚犯，不是什么父亲。"

崔思康义愤填膺地说道："你们必须明白，你们犯下的罪孽和带给孩子们的痛苦，社会给你们埋了单。你们的唯一选择就是以'接受改造、重新做人'的实际行动，减轻孩子们心灵的创伤！"

"崔思康，"林强盛完全忘记了自己囚犯的身份，竟毫无顾忌地说，"你算个什么东西？秦部长，我现在正式举报崔思康，为了升任玉泉县县委书记，他几次向我行贿！"

"你——"崔思康气坏了，指着林强盛说，"你血口喷人！"

监狱长再也看不下去了："林强盛，你如果诬陷、造谣是要重罚的，要加刑的！"

林强盛说："我不在乎什么情面了，我要举报仍在台上道貌岸然的家伙。崔思康你太自私了，为了你的升迁，胡萌萌车祸了，肖强强刹车失灵了，王长根半死不活，已经两条半人命，你还想再让谁死？你是条汉子就敢做敢当，敢进敢退！"

崔思康义愤填膺地回道："林强盛，我不想让谁再受到伤害，今天当着秦部长的面郑重地宣布，我就是你的举报人！向中组部匿名举报你的就是我崔思康！"

霎时间，台上台下一片震惊，人们的目光和表情似乎定格了，现场气氛一片肃杀，窒息得让人透不过气来，连秦慧楠也用惊讶的目光久久地凝视着崔思康。

更加惊讶的是林强盛，崔思康举报林强盛以前只是传言，只是怀疑，想不到崔思康竟站出来，把屎盆子扣到自己头上。他冲着崔思康叫喊着："崔思康，算你有种，我跟你没完！"

崔思康毫不畏惧地回道："林强盛、余光，还有什么招，尽管冲着我来。"

林强盛如此猖狂，监狱长再也忍耐不住，大声喊道："来人，把林强盛押下去！"

两个狱警押林强盛走出，林强盛边走边骂："崔思康，你就是个伪君子，隐藏的'大老虎'，枪毙我也要举报你……"

崔思康一阵剧烈咳嗽，拿出纸巾，一口血痰，他悄悄地将纸巾塞进口袋里。主题教育活动结束后，在回玉泉县城的路上，车内坐着秦慧楠、任大年、崔思康，三人都沉默着，面色都很凝重。

秦慧楠心里在说："回去的路上，大家都保持沉默，唯有林强盛的骂声还在耳边回响。他要举报崔思康，这是我万万没有料想到的。他的举报，是泼向崔思康的一盆脏水，还是真枪实弹？一团迷雾，又在我的眼前升腾。"

商务车驶到县委门口，任大年下了车。秦慧楠对崔思康说："你别下车，我送你去医院。你吐了一口血痰。"

崔思康惊问："你看见了？"

秦慧楠说："我怎么没看见，什么也逃不过我的眼睛。"

崔思康说："这医院里是我老婆的地盘，到处有她的眼睛。"

"怕什么？"秦慧楠毫不在乎地说，"为人不做亏心事，半夜敲门心不惊。"

崔思康问："那红格子围巾和我的'永远珍藏'的照片，还不够吗？我老婆把这两样东西用特快寄给你，她窝着一肚子火，要找你发泄，是我一直压着呢。"

秦慧楠说："你这个老婆真是个醋坛子，男女婚前谁不谈个恋爱？何况又不是我们在谈恋爱。"

崔思康解释说，范琳琳不是计较这个，计较的是当年他甩了秦慧楠的闺蜜沙莎，今天秦慧楠帮沙莎来报仇了。崔思康担心，现在这件事外面并不知道，一旦张扬出去，他和秦慧楠都很被动。

秦慧楠说："崔思康，我在下赌注你知道吗？如果我放过了一个'老虎'，或者错失了一个优秀的县委书记人选，我就是失职、渎职，一辈子不能原谅自己！"

秦慧楠的这个"赌注"，让崔思康的心灵震撼了。他愣愣地看着秦慧楠，此时此刻，才感到组织上的威严、关怀和对人的政治生命的慎重和尊重。

二三　打擦边球要有高超的技巧

应该说，在东山市委常委中为戴国权站台的，是罗西来。早在八年前，罗西来是东山市的一名科长，戴国权是他手下的一名科员。后来罗西来提升为市委常委力荐戴国权任玉泉县一个局的局长。接着又升任了县委副书记。两个人密切的关系没有出现什么大的波折，算是顺风顺水地走到了今天。

戴国权能列为玉泉县新县委书记的候选人，有罗西来的很大影响。但罗西来心里有杆秤，与崔思康相比，戴国权在这场竞争中只能是个"陪标"，是个备胎。因为戴国权缺乏崔思康把握全局的能力和敢想、敢干的魄力。但是崔思康险情不断，戴国权就有了机会。罗西来就对自己的老部下做了个顺水人情。

罗西来将戴国权的政绩写成溢美的文字，亲自送到了朱明远的手里。

朱明远翻看着材料："不错嘛！如果县委书记人选确定戴国权，唯一的阻力是周源同志。"

罗西来说："不，你这是老皇历了，放弃崔思康，起用戴国权，周源同志想通了。这叫作识时务者为俊杰嘛，哈哈——"

朱明远惊讶地看着罗西来，有点将信将疑。

恰在这时，郑介铭和司法局高局长匆匆走入。郑介铭说："朱书记，林强盛公开举报崔思康为升任县委书记，曾两次向他行贿，价值数十万！"

朱明远、罗西来震惊得说不出话来。高局长拿出一份材料，恭敬地递给朱明远说:"朱书记,这是监狱长刚刚报告我的,我一分钟没敢耽搁。"

郑介铭说:"这是林强盛实名举报,去年春节之后正月初八,崔思康到市里向林强盛拜年,将八万元的工商银行卡包在茶叶里。说得很详细、很具体,具有真实性。林强盛还举报,去年元宵节崔思康又一次向他行贿现金二十万元。这两次行贿均被林强盛拒绝,理由是礼太轻、钱太少。"

高局长又在熊熊的烈火中加了一把柴:"这举报信里面的时间、地点、背景、人物都很详细,可信度较高。林强盛也信誓旦旦,说是为争取立功、减刑,他豁出去了。"

罗西来说:"朱书记、郑书记,到了该下决心的时候了。再拖下去,市委将会很被动。"

朱明远将皮球踢了过去,问郑介铭:"老郑,你的意见呢?"

郑介铭说:"这事我们缺乏一手证据,必须调查核实后决定。"

朱明远说:"你亲自调查,周源同志配合,其他人不许插手。"

罗西来一听来火了,不高兴地说:"为了崔思康,又要成立另一个调查组,这成本也太高了。天涯何处无芳草,难道东山市的干部都死光了,偏要在崔思康一棵树上吊死?我对你们两个有意见!"

罗西来说罢,摔门走了。

林强盛实名举报崔思康的消息,是戴国权亲自告诉卢晓明的,他说:"老领导舍身炸碉堡了!"

卢晓明吃惊地问:"你说是林强盛?他学习董存瑞,舍身炸碉堡?"

戴国权说:"对,崔思康当着林强盛的面,公开承认他就是林强盛的举报人。"

"啊?他终于跳出来了!"

"昨天,林强盛对崔思康进行反击,当着秦慧楠的面实名举报崔思康为谋求提升,为当县委书记,两次行贿时任市委书记的林强盛。正式举报材料已上交。"

"好戏，好戏啊。"卢晓明激动得两手直搓，"本来我对崔思康还存有幻想，准备把他拉入我们的朋友圈里，原来这是一颗定时炸弹，太可怕了！"

戴国权说："老领导是孤注一掷，舍身成仁啊。"

卢晓明说："他是在成就你！"

下午三点，崔思康经过县医院，顺便来到化验窗口，取回了血痰的化验报告，崔思康问化验员，化验结果有没有问题，化验员说要让门诊看，正好撞见了范琳琳。她问崔思康，中午有个女人开车送你过来，她是谁？崔思康正想搪塞，范琳琳却说有人向我报告了，这个女人是秦慧楠。别害怕，我高兴啊，你们化干戈为玉帛，相逢一笑泯恩仇嘛。正在这时手机响了，任大年、秦慧楠、杨娟乘着商务车在医院门口等他。崔思康赶忙来到医院门口上了车。

秦慧楠说："思康同志，长话短说。林强盛已实名举报你，说为谋取县委书记职务，你两次向他行贿。"

崔思康说："无中生有，欲加其罪，血口喷人。"

杨娟说："这两次行贿的时间，第一次为去年正月初八，春节假期后第一天上班，时间为下午三点左右。林强盛说你到他家拜年，有保姆裴雨芬为证。第二次是元宵节晚上九点，崔思康以到市里看灯会的名义送他二十万现金，也是保姆裴雨芬做证。"

秦慧楠说："这两个日子都很特殊。一个是年后第一天上班，另一个是元宵节……"

崔思康问："如果我想不起来呢？"

秦慧楠说："问题就非常严重！"

崔思康说："现在就要回答吗？"

秦慧楠说："越快越好！"

秦慧楠知道，市纪监委向反贪局局长杜正良下达了命令，对崔思康采取强制措施接受调查。他要求，明天行动小组直奔玉泉县委，目标是常务副县长崔思康，直接找他谈话，如果他拿不出足够的证据证明自己无罪，当场就把人押走。行动是绝对保密的，明天下午三点出发。

此时是下午三点半，距离行动不足二十四小时。这就意味着崔思康如果不能提供足够的证据证明去年正月初八、正月十五没有向林强盛行贿，崔思康将失去自由，接受司法调查。在商务车内，崔思康回忆，去年正月初八他确实去过林强盛家拜年，送了一斤自家炒的茶叶"小红袍"，茶叶里根本没放什么银行卡。茶叶是保姆当场拆开的。元宵节那天晚上，崔思康老婆和孩子去了姥姥家，他一人在家看元宵晚会。约九点整，门铃响后打开门，站在门口的是汪柱子。他是来拜晚年的，给崔思康买了一块表，给表姐范琳琳买了一根项链，还说是小意思。崔思康问手表多少钱，汪柱子说不贵，二十来万。崔思康说二十来万还不贵？你口气大得很哪！快收起来，戴这种名表，我没有手福。汪柱子送礼，是为引水二期工程弄点儿活干。崔思康连说不行，门儿都没有。汪柱子不高兴了，摔门而出。

回忆到这里，崔思康十分沮丧地说："你们说，林强盛家保姆裴雨芬和汪柱子能为我做证吗？不可能！特别是汪柱子，巴不得我马上倒台，关进大牢，才解他心头之恨。"

秦慧楠、任大年、杨娟都沉默了。他们相信崔思康没有说假话，但是这种相信在法律上毫无价值。摆在秦慧楠面前的有两种选择：一是放弃崔思康，二是弄清真相。这两个选择，她必须当机立断。经过激烈的思想斗争，她毅然选择了后者，立即驱车去了县公安局，找到章法成。局长室里，只有秦慧楠和章法成两人。

秦慧楠环顾室内问："说话方便吗，不会隔墙有耳吧？有摄像头、窃听器吗？"

章法成说："放心，我这房间里没有摄像头、窃听器。有隔音板、隔音玻璃，外面打雷，我这室内平静如水。"

秦慧楠说："法成同志，给你一个紧急的任务，你必须马上搞清楚，去年元宵节晚上八点到九点之间汪柱子的行踪。"

章法成问："很重要吗？"

"非常重要！"秦慧楠看了一下手表，"你只有不到一天的时间。"

"这个……"章法成为难地说，"还真不好办呢。以什么名义传讯汪柱子？再说时间这么长了……"

"以什么方法我不管，我要的是结果！"秦慧楠拿起纸和笔，写了四个字——以毒攻毒！

章法成看后立即说："明白！"

晚上，"春回人间"歌舞厅里，播放着强烈节奏的重金属音乐。舞池里男男女女，人头攒动，身体扭动。人群中汪柱子和一个金发女郎疯狂地跳着贴面舞。沙发上，汪柱子的手机来电振动着，字幕上显示"三缺一，速来！余敏姐"。"三缺一"是暗号，是让汪柱子迅速离开。原来是卢晓明想起了汪柱子曾经对他说的正月十五送价值二十万的手表，崔思康拒收的事。

章法成和尤喜军也在紧急寻找汪柱子。尤喜军报告，目标锁定在"春回人间"歌舞厅。行动小组马上到达位置。章法成说，他立即赶到，目标得手后，立即送到他的车上。

汪柱子不知发生了什么紧急情况，匆匆走出舞厅，上了一辆越野车。尤喜军开着一辆警车赶到。汪柱子点火发动驶离，尤喜军的警车紧追而去。

街上汪柱子开着越野车一路狂奔，尤喜军的警车紧追不放。前面一辆工程车突然方向一偏，朝警车撞来。尤喜军紧急避让，警车还是被剐了一下，扭了几下，撞到护栏上。

汪柱子的越野车继续狂奔，前面设了临时路障，章法成和一群交警拦住了汪柱子的越野车。尤喜军开着伤痕累累的警车赶来。

章法成走过来说："汪柱子，跟我走一趟。"

汪柱子问："章局，我刚出来没几天，怎么又抓我？我没犯法呀！"

"有没有犯法你心里清楚。"尤喜军亮出传唤证说，"别怕，是传唤，这是传唤证。"

玉泉县公安局审讯室里，墙上的挂钟指向凌晨五点。尤喜军、汪柱子分别坐在审讯席和被审讯椅上。

尤喜军说："汪柱子，凌晨五点了，如果你不能说出去年元宵节晚上八点到九点之间在哪里，有证人、证据证明你没有出现在贩卖假钞的作案现场，公安部门会立即刑事拘留你。你听懂了吗？"

汪柱子说："尤大队长，说我吃喝嫖赌，我不委屈，我有这个嗜好。但是说我贩卖假钞，这是天大的冤枉。谁举报我的？带他过来，我们当面对质！"

尤喜军说："还没到时候，现在看你的态度。问题很简单，如果你提出足够的证据，证明你去年元宵节晚上八点到九点之间不在案发现场，那你是清白的，我们立即放人！"

汪柱子进入激烈思考状态，是哪个环节出了问题。刚才余敏给他打电话说的是暗语，打麻将"三缺一"，实际意思是"情况紧急，马上见面"。卢晓明肯定知道什么，可恨那该死的金发女郎缠住他，否则他不会落到章法成手里。

尤喜军熬了一夜，忍不住打了个哈欠，他问："汪柱子，想起来了没有？"

汪柱子沉默，他告诫自己，不能乱说一个字，否则万劫不复。

这天上午六点，在玉泉宾馆的健身房里，秦慧楠在跑步机上跑得满头大汗。

章法成疾步走进报告说："汪柱子是个'老运动员'，反侦查能力很强，像茅坑里的石头又臭又硬！"

秦慧楠问："他还保持沉默？"

章法成说："他提出见他的律师。律师不到场，他不会说一个字。"

秦慧楠焦急地问:"那怎么办？时间不多了！"

章法成说:"汪柱子公司的律师顾问我认识，名叫程健，是年轻的女律师。我联系上她了，马上见面。"

秦慧楠带着歉意说:"法成同志，给你添麻烦了。"

章法成说:"秦部长，为党的组织工作保驾护航，是我们公安的神圣职责。"

秦慧楠说:"我心里七上八下的，没有底。假如崔思康说了谎，我们所做的一切就全白费了。"

"如果是这个结果，你也尽力了，对得起崔思康。"章法成说，"他赖不得别人，自己不争气，就让他自生自灭吧。"说完，他向门口走去。

"法成同志——"秦慧楠喊道。

章法成转过身来问:"部长还有什么吩咐？"

秦慧楠指指手表说:"到下午三点，你还剩下不到八个小时。"

这天早上七点，郑介铭和市反贪局局长杜正良来到东山市的一个高档小区。杜正良指着一幢小高层住宅楼说:"郑书记，这就是林强盛的一处住宅，门口有一个摄像头。但是物业部门说，春节期间，小区监控系统有故障，时好时坏。"

郑介铭说:"我要和物业再核实一下，看监控录像。"

杜正良说:"郑书记是不相信我们做的调查吗？"

"局长同志，"郑介铭说，"崔思康的事越闹越大，从市委书记到省委书记，都相当重视，我们搞纪检、监察的不能有半点差错，这关系到一个人的政治生命和前途。"

杜正良点头，连连称是，和郑介铭走进小区监控室。监控员认出了杜正良，问道:"杜局长，怎么又来啦？"

杜正良介绍道:"师傅，这是市纪委郑书记。"

"郑书记，"监控员惊讶地问，"这点小事还让您亲自来一趟？"

郑介铭说:"师傅，纪委无小事，你应该理解。"

"是的是的,"监控员很理解地说:"你们纪委责任重大,干的是让人'一句能生,一句能死'的工作。"

郑介铭说:"师傅,你说得太形象、太生动了,不过有点夸张。"

监控员放进硬盘,调出图像。他说:"这是你们要调查的去年大年初八下午两点到三点半的监控录像。"

视频画面快进,崔思康出现,拎着包来到三层小楼门口,按对讲门铃,画面定格。

郑介铭问:"那正月十五元宵节晚上九点左右的监控录像,怎么就没有了呢?"

监控员为难地说:"郑书记,实话跟你说了吧,咱们这小区住的不是处长局长,就是董事长总经理,每逢重大节日,监控录像就会选择性生病。"

"选择性生病?"这是郑介铭第一次听说。在上世纪七八十年代,逢年过节,领导住宅的路灯、楼道灯会选择性失明,为的是保护送礼者和收礼者,今天监控录像选择性生病,便是异曲同工罢了。还能说什么呢? 郑介铭和杜正良默默地走出了监控室。

上午九点,保姆裴雨芬开着一辆宝马,将一个小男孩送进了东山市贝贝幼儿园。裴雨芬坐进车里,发现车后坐着郑介铭和反贪局局长,不由得大吃一惊。

裴雨芬问道:"杜局长,怎么又是你?"

杜正良说:"大嫂,别紧张,这是我的领导,想和你谈谈。"

裴雨芬说:"该说的我都说了,怎么没完没了的?"

郑介铭问:"裴雨芬,你在林强盛家做保姆几年?"

裴雨芬说:"三年。"

郑介铭问:"现在呢?"

裴雨芬说:"林书记 …… 不,林强盛出事后我就换了人家。"

郑介铭问:"你去监狱看过林强盛吗?"

287

裴雨芬说:"我去看他干吗,那不是自找麻烦吗。"

郑介铭说:"请你把去年大年初八下午的事再复述一下。"

裴雨芬说:"好吧——"

裴雨芬的回忆和崔思康所说情节大同小异。当问到八万元的银行卡时,她说不清楚了,说她当时不在场。郑介铭仰面长叹,无奈地离开了。

中午十二点,在公安局审讯室里,对汪柱子的审讯毫无进展。汪柱子靠在椅背上,闭目养神,一副死猪不怕开水烫的模样。这可急坏了尤喜军,他心里着急,但又不能表现出来。软硬兼施,该用的招数都用了,却毫无效果。怎么办? 难道等汪柱子的律师? 这律师能和我们一条心吗? 她吃的是汪柱子的饭,拿的是汪柱子的薪水,能不为他讲话吗? 想到这里,尤喜军真想猛击汪柱子几拳。

尤喜军走到汪柱子身旁,将他一推:"汪柱子,醒醒!"

汪柱子不以为然,打了个哈欠说:"尤队长,我太困了,让我再闭会儿眼行吗?"

尤喜军说:"你还要硬扛下去? 这对你可是罪加一等啊。我是在给你机会,根据案情,现在就可以把你关进监狱!"

汪柱子说:"尤队长,律师不来,我是不会讲一个字的。"

下午一点三十分,两辆标有"监察"的市监察委警车行驶在通往玉泉县的高速公路上。郑介铭和杜正良坐在第一辆警车上,郑介铭拨通了秦慧楠的电话。他说:"慧楠同志,我是郑介铭啊,我们按计划行动了……"

玉泉县委大院市委调查组内,一份盒饭放在桌子上。秦慧楠在接听电话:"郑书记,我这里还没有什么情况。我们调查组找崔思康同志谈了一次话。对林强盛的举报崔思康坚决否认,但是他还没有提供任何有力的证据。我们也对此事展开相应的调查,如果下午三点之前还没结果,我服从市纪委和市监察委对崔思康采取留置审查的决定。"秦慧楠放下电话，心情沉重地坐下。

这时杨娟走进来，关心地说："秦部长，饭菜都凉了，我去热一热？"

秦慧楠说："不用，撤下去当晚饭吧，现在我一点胃口也没有。"

杨娟又问："我再问问章法成局长，汪柱子那边有没有新情况？"

秦慧楠说："不用再给他施加压力了，有新情况他会第一时间告诉我们。你把崔思康所有的材料集中在一起，准备移交。"

杨娟立即问："移交给谁？"

秦慧楠说："市纪委和市监察委。"

卢晓明也没吃午饭，他在总裁办公室内踱着步子，焦急地等待着。突然电话铃声骤响，卢晓明急切地抓起电话："是我，在等你的消息。一瓶法国香槟酒，正等着开瓶呢。"

玉泉县委副书记室里，戴国权在打电话："老弟，打开你的香槟酒吧。市纪委书记郑介铭带着反贪局局长和几名抓捕组的干警，坐着监察委的警车，此时正向玉泉县进发！"

"哇，太妙了！"卢晓明放下电话，冲着门外大喊，"吴秘书，吴秘书——"吴雪姣快步走进问："卢总，什么事？"卢晓明说："通知董事们过来，都去董事会议室，开香槟酒！"

在玉泉大厦董事会议室里，啪的一声，法国香槟酒喷出瓶口，酒花四溅，众董事一片欢呼。卢晓明端着酒杯和董事们频频碰杯，他兴奋地说："各位董事，玉泉县将迎来一个没有崔思康的时代，我公司又一次发展的机遇来到了！"

那边欢呼雀跃，这边戴国权走到崔思康家门口，摁响门铃。门开了，崔思康站在门口。戴国权闪身进入，关上门之后，他看到客厅里有行李箱和准备装箱的衣物。

戴国权忍不住地问："你……得到消息啦？"

崔思康反问："什么消息？"

戴国权又问:"你装聋还是作哑?"

崔思康生气了:"国权,你到底什么意思?"

"什么意思?"戴国权指指行李箱说,"你这不明摆着吗,三十六计走为上!"

二四　抓人行动戛然而止

2015年一位女教师的辞职信火遍网络,她辞职的理由是:世界那么大,我想去看看。戴国权看着崔思康家的客厅,有行李箱和准备装箱的衣服,他第一时间就想到了这句话。

"作为兄弟,我不得不告诉你。"戴国权走近崔思康,低声说,"市纪委书记郑介铭正带着反贪局局长和几名抓捕组的干警,坐着监察委的警车,三点钟到达玉泉县委。"戴国权看看表,是下午二点三十分,"你准备去哪里? 还有三十分钟时间考虑。你是明白人,你懂我来报信的意图。咱们是什么关系? 是兄弟,铁哥们儿,打断骨头还连着筋呢!"

崔思康看着戴国权,摇摇头,笑了:"你别害怕,你什么也没说,我什么也没听见。你走吧,我去应该去的地方。"戴国权还想说什么,崔思康接着说:"快走! 现在这里是是非之地。"他连推带搡把戴国权推出家门。

墙上的时钟嘀嗒嘀嗒,时间不曾为谁停留。下午二点四十分,玉泉县公安局审讯室内,汪柱子趴在桌子上假装睡觉,章法成和律师走进来,尤喜军敲敲桌子:"汪柱子,你的律师程健女士来了。"汪柱子马上起身,惊喜地喊道:"程律师,这到底是怎么回事?"

汪柱子终于看到可以信任的人,马上想知道事情的进展。程健看着他,一脸无奈地说:"汪总,你怎么搞的,麻烦不断。公安抓你,事情到了节骨眼上,你一定要对我说真话,否则我帮不了你。"

汪柱子愤怒地拍着桌子:"什么贩卖假币,这是没影子的事,是栽赃陷害!"程健看着他,摇摇头:"汪总,你别这么说,我已找了有关当事人。提示一下，有个叫陈小娣的姑娘你可认识？"

"陈小娣？"汪柱子努力回想着自己身边的众多女人。想起来了，他曾经和陈小娣在迪厅疯狂地跳过贴面舞，对方舞姿妖娆，让他印象非常深，"认识，她是我的舞伴。"

程健拿出文件，客气地对汪柱子说："再提示一下，去年元宵节晚上九点左右，你在'春回人间'支付小姐费用两千，但都是假钞。"一听这话，汪柱子怒不可遏："臭婊子，胡说！去年元宵节晚上九点左右，我根本不在'春回人间'舞厅！"

章法成马上追问："那你在哪里？"汪柱子支吾着回答不上来。章法成见状，大喊一声："来人！"四个全副武装的特警走进来，章法成厉声说："那就换一个地方说吧。"特警走向汪柱子，吓得他浑身哆嗦："不，不！我说，去年元宵节晚上九点左右，我在我表姐夫崔思康的家里，为了能在引水二期工程找点活儿，我去给他拜年，送了一块价值二十万的金表，他不收，把我轰出门。"

"这些情况为什么不早说？"章法成斥责着汪柱子。只见汪柱子尴尬地搓着手说："我和崔思康关系紧张，万一他不给我做证，我反而说不清。"

章法成严肃地盯着他："你要明白，你说的这些是要负法律责任的。"汪柱子急于洗脱自己的罪责，马上说："我说的全是真话。对了，想起来了。去年元宵节那天晚上，崔思康家小区大门口水管破裂，到处是积水，自来水公司在抢修。大门口进出口电动门和摄像头都泡在水里……"

章法成和尤喜军会意地点点头，两人走出审讯室，将最新情况迅速上报。

下午三点，玉泉县委大院内，两辆监察执法警车驶进大门，来到办公楼下，戴国权和赵恒儒等人出来迎候。戴国权严肃地上前跟郑介铭握手。郑介铭看着他问："崔思康呢？"

戴国权靠近郑介铭低声说："在办公室里。按照您的指示，我们县纪委有关同志已暗中把他控制了。"郑介铭拍拍他的肩膀："很好。我们去他的办公室。"

几人刚走几步,一辆公安警车疾驰而来,然后在郑介铭一行人面前戛然而止。车上走下秦慧楠和章法成,郑介铭看着秦慧楠埋怨道:"慧楠同志,不是说好了你别出面吗?"

"郑书记,请你看一份材料。"秦慧楠说完,章法成从卷宗里抽出一份材料递给郑介铭,那是汪柱子在关键时刻从牙缝里挤出的证词。

郑介铭看完材料,舒心一笑,对监察局局长和几名执法干警说:"同志们,情况有了变化,任务取消,上车吧。"

戴国权十分惊讶,不知道材料上面写了什么,干瞪着眼,看着众干警上车,驱车离开县委大院。秦慧楠看着郑介铭说:"我们上楼去看看?"郑介铭点点头。

秦慧楠和郑介铭走进办公楼,戴国权忐忑不安,悄声地问章法成:"章局,到底怎么回事?"章法成没好气地说:"林强盛得了狂犬病。"

戴国权没听出章法成的弦外音,一愣:"有这种事,我怎么不知道?"章法成看着一头雾水的戴国权,笑了笑递给他一个眼神:"他在疯狂地咬人!"此时戴国权才恍然大悟。

秦慧楠和郑介铭两人各怀心思走到县长办公室门口。门虚掩着,轻轻将门推开一点,只见崔思康在沙发上睡着了,拉杆行李箱放在沙发旁边。

窗户开着,凉风习习,秦慧楠刚要叫醒崔思康,却被郑介铭阻止了。郑介铭轻手轻脚地从衣架取下风衣,小心地盖在崔思康的身上。秦慧楠会意地冲郑介铭点点头,跟他一起轻轻地走出,同时不忘把门带上。

在门被关上的那一刹那,崔思康突然从沙发上站起,把耳朵贴在门板上。门外秦慧楠抹抹湿润的双眼,郑介铭关心地问:"你怎么了?哭了。"秦慧楠叹口气说:"我感觉基层一线的同志太艰难了,特别是要做个好人,太不容易了!"

郑介铭跟着叹了口气说:"干我们这行也不容易,一个得罪人、做恶人的工作。但是该得罪的还是要得罪。"

秦慧楠擦干眼泪，抬起头看着他："是啊，否则就会是非好坏不分，邪恶压倒正义，若真这样社会就乱套了。"

郑介铭指指门说："让他睡吧，我先走了。这案子还没完，林强盛诬陷人的嫌疑已显山露水，我们还要继续调查。所谓去年大年初八送茶叶暗藏八万元的银行卡的事也可能有诈，朱明远同志还等我的汇报呢。"

崔思康站在门内，听着外面秦慧楠和郑介铭的对话，激动不已，感慨万千。听到两人道别，他赶紧躺在沙发上，闭上眼，假装睡觉。

"起来吧，别装了！"秦慧楠推门走进来，笑着说。崔思康弹坐而起，拿起拉杆箱问："秦部长，这就带我走吗？"

"谁带你走，去哪儿？"秦慧楠明知道崔思康已经偷听了她和郑介铭的谈话，并不戳破，而是指指窗外说，"他走了，见你睡着了，不忍心打扰。郑书记让我转告你，坚守岗位，继续工作。相信自己，相信组织。"

崔思康看着秦慧楠兴奋地说："这么说，警报又一次解除了？"

秦慧楠点点头，声音中并没有崔思康那般轻松："解除了一半。去年大年初八，你明送茶叶暗藏八万元的银行卡的事，还要继续调查。"

秦慧楠来到监狱审讯室，在审讯席坐下，郑介铭、反贪局局长、章法成、监狱长等人均位列审讯席，如此强大的阵容，并未让林强盛脸上有任何的波动，他一副死猪不怕开水烫的架势，坐在被告席上，心里已然明白此前的举报未能得逞。

"林强盛，你说崔思康借拜年之名向你明送茶叶、暗送八万元的银行卡，完全是捏造，你家原来的保姆讲出了实情。"

裴雨芬站在证人席上，声音充满胆怯："那天下午，林强盛假借上洗手间，让我代收、检查茶叶。我走到内间，发现茶叶里没有贵重礼品，更没有什么银行卡。"

林强盛背靠椅背，仰面长叹："裴雨芬，我对你不薄啊，为什么要负我？"裴雨芬回说："是良心战胜了邪恶！"

郑介铭补充道:"你犯了诬陷罪,是要加刑的!"

林强盛面无表情,心里却没有完全放弃,他低声诅咒着:"加吧,我把牢底坐穿,死在牢里!"

祸兮福所倚,福兮祸所伏。崔思康没有被林强盛的诬告影响前途,反而是等来了一桩他意料之外的"好事"。他接到通知,赶到东山市委书记室的时候,朱明远、周源已经等候多时了。见到他三人没说几句话,崔思康就噌地站起来,大声问:"什么,让我去市政协当副主席?"

朱明远没想到他反应这么大,安慰道:"市政协副主席也是副厅级,与县委书记一个级别。"

崔思康语气中夹着不悦:"朱书记,我现在还没到养老的年龄。"

周源在一旁敲打他:"你这是什么话? 政协不是养老院。朱书记这么安排煞费苦心,是没有办法的办法。"

朱明远语重心长地说:"思康同志,你的一些问题,不少已逐步明朗,水落石出。总的来说,你是个好同志,成绩是要肯定的。县委书记处在风口浪尖,准备把你撤下来,是为你好。"

崔思康看着朱明远和周源,疑惑地问:"这样的安排,秦部长知道吗?"

周源看着手里的杯子回答说:"这不是先征求你的意见吗。"

朱明远提醒他:"你表个态度。如果同意,明天就开始工作对接和移交。"

崔思康假装漫不经心地问:"和谁对接,向谁移交?"

"戴国权同志。"朱明远说完,周源接过话,继续劝他:"思康,这样也好,你省去麻烦,市里也把调查组撤了,你的问题就了结了。多抽点时间,陪陪老婆孩子,逛逛公园,做做饭菜,天伦之乐啊! 哈哈哈……"

朱明远看着脸色越来越紧绷的崔思康,知道他内心正在排斥,稍停顿后又说:"思康同志,如果你还没有考虑成熟,今天可以不给答案,给你三天时间行吧?"

崔思康身体一挺，声音不高，但充满不屈不挠的倔强："我现在就给答案。如果市委还信任我，我绝不离开玉泉县，哪怕维持现状也行。"

"那怎么行？"朱明远开始讲大道理，"国不可一日无君，家不可一日无主。百万人口的全国百强县，主要当家人的位置怎么能一直空着？"

崔思康动情地说："朱书记，我不能离开玉泉县，我研究生毕业从村官干起一直到现在的常务副县长快二十年了。我对这片土地，这里的山山水水太熟悉、太有感情了。我有好多事还没做完，特别是玉泉湖二期引水工程，老书记窦复兴同志临终前的嘱托，如雷贯耳。我再表个态：如果市委还信任我，我绝不离开玉泉，维持现状，或任县委书记。否则，我下海经商，去帮老婆开诊所，我不需要组织另行安排。对不起，我先走了。"

崔思康相信，只要自己足够努力，足够耐心，足够用心，老天爷就会为他打开一扇门。他快步走向停车场，打开车门，周源一路跑着追上来，一把拉住车门，气势汹汹地问："我问你，你是不是要把人都得罪光了，连我周源也不放过？你是我一手培养的，是我树的标杆。我要你'安全着陆'，给我两个指头遮遮这张老脸好不好……"

二五　声东击西赴京城

茉莉大酒店是玉泉县顶级饭店之一，店如其名，淡淡的茉莉香味，让人心旷神怡。在饭店最大的豪华包间里坐着卢晓明、汪柱子、吴雪姣、余敏、林全等人。

卢晓明举起红酒杯说："大家举杯，为汪柱子重获自由，干杯！"众人举起杯，汪柱子受宠若惊，一仰脖子，半杯红酒下肚，其他人也都纷纷干杯，只有卢晓明喝了一半，举着杯子说："但是汪柱子这次出来，不是英雄，而是狗熊！"

众人惊讶，汪柱子尤其提心吊胆。卢晓明绷起脸说："如果那天晚上你在夜总会不去泡妞，不去醉生梦死，我们就会抢在章法成前面找到你。你就不会跳下章法成为你挖下的坑，就不会糊里糊涂地为崔思康做证，老领导的举报就会一举成功，现在就不是这个局面了！"

汪柱子起初并不知道事情的原委，现在才如梦初醒。他承认有错，但为自己开脱："我不是存心的。章法成突然拘押我，我琢磨其中有诈，沉默了一晚上，可是最后没能挺住。章法成这个老狐狸，我上当了，我饶不了他！"

大家都不说话，房间的氛围有些凝固，大约半分钟后，卢晓明脸色有些缓和，环视一圈后，他接着说："诸位，汪柱子这个教训是深刻的。什么叫走钢丝？什么叫如履薄冰？我们现在就是。现实是残酷的，一不小心就会招来灭顶之灾。这是事实，绝不是耸人听闻。我们现在上了一条船，是拴在一根绳上的蚂蚱，是命运共同体，明白吗？"

众人齐声说："明白！"

卢晓明见大家都紧张起来,他要的就是这个效果,他需要继续凝聚这个小团体:"我将玉泉集团几十个亿的资产搭进去,陪你们玩,可我们的对手可不是吃素的,你们不能再玩砸了。知道秦慧楠和省委书记郁浩民第一次见面说什么吗?"

众人你看看我,我看看你,纷纷摇头。"她说,她不是吃素的!"卢晓明的这句话,再次引起大家的惊呼。吴雪姣看着汪柱子,提醒道:"事实证明,她果然是这样。"

"关于县委书记人选,我们出了几招,见到了效果。但是我们出的招,并不是天衣无缝。别以为县公安局在睡大觉。秦慧楠公开提出,要公安为组织工作保驾护航。大家想想,现在有没有悬在我们头上的剑?"

卢晓明说完,大家都开始思考,是不是有小辫子在外面,汪柱子想来想去,对卢晓明说:"有,两块石头,还有给王长根十万元的银行卡没收回……"

崔思康穿着工作服,戴着安全帽,走进马王镇拆迁工地。眼前是一条老街,房屋破旧,墙上都写着"拆"字。只见有一座二层小楼鹤立鸡群,"王氏杂货铺"的招牌赫然醒目。贾乐福无奈地说:"崔县长,工作做了一个月了,这三十多户,没有一个在拆迁协议上签字。"

膀大腰圆的镇拆迁办胡主任,像受气的小媳妇儿似的诉苦道:"我们拆迁办的人,磨破了嘴,跑断了腿,挨骂,被泼脏水。屎啊尿的,都往我们头上泼!"

崔思康看着周围破败的房屋问:"他们要提高补偿?"贾乐福生气地说:"是啊,一个个狮子大开口,无法承受!"

崔思康说:"老贾,引水二期工程,这儿是龙头,我等你两个月了,不能再等了!"贾乐福也是黔驴技穷了,提出:"要不,修改设计方案吧?"

崔思康展开手中的图纸,指着上面的线路说:"你来看,这个办法我不是没想过,方案都有了。工程从这儿绕道,造价多出十个亿。"

"啊！"贾乐福没想到，改道成本这么高，更没想到的是崔思康已经把几个方案都考虑过了，自己真是失职。崔思康接着说："多花十个亿的冤枉钱，我没有这个权力，也不可能。二期工程一百个亿，是我们用了一年时间，磕头磕来的。所以你们给我立军令状，三天解决问题！"

站在一边的胡主任提出："崔县长，要不增拨补偿费吧？"崔思康坚决地说："补偿坚决按国家标准，不扣拆迁户一分钱。对无理要求，不能惯，更不能纵容。你们抓紧工作，要我出头露面的，随叫随到。"

崔思康在贾乐福和拆迁办干部的陪同下，走向王氏杂货铺。贾乐福边走边介绍王氏杂货铺是钉子户，是个刺儿头，刀枪不入，房主是王三毛。"

"王三毛？"崔思康没想到又是这个人，真是冤家路窄。贾乐福拍着铁门，大声地喊："三毛，快开门，请崔县长进去。"王三毛出现在门内，脸上立刻挂出沮丧的表情，带着哭腔说："崔县长，你将我整惨了，我什么都没了，公司完了，欠了一屁股债，就剩这房子，你还不放过我！"

王三毛刚说完，哗啦一盆脏水从楼上倒在崔思康的头上。贾乐福惊慌着试图用手给他擦一擦，胡主任几个人也赶紧围过来，有人捡起砖块石头要向院里砸，崔思康大喊一声："住手！"

崔思康从口袋里拿出纸巾擦脸，转身离去，贾乐福等人赶紧跟在后面。崔思康心里翻腾开了，引水工程的拆迁，又是一根难啃的骨头。他怎么办？放下这根骨头，增加十个亿修改方案，还是顶着这股恶浪前行？他犹豫了。

清晨，一辆大众越野车驶进玉泉县医院，在地下停车场一个角落里停好后，小胡子拿起后座上的白大褂和大口罩，一番改装后，还煞有介事地挂上了听诊器，不仔细看还真以为是位医生。

小胡子像幽灵似的下了车，向王长根的重症病房悄悄走去。

王秀芹回到病房，发现身穿医院白大褂的小胡子，正在搜查床头柜里的衣物。

王秀芹问:"你是谁？在找什么？"

"我……检查病房。"小胡子结结巴巴的样子,完全没有正常医生的风度。

王秀芹警惕地问:"检查病房？你哪个科的,我怎么没见过你？"眼看要被识破,小胡子吓得转身就走,王秀芹拦住他。

小胡子将王秀芹猛地推倒在地,一盆水全洒在她身上。王秀芹从地上爬起来,追出门外,大声喊着:"抓贼啊,抓贼啊——"

医护人员和保安闻声赶过来,小胡子早已混入人流不见踪影。保安和医护人员走进病房问:"偷了什么东西？"

"不知道。进来时,小偷在翻床头柜。"王秀芹一时不知道丢了什么。保安提醒她:"你柜子里放着钱,还是贵重的东西？"

"没有钱,更没有贵重的物品,是我父亲手术前换下的衣服。"已经穷得叮当响了,居然还被贼惦记上,王秀芹心里也是不知该说什么好。她听了保安的话,马上取出放在柜子里的王长根的内衣,翻了几下,一个小纸带掉下来,纸带里装的是一张银行卡。

刘燕儿接过卡,再一看,发现装卡的纸口袋里有一小纸条,上面有一串数字,两人都觉得这个有可能是密码。她们认为,小偷是冲着这张卡来的,可是小偷怎么知道她父亲的口袋里装着这张银行卡？卡里有多少钱？这是她急于想知道的。

刚放好银行卡,门开了,秦慧楠走进来,赵恒儒跟在后面,经过几次打交道,王秀芹对这两个人的印象非常好,她热情地招呼着。问候了几句后,赵恒儒拿出一个红纸包:"秀芹,秦部长很关心你,在县委机关又搞了一次爱心捐助活动,这是捐款,一共一万八千八百块。"

秦慧楠在一旁说:"钱是少了点,但是大家一片心意,拿着。"

王秀芹一边摇手,一边往后退:"我真的不要。"

秦慧楠转头对刘燕儿说:"燕儿,帮秀芹拿着。"刘燕儿知道王秀芹需要钱,马上接过红包。秦慧楠和赵恒儒走到病床前,仔细看着沉睡的王长根,秦慧楠欣慰地说:"脸色好像比前几天好看一点了。"

秦慧楠转头看着王秀芹，笑着说："秀芹，这么多人关心你，不能再垂头丧气，要打起精神来。"

坐了一会儿，秦慧楠拉着王秀芹的手说："陪我在外面走走，好吗？"

王秀芹愉快地说："好的。"

"当初你和崔思康不是订婚了吗，后来怎么没结婚？"秦慧楠的问题总是很尖锐，直指靶心。

"怎么说呢，"王秀芹陷入往事的回忆中，"怪老天爷，那一场大雨……"

那是十年前的一个夏天，天空中正下着瓢泼大雨，年轻的崔思康穿着雨衣，怀里抱着个婴儿来到王秀芹家的院门前，喊着："秀芹，开门，快开门！"王秀芹打开门，崔思康正要进门，被王秀芹挡住了，她问："怀里抱的什么？"

崔思康说："孩子，男的，才满月。"

未婚夫突然抱着一个婴儿回家，这对未婚妻来说十分不解。她生气地问："谁的孩子？"崔思康没有体会到王秀芹的心情，而是说："雨这么大，孩子要淋坏的，你让我进去解释。"

王秀芹一看他不正面回答问题，更是疑心加重，身体向前挺了挺，两手扶着门框说："不行，我这个家，不让野种进来！"

崔思康说："秀芹，他不是野种。"

"是你生的？说，和哪个狐狸精生的？"崔思康的话让王秀芹更加误会，笨嘴拙舌的崔思康无奈地哀求道："秀芹……这孩子多好，白白胖胖的大儿子——"愤怒中失去理智的王秀芹右手一抬，指着远方，大声地吼道："滚！"然后她愤怒地关上了院门，任凭崔思康怎么敲门，她就是铁了心不开门。大雨淋湿了崔思康的衣衫，也淋湿了孩子的脸庞。无奈，他抱着孩子一扭头再次冲进茫茫的雨天里……

想到这里，王秀芹有些后悔地说："也许没有那场大雨，崔思康会抱着孩子在门口等待，我也许会给他一个解释的机会。可是大雨哗哗地下个不停，这是天意。"

秦慧楠追问道："你分析一下，那孩子是谁的？"王秀芹心绪未平，愤恨地说："不是他的骨肉他能抱回来？玩女人有了孩子，人家赖着他，要钱不要孩子。他是不想放开我。因为甩了我，他良心不安。你说我能接受这孩子吗？崔思康就是现代版的陈世美，伤透了我的心！"

不知不觉中，秦慧楠和王秀芹已经走到县医院门口。当秦慧楠准备上车时，王秀芹对秦慧楠说："放过崔思康吧。仔细想想，他不是个没心没肺的人，至少不是个坏男人。"

秦慧楠什么也没说，只是微微一笑。从她的微笑里，王秀芹无法理解其中的含义。

人们都说"手心手背都是肉，正反两面一家亲"。可是对崔思康的丈母娘祝翠娥来说，这两句话对她很不是滋味。汪柱子与崔思康不可调和的矛盾，一直是她的心病。这次汪柱子被抓后放了，是崔思康证明他正月十五不在贩卖假钞的现场。祝翠娥抓住这个机会摆了一桌，想为他们和好创造机会。

饭桌上，汪柱子站起身来，端着酒杯与崔思康碰杯，两人一饮而尽。范琳琳给两人斟满酒，崔思康端着杯子接着说："这第二杯是感谢酒，感谢柱子为我做证，否则，我也要进去了。"

"你说什么？"汪柱子假装吃惊地问，崔思康知道他揣着明白装糊涂，依然接着说："林强盛在狱中举报我，说去年元宵节晚上九点，我向他行贿现金二十万元。如果不是你去年元宵节晚上九点在我家，为我做证，我真是跳进黄河洗不清。来，敬你。"

祝老太难得见自家姑爷这个状态，一拍汪柱子的肩膀，揽过话来："谢什么谢，自家人，应该的！"崔思康不管其他人，自己又干了一杯，范琳琳为他再次斟满酒。

"这第三杯酒是你感谢我的酒。你在去年元宵节晚上九点涉嫌贩卖假钞，我做证你不在现场，咱俩扯平了！"崔思康的话像火柴碰到了爆竹,汪柱子噌地站起身来:"扯什么平了,什么贩卖假钞? 没影子的事! 这是章法成下的套,这事我跟他没完!"

祝老太一看难得的和谐氛围要被打破,马上劝告着:"柱子,人家是县公安局局长,你算老几? 吃点亏算了,吃亏是福!"汪柱子一副天不怕地不怕的样子:"县公安局局长怎么啦? 该拿下就拿下!"

汪柱子的嚣张让崔思康一愣:"柱子,你刚才说什么?"汪柱子知道自己说漏了嘴,赶紧否认没说什么,崔思康瞪着他,神情严肃地追问:"你说该拿下就拿下,是说章法成吗?"

见已经藏不住,汪柱子一脸不屑地说:"别以为我汪柱子是好欺负的!"

崔思康觉得汪柱子话中有话,一个劲地追问他什么意思,可汪柱子喝着闷酒不出声。

崔思康放下筷子,郑重地说:"趁这个机会,我多说几句。再过两天,玉泉湖二期引水工程正式招投标,这是大事,总投资一百个亿。我是工程总指挥,琳琳是总指挥夫人,所以我们俩要'隐身'几天,直到招投标尘埃落定。"

"隐身,什么意思?"汪柱子很好奇。范琳琳解释道:"这几天,我们不住家里,住旅馆,棒棒到姥姥家去住。"

汪柱子依然不明白:"为什么?"范琳琳解释道:"防范说情的、送礼的。"

"有这个必要吗,送礼不收不就行了?"汪柱子说,"别人还以为作秀呢!"范琳琳说:"你不知道,那些送礼的花样多,防不胜防。"

汪柱子说:"什么防不胜防? 这个世界上谁和钱过不去? 一本正经的干什么?"

看到汪柱子又来劲了,范琳琳赶忙说:"柱子,你是来吃饭的,还是挑事的? 好不容易让你和思康坐到一起,总是话不投机半句多。你俩有什么深仇大恨? 今天,我当着妈妈的面再说一句,我和思康结婚十多年,孩子都这么大了,柱子你不要老翻旧账,也不要活在幻想之中。

这么大的人了，还等什么？找个女人，成家立业，不要在外面瞎混混。"祝老太也附和道："琳琳这话我爱听，思康你以后也要注意多关心柱子。肖强强以前不也是浪子吗，你不是帮他走上正路了。"

虽然祝老太心里是想帮汪柱子，但她把自己比作浪子，汪柱子还是不愿意听："姑妈，胡说什么？我不是浪子，大小是个法人，是一家公司的老总！"

范琳琳看崔思康沉默不语，对他说："柱子，你的事思康一直放在心里，你们有好多误会要消除，不能越积越深。""是吗？"汪柱子不相信地看着崔思康。

崔思康说："柱子，你那个拆迁工程公司别再撑下去了。工程不是好接的，你没有实力，竞争不过人家。帮人拆迁的事也别干了，这个活是天下第一难，你干不了，血的教训太多了。"

见汪柱子不吭气，崔思康接着又说："公安局章法成那里还有几个协警的名额，一个月四五千，也可以过日子了。"

"你让我去站马路，当二狗子？"汪柱子难以置信地看着崔思康，他万万没想到，自己在他心里只是这个分量。

崔思康看着这个不着调的汪柱子，严厉地说："什么二狗子，多少人打破头还上不了呢！"

汪柱子举起酒杯，脸上挂着骄傲的笑容："谢谢，你把名额让给别人吧，这样少打破几个头。"说着，一仰脖，干了。

手机铃声响起，是汪柱子的手机在响，他看了一眼来电号码，很绅士地对大家说："对不起，接个电话。"起身向阳台走去。

汪柱子将电话放到耳边，贱贱地说："洋洋，是我，正吃着呢！"电话里传来年轻女性娇滴滴的声音："什么情况，和你表姐夫谈得怎么样？"

汪柱子正一肚子气，埋怨着："玉泉湖引水二期工程，彻底没戏，一块土方都别想，他请我吃饭，目的是约法三章，封我的口。"洋洋继续撒娇："他总得给你安排一下工作吧？"

"你知道他让干什么？站马路，做协警。"刚才还娇滴滴的洋洋，马上口风一转，泼辣地说："什么？让我跟一个站马路喝西北风的男人啊？亏他想得出来！汪柱子，我告诉你，你没有一个体面的工作，没有一个一百五十平方米的房子，别来找我！你比我大这么多，凭什么呀？"

"洋洋——"手机里传来嘟嘟声，电话被挂断了，汪柱子恼怒地用手拍了一下墙壁，崔思康慢慢走到阳台上问："听说卢晓明开着豪车，去看守所门口接你？"

汪柱子没好气地反问："谁说的？"崔思康严肃地说："我告诉你，离他远点！"汪柱子趁他不注意，翻了个白眼，以示抗议。崔思康继续说："你为人家捧臭脚，人家还嫌你手脏。说吧，刚才说拿下章法成到底怎么回事？"

汪柱子得意地翻了个白眼："告诉你吧，章法成出事了，出大事了！"

崔思康一把抓住汪柱子的衣领："你们又搞什么损招？"

汪柱子愤怒地喊道："你就是掐死我，我也不会说！"

人无远虑，必有近忧。这是卢晓明挂在嘴边上的一句话。他是个聪明人，也是个走一步看三步的人。这天他和戴国权会面，打开随身的小包，拿出一本护照，推到戴国权面前："为你新办的，真家伙，走的外省，挂上网了……"戴国权打开护照一看，姓名、照片很像自己，不悦地将护照一扔："用不着。"

卢晓明拿起护照，身体向戴国权这边倾斜着，耳语道："戴兄，你听我说，我知道你的护照上缴市纪委统一保管了。我们和秦慧楠、崔思康对弈的这盘棋，下到现在这一步，难解难分，骑虎难下，胜负难料。这护照是老弟为你准备的一条退路罢了。实在不行，三十六计走为先。什么县委书记，我们不在乎了，只在乎玉泉湖二期引水工程。只要这一百亿工程掌控在我们手里，你我这辈子无后顾之忧了。"

拿起护照，戴国权慢慢地撕，边撕边看着脸色越来越阴晴不定的卢晓明，前者有破釜沉舟之势，后者思虑深远，他说："开弓没有回头箭，只有背水一战！"

戴国权声色俱厉，一副血战到底的样子。卢晓明却是面露喜色，其实他要的就是戴国权的这个态度，刚才不过是试他一下罢了。这时手机响了，戴国权接听完电话，神秘地一笑："'围点打援'的战斗打响了！"

围点打援，重点是打增援部分，达到歼灭援军的目的。戴国权所说的援军都有谁？秦慧楠肯定算其中一个。

星期天的下午，秦慧楠送走丈夫和女儿，忽然来了兴致，练练车技，独自驾车行驶在大街上，这时手机响了，是崔思康的电话。他焦急地说："十万火急！你的车子马上掉头，咱们相对而行，在离东山市二十公里处的清水服务区见面……一定，不见不散！"

二六　撤退是个死命令

　　崔思康和秦慧楠从两个方向，几乎同时驶入清水服务区，崔思康先下的车，打开秦慧楠的车门，坐进车内，劈头盖脸地对她说："堂堂的市委常委、市委组织部部长，居然犯了一个低级错误。为了得到汪柱子的口供，县公安局刑警队长尤喜军立假案、非法拘禁，这事情牵涉到章法成，也牵涉到你！"

　　秦慧楠很是意外："你是怎么知道的？"

　　崔思康说："软硬兼施，从汪柱子口里套出来的。他把这事告到了省公安厅、公安部，上面很重视，已经查实，要严肃处理。"

　　崔思康的话，让秦慧楠沉默了。《刑法》第二百三十八条规定，非法拘禁他人或者以其他方法非法剥夺他人人身自由的，处三年以下有期徒刑、拘役、管制或者剥夺政治权利。国家机关工作人员利用职权犯此罪的，从重处罚。

　　过了一会儿，秦慧楠平静地说："这个责任，我不可推卸，是我给章法成同志交代的任务，一定要让汪柱子开口讲真话。"

　　秦慧楠的轻声细语，在崔思康的心里却犹如字字惊雷。他心情沉重地问："为什么要下达这样的任务？为了我？"

　　"不是为了你。"秦慧楠摇着头，继而目光坚定地望着远处的潺潺流水，"为了公平、正义，为了玉泉县一百万人民选出一个好书记！"

　　崔思康情绪激动地说："知道你这么做要付出的代价吗？刑警队长尤喜军首当其冲，肯定是栽了。章法成最起码是要负直接领导责任，公安局局长的位置恐怕是保不住了，他可是我的左膀右臂！还有你，决定错误，领导失误，违纪违规。轻则检查，重则降级，调离现有岗位……"

"但是，我们获得了真相！得到了汪柱子的真实证言，戳穿了落马贪官林强盛狱中举报的谎言，还了你一个清白。"秦慧楠的语气出奇的平静，这种平静越发让崔思康心受煎熬："让你们三人为我背上沉重的十字架，我这辈子怎能心安理得？"秦慧楠目光温柔，语气更加沉稳："既然这是一场斗争，那就是残酷的，激烈的，甚至是你死我活的。必须有人堵枪眼，舍身炸碉堡。"

崔思康说："堵枪眼，炸碉堡，应该是我大老爷们儿，也轮不到你秦慧楠！"

"谁是崔棒棒的亲生父亲，现在可以告诉我了吧？"看着面色已有些沧桑的崔思康，秦慧楠不失时机地问。崔思康有些意外，说："其实我也不知道。"他抬起头，看着天，苦笑了一下，"真的，我和范琳琳结婚，她提出唯一的条件是接受她的孩子，不让我打听孩子父亲的秘密。她只是告诉我，这是她的心痛，一辈子的心痛，她不愿意让别人在旧的伤疤上撒盐。这是范琳琳的痛点，也是她为我设的红线。我也怕她带着棒棒从我眼前消失。她脾气很倔，说得到做得到。"

秦慧楠看着眼前的崔思康，相信他说的一定是实话，对他也多了一份理解。此时手机突然响起，秦慧楠接完电话，她转身对崔思康说，你赶快回去，市公安局纪委、监察委决定对章法成、尤喜军采取强制措施。

崔思康说："非法拘禁汪柱子，你不能承认，推到我身上。"

崔思康苦口婆心，劝秦慧楠不能意气用事，说引水工程招投标会议正在准备，他要以工程指挥长的名义，举行一个公平、公正、公开、合理竞争的招投标会议，要为这个一百亿的惠民工程找几个"好婆家"。他说秦慧楠是他的保护伞，万一她离开这个位置，自己就什么也不是了，这工程的发包权就会落入卢晓明的手中。

秦慧楠看着崔思康为难的表情，问道："你拿什么保证玉泉湖二期引水工程招投标公平、公正、公开、合理竞争？"

崔思康从后备厢拿出一个包，从里面拿出几份文件，递给秦慧楠。

这是招投标会议专家和群众代表评委名单的产生办法,这是法律监督、舆论监督、公证处公证、投标企业资格审查等文件。崔思康又从包里拿出十几本医务护理方面的书籍。崔思康苦笑着说:"这是我的最后退路,我知道,玉泉县常务副县长我干不长了。我已向市委朱书记表态,若让我离开玉泉,我就净身出户,组织上不用安排任何工作,辞职后和范琳琳开个小诊所,度过后半生。"

崔思康哽咽着,说不下去了。泪水在秦慧楠眼窝里打转,她问:"往最坏处打算,你要我坚持多长时间?"

"四十天。"

秦慧楠马上说:"不行,太长了。"

"一个月!"

秦慧楠思考良久,摇摇头说:"再减少一点。"

崔思康咬着牙说:"二十天,不能再减了。"

"好吧,情况再糟糕,我在东山市委常委、组织部部长这位置上,即使死皮赖脸,也要为你撑上二十天!"

玉泉县公安局大门口,两辆东山市公安局的督察警车很是醒目,随行的一辆轿车一起停下来。轿车里走出戴国权,警车里走出两个穿公安制服的中年男子,高个子的是公安局政委项健伟,个头不高的是东山市公安局督察队队长冯友连。

章法成打开一盒盒饭,正准备动筷子,门被推开,项健伟、冯友连、戴国权跨进室内,章法成站起身来,惊讶地看着来人。

项健伟表情平和地说:"章法成同志,打扰你的午餐了。"

章法成心里明白出事了,但他依然假装轻松地说:"哪里,你们还没吃吧?请坐,我叫外卖。"

戴国权一脸严肃,语气严厉地说:"章法成同志,市局两位领导不是来吃饭的!"

项健伟说:"我们是来向你宣布一项决定。冯大队长,你宣布吧!"

冯友连拿出文件宣读:"东山市公安局督察委员会文件:玉泉县公安局刑警大队长尤喜军等人,在侦办所谓贩卖假钞案件中,涉嫌严重违纪违规,章法成负有不可推卸的责任,决定停止其玉泉县公安局局长职务,留置审查。"

室内的气氛骤然紧张起来,章法成问:"三位领导,我能做点解释吗?"

冯队长收起文件说:"不必了,有你解释的地方和时间。"

章法成问:"我的工作是不是要移交一下?"

戴国权冷冷地说:"县委会安排的。"

章法成简单地收拾起桌上的文件,随戴国权、项健伟、冯友连和干警们走出办公楼。崔思康开着车正好驶进大门,两名干警和章法成上了警车。

崔思康三步并作两步走过来:"国权,怎么回事?"

戴国权伸出右手,面不改色,一如既往亲热。他指指身边的两位介绍道:"这位是市公安局项政委,这位是市公安局督察大队冯大队长。"

内心焦灼的崔思康与两人边握手边问:"你们这架势是要带走我县的公安局局长吗?"

冯友连点点头,拿出文件。崔思康扫了一眼文件,不悦地说:"我是玉泉县委副书记、常务副县长,市委委托我临时主持全面工作。抓走我县公安局局长,这是大事,总得给我打个招呼吧?"

冯友连说:"崔县长,我纠正一下,不是抓人,是留置审查。"

见冯友连玩起文字游戏,崔思康加重语气说:"不管什么名义,必须事先给我打招呼,这是一级政府!"

半天没说话的项健伟,这时轻轻说了句:"崔县长,戴国权同志是县委副书记,他不能代表县委吗?"

项健伟和冯友连一左一右,擦着崔思康的身体上了警车。说话间,两名干警押着尤喜军向另一辆警车走去。

警笛响起,警灯闪烁,载着章法成和尤喜军的两辆警车、驶出大院,留下崔思康和戴国权两个人尴尬地站着。

崔思康问:"你接到电话,为什么不告诉我?"

戴国权说:"我也是刚刚接到电话,就匆匆忙忙地赶来了,而且他们要求我保密。"戴国权的解释,在崔思康眼里是绝对的掩饰和推卸,他冷冷地看了一眼戴国权,打开车门,开车驶去。

崔思康开着飞车,怒火万丈地来到祝翠娥的家。

这时崔思康猛地推开门走进来,怒视着汪柱子:"是你举报了章法成、尤喜军?"

面对崔思康的质问,汪柱子不紧不慢地说:"是啊,实名举报,证据确凿。"

崔思康痛心疾首地说:"章法成、尤喜军在全县公安队伍中是优秀的!"汪柱子吊儿郎当地晃着二郎腿:"什么优秀,不就是你的二狗子吗。"

崔思康冲上去,对准汪柱子的胸口猛击一拳,汪柱子猝不及防,倒在沙发上。崔思康揪着汪柱子的衣领,又扇了他两个耳光。

从未看到崔思康如此冲动,祝翠娥吓坏了,拼命地拽着他。汪柱子奋起反击,抓起一个酒瓶要砸向崔思康,祝老太赶忙挡过来,夺下了他手里的酒瓶。

汪柱子跑到窗边,推开窗户大喊着:"大家快来啊,救命啊! 县长打人啦……"

秦慧楠走进市委书记办公室,朱明远正在里面看资料,简单寒暄过后,朱明远比她还着急,直奔主题:"慧楠,关于崔思康的去向,我让周源同志给你带去了常委会的意见,现在仅有你没有表态了。"

秦慧楠答非所问地说:"朱书记,市公安局对玉泉县公安局局长章法成和刑警队长尤喜军采取强制审查措施,你知道吗?"

"我知道,"朱明远心里不高兴了,"他们向我做了汇报。"

秦慧楠说:"朱书记,这件事我负主要责任。"

"你负主要责任?"朱明远心中一惊,不动声色地说,"是你同意立假案、非法拘禁的？尤喜军执法犯法，章法成负有不可推卸的直接领导责任，这都惊动公安部了。别人躲都来不及，而你却要把责任大包大揽，真是不可思议！"

秦慧楠说："是我向章法成下达的任务，章法成、尤喜军只是服从。"

朱明远说："下达任务不一定负主要责任，章法成、尤喜军是执法违法。慧楠同志，我在保护你，明白吗？不能因为崔思康把一个市委常委搭进去，要维护市委的整体形象。"

秦慧楠没想到朱明远是这个态度，立即回道："朱书记，谢谢你的好意——"

朱明远打断她："这事别再说了。我的意见是崔思康必须尽快调离玉泉县，否则，不知道以后还要出多少事。你从一个'倒崔派'变成'挺崔派'，我很费解。对崔思康市委已经尽力了，三次提名他为县委书记候选人，但都没能通过。让他变换一下工作，没有对他另眼看待，是为他好。我是市委书记，有这个权力。我决定，调查组停止工作，调查工作移交市纪委、市监察委。同时，对崔思康下发调令，移交工作，离开玉泉，等待市委另行安排！"

"我不同意！"随着秦慧楠的低声抗议，朱明远愤怒地站起身来："秦慧楠同志，我知道你是北京的空降干部。我也知道，你有省委郁书记的支持。但是你的眼里不能没有市委！"

秦慧楠内心激烈地翻腾起来，但她努力控制着情绪，面色平静地说："朱明远同志，身为市委书记，你怎能讲出这样的话？既然你这么说了，我也毫无保留地告诉你，对你刚才的决定，我坚决反对！"

朱明远显然也意识到自己刚才的失态，转而又语气缓和地说："你是市委组织部部长，不是县委书记。你不能顾此失彼，忘记了全市的工作。调查组必须撤回来，这是市委的决定。再不撤，我没法交代。少数服从多数，个人服从组织，这个组织原则，你比我懂。"

经过"讨价还价"，朱明远拍板说："给你二十天。二十天后调查组必须撤回，崔思康的问题另行处理！"

争取了二十天的时间，秦慧楠的心里松了一口气。和朱明远谈得很不愉快，才发现自己缺少谈话的智慧和艺术。公开地为崔思康站台，这等于将自己剥下了保护和伪装，暴露在大庭广众之下，这是官场的大忌。

泼出去的水收不回，只能去面对。秦慧楠回到住宅小区，回到温暖的家，才发现自己已十分疲惫。

看到秦慧楠一脸疲惫，田振鹏有些心疼，轻轻地坐在她身边，梳理着她额头的碎发。刚才还温情脉脉的田振鹏，听她说了和朱明远发生的不愉快，心里顿时凉了半截。他说："你才来几天，就和市委书记闹矛盾，让别人怎么看你？"

秦慧楠不高兴了，说："不要一听说闹矛盾就大惊小怪。你应该先问问矛盾的双方谁对谁错，然后再批评谁支持谁。"

田振鹏说："朱明远是你的顶头上司，谁的官大，谁就站在真理的制高点……"

刚刚舒缓的心绪，再次紧绷，秦慧楠坐起身来，不等丈夫把话说完，就大声制止道："别胡说八道！"

秦慧楠起身，头重脚轻，摇摇晃晃地走进卧室，和衣往床上一躺。田振鹏走进，帮她脱鞋，盖上被子。秦慧楠这才说出市公安局纪委、督察办对章法成和尤喜军已采取了强制审查措施。

田振鹏慌了神，他说："不好了，这事闹大了，是冲着你来的。拿下章法成和尤喜军，案件的侦破势必拖延和停滞，这一招是重拳出击。我当初的预言都逐一应验了，而且比我想象的还要糟糕。我敢肯定，有一个地下组织部正在和你针锋相对，他们的能力和智商绝不可低估。东山市是腐败重灾区，你一头撞进来，真是初生牛犊不怕虎啊。"

秦慧楠说："既然闯进来就不回去了。战场就在这里，成也萧何，败也萧何！"

田振鹏说："我向你提个醒，卢晓明这个人必须引起足够的注意。林强盛的侄子林全、余光的侄女余敏，都在玉泉集团的下属公司担任要职。最近玉泉集团在收购汪柱子的公司，其目的还不清楚。"

秦慧楠忽然坐起来，下床打开行李箱，田振鹏奇怪地看着她。秦慧楠边收拾东西，边下命令："振鹏，送我去机场，我要去北京，郁书记在中央党校学习，我要向他当面汇报。"

田振鹏说："难怪，朱明远对你的态度这么强硬。要调走崔思康，又要撤走调查组。说不定这都与郁书记不在家有关系。"

"这个结论我不敢肯定。"秦慧楠摇摇头，"但是，我必须向郁书记汇报，得到他的指示。"

田振鹏说："你动不动就越过市委，直接向省委书记汇报，这不妥。如果我是朱明远，也会对你有意见。"

秦慧楠心一横，说："越级向上级机关和领导反映问题，这是党赋予我的权利！"说着，她拿出手机，一通操作后，向老公摇摇手机，"我已订飞机票了。"

"我开车送你。"田振鹏从卧室边穿衣边走了出来。

秦慧楠见状，神秘地一笑："你那辆白色帕萨特，虽是旧车，但熟悉的人都知道是秦慧楠的私家车。我不想别人知道我的行踪，特别是去北京，这十分敏感。"

于是，田振鹏开车把秦慧楠的行李箱偷偷送到地铁站。秦慧楠自己空着手，装着逛街的样子，悠闲地走出小区大门，然后打车去了地铁站。

正如秦慧楠所料，对面高层住宅楼里，宽大的落地窗边有一架高倍望远镜，居高临下，可以将秦慧楠住宅小区尽收眼底：看到田振鹏拿着行李箱，开车走了，以为他去省城了。看见秦慧楠空着手悠闲地走出小区大门，以为她去逛街了。

此时忙碌的不仅有田振鹏，还有东山市公安局、周源、朱明远。先说东山市公安局，审讯席上，坐着市公安督察大队长冯友连和他的两名助手及书记员。审讯椅上，坐着尤喜军。

"尤喜军，和你核对一下个人基本情况。"助手看着他，尤喜军坐姿挺拔，目光如炬，助手接着念，"尤喜军，1986年6月8日生人，2008

年毕业于江东省公安大学，所学专业刑事侦查。2010年加入中国共产党，现任职务为玉泉县公安局刑警大队长。以上对吗？"

"没错。补充一点，我的导师是痕迹专家田振鹏田教授。"尤喜军没有一丝畏惧。这时，另一名助手提醒他："别拉大旗作虎皮！"

"这是事实。"尤喜军目视前方。冯友连看着两名年轻的助手，又看看经验丰富的尤喜军："尤喜军，咱们是同行，就不要费口舌，也不要兜圈子、绕弯子了。为了得到汪柱子的口供，你立假案、非法拘押汪柱子，情况属实？"

"属实。"

冯友连没想到尤喜军居然马上承认了，接着又问："你这样做，是不是有领导下达命令或者授意批准？"

"没有，完全是我个人行为。"尤喜军的回答依然斩钉截铁。

"尤喜军，你别耍哥们儿义气，大包大揽。这个责任你是扛不动的。难道你一个人把责任兜着，组织上就不追查章法成和有关领导的责任了？"冯友连的助手有些沉不住气，敲敲桌子接着说，"上面已发话了，这件事严重地影响了公安队伍的形象，不管涉及谁，都一查到底！"

尤喜军又挺了挺腰，用更挺拔的姿态面对审讯者，大声说："我再次重申，这不关其他人的事，我对这产生的一切后果，负全部责任！"

"你还嘴硬，还底气十足，这个责任你负得起吗？"冯友连说，"尤喜军，你不说出个为什么，是过不了这一关的。"

尤喜军放松了身体，缓和着说："算是感恩吧。"在冯友连等人的不解和吃惊下，尤喜军道出自己的故事。

"我从小父母离异，扔下了我，是奶奶一手将我拉扯大。那年我十二岁，一天夜里，奶奶得了重病，昏迷不醒，天下着大雨，我求助无门，只好跑到村委会，敲开了村长的房门。当时村长是崔思康，他从学校毕业后到村里做了村官。他冒着大雨，背起我奶奶，一直送到了乡医院，还垫付了医药费。"

言语在口，昨日在心，尤喜军眼前又浮现出大雨中，崔思康背着奶奶，自己在后面打着伞，行走在乡间小道上的情景。

尤喜军甩甩头，甩去欲夺目而出的泪，动情地说："多年来，这件事一直铭记在心里，我一直寻找机会报答。这次机会终于来了。林强盛举报崔思康行贿，我不信，因为崔县长是个好人！唯一能证明崔县长清白的就是汪柱子。可是汪柱子和崔县长的关系十分紧张，要是明里让他为崔县长的清白做证，打死他也不干，所以我就出了下策。不管我受到怎么样的处罚，我都不后悔，因为我戳穿了'大老虎'林强盛的举报阴谋，证明了崔县长的清白，了了多年感恩的心愿，这就足够了……"

室内，冯友连和两名助手沉默着，无言以对。另一个房间里，市公安局政委项健伟与章法成的谈话也在进行，在场的有市纪委书记郑介铭。

"章法成同志，对照《公安机关人民警察纪律条令》，你违犯了哪一条？"

章法成起立："报告政委，违犯了第九条第一、三项规定：故意违反规定立案，非法剥夺、限制他人人身自由。"

"这两条，怎么处理？"

"给予记过或者记大过处分；情节较重的，给予降级或者撤职处分；情节严重的，给予开除处分。"章法成坦诚地承认错误。

项健伟的手用力地敲着桌子："你对纪律条例倒背如流，身为县公安局一把手，为什么还要知法犯法？"

章法成坦诚爽快地说："政委，对汪柱子立案存在的严重违规，作为县公安局局长，我没有严格审查，工作不细，存在着不可推卸的领导责任，我愿意接受组织的处分。"

一直沉默的郑介铭此时发话了："章法成同志，你应该知道，对这个事件从公安部到省公安厅和市委都很重视，这不是处分几个人的问题，是因为这个事件影响恶劣，严重地损坏了人民公安的形象。作为共产党员，应该向组织上坦诚，突然对汪柱子拘留审查，你有没有接到上级的指令，或者暗示？"

"没有，绝对没有！"回答得斩钉截铁。郑介铭不放弃地问："崔思康找过你吗？"

"没有，崔县长从来没有为他的事让我找什么证人，做什么证词，我用党籍和人格保证。"

"那秦慧楠同志呢？"章法成没想到郑介铭提出这个问题，顿时愣住了，沉默了。项健伟追问："章法成，怎么不说话了？要不要我提示一下，秦慧楠同志是不是单独去县公安局找过你？"

章法成点头："找过。"

项健伟大喜过望，强压着内心的喜悦，尽可能平静又小心地问："你们都谈了些什么？"

章法成说："谈有关案件的侦破，要求公安工作为党的组织工作保驾护航。关于违规拘留汪柱子的问题，我负完全领导责任，听从组织处理，与他人无关。这就是我的态度。"章法成轻轻的一句话，让项健伟气得七窍生烟："你，你……"半天没说出下一句。

郑介铭看着面前的两个人，大喝一声："项健伟、章法成两位同志，你们都给我冷静！"

项健伟一脸便秘的表情："郑书记，东山市公安局今年全国公安先进单位这下砸锅了，我能冷静下来吗？一粒老鼠屎，坏了一锅汤啊！"

"项政委，谁是老鼠屎？我章法成绝对不是！"章法成不服气地抗议着。

章法成和尤喜军未提前沟通，两个人同时扛下所有责任的行为，很快就被赵恒儒打探到了。他从市公安局大门走出来，上了对面的一辆越野车。车里，崔思康等待消息，趴在方向盘上睡着了。赵恒儒虽然轻手轻脚，他还是醒了。

赵恒儒说："尤喜军够仗义的，把所有的责任都扛过去了。真是个舍身堵枪眼、炸碉堡的好同志！"

崔思康问："章法成呢？"

赵恒儒说："他承认了所有的领导责任，没有牵连其他的领导。"

崔思康非常心疼手下爱将，担心地问，市局领导准备怎么处理这两人？说到这里赵恒儒也没招了，只好以实相告，市局督察大队长冯友连虽是我大学同班同学，但是什么该讲，什么不该讲，人家也有原则。不过他暗示我，对照《公安机关人民警察纪律条令》，尤喜军可能在公安队伍干不成了。章法成最起码要行政降级处理，县公安局局长是当不成了。

听到这么说，崔思康着急了，他说章法成任县公安局局长以来，全县刑事案件发案率年年下降，这是有目共睹的。他是个老公安，好公安。

赵恒儒人微言轻，为难地说："崔县长，我只能做到这一步了。你上面有人吗？让上级领导给市公安局施加点压力，对章法成、尤喜军从宽处理。"崔思康迅速梳理着脑中的信息，兴奋地说道："我唯一的后台就是市委周源副书记。走，去他家！"

同窗之情世人皆知，同乡、老乡更是连接国人情感、社会资源的重要纽带之一，戴国权和项健伟刚好是同乡。

玉泉县一家不知名的中档茶楼前，卢晓明下了劳斯莱斯车，走进茶楼，直上二楼，推开一间小包间的门，戴国权已在里面饮茶等候。

"汪柱子这一招是妙招，克敌制胜！"戴国权边说，边给卢晓明倒上茶水，自己也端起撇口杯，呷了一口茶，"市公安局政委项健伟是我的同乡，对章法成、尤喜军的处理是在他掌控之内。"

卢晓明正对口中茶的味道不满意，但戴国权这句话又让他兴奋起来："哇，这可是个重要的资源，你一定要整合好啊！"

戴国权低调地说："同乡归同乡，人家有做人的原则，我们期望值别太高。"转而又带着喜悦的语气说，"尤喜军可能在公安队伍干不成了，章法成也不能再掌管玉泉县公安局。"

卢晓明对这个结果很满意："这是个了不起的成果，等于砍掉了崔思康的一只臂膀！"戴国权马上补充道："也是秦慧楠的一只胳膊。"

卢晓明说："重要的是几个案件的侦破搁浅了，什么王长根、胡萌萌、肖强强啊，对，还有那个垃圾站的方老头，这些死鬼、半死人，是悬在我们头上的几把剑。现在这几把高高举起的剑，轻轻地放下了，我今晚可以踏实地睡了。"

卢晓明此刻身体放松，内心喜悦，刚才喝不上口的茶，似乎也由淡而无味，变得醇厚丝滑了许多，他接着说："更有意思的是这把火已经烧向了秦慧楠！"

"玩火者必自焚啊！她自以为将林强盛拉下马就可以春风得意、扬帆远航了，不是那么回事！"卢晓明皮笑肉不笑地看着戴国权，听到的是新的爆料："市委调查组还有二十天就撤出，解散！"

这个消息让卢晓明大吃一惊："不调查崔思康了？"商人以追求利益为第一原则，看着他满脸担心，戴国权微微一笑："二十天后，崔思康必然调出玉泉，市委朱书记已下定决心。老弟，玉泉湖二期引水工程投标资料文件准备好了？二十天后，我立即主持召开玉泉湖二期引水工程招投标新闻发布会！"

不到一分钟的时间，卢晓明的心情如过山车般，此刻飞至山顶，他再次端起茶杯，高举茶杯："好。戴兄，我们以茶代酒，预祝成功！"

再说周源，忙着在书房案头挥毫泼墨，这次的"大智若愚"一气呵成，最为满意，在他自我欣赏的时候，保姆一脸笑容走进来说："周书记，有贵客了。"

不等周源问，朱明远一脚跨进书房。"朱书记？"周源有些意外。朱明远笑呵呵地看着他："不速之客，匆匆而至。没想到吧？"

周源走近朱明远说："就是孔明再世，也不会料到朱明远同志会突然光临寒舍，蓬荜生辉啊，哈哈哈！"

朱明远看着书案上刚刚写好的草书，夸赞道："'大智若愚'，真是字如其人，妙笔成趣啊！"两个人寒暄之际，保姆送来茶水，退下。

朱明远呷了一口茶，道出此行来意："中央'八项规定'要常抓不懈，常抓常新。我想知道双休日我们的市委常委们都在干些什么，做点调查。"

周源伸出大拇指，赞道："你这一招出手很妙啊！对领导干部八小时之内要管,管'跑、冒、滴、漏';八小时之外要严管,什么会情人、养小三,搞钱权交易、权色交易,多数是在八小时之外。"

朱明远一脸严肃地说:"对,要防止领导干部特别是县处级以上领导干部的'跑、冒、滴、漏'。"

"我周源表现怎么样?八小时之内,规规矩矩;八小时之外,健康有益。"说着他提起笔,"朱书记,你来露一手?"

朱明远再三推托,周源知道他的底,再三恳请,朱明远接过毛笔,心情大好:"好,恭敬不如从命!"朱明远挥毫,潇洒地用隶书写了四个大字——藏而不露。难得的是这四个字蚕头燕尾,展示了朱明远的深厚功力。

周源忍不住拍手叫绝,一来是为了书法,二来是为四个字,他弦外有音地说:"我是'大智若愚',你对应'藏而不露',妙,太妙了!"

朱明远看着他,直接说道:"老周,调查组撤出玉泉县的事我给慧楠同志定了最后的时间,二十天。"

周源感觉朱明远似乎下了决心,小心地试探着:"下一站走访哪位?"

不出他所料,朱明远干脆地说:"秦慧楠家。"

周源马上说:"明远同志,论职务你比我高,论年龄我比你长。有些事不能搞平衡,和稀泥。比如说为了套取汪柱子的口供,玉泉县公安局章法成和尤喜军严重违纪违规的事件,慧楠同志的责任是什么?那种'上级犯病,下级吃药'的套路,不能再用了。"

朱明远点头说:"我也在思考这个问题。"

周源带着朱明远参观自己的书房。朱明远夸奖室内散发着书香,周源自谦是为装点门面。说话间,朱明远突然话锋一转,问:"你说秦慧楠这会儿在家吗?中午我们谈得不愉快。她是一个不甘示弱的女人,我担心她会去告状。"

"告状?"周源警觉地说,"慧楠同志动不动就越过市委,直通省委书记,这是毛病,我很不赞同。"

短短的几句话,让朱明远觉得他与周源的距离拉近了,两个人上了车,直奔秦慧楠家。

车上,朱明远说:"老周,崔思康不管有没有问题,有多大问题,必须尽快调出玉泉县。这次我已下定决心,希望你能理解、支持。"

周源面露惋惜地说:"崔思康是我一手培养的,从个人情感上来说很难割舍。"继而他迎着朱明远的目光,大义凛然道,"但我是个顾全大局的人。你的关键问题是做好秦慧楠的工作,她是市委组织部部长。调动崔思康,她不行文、签字、盖章,还真不好办呢。"

朱明远不动声色,用极低的声音说:"那就换个人行文、签字、盖章!"

周源一听,十分震惊,转头看着一直温和的朱明远问:"你有这么大的底气?"

朱明远神秘地笑了笑。

"难怪你写了'藏而不露'四个大字。文如其人哪,哈哈哈……"

周源正笑着,手机响了,保姆来电说崔思康在找他,正在客厅等着。崔思康心急,抢过保姆的话筒,汇报章法成和尤喜军的事。他不知道在电话另一头,周源的脸色越来越沉,不等他把话说完,只听周源严肃地说:"我有事回不去,你也别等我。关于章法成和尤喜军的事,你别跟我说,我也不想听。这件事影响很坏,怎么处理?从公安部到省公安厅都盯着呢!我一个快退休的市委副书记插不上手,也扛不了这么大的事。我要说的是你作为领导,要敢于担当,不能把责任推到下级的身上。"

崔思康一听,急得抓耳挠腮,他想解释什么,岂料周源再次打断他,语气如六月里的冰。他说最瞧不起的是出了事不敢担当的人。尤喜军不是董存瑞,也不是黄继光。他就是舍身也炸不了碉堡,堵不了枪眼。

周源拒人千里之外的态度,让崔思康如同掉进冰窟似的浑身冰凉。这时电话里传来嘟嘟的忙音,周源挂断电话,崔思康眼前一片茫然。